A VOZ DO CORAÇÃO

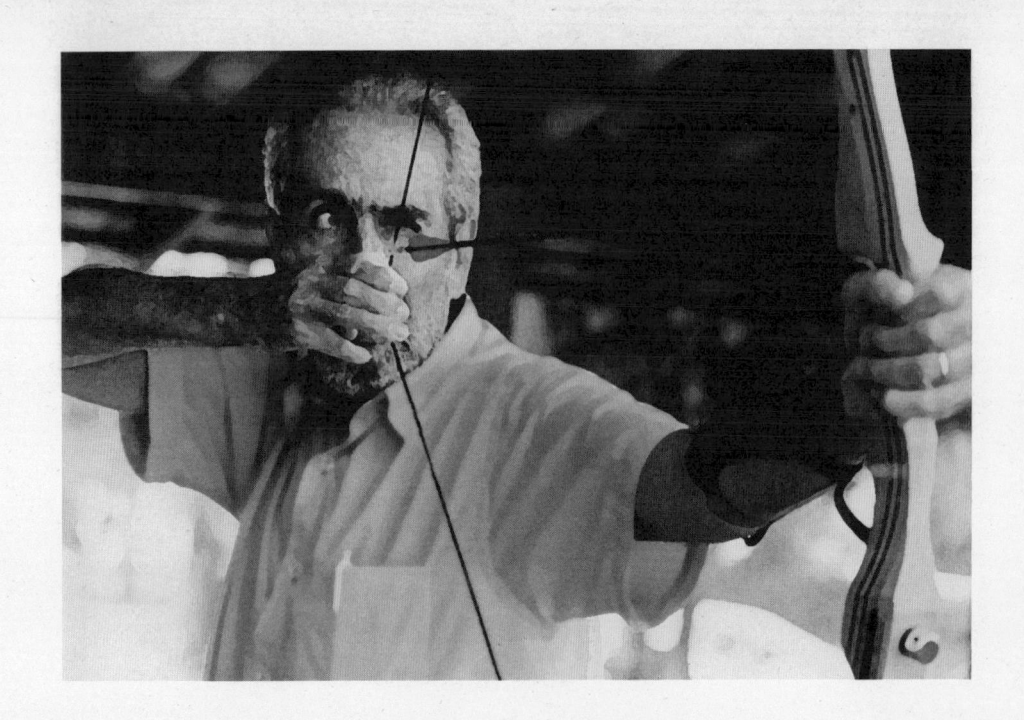

O ARQUEIRO

GERALDO JORDÃO PEREIRA (1938-2008) começou sua carreira aos 17 anos, quando foi trabalhar com seu pai, o célebre editor José Olympio, publicando obras marcantes como *O menino do dedo verde*, de Maurice Druon, e *Minha vida*, de Charles Chaplin.

Em 1976, fundou a Editora Salamandra com o propósito de formar uma nova geração de leitores e acabou criando um dos catálogos infantis mais premiados do Brasil. Em 1992, fugindo de sua linha editorial, lançou *Muitas vidas, muitos mestres*, de Brian Weiss, livro que deu origem à Editora Sextante.

Fã de histórias de suspense, Geraldo descobriu *O Código Da Vinci* antes mesmo de ele ser lançado nos Estados Unidos. A aposta em ficção, que não era o foco da Sextante, foi certeira: o título se transformou em um dos maiores fenômenos editoriais de todos os tempos.

Mas não foi só aos livros que se dedicou. Com seu desejo de ajudar o próximo, Geraldo desenvolveu diversos projetos sociais que se tornaram sua grande paixão.

Com a missão de publicar histórias empolgantes, tornar os livros cada vez mais acessíveis e despertar o amor pela leitura, a Editora Arqueiro é uma homenagem a esta figura extraordinária, capaz de enxergar mais além, mirar nas coisas verdadeiramente importantes e não perder o idealismo e a esperança diante dos desafios e contratempos da vida.

A VOZ do CORAÇÃO

JULIA WHELAN

ARQUEIRO

Título original: *Thank You for Listening*

tradução: Cláudia Mello Belhassof
preparo de originais: Sara Orofino
revisão: Carolina Rodrigues e Suelen Lopes
design de capa e ilustração: Nathan Burton
adaptação de capa e diagramação: Gustavo Cardozo
impressão e acabamento: Lis Gráfica e Editora Ltda.

CIP-BRASIL. CATALOGAÇÃO NA PUBLICAÇÃO
SINDICATO NACIONAL DOS EDITORES DE LIVROS, RJ

W574v

Whelan, Julia
    A voz do coração / Julia Whelan ; [tradução Cláudia Mello Belhassof]. -
1. ed. - São Paulo : Arqueiro, 2023.
    400 p. , 23 cm.

    Tradução de: Thank you for listening
    ISBN 978-65-5565-456-1

    1. Ficção americana. I. Belhassof, Cláudia Mello. II. Título.

22-81662   CDD: 813
                            CDU: 82-3(73)

Gabriela Faray Ferreira Lopes - Bibliotecária - CRB-7/6643

Todos os direitos reservados, no Brasil, por
Editora Arqueiro Ltda.
Rua Funchal, 538 – conjuntos 52 e 54 – Vila Olímpia
04551-060 – São Paulo – SP
Tel.: (11) 3868-4492 – Fax: (11) 3862-5818
E-mail: atendimento@editoraarqueiro.com.br
www.editoraarqueiro.com.br

Para as pessoas que amamos.
Especialmente nossas parceiras.
Especialmente o meu parceiro.

PARTE I

Toda literatura é uma destas duas histórias: um homem sai em uma jornada ou um desconhecido chega à cidade.

— Liev Tolstói

Prólogos são como um flerte: têm hora e lugar. Mas às vezes você precisa empurrar o leitor contra a parede e enfiar a língua na goela dele.

— June French

"Uma mulher sai em uma jornada"

As coisas estavam esquentando sem nenhuma possibilidade de esfriar. Não desta vez. Ela via isso nos olhos dele. As pupilas estavam latejando. O cavalheiro das últimas três semanas tinha desaparecido. Ele agora era tudo, menos gentil. Era um macho.

Os olhos de ambos estavam alertas. Ele levantou a mão e grudou-a na blusa de seda branca da mulher. A pulsação dela acelerou. Ele lhe deu um beijo molhado, com paixão, depois agarrou os quadris que o cavalgavam e a tirou de cima dele. Ela deu um grito assustado quando ele a virou...

– Algo pra beber?

... e a colocou sobre o caro sofá de crepe chinês.

– Senhora?

– Não devíamos fazer isso – rosnou ele. – Você é minha estagiária. E o meu avô insiste que eu me case com Caroline.

– Algo pra beber?

O tom sofrido chegou até ela, e Sewanee Chester, a chocada ocupante da poltrona da janela, arrancou os fones com cancelamento de ruído como se estivessem em chamas.

– O quê? Desculpa! O que foi?

– Algo pra beber?

– Hum. Só água. Por favor.

– Gelo?

– Hum, só… por favor.

Ela baixou a bandeja e a comissária de bordo lhe entregou a água. Antes que Sewanee pudesse agradecer, a mulher no corredor se virou para a filha na poltrona do meio e perguntou, com aquela voz esganiçada e cheia de amor usada tanto para animais de estimação quanto para crianças:

– Quer beber alguma coooooisa?

– Suco!

– Que tipo de suuuuuuco?

Sewanee colocou os fones de volta e percebeu que não tinha pausado o audiolivro. A blusa da estagiária já tinha sido tirada. Ela suspirou, deu uma pausa, se conectou ao wi-fi do voo e mandou uma mensagem para Mark:

> Bom dia. Eu te odeio.

Apertou enviar e tomou um gole de água.

Vinte segundos depois, ele respondeu:

> Eu te dei um com as melhores avaliações!

SEWANEE:
> As pupilas dele estão latejando, Mark. As PUPILAS.

Enquanto Mark digitava (bolinhas, bolinhas, bolinhas… ele tinha quase 70 anos, então ela dava um desconto), Sewanee bebia sua água.

MARK:
> Não seja arrogante. Nem todas as pessoas têm um pai professor de inglês, querida.

SEWANEE:
> Isso não tem nada a ver com arrogância.
> NEM com meu pai. Tem a ver com ANATOMIA.

Ele mudou de assunto:

> **MARK:**
> Agradeço muito por me substituir.

SEWANEE:
Faço tudo por você. Como está o pé?

> **MARK:**
> Ainda quebrado. Como você está?

SEWANEE:
Quero mudar o nome do painel.

> **MARK:**
> O que tem de errado com: "Fingimento:
> narrando amor e sexo em livros românticos?"

SEWANEE:
Eu estava pensando em... "Narrando livros
de romance: como fazer um bom 'oral'".

Ela terminou a água, inclinando a cabeça para trás. Os cubos de gelo escaparam, batendo nos dentes dela com tanta força que a água escorreu pelo pescoço e pela blusa.

– Você se molhou!

Sewanee deu um sorriso tenso para a criança, enquanto ajeitava o copo no espaço circular no canto da bandeja. Será que essa bordinha alguma vez impediu os copos de virarem durante uma turbulência? Ela queria saber as estatísticas disso.

> **MARK:**
> Eu sei o que você pensa de romances, mas você
> vai conceguir. Só vê se leva a sério, por favor.

SEWANEE:
*Conseguir.

Pelos alto-falantes, um comissário de bordo anunciou:

– Senhoras e senhores, sei que acabamos de terminar o serviço de bordo, mas, dentro de poucos minutos, vamos começar a descida para Las Vegas. Neste momento, pedimos que guardem todos os seus dispositivos eletrônicos...

Sewanee olhou para o celular. Mark tinha acabado de digitar.

MARK:

Os fãs estão alucinados. Devia ver os grupos do facebook. Você nem imajina.

SEWANEE:

*imagina. Já conversamos sobre isso. Já saquei.

MARK:

Bosta de corretor! Mas é a BiblioCon! 50 mil participantes e o pavilhão de Romance tem pelo menos um terço deles.

– Senhora, preciso que levante sua bandeja.

Sewanee obedeceu.

– Também preciso que levante sua poltrona.

– Ela não levanta. – Sewanee continuou digitando no celular.

A comissária de bordo se esticou por cima da mãe e da criança para puxar a poltrona de Sewanee para a frente. A menininha se virou para ajudá--la por um instante, depois jogou as mãos grudentas para cima, derrotada.

– Ela não levanta!

– Obrigada – murmurou Sewanee.

– Por nada – respondeu ela.

SEWANEE:

Mark, eu disse que já saquei. Totalmente! Absolutamente! Você recebe um livro, recebe um livro e recebe um livro!

E não se esqueça de curtir, Oprah.
Las Vegas, Baby! Hahaha

Sewanee abriu o e-mail e verificou de novo o impressionante número de eventos da BiblioCon. Filtrou pela programação de romance e deu uma olhada nas palestras de autores, nos eventos de autógrafos, nos coquetéis e no leilão silencioso para caridade. Riu alto de um item destacado: jantar com um modelo masculino de capa. Em seguida, vasculhou a abundância de painéis oferecidos: "Palavras Cruzadas: escrevendo um romance H/H mesmo sem ter sua própria espada", "Como escrever sobre roupas de época e como tirá-las" e, claro, seu próprio painel sobre produção de audiolivros, que Mark – seu mentor, chefe e proprietário do seu apartamento – estaria moderando se não tivesse atropelado o pé com o próprio carro dois dias antes. Sal, um Karmann Ghia vermelho, era a coisa mais próxima de um relacionamento longo que Mark tivera desde que fugira de São Francisco quinze anos atrás – depois que seu companheiro, Julio, morreu.

Ela estava feliz em ajudá-lo com a BiblioCon, mas havia dois problemas. Talvez três. Embora fosse essencialmente a fiel escudeira de Mark, ajudando-o a administrar o estúdio de gravação que ele tinha em casa, em Hollywood Hills, em troca de morar na casa de hóspedes dele no meio da colina, Sewanee não era produtora de audiolivros como Mark; era narradora. O segundo problema é que ela era uma narradora que não narrava livros com histórias de amor. Havia feito isso no início, quando estava batalhando para entrar no mercado, gravando sob pseudônimo, como muitos narradores faziam, mas, depois que a carreira decolou, ela aposentou o nome falso, parou de fazer livros desse tipo e nunca mais olhou para trás. Ultimamente não era nem fã do gênero.

Sewanee não pertencia ao pavilhão de Romance.

Verificou duas vezes a informação que Mark havia lhe passado. Ela só tinha compromisso no dia seguinte. Participaria do painel pela manhã, depois ficaria na cabine de autógrafos da convenção pelo resto do dia, respondendo às perguntas de autores sobre a produção de audiolivros. Um voo rápido de volta no domingo à tarde. Eram 48 horas fáceis. Além do mais, estaria em Las

Vegas no mesmo fim de semana que a melhor amiga, que também tinha sido convocada para a conferência. Mas por motivos muito diferentes.

– Você é pirata?

Sewanee se assustou, se virou para a menininha ao lado e a encontrou encarando-a.

A mãe também se assustou.

– Hannah!

– Ela parece pirata.

A mãe pegou a criança para abraçá-la, calando-a de maneira conveniente.

– Desculpa. Ela tem 4 anos.

– Tenho quase 5! – Hannah parecia estar discutindo com a cara enfiada num travesseiro.

– Tudo bem. – Sewanee deu um sorriso compreensivo. – Não, eu não sou pirata.

Hannah escapou do abraço apertado da mãe e se virou totalmente para Sewanee.

– Mas você usa tapa-olho.

– Hannah. – A mãe foi mais incisiva dessa vez. Pelos padrões dos pais de Los Angeles, a fala podia ser considerada rígida. Ela se virou para a filha, deslizou até a ponta da poltrona, soltou o cinto de segurança e ficou bem de frente para a criança, na altura dela, como deve ter sido instruída a fazer. A mulher estava prestes a ensinar alguma coisa. – Não fazemos perguntas pessoais a desconhecidos, meu docinho. Você é tão, tão, tão inteligente, e eu estimulo a sua curiosidade, mas temos que respeitar a privacidade das pessoas, está bem? – A voz esganiçada para animais de estimação tinha voltado.

Hannah se virou de novo para Sewanee.

– Mas por que você usa isso?

A mãe a virou de volta.

– Olha, Bananinha, essa é uma pergunta pessoal, não é?

– Não me chama de Bananinha, já falei. Eu odeio.

– Desculpa.

Hannah se virou de novo para Sewanee.

– Você tá machucada?

Ave-Maria…

– Hannah!

Mas Sewanee estava acostumada com esse interrogatório. Achava reconfortante o fato de que, naquele momento, isso não vinha de um cara bêbado num bar.

– Não. Não mais.

– Mas... mas... se você não tá machucada, por que tem...

Dito isso, a paciência de Sewanee tinha se esgotado.

– Eu adoraria continuar conversando com você – disse ela, mostrando os fones de ouvido Bluetooth pendurados no pescoço –, mas preciso terminar meu trabalho. – Ela olhou para a mãe da garota em busca de ajuda.

– Ah, claro! Crianças de 4 anos são muito curiosas...

– Cinco!

Sewanee balançou a cabeça.

– Tudo bem mesmo. Só que eu tenho prazo e, se não terminar de ouvir isso, posso acabar tendo que procurar outro emprego.

Por culpa do histórico de improvisação, das aulas de atuação e de uma infância vivendo de histórias, Sewanee sabia mentir. Com facilidade. Tanto para si mesma quanto para os outros. Ela pegou os fones no pescoço e os colocou nos ouvidos. Apertou o play no celular. Nenhum som. Aumentou o volume. Nada ainda. Aumentou até o máximo.

Pela visão periférica, ela viu a mãe da menina colocar as mãos sobre os ouvidos de Hannah, puxá-la junto ao peito e arregalar os olhos para Sewanee.

Não.

Meu Deus, não.

Ela tirou os fones a tempo de ouvir, no volume máximo: "Ele abriu as pernas dela com força, arreganhando-a, expondo sua toca secreta aos próprios olhos latejantes. Já pulsando, brilhando, sua generosa..."

Sewanee apertou o botão de pausa com tanta força que o celular caiu no chão. Ela se atrapalhou para pegá-lo, e o audiolivro continuava: "'Fala', rosnou ele. 'Eu quero te ouvir dizer.' Ele lhe deu uma lambida rápida e provocante. Ela gemeu. 'Diz que você quer o meu...'"

O celular tinha caído embaixo dos tênis iluminados de princesa da Disney de Hannah, que balançava as perninhas. Sewanee o pegou, se sentou de novo e – com três socos – pausou o audiolivro... pouco depois da palavra "pau".

Ela encarou o telefone, ignorando o olhar furioso que perfurava sua têmpora. Respirou, esperava, de um jeito casual. Como se nada tivesse acontecido (a negação era outra habilidade que ela dominava), Sewanee se virou de costas para a mãe e a criança e olhou pela janela.

Depois que conseguiu se concentrar e ver a imagem da descida, ela concluiu que Las Vegas tinha uma aparência meio brochante durante o dia. Todo aquele neon noturno era tipo o Viagra da cidade.

Ela se ajeitou na cadeira. Quem traz uma criança para Las Vegas, caramba?, pensou Sewanee de um jeito correto, mas irracional. Que ótima mãe. Conhecia mães como aquela. Que inferno, a mãe dela era assim. Delicada, excessivamente amorosa. Sewanee fora criada do mesmo jeito que Hannah. Parte oeste de Los Angeles (dava para ver pelos braços musculosos de ioga da mãe, pelo cabelo pintado sem raiz aparente, pela pele muito bem hidratada), escolas com *sentimentos*, pais que queriam o melhor para os filhos, enquanto garantiam que os filhos eram os melhores. Que diziam que você pode ser qualquer coisa, fazer qualquer coisa, que sonhos se realizam, que você é especial, que você é sagrado. Seja legal com todos, respeite todo mundo, diga a verdade, trabalhe muito e tudo vai se ajeitar. Você vai viver feliz para sempre.

Boa sorte com isso, Hannah.

Porque é assim que é a vida real: uma mulher impressionantemente mediana, que aparenta ter mais de 30 anos, a caminho de Las Vegas, usando um tapa-olho, sentada numa poltrona quebrada e ouvindo pornô.

"A melhor amiga"

Sewanee se olhou no espelho dourado do elevador do Venetian. Cabelo sujo, calça jeans larga, camiseta amassada e moletom com uma mancha irreconhecível do café da manhã perto do zíper. Dava para entender a expressão confusa da mulher que entregou a chave para ela no saguão VIP.

Quando as portas do elevador se abriram no 35º andar, Sewanee seguiu as placas e virou à direita. Parando na porta certa, tirou a mochila das costas (com cuidado, pois o ombro direito ainda doía de vez em quando) e a colocou em cima da mala de rodinhas. Abriu a porta com o cartão-chave.

Um corredor de mármore a recebeu. Ela deslizou por ele, passando por um lavabo maior do que o banheiro da sua casa. Do outro lado, havia uma pequena cozinha/bar que podia servir o hotel inteiro. No fim, ela estava parada no meio de uma sala de estar ultramoderna de mármore num piso rebaixado e com janelas que iam do chão ao teto e davam para a Strip.

– Você chegou!

Sewanee se virou para a esquerda, olhou por outro corredor comprido e viu Adaku Obi, indicada duas vezes ao Globo de Ouro, uma vez ao Oscar (elas não falavam *dessa* discrepância), porta-voz da L'Oreal e embaixadora da Unicef, de roupão e descalça, correndo em direção a ela.

Antes que Sewanee conseguisse responder, Adaku estava em cima dela, dando-lhe um abraço forte e envolvente. Os abraços de Adaku sempre começavam com um balanço, depois entravam numa imobilidade meditativa e terminavam com uma respiração profunda da ioga. A garota sabia aproveitar o momento presente. Mesmo que fosse só por um instante.

Adaku se afastou e deu um sorriso largo.

– Que loucura, não é? Isso é sensacional! Um absurdo! – Adaku sempre falara em explosões exclamativas, mas o ritmo tinha aumentado proporcionalmente ao sucesso dela, Sewanee percebeu. – E adivinha?! Você nunca vai adivinhar, então eu vou te contar. Tem dois quartos! – Ela deu um empurrão em Sewanee, provocando-a.

Sewanee devolveu o empurrão.

– Só dois?

Adaku gargalhou e a empurrou de novo.

– Que eu tenha descoberto até agora! Você tem que ficar comigo!

Sewanee analisou o ambiente e balançou a cabeça.

– Mark já pagou pela minha suíte no Rio.

Adaku lançou um olhar para ela.

– Todos os quartos no Rio são "suítes", não é? – perguntou, fazendo aspas no ar.

Sewanee buscou a mão dela, sorrindo.

– Não posso deixar o Mark pagar a conta de um hotel que eu não usei.

– Quanto custa?

Sewanee apertou a mão de Adaku e, para completar, a balançou.

– Não, não, não. Você sabe que eu odeio isso. – Ao ver os lábios franzidos de Adaku, ela acrescentou: – Não faz essa cara.

– Que cara?

– Você sabe exatamente qual cara.

– Eu não sei que...

– Ada!

Sewanee largou a mão da amiga e foi até a janela. Droga. Era uma vista espetacular.

Adaku estava estrelando um filme baseado no primeiro lugar da lista de livros mais vendidos do *New York Times* no ano anterior. Ela ia fazer uma entrevista com a autora no palco principal, um *meet-and-greet* VIP, uma hora de autógrafos e alguma coisa com a imprensa internacional. Nada de pavilhão de Romance para ela. Na BiblioCon, Adaku era o evento principal.

No reflexo da janela, Sewanee viu a amiga se aproximar por trás e abrir bem os braços, como uma rainha falando com os súditos.

– Estamos realizando nosso sonho, Swan! Eu tenho mesa e bebidas reservadas na boate, uma limusine a postos e um mordomo à minha disposição 24 horas por dia!

Sewanee parou. Adaku, nascida e criada num bairro de pessoas majoritariamente brancas e ricas de Chicago, terceira filha de dois médicos nigerianos adoráveis, mas exigentes, finalmente estava se permitindo curtir os triunfos conquistados a ferro e fogo. Tinha demorado. As pessoas achavam que o sucesso vinha rápido, mas isso não era verdade. Uma indicação para melhor atriz coadjuvante não era acompanhada de um pacote com jatinhos particulares, coberturas e Porsches. Adaku tinha *acabado* de comprar sua primeira casa, um bangalô de dois quartos em Echo Park, graças ao dinheiro da L'Oreal. Essa era a primeira vez que o tapete vermelho tinha sido de fato estendido para ela. Adaku Obi era a estrela de um filme, e o estúdio queria vê-la satisfeita.

Então ela merecia. E, sim, era divertido. Mas Sewanee queria pedir para a amiga ter cuidado. Fazê-la desacelerar um pouco. Dizer que a vida podia mudar sem aviso prévio. Mas refreou o impulso e usou uma estratégia do manual de conduta da própria Adaku: quando não conseguia falar o que queria, ela mudava de assunto.

– Desculpa, mas por que ainda não estamos bebendo champanhe?

Adaku soltou sua risada característica e apertou os ombros de Sewanee.

– Porque ele está gelando na SubZero chiquérrima! – Enquanto saía correndo, ela gritou: – Eles me deram uma Cristal!

Sewanee se virou de novo para a janela e se cumprimentou com um bom e firme aperto de mão mental. Ela estava feliz de verdade pela amiga. Isso não tinha nada a ver com Adaku. Adaku não era o problema.

Ela ouviu o som da rolha sendo retirada, o borbulhar do líquido ao ser servido e o sapateado elegante dos pés de bailarina descalços de Adaku no mármore atrás dela.

Virou-se e Adaku lhe entregou uma taça borbulhante, olhando diretamente nos olhos de Sewanee.

– Ao nosso sonho, que está se tornando realidade.

Sewanee brindou e tomou um gole enorme do melhor champanhe que já tinha bebido.

– Então tá! O que a gente vai fazer? Tenho aquele jantar que te falei, mas estou livre até lá. Vamos começar a festa!

Sewanee sabia – porque conhecia a melhor amiga muito bem – que, embora qualquer pessoa que estivesse no turbilhão da presença de Adaku pudesse jurar o contrário, ela nunca tinha cheirado cocaína.

– O que você quiser! Só posso fazer check-in no hotel às três, então...

Adaku revirou os olhos e Sewanee viu outro argumento para desistir do Rio se formando, por isso disse rapidamente:

– Tenho que trabalhar um pouco hoje à noite, então vamos nos divertir, mas sem exageros. Amanhã à noite eu topo tudo. Falando nisso, eu trouxe quinhentos dólares e vou apostar nas vermelhas ou pretas. Ainda não decidi qual das duas. Quem sabe? Talvez eu tenha sorte.

– Ah, você vai ter sorte, sei disso! Já faz tempo demais.

Adaku ergueu a taça de novo. Sewanee brindou com ela, rindo, e as duas disseram, ao mesmo tempo, sem esforço e com liberdade:

– Eu te amo.

Elas beberam, e as bolhas na língua de Swan pareciam aquelas balinhas que explodem e, de repente, ela estava contente. Era isso que Adaku fazia com ela.

A amiga deixou a taça numa mesa lateral, que Sewanee pensou ser uma escultura, e bateu palmas.

– Então! Eu tenho que dar uma entrevista por telefone daqui a dez minutos, mas não deve passar de meia hora, ou pelo menos foi o que minha assessora falou, e depois a gente vai arrasar por aí! – Ela encheu a taça de Sewanee enquanto dizia: – Pega isso aqui e vai curtir o spa. – Ela apontou para outro corredor comprido. – Se ajeita – olhou Sewanee de cima a baixo – e se prepara pra *feeeeeesta*! – Ao falar a última palavra, Adaku saiu rodopiando do quarto, o champanhe escapando da taça e se espalhando pelo mármore.

Sewanee sorriu e caminhou pelo outro corredor amplo, parando na porta do banheiro.

Ah, certo. Era um spa de verdade. Tinha uma sauna a vapor, uma sauna seca e uma mesa de massagem ao redor de um ofurô japonês. Ela não sabia aonde ir primeiro. O ofurô a estava chamando, então Sewanee tirou a roupa – até o tapa-olho – e entrou na água perfeitamente ajustada a quarenta graus.

Enquanto se adaptava à temperatura, sua mente vagou para o estúdio em Washington Heights. Aquele que ela havia compartilhado com Adaku quando as duas estavam na faculdade. Aquele onde as duas se aconchegavam juntas debaixo dos cobertores, quando o aquecimento estava com defeito, e brincavam de "quando formos famosas". A Julliard tinha sugado as duas, financeira e emocionalmente, mas elas tinham uma fonte inesgotável de otimismo que só podia vir da juventude e da inexperiência. Quando formos famosas, vamos comer sushi toda noite. Quando formos famosas, as pessoas vão nos parar na rua e dizer que amam o nosso trabalho. Quando formos famosas, teremos um sistema de aquecimento confiável. Quando *formos* famosas.

Não você. Não eu. Nós.

Sewanee não sabia, na época, a rapidez com que um sonho podia se tornar algo que zombava de você.

Na verdade, Las Vegas de dia não era tão brochante como Sewanee tinha achado. Ela e Adaku já tinham olhado vitrines e observado pessoas, agora estavam largadas em duas poltronas num lindo bar em algum ponto das Grand Canal Shoppes, no Venetian, bebericando algo caro. Gratuito, mas caro. Depois que Adaku autografou um guardanapo de papel com "Para Roy com carinho, Adaku", o ávido garçom tinha feito um *upgrade* em suas sodas com vodca para alguma coisa doce, polvilhada com flocos de ouro.

– Será que precisamos nos preocupar com uma intoxicação por metal pesado? – brincou Sewanee depois que ele se afastou.

Adaku cheirou a superfície do drinque e disse, antes de dar um gole:

– Mas que belo jeito de morrer.

Sewanee bebeu também.

– E aí, como está BlahBlah? – perguntou Adaku.

– Ah, você sabe. – Sewanee suspirou. – Fisicamente, ela está bem. Mas a cabeça… Você já viu aquele filme *Amnésia?*

Adaku fez uma careta.

– Ela… ainda se lembra de você?

– Ah, sim. Comecei a levar meus audiolivros pra ela e acho que ouvir a minha voz quando não estou lá ajuda a lembrar de mim quando eu estou.

– Incrível. E o seu pai?

– Ela também se lembra dele. Infelizmente.

Adaku deu uma risadinha.

– Eu estava perguntando *como está* o velho roupão.

Sewanee gargalhou, as duas deixaram os copos vazios de lado, e Roy apareceu, como se estivesse nos bastidores esperando por essa deixa.

– Vocês estão bem? Ou precisamos de mais ouro?

– Meu mágico do bar! – flertou Adaku. – Abracadabra, por favor!

Ela levantou os dois copos vazios.

– Seu desejo é uma ordem. – Roy pegou os copos da mão dela. – Volto num piscar de olhos.

Ele fez um barulho sibilante ao sair, como se estivesse desaparecendo.

– Tem alguma coisa que você não consiga convencer um homem a fazer? – Sewanee estava admirada.

– Me levar a sério? – Enquanto Sewanee ria, Adaku voltou a atenção para o salão, sondando, sua mira procurando um alvo. – Falando em homens, viu algum bonitinho?

Sewanee não olhou.

– Não.

– Que isso! A gente está em Las Vegas! – Adaku se aproximou, dando um sorriso diabólico. – O que acontece em Las Vegas fica em…

– Mas só se usar camisinha. – Adaku deu uma risadinha, mas Sewanee fez o barulho de um gato sibilando. – Acho que um floco de ouro grudou na minha garganta.

Naquele momento, Roy reapareceu, fazendo o mesmo som de novo, e Sewanee reprimiu uma tosse seca.

– Ele apareceu! – exclamou Adaku. – Roy, o Extraordinário!

– O que mais eu posso conjurar pra vocês? – perguntou ele com um sorriso torto à la Vegas.

Adaku captou o olhar de Sewanee. Uma conversa silenciosa aconteceu. *Que tal ele?*, perguntou Adaku. Sewanee inclinou o queixo para baixo de um jeito imperceptível. *Não.*

Adaku a ignorou e se virou para Roy.

– A propósito, essa é minha melhor amiga, Sewanee.

– Shauney?

– Não, Suã-nii.

Sewanee se encolheu.

– Pode me chamar só de Swan mesmo.

– Essa é a mesa dos nomes maneiros, né? – Ele deu um aceno amplo. – E aí, Swaaaan, você também é alguém?

– Hum, sou. – Ela pigarreou outra vez. – Todo mundo é, não?

– Rá! – Ele fez uma arminha com o dedo e emitiu outro som. – *Pá, pá.* Queria saber se você também é famosa.

Adaku se aproximou.

– Ela é a maior narradora de audiolivros do mundo!

Sewanee levantou a mão.

– Isso não é…

– Audiolivros? – As sobrancelhas de Roy se ergueram. – Cara, eu adoro audiolivros! Será que eu já ouvi alguma coisa que você fez?

Ela bebericou o drinque e descobriu que o segredo para engolir um floco de ouro preso na garganta era, aparentemente, mais flocos de ouro.

– Ah, você já ouviu a voz dela, confia em mim. Ela faz, tipo, todos os livros importantes! E já ganhou todos os prêmios que existem! Você já ouviu *Them Hills*? – perguntou Adaku.

Sewanee tinha que reconhecer a avaliação que Adaku fez do cara. Se houvesse algum livro que ela narrara e que o cara teria ouvido, seria o best-seller de caubói hipermasculinizado do ano anterior. *Butch Cassidy and the Sundance Kid* contado pela perspectiva feminina.

Ele se iluminou como uma máquina caça-níqueis.

– Cara! Cara! Esse livro é incrível! Era você?

Ela levantou as mãos, se apresentando, constrangida.

Roy olhou para Sewanee com novos olhos.

– Você arrasou! Espera, então você conheceu o cara que fez o papel de Butch e de Sundance? Tipo, vocês gravaram juntos?

Adaku e Sewanee se entreolharam e depois olharam para Roy.

– Que cara? – perguntou Adaku.

– O cara! O cara que fez a voz dos caras.

Adaku e Sewanee se entreolharam de novo.

– Não foi um cara – disse Adaku.

– Não, o cara que narrou o Butch e o Sundance.

– Ahhhh, esse cara. Então. Não era um cara. – Adaku estava curtindo demais a situação.

– *Quem* não era um cara?

– O cara que estava lendo.

– Não era um cara?

– Não.

Sewanee interferiu antes que Adaku provocasse um curto-circuito em Roy.

– O que ela está tentando dizer é que era eu.

Roy parou por um instante. Um longo instante. Ele semicerrou os olhos.

– Ah, entendi. – Ele se virou para Adaku. – Você acha que eu acho que ela fez o livro todo, *incluindo* os caras! – Roy gargalhou. – Eu não ia pensar isso de jeito nenhum! Mas entendo que você ache que eu achei isso.

A cabeça de Adaku se inclinou como a de um robô com defeito.

– Bem. Que bom que conseguimos esclarecer!

Roy se virou de novo para Swan.

– Então… quem era o cara?

Sewanee pensou em inventar um nome e mudar de assunto. Adaku não ajudaria mais em nada, já que tinha mergulhado o rosto risonho no drinque. Decidiu tentar mais uma vez.

– Roy? – Seu tom era de uma professora do jardim de infância. – O cara? Os caras? Eram eu.

Roy jogou a cabeça para trás.

– Ah, não, você também? O cara…

– Roy? – Mesmo tom. Ele olhou de novo para ela. – Quando eu gravei *Them Hills,* o… pessoal da editora… Eles me fizeram gravar todas as vozes. Inclusive as de Butch e Sundance.

Silêncio.

– Todas as vozes?

– Todas as vozes – repetiu Sewanee.

Roy congelou. Depois inclinou a cabeça. Parecia um labrador esperando uma ordem.

Ela baixou a voz para um tom que agora já era um hábito.

– "Um dia, Butch, você vai morrer e vai perceber que nunca viveu de verdade."

Roy a encarou.

Sewanee tomou um gole do drinque e esperou. Por fim:

– Cara.

Adaku bateu na mesa.

– Incrível, não é?

O som arrancou Roy do estado confuso. Agora ele estava boquiaberto.

– Como é que você faz isso?

Sewanee acenou para ele se aproximar e falou baixinho, num tom misterioso:

– Não conta pra ninguém. Entendeu?

O rapaz parecia ter recebido permissão para espiar por trás de uma cortina. Roy assentiu bem devagar.

– Tááá. Pode deixar. – Ele piscou e voltou para seu posto no bar.

Adaku parou por um instante. Depois deu de ombros.

– Tá legal, ele não serve!

– Carta!

As duas tinham parado numa mesa de vinte e um. Adaku estava jogando, Sewanee, observando.

O crupiê virou a carta seguinte.

– Vinte e um.

– Isso! – Adaku puxou Sewanee para se sentar ao lado dela. – Vem! Joga! – Ela empurrou uma pilha de fichas de 25 para a amiga e disse para o crupiê: – Ela vai jogar.

– Não com o seu dinheiro.

– Shhhh. Dez minutos! Dez minutinhos! Estou com sorte. Depois a gente vai procurar a roleta.

– Tenho que trab…

– Os livros não vão a lugar nenhum, Swan.

– Troca de cartas, senhoritas. Vai levar alguns minutos – disse o crupiê.

Aliviada, Sewanee se recostou.

Então viu dois caras à espreita atrás delas.

– Com licença. – O mais alto cutucou o ombro de Adaku.

Sewanee a viu recuar ao toque, enquanto se virava para eles com aquele sorriso padrão de "sim-sou-eu".

– Oi!

– Caramba. É você *mesma*! A gente não tinha certeza.

– *Eu* tinha certeza – interferiu o amigo mais baixo. – Acura Oboe!

Sewanee suspirou alto e recebeu um chute da amiga na canela.

Adaku deu um sorriso mais largo.

– Adaku Obi.

– Isso. – O mais alto estalou os dedos. – Meu nome é Chuck. E esse inútil aqui é o Jimbo.

Chuck estava com um brilho vidrado no olhar que Sewanee não curtiu. Ele ficava encarando Adaku.

– Posso te falar, aqui entre nós? Você me lembra da… – Ele se virou para o amigo. – Jimbo, você se lembra da Sheniqua?

Jimbo bufou.

– E como me lembro!

Sewanee nunca ia se acostumar com as coisas que alguns homens achavam que podiam falar. Roy era inofensivo. Mas esses dois? Eles eram um problema antes mesmo de aparecerem, onde quer que aparecessem, e especialmente no caso de Adaku. Enquanto Sewanee se questionava se devia se meter, ficou analisando os sotaques. Costa Leste. Não de Nova York, nem das cidades menores. Definitivamente não era Boston. Jersey. Provavelmente da orla. Fácil.

– Então. – Chuck desceu a mão pelas costas da cadeira de Adaku, se inclinando. – Não me entenda mal, mas você gosta de caras brancos?

Sewanee se levantou.

– Ok.

– Não faz isso – pediu Adaku, baixinho e de um jeito incisivo.

Chuck levantou as mãos carnudas.

– É só uma pergunta!

Jimbo deu uma risadinha.

– A gente bebeu um pouco demais, sabe como é?

Eles se cumprimentaram com um soquinho no ar, de um jeito desleixado.

Sewanee sabia que tinha existido um momento, bem breve, alguns anos atrás, em que ser reconhecida era agradável. Agora, parecia perseguição.

Adaku encontrou o olhar do supervisor do cassino. Não precisou de mais nada.

Sem perceber isso, Chuck se aproximou mais de Adaku.

– Você é especial. Tem aquele charme, sabe? Você brilha. Toda profocante e tal.

– Provocante – corrigiu Sewanee com a voz ensaiada que, apesar do volume baixo, fazia as pessoas ouvirem. – Pro-vo-can-te.

Chuck olhou para ela pela primeira vez, surpreso por vê-la ali.

– Foi o que eu disse.

– Não, você disse pro-fo-can-te. O certo é pro-vo-can-te.

– E daí?

– Pro-vo-can-te é uma palavra. Pro-fo-can-te não é.

Chuck fez uma pose teatral de reflexão, com o dedo gorducho sobre o queixo com a barba por fazer. Ele se voltou para o amigo.

– Ei, Jimbo, "vaca" é uma palavra? – Ele olhou de volta para Sewanee. – Falei essa certo?

Enquanto eles riam, dois homenzarrões apareceram. Um deles pegou Chuck pelo cotovelo.

– Senhores, por favor, venham com a gente.

Chuck e Jimbo fizeram alguns protestos breves: "Não queríamos dizer nada disso"; "só estávamos nos divertindo"; "que jeito de tratar os fãs"; "você não é gostosa, sabe, porra". Mas já estavam sendo escoltados para a saída mais próxima.

Sewanee se sentou de novo.

– Tá legal, ele não serve! – exclamou, olhando para Adaku.

Elas estavam compartilhando um sorriso triste, quando Chuck deu um último grito alto por sobre o ombro:

– Ei, sua vaca, te pego no Treasure Island!

Adaku tinha insistido em levar a amiga para o Rio de limusine. Sewanee fez o check-in em sua suíte do quarto andar, abriu as cortinas – revelando uma vista suntuosa do estacionamento –, preparou uma xícara de chá, ligou no Golf Channel – sua fonte preferida de som ambiente – e começou a trabalhar. Primeiro repassou as perguntas que Mark lhe dera para o painel na manhã seguinte.

Depois começou a preparar um livro que ia gravar dali a algumas semanas, fazendo listas de palavras e encontrando as pronúncias corretas, identificando o arco emocional da história, marcando os pontos de respiração em passagens sintaticamente desafiadoras, mapeando os relacionamentos entre os personagens e desenvolvendo as vozes e os sotaques. A preparação de livros tinha se tornado tão relevante para ela quanto o ensaio, fosse para interpretar um papel numa peça ou para pesquisar um personagem antes de gravar um filme. Mas Sewanee Chester não pisava em um palco nem diante de uma câmera havia sete anos.

Depois de algumas horas, ela se recostou, percebendo que estava com fome, e mexeu, distraída, no elástico do tapa-olho sobre a orelha direita, como se fosse uma mecha de cabelo. No início, ela o tirava sempre que estava sozinha. Agora era só mais uma parte dela. Pegou o telefone e ligou para o serviço de quarto.

Depois fez uma coisa que odiava: entrou no Facebook.

Havia deixado de atualizá-lo depois do acidente. Eram posts solidários demais e, depois, aparentemente da noite para o dia, não eram suficientes. Enquanto as pessoas postavam fotos de noivados, de casamentos, dos primeiros cachorros, das primeiras casas, dos primeiros filhos e agora dos segundos filhos, a última foto em que ela fora marcada era no hospital. Adaku estava ao lado dela, as duas fazendo um sinal afirmativo com o polegar. Ela estava congelada no tempo.

Mas Mark tinha dito: os fãs de audiolivros de romance são insanos, você devia ver os grupos no Facebook.

E assim ela foi até a página de Dixie Barton, uma amiga narradora que tinha feito carreira gravando livros de romance e estaria no painel no dia seguinte. Seu nome verdadeiro decididamente *não* era Dixie Barton, e sim Alice Dunlop. Alice tinha escolhido o pseudônimo Dixie Barton porque era o nome de uma famosa dançarina de burlesco na década de 1940. Sewanee deu uma olhada nos grupos dos quais "Dixie" fazia parte.

Rosinhas Românticas.

Cavaleiros da Meia-Noite.

Tudo Sobre Romances.

Clicou no que tinha mais membros – vinte mil?! – e entrou em outra dimensão.

Havia pelo menos cinquenta posts por dia, alguns anunciando lançamentos ("O livro 14 da série Katy Fez Isso Mesmo saiu hoje! Vem com a mamãe!"), alguns declarando amor por um livro ou narrador específico ("Comecei a ouvir a voz do Joe Kincaid nos meus sonhos") e alguns pedindo recomendações ("Alguém conhece um livro engraçado de *ménage* H/H/M? Tem que ser ENGRAÇADO"). Autores e narradores também faziam parte do grupo. Mas a maioria era de fãs.

Fãs que conseguiam ouvir um livro por dia, pelo que Sewanee descobriu enquanto rolava a página. Fãs que faziam vídeos de devoção para os narradores preferidos. Fãs que esperavam impacientes pelo próximo livro de um narrador, porque já tinham ouvido o catálogo todo.

Sewanee sabia como os livros de romance eram populares (não era só uma categoria, era um *pavilhão*, afinal de contas), mas ficou surpresa de ver que os narradores tinham seus próprios seguidores. Os fãs amavam as mulheres… mas reverenciavam os homens. E parecia que um em específico, Brock McNight, era o rei do momento. A falta de sutileza nos comentários deixava isso evidente: "Todos o saúdam!", "nosso verdadeiro unicórnio" e "Brock McNight! Quero que você leia essa parte pra mim enquanto eu te chupo!".

Certo.

Sewanee sabia que Brock McNight com certeza não era o verdadeiro nome dele. A natureza explícita desses livros fazia muitos narradores – assim como os autores – usarem pseudônimos. Era uma norma do setor e todo mundo tinha seus motivos para fazer isso, mas, como numa sociedade de mágicos, todos juravam segredo. Um post fixado no topo da página alertava que qualquer ouvinte que "revelasse" um narrador sem permissão seria expulso do grupo.

Ótimo.

Mark era quem tinha sugerido que Sewanee fizesse audiolivros. Eles tinham se sentado um ao lado do outro, num teatro compacto com trinta poltronas, no espetáculo de um amigo em comum, e pareciam as únicas pessoas do público que não estavam impressionadas pelas contorções torturantes no palco. Depois de uma conversa de dois minutos sobre audiolivros no intervalo, ele lhe deu seu cartão, disse que ela teria que começar no romance independente e que precisava escolher um pseudônimo. Sewanee escolheu seu nome de *stripper*. Usando o clássico algoritmo do ensino fundamental, ela combinou o nome do primeiro bicho de estimação (Sarah, uma labradora preta tão fiel quanto burra) e a rua onde cresceu (Westholme, a meio quilômetro do campus da UCLA, onde seu pai dava aula). Sarah Westholme parecia realista. Alguns narradores iam por outro caminho. Raposa Fofinha. Pinto Grande. Ou, no caso de um narrador muito gay e muito liberal que ela adorava e que só gravava eróticos lgbtq+, Lindsey Graham, como o político conservador, porque "duvido que o canalha venha atrás de mim, eu o desafio".

O mercado – tanto de audiolivros quanto de romance independente – tinha crescido muito desde que ela se "aposentara", e Sewanee tinha certeza de que Sarah desaparecera na obscuridade. Mas buscou o antigo pseudônimo na barra de pesquisa do grupo do Facebook para ver se ainda existia.

Caramba, e como existia. Ela era um enigma. A Baleia Branca do Romance. Os posts diziam:

> Por que ela não está mais narrando?

> O que aconteceu com ela??

> Meu Deus, ela era 100% minha preferida, por quê??? 😭

> Ninguém faz vozes masculinas como ela! E Shadow Walkers?! Nada é melhor do que Sarah lendo June French!

Shadow Walkers foi a última série de romance que Sewanee havia feito, e ela adorava esses livros. Mas, por outro lado, era June French. Como não amar? Na década de 1990, June tinha sido uma autora icônica de romance, que ajudou a definir a categoria. Quando entrou para o mercado independente com a série Shadow Walkers, ela contratou Sarah para fazer os audiolivros, e eles explodiram.

June era a única autora de romance que Sewanee se sentia mal por ter abandonado. Tinham trabalhado muito bem juntas, trocado e-mails atenciosos que faziam Sewanee achar que as duas provavelmente teriam sido amigas na vida real. Lembrou-se de ter contado a June – em termos abstratos – o que tinha acontecido com ela, o porquê de não atuar mais diante das câmeras. Quando ouviu, poucas semanas antes, que June tinha morrido – uma onda de choque que ainda ecoava pela comunidade de audiolivros –, a notícia a atingiu num ponto inesperadamente delicado.

A batida na porta a assustou. Por um instante – mesmo que breve –, ela se imaginou num livro de June French. Que aventura poderia encontrar do outro lado da porta?

Ah, claro. A comida.

Fechou o notebook, se levantou e ajeitou o tapa-olho antes de abrir a porta para um homem que nunca estamparia a capa de um livro de romance, nem no seu auge, trinta anos antes. Ele empurrou o carrinho para dentro do quarto, ela assinou a conta, deu uma boa gorjeta e fechou a porta.

Sewanee tirou a tampa do prato e encontrou batatas fritas frias, um pão do dia anterior, um hambúrguer talvez ainda mais antigo e um enfeite que ela desconfiou ter sido tirado de outro jantar descartado.

Acabou a fantasia. A realidade chegara.

"As apostas"

Na manhã seguinte, enquanto decidia a cor do batom para o painel, Sewanee se viu encarando o espelho do banheiro sem o tapa-olho. Por mais que estivesse acostumada, não conseguia deixar de olhar. Toda vez parecia a primeira e ao mesmo tempo ela esperava que fosse a última.

O espaço onde ficava o olho direito estava coberto por uma pele que parecia ter sido queimada, mas não fora. Era só o efeito de pouca pele para cobrir tanta superfície. A cicatriz comprida e irregular saía do meio da sobrancelha direita e descia até o ponto mais alto da bochecha. Assim como a foz de um rio, a cicatriz desaguava no estuário de seu rosto encovado.

Ela olhou de novo para o batom. Vermelho. Definitivamente vermelho. Seja ousada.

O celular, pousado na bancada ao lado, tocou.

Ela espiou o identificador de chamadas: Seasons. A casa de repouso da avó. Não importava quantas vezes havia visto "Seasons" na tela ao longo dos anos, o estômago dela sempre se contraía. Nos últimos meses, essa contração tinha piorado junto com o estado mental de Blah.

– Alô?

– Sewanee? – perguntou uma voz conhecida.

– Amanda? Está tudo bem?

– Bom, a gente teve um pequeno incidente.

Sewanee se apoiou na bancada. Ela imaginou Amanda, elétrica e competente, atrás da mesa no escritório arrumado, provavelmente com o suéter de Natal nas costas da cadeira, o cabelo preto grisalho e frisado preso por uma faixa com renas chifrudas.

– O que aconteceu?

– Desculpa te incomodar. Tentamos falar com seu pai, mas ele não retornou a ligação.

Como sempre.

– Tudo bem, o que está acontecendo?

– Bem – suspirou ela –, BlahBlah saiu do quarto ontem à noite.

Até os cuidadores tinham adotado o apelido da avó. Barbara nunca quis ser chamada de "vovó", "avó" nem nenhum outro "título familiar que remetesse à velhice". Mas Sewanee, quando pequena, não conseguia dizer Barbara. O melhor que conseguiu foi BlahBlah. O pai dela achou que combinava perfeitamente com a mãe faladeira, e o apelido pegou.

– Um dos nossos serventes a encontrou no salão geral, às duas e meia da manhã. Ela achou que estava num hotel, no Tennessee, se arrumando pro baile de debutante. Pensou que o servente era o acompanhante dela.

Sewanee fechou o olho.

– Como ela está agora de manhã?

– BlahBlah acordou sem nenhuma lembrança de ontem à noite. Estava falante como sempre no café da manhã.

– Ok. – Sewanee respirou fundo, inclinando a cabeça para trás. – Isso é bom. Certo?

– É, mas o problema é que tivemos que trancar sua avó pelo restante da noite, pra segurança dela. As condições dela pioraram, e precisamos avaliar os cuidados necessários para o futuro.

– O que… o que isso significa?

– Acreditamos que, em algum momento não muito distante, vamos precisar transferi-la pra ala de memória.

Sewanee tinha visto a porta enorme e trancada. Ela se lembrava nitidamente da placa com letras vermelhas acima: UNIDADE DE MEMÓRIA. MANTENHA AS PORTAS FECHADAS O TEMPO TODO. Ficava no corredor que levava ao bar. Sim, o Seasons tinha um bar. E uma sala de ioga. O lugar foi projetado para parecer a versão de um set hollywoodiano da década de 1950: o corredor principal era a Main Street; o salão tinha um poste de barbearia; o mercadinho tinha um balcão com fonte de refrigerante e uma jukebox. Isso irritava Sewanee, a "Disneyficação" da morte. Mas fazia Blah feliz. E, como ficava em Burbank, perto dos estúdios da Warner Bros. e da Smoke House, era cheio de artistas como a avó.

Foi por isso que Blah escolheu esse lugar depois da morte da irmã, Bitsy, com quem ela morava.

Enquanto outras casas de repouso levavam os residentes para shoppings e museus, os passeios do Seasons eram noites de cinema no Cemitério Hollywood Forever para ver filmes clássicos ao ar livre ("e visitar velhos amigos", brincava a avó). Eles iam a filmagens de *sitcoms* e *talk shows*. Tinham um happy hour na noite de sexta-feira que era aberto ao público, e Swan ia a quase todos para beber um martíni com Blah e seus amigos.

Quando as duas foram conhecer o Seasons, quatro anos atrás, Amanda tinha garantido que, se e quando chegasse a hora da transferência para a ala de memória, Blah não ficaria isolada do mundo que adorava. Ainda ia participar das atividades na outra parte da casa de repouso se quisesse. Se pudesse. Sewanee e Blah nem pensaram nisso na época. Nenhuma das duas considerava a possibilidade de BlahBlah – fofoqueira, tagarela, de olhos brilhantes, desbocada, que cantava e dançava – precisar de portas trancadas e monitoramento 24 horas por dia.

– Você quer que eu continue tentando falar com seu pai ou prefere entrar em contato com ele? – perguntou Amanda.

– Não, pode deixar que eu falo.

– Está bem. Pede pra ele me ligar assim que vocês conversarem.

– Claro. Obrigada, Amanda.

Sewanee desligou e buscou o número do pai na mesma hora.

Ela fez uma pausa.

Suspirou profundamente e ligou.

– Sewanee, eu não tenho tempo pra conversar, você está bem?

– Estou. – Não que ele quisesse mesmo saber. Ou que realmente não tivesse tempo. Foi impossível Sewanee *não* provocá-lo dizendo: – Eu só queria ter uma conversa demorada e sincera sobre as nossas esperanças e sonhos, pai.

O sarcasmo era sua melhor arma contra a autoproteção implacável dele, e ela dominava essa arte.

– Você quer alguma coisa?

– Quero. Quando a casa de repouso da sua mãe ligar, eu quero que você atenda.

Uma breve pausa.

– Está tudo bem? – perguntou ele, repetindo exatamente o que Sewanee tinha perguntado a Amanda.

Mas a diferença estava no tom. Ela entendia de tom. O trabalho dela era conhecer os tons. O pai estava distraído, impaciente. Mas – e foi isso que a incomodou – quase esperançoso de que, na verdade, nada estivesse bem. Isso revirou seu estômago.

– Não – respondeu ela, engolindo em seco. – Houve um incidente ontem à noite, nada sério, mas fez Amanda me contar… contar a você, que Blah precisa ir pra ala de memória. Por isso a Amanda tem que falar com você.

– Por quê?

Sewanee fez uma pausa.

– Por quê? Pra discutir… literalmente tudo?

– As esperanças e os sonhos dela?

Sewanee não respondeu ao deboche, e Henry não continuou. Quando o silêncio se prolongou demais, ela disse:

– Eu estava planejando visitar a Blah na segunda, na hora do almoço. – Nada ainda. – Por que a gente não se encontra lá? – Se não fosse pelo som de engolir o que Sewanee supôs ser café, ela teria achado que a ligação caíra. – Pai?

Uma risadinha.

– Não tem necessidade disso. Vai até lá almoçar, vocês combinam tudo e a gente se fala depois.

– Está bem. Eu te ligo segunda, no fim da tarde. – Mais silêncio. – Você quer pelo menos saber o que aconteceu…

– Swan, a gente se fala na segunda, tenho que ir.

E desligou.

Com a corda da BiblioCon no pescoço, Sewanee saiu empurrando e abrindo caminho pelo gigantesco piso da convenção. O número de participantes era surpreendente. Para alguém que tinha passado boa parte da vida profissional com fones de ouvido, escutando apenas o sussurro suave da própria voz, alguém que valorizava o silêncio absoluto acima de tudo, o zunido do salão a fez contrair os ombros até o pescoço.

O celular vibrou no bolso uma vez, com uma mensagem de texto.

ADAKU:

Tá aqui?

SEWANEE:

Aham. A caminho do painel.

ADAKU:

Vem na sala verde rapidinho.

SEWANEE:

Existe uma sala verde??

ADAKU:

Canto noroeste.

SEWANEE:

Tá achando que eu sou o Fernão de Magalhães?

ADAKU:

Perto da Starbucks. Embaixo do pôster com a minha cara.

Sewanee virou a cabeça, olhando ao redor do salão. Localizou o cartaz do filme *Girl in the Middle* – um close do perfil esquerdo de Adaku no longa – e foi até lá. Ela mandou uma mensagem rápida:

Só tenho 10 minutos.

Depois de encontrar a porta e de um homem gigantesco que vigiava a sala verificar sua identidade com o crachá, ela foi conduzida para um saguão exclusivo, onde Adaku a esperava com um copo de café para viagem na mão estendida.

– Deus te abençoe – disse Sewanee, pegando-o.

Sem dizer uma única palavra, Adaku agarrou a mão dela e a arrastou pelo corredor até o banheiro feminino. A amiga verificou rapidamente as duas cabines, confirmando que estavam vazias, e quase saltou por cima de Sewanee para trancar a porta.

– O que aconteceu? Você matou alguém? – perguntou ela, tomando um gole de café. Adaku entrelaçou as mãos, mas parecia incapaz de falar. Sewanee olhou curiosa para ela. – É uma coisa boa ou ruim?

Um som que faria cachorros uivarem escapou de Adaku.

– É bom, Swan. É muito bom. É bom tipo In-N-Out.

Sewanee sabia que, se Adaku ganhasse um último pedido antes de morrer, seria um hambúrguer duplo da In-N-Out. Adaku estava agitada. Sewanee também.

– O que é?

Adaku retorceu as mãos.

– Sabe aquele projeto que eu te falei, da Lisístrata na selva? – Sewanee assentiu. – Eu atingi uma meta. A maior.

Ela congelou.

– *A maior?*

O queixo de Adaku estremeceu.

– A *nossa* maior.

Mais tarde, Sewanee ficaria satisfeita, porque seu *primeiro* impulso, seu *instinto*, tinha sido de felicidade, sem nenhuma pitada de inveja. O sorriso fora real, o grito que havia irrompido dela fora genuíno, as lágrimas que se seguiram foram de alegria. Elas riram e choraram e, depois de algum tempo, era impossível identificar qual das duas coisas estavam fazendo. Uma mistura bruta de emoções. Sewanee jogou os braços ao redor da amiga, a única amiga verdadeira que tinha sobrado, o que tinha de mais constante em sua vida, e sentiu o coração de Adaku batendo rápido.

– Um milhão de dólares – sussurrou Adaku, tremendo. – Um milhão de dólares!!!

– Você conseguiu! – gritou Sewanee.

Adaku se afastou e pegou o rosto destruído de Sewanee com as mãos macias.

– Nós conseguimos! Naquela pizzaria ferrada na rua 181...

– Você tem coragem de amaldiçoar a memória do Tony's?

As lágrimas de Adaku cobriram seus lábios sorridentes.

– Diante do especial de 2,99 dólares com duas fatias e uma Coca-Cola, nós prometemos. Uma de nós ia conseguir um milhãozinho antes dos 35 anos.

Sewanee a puxou para perto de novo e sentiu as lágrimas superarem a risada, a garganta se fechando.

– Você conseguiu. Você... – Ela empurrou Adaku para longe de repente. De brincadeira, claro. – Meu Deus, estou tão orgulhosa de você!

Adaku secou o rosto.

– Quer dizer, depois dos impostos e das comissões, devem sobrar tipo quatrocentos mil, mas...

– Ah, então deixa pra lá.

As duas se entreolharam por um instante silencioso. Os olhos de Adaku ficaram enevoados. O rosto ficou mais sério.

– Nós duas sabemos que você teria conseguido isso séculos atrás. Se aquele filho da p...

– Você ganha, eu ganho, nós ganhamos, lembra?

– Mas é tão injusto...

– Não – pediu Sewanee, segurando os ombros de Adaku. – Você vai ganhar um milhão de dólares pra ser a estrela de um filme.

O sorriso dela voltou.

– Acabei de receber a ligação, e você era a única pessoa com quem eu queria dividir isso. Estou tão feliz de você estar aqui!

Sewanee recuou e levantou as mãos, como uma clarividente tendo uma visão.

– Estou vendo... estou vendo quantidades absurdas de champanhe no nosso futuro. – Adaku riu. – Mas, neste momento, seus dois minutos acabaram, e eu vou me atrasar.

Adaku deu um salto para a frente.

– Claro, claro! Desculpa. – Ela destrancou a porta. – O que você quer fazer hoje à noite? Eu estava pensando…

– O que você quiser!

– Posso te convencer a ir a uma boate? A garrafa…

– Sim, tudo que tem direito, amiga, eu tenho que ir!

Adaku abriu a porta com um empurrão.

– Vai, vai! Você vai se atrasar! Quantas vezes eu tenho que te falar isso?

Sewanee riu, deu um abraço apertado em Adaku e saiu correndo.

Enquanto se apressava pelo corredor, sentiu o maxilar travar.

Quando entrou de novo no espaço da convenção, sentiu o peito apertar.

Conforme encontrava o caminho para o pavilhão de Romance e localizava o salão correto do painel, duas palavras ecoavam na cabeça dela: *Por quê?* Em espiral. *Por quê? Por quê? Por quê?*

Essa era a rapidez com que seu estado mental podia mudar. Essa contracorrente perigosa e invisível era a única coisa na vida que ainda a assustava, que a fazia pensar se estava errada por ter abandonado os remédios depois do primeiro ano, por ter desistido da terapia antes disso. Porque isso não era bom. Porque, na própria mente, Sewanee estava deitada naquela cama de hospital, sete anos atrás, se perguntando por que eles tinham se esforçado para salvá-la.

O salão estava lotado de autores e fãs. Eles estavam sentados nos degraus, apoiados nas paredes, empoleirados no colo de amigos. O painel bem escolhido – pessoas inteligentes e talentosas – mantinha o salão atento. Estavam ali Alice Dunlop, conhecida como Dixie Barton; Mildred Prim, uma britânica na faixa dos 70 anos que estudou na Academia Real de Artes Dramáticas, tinha seguidores obcecados pela famosa série Highlander – que ela narrara nos últimos vinte anos – e simplesmente usava o irônico sobrenome de solteira, que significava "puritana", para fazer livros de romance; e Ron Studman. Ron era um dos poucos narradores que gostava de ser visto, porque queria que as pessoas soubessem que, mesmo quando você já passou da meia-idade e tem uma cintura cada vez maior e uma cabeleira cada vez menor, você também pode ser um símbolo sexual se mantiver a parte boa. E a parte boa, no caso dele, era a voz, e os fãs o amavam por isso.

Naquele momento, Ron fazia a multidão comer na palma da mão dele. Ouviram-se assobios de um grupo de mulheres na primeira fila quando ele fez a voz pela qual era mais conhecido: um vampiro irlandês chamado Seamus.

Sewanee tinha feito todas as perguntas que Mark pediu. *Por que vocês acham que os audiolivros estão bombando agora? Como vocês se preparam para gravar um livro? Qual é a melhor abordagem para gravar uma cena de sexo? Por que as pessoas que revelam o pseudônimo de um narrador deveriam ser arrastadas e esquartejadas em praça pública?* Estava na hora de fechar o painel, então ela fez uma pergunta que daria a todos a última oportunidade de brilhar. *Por que os livros de romance são tão populares?* Conforme cada membro respondia, o ânimo de Sewanee melhorava. Havia feito seu trabalho. Um bom trabalho. Mark ia ficar feliz, e os organizadores iam ficar satisfeitos. Ela aguardava ansiosa pela noite com Adaku, que merecia ser celebrada, que merecia cada segundo de sucesso que estava vivendo.

Ron foi o último membro do painel a responder e, sendo Ron, não decepcionou.

– As mulheres estão descobrindo a extensão total do prazer. A vergonha ficou no passado! O felizes para sempre é possível. Pode até estar sentado bem na sua frente! – E piscou para o público.

– Muito bem – disse Sewanee para o salão. – Obrigada a todos pelos insights. Temos mais alguns minutos, então vamos abrir para perguntas.

Uma das mulheres na primeira fila se levantou num salto e perguntou se Ron daria um autógrafo no peito dela. Assovios para todo lado. Ron obedeceu.

Uma mulher algumas fileiras atrás se levantou e pegou o microfone.

– Oi. Acho que falo por todas nós quando pergunto: quem é Brock McNight? – A multidão comemorou. – Sério! A gente precisa saber.

Ron fez um movimento de fechar os lábios com zíper, e as outras pessoas da mesa balançaram a cabeça.

A pergunta seguinte também foi sobre Brock McNight. E mais outra.

– Temos alguma que não seja relacionada a Brock McNight? – indagou Sewanee, por fim.

Alguém tinha uma pergunta para Sewanee:

– Você narra livros de romance?

– Não. – Ela percebeu que falara de um jeito mais enfático do que pretendera. Deu um sorriso radiante e apontou para o painel. – Deixo isso pros especialistas.

– Sewanee faz os livros difíceis – comentou Ron. – Aqueles em que ninguém mais pode tocar. Fantasias com trezentos personagens, sagas de guerra com vinte sotaques diferentes, os clássicos, os tijolos literários. Quanto mais longo melhor, quanto maior melhor, ela faz todos esses.

– Olha a sacanagem! – brincou Sewanee, e o público riu. Tinha aprendido havia muito tempo a deixá-los rindo; BlahBlah ensinara isso a ela. – Certo, que tal mais uma rodada de aplausos para os nossos maravilhosos…

Sewanee percebeu uma jovem loura de cabelos cacheados se levantar e alisar o belo vestido sem mangas. Ela gritou:

– Desculpa, pessoal! Mais uma perguntinha rápida?

Sewanee olhou para o relógio na parede dos fundos enquanto o microfone chegava até a moça.

– Muito obrigada – disse ela. – E muito obrigada por virem conversar com a gente. – A jovem tinha um sotaque arrastado, característico do sul. Tão característico que Sewanee pensou, por um breve momento, se era falso. Alto, nasal e propenso a colocar a entonação no fim. – Hum, minha pergunta é: qual é a melhor maneira de entrar nesse mercado?

– Posso te dar mais informações no estande – respondeu Sewanee –, mas, quando você tiver um rascunho do seu livro, você devia pensar em audi…

– Ah, não! – A moça deu uma risadinha. – Não sou autora! Sou atriz.

Sewanee ficou paralisada, seu cérebro fritando.

Ron assumiu o comando.

– Bem, a primeira coisa que você deve fazer – ele se inclinou em direção ao microfone e fez a voz do vampiro irlandês – é vir encontrar o Seamus depois do painel.

– Ron – repreendeu Sewanee –, que sem-vergonha! – O público riu. – Bom, pessoal, obrigada por…

– Quer dizer, eu adoro ler. – A garota ajeitou o cabelo atrás da orelha e continuou: – E estou fazendo aulas de teatro em Los Angeles. – Ai, meu Deus: era uma daquelas pessoas *não é bem uma pergunta, é só um comentário.* – E, tipo, sei lá, parece o emprego perfeito.

Mais uma vez, um membro da mesa poupou Sewanee de ter que responder.

– Bem – começou Mildred –, eu digo pras pessoas que a melhor coisa a fazer, se acha que vai se encaixar nesse trabalho, é entrar num cômodo sem janelas e ler um livro em voz alta, parando a cada erro e recomeçando do início da frase. Faça isso durante oito horas e veja se você ainda acha que é o emprego perfeito.

O público deu uma risadinha. Sewanee agradeceu silenciosamente a Mildred pelo choque de realidade.

– Ouvir vocês me fez perceber – continuou a garota (continuou!) – que narrar livros de romance seria muito legal.

A curiosidade mórbida de Sewanee assumiu o controle, como se ela estivesse passando lentamente por um acidente de carro na estrada.

– Por quê?

– Bem, usando as minhas habilidades de atriz e tal, eu poderia levar esperança pras pessoas.

– Como?

– Fazendo… o que eu acabei de falar? Gravando audiolivros de romance? Não seria ótimo ajudar o mundo a saber que o amor sempre dá um jeito, que tudo vai dar certo, que podemos realmente viver felizes para sempre?

Sewanee se controlou e tentou não parecer condescendente.

– Isso seria ótimo, se fosse verdade, mas… é melhor parar por aqui.

A garota fez um biquinho adorável.

– Parece que alguém está precisando de um pouco dessa esperança.

A gota d'água encontrou o copo cheio.

– Eu tenho esperança. Esperança real, não falsa. Os livros de romance são um escape maravilhoso, mas… – Sewanee fez uma pausa mínima, mas que certamente não foi longa o suficiente para refletir sobre as consequências do que estava prestes a dizer, antes de continuar: – Olha, se você quer dar alguma coisa pras pessoas, dê a verdade. Seja sincera. Os livros de romance não são a vida real, o amor não é um direito concedido por Deus, ser atriz não deixa a vida melhor, na verdade, pode até deixá-la pior, e o felizes para sempre é uma mentira.

Alguém estava acenando sem parar no fundo do salão: uma mulher usando uma camiseta com o logo da convenção e segurando uma prancheta. Ela deu um tapinha no próprio pulso de um jeito que pareceu teatral para Sewanee. Isso rompeu o feitiço.

Sewanee olhou para a multidão silenciosa, e as palavras dela estavam se assentando sobre o auditório como as cinzas sufocantes de um vulcão.

Merda.

Ela fez uma pausa calculada.

– Ouvi alguém dizer isso mais cedo e não acreditei. Quer dizer, o que a gente acha? Felizes para sempre é uma mentira?

– Não!

Sewanee havia reconquistado o público.

– Desculpem, acho que ninguém ouviu lá no pavilhão esnobe! É mentira?!

Uma resposta reverberante tomou o salão:

– NÃO!!!

O público bateu palmas e comemorou.

Outro conselho da Blah? Traga o público para o seu lado.

Por cima dos aplausos, Sewanee gritou:

– Obrigada, mais uma vez, e lembrem-se de que teremos autógrafos durante a próxima hora no estande 2.186! Tenham um ótimo dia!

Quando chegaram ao fim da hora designada, a atividade na cabine de autógrafos diminuiu. Ron se aproximou e deu um abraço em Sewanee, dizendo que ia para o cassino tomar um uísque com soda e jogar Let It Ride.

– Você também devia beber alguma coisa – disse ele, o educado, adorável e piscante Ron.

Sewanee concordava totalmente. Mildred se levantou, estalou as costas e deu um tapinha na mão dela antes de ir embora.

Alice, no entanto, puxou-a para trás das cortinas da cabine e olhou bem nos olhos dela ao dizer:

– Swan.

– Eu sei.

Alice expirou e pousou a mão no quadril maternal.

– Você salvou a situação, de verdade. Mas, querida... tudo bem?

– Sim... Não! – exclamou Sewanee com a voz esganiçada. – Foi só aquela garota, com aquela *voz,* achando que pode...

Alice balançou a cabeça.

– Não cabe a nós dizer isso pra ela. A menina vai vender óleos essenciais no Instagram ou alguma coisa assim daqui a um mês. Mas acho que não era ela o problema, certo?

– Quer dizer... – Sewanee baixou o olhar, balançou a cabeça e inspirou. – Eu ando... meio desligada. Ultimamente.

Sentiu que Alice estava olhando com curiosidade para ela.

– Sabe, eu gosto de romances. E não só de narrar. Gosto de ler – comentou Alice.

Sewanee ergueu o olhar.

– Dez anos atrás, quando meus filhos estavam saindo de casa, eu descobri que Bob estava tendo um caso e que íamos perder a casa, depois minha mãe ficou doente e *depois* encontraram um caroço... – A mão de Alice tocou o próprio peito, acima do seio direito. – Mais do que tudo, eu queria acreditar que ainda existia um felizes para sempre pra mim. Era algo até meio religioso. – Sewanee abriu a boca, mas Alice continuou: – Relaxa, não vou te converter.

Ela pegou a mão de Sewanee.

– Você é incrível. É talentosa e gentil, passou por uma quantidade inacreditável de merda na juventude, e eu não te culpo por ser pessimista – continuou ela. – Mas você não sabe o que vai acontecer. E isso serve pros dois lados: o bom e o ruim. Então você precisa confiar que, no final, vai dar certo.

Sewanee procurou uma resposta amarga e sarcástica que derrubasse o argumento de Alice. Alguma coisa que o pai dela diria. Mas não conseguiu pensar em nada.

Então ficou em silêncio.

"A transformação"

– Vamos ver! – gritou Adaku, batendo apressada na porta do segundo quarto da suíte antes de entrar.

Sewanee estava parada no meio do cômodo. Ela deu uma voltinha inusitada.

As mãos de Adaku foram até a boca.

– Swan – sussurrou ela por entre os dedos.

Sewanee se virou para o espelho de corpo inteiro.

Estava bonita. Estava gostosa. Parecia uma pessoa diferente.

Depois de encerrar o estande por volta das quatro da tarde, ela andou rapidamente até o bar mais próximo para tomar um drinque Last Word, que estivera bebendo mentalmente desde as onze da manhã, quando Ron havia sugerido que ela tomasse alguma coisa. Mas o bar não tinha os ingredientes necessários. Então Sewanee voltou para o quarto, pensando em pegar suas coisas e ir para a Strip, para um bar que entendesse de drinques. Em vez disso, tinha caído no sono num piscar de olhos e acordado uma hora depois, com uma mensagem de Adaku mandando ela estar na suíte às seis. Tomou um banho rápido, vestiu a modesta roupa que tinha levado para sair, colocou o tapa-olho e foi de táxi para o Venetian.

Adaku a aguardava com um cabeleireiro e maquiador e um estilista com três vestidos de grife no tamanho de Sewanee. Ela protestou, meio sem vontade, mas a verdade era que os instintos de Adaku sempre beiravam a clarividência. A amiga sabia do que Sewanee precisava antes dela mesma. Por motivos que ainda não tinha analisado, Sewanee queria ser algo mais hoje à noite, alguma coisa diferente, alguma coisa menos… ela mesma.

O estilista, querendo cair nas graças de Adaku, já tinha feito uma alteração rápida na seleção de Sewanee: um vestido justo, que conseguia diminuir suas curvas sem chamar sua atenção perfeccionista para os sete quilos extras que ela preferia que não existissem. Eles não costumavam estar ali antes de seu emprego envolver ficar sentada durante cem páginas por dia.

Sewanee gostou de ser "paparicada", de ter especialistas em cabelo e maquiagem em cima dela com o único propósito de torná-la mais bonita. Fazia tanto tempo. Agora, o cabelo castanho-avermelhado estava penteado para o lado, repartido na esquerda, com a maior parte caindo sobre o tapa--olho e descendo até o ombro direito. O olho esquerdo, de um azul glacial como o da mãe, tinha uma leve maquiagem esfumaçada. Ela estava com os lábios vermelhos e as bochechas definidas. Contorno. Bronzeador. Uma sobrancelha mais grossa. E peitos! De onde eles tinham surgido?

Até para o olhar constantemente crítico de Swan, ela estava estonteante.

– Uhul! – Adaku bateu palmas. – Apareçam, lábios! Apareçam, quadris! Sewanee se concentrou no rosto alegre da amiga.

– Não sei como te agradecer, Ada.

– Ah, por favor. Eu não fiz isso por você, fiz por mim. Agora todo mundo vai olhar pra *você* e não pra mim.

O humor de Sewanee tinha melhorado, uma névoa dissolvida com o calor do sol.

Adaku era o seu sol.

– E você! – exclamou Sewanee, indo até ela. Adaku estava linda como sempre, num macaquinho de lantejoulas prateadas, sapatos de salto alto com zíper até o tornozelo e a boca pintada de vinho. O cabelo tinha sido alisado num long bob elegante, brilhando por causa do sérum finalizador de óleo de coco que a cabeleireira tinha feito especialmente para ela. – Você está com a aparência de um milhão de dólares antes dos impostos e das comissões. – As duas riram e, quando Adaku olhou para ela com orgulho, Sewanee a puxou para um abraço. – É idiotice, mas eu me sinto melhor.

– Brincar de se arrumar às vezes é necessário.

A campainha da suíte tocou, e Adaku se afastou do abraço, saindo correndo do quarto. Sewanee deu mais uma olhada no espelho e a seguiu, ouvindo Adaku abrir a porta, agradecer profusamente a alguém e fechá-la.

A visão no vestíbulo a fez parar.

– Por que… o que as minhas malas estão fazendo aqui?

Adaku, prendendo sem a menor elegância uma garrafa de Cristal gelada entre as pernas, os dedos arrancando o lacre com pressa, apenas deu aquele sorriso prateado de cinema com o qual era impossível argumentar.

– Você fez check-out no Rio.

E tirou a rolha da bebida.

– Só você pra encontrar o único bar de Las Vegas com livros.

Elas estavam escondidas em um bar com tema de biblioteca, em alguma parte do andar do cassino no Venetian, sentadas em um sofá *chesterfield* fundo em frente a uma lareira que não esquentava nada e cercadas de pesadas estantes de mogno, cheias de livros antigos genéricos de capa dura. Sewanee tinha certeza de que os livros eram falsos. Era Las Vegas: tudo era feito para parecer real, mas não era. Só que hoje à noite ela não se importava. Era tudo parte da fantasia.

A garçonete parou perto da mesa.

– Mais um, Srta. Obi?

– Por enquanto, não, obrigada!

– É só me chamar se quiser mais alguma coisa, qualquer coisa. – Ela deu um sorriso de comercial de pasta de dentes e foi embora.

Adaku indicou com a cabeça um homem que tinha acabado de entrar.

– Que tal aquele?

Não era a primeira vez que ela dizia isso essa noite.

– Por que eu não fico na porta com uma rede? – Sewanee deu um sorriso travesso e tomou um gole do Last Word. – Ada, sério, eu não vou ficar com uma pessoa aleatória. Hoje é a sua noite e…

O celular de Adaku tocou. Ela encarou o aparelho.

– Só um segundo, desculpa. Meu empresário. – Ela atendeu. – Alô?

Manse? Manse… está me ouvindo? – Adaku tapou a orelha com o dedo comprido e elegante. – Espera… sim, eu sei, um minuto.

Ela se levantou, olhou para Swan pedindo desculpas e saiu apressada do bar, possivelmente em direção ao corredor silencioso do banheiro.

A amiga voltou cinco minutos depois, parecendo envergonhada.

– Então! – Ela se sentou, mas no braço do *chesterfield*, empoleirada como um pássaro pronto para alçar voo. – Não me odeie – começou.

– Eles aumentaram a oferta pra dois milhões?

– Eu tenho que ir.

– Tudo bem. – Sewanee estendeu a mão para pegar a bolsa.

– Não. Pra Los Angeles. Hoje à noite. Tipo, agora.

Sewanee balançou a cabeça do jeito que um personagem de quadrinhos faz quando não entende bem o que ouviu.

– O quê?

Adaku pegou o drinque e bebeu tudo.

– Sabe o filme biográfico da Angela Davis que eu te falei? Quero fazer. Mas o produtor executivo acha que eu não sirvo pra ele. O cara mora em Paris, Florença ou sei lá, então ainda não consegui contato. Mas ele está voltando de avião do Havaí por Los Angeles hoje à noite, e vai pousar daqui a noventa minutos. Manse falou pro assistente executivo sobre o filme da selva, aí o assistente mandou um e-mail enquanto o cara estava no voo e ele concordou em me encontrar pra tomar alguma coisa.

– Espera, você vai encontrar com o produtor no aeroporto de Los Angeles?

– Isso. Tem um voo da Southwest que sai daqui a 45 minutos. Então, aqui estou, indo embora. – Ela se inclinou e beijou o rosto de Sewanee. – Volto à meia-noite.

Sewanee arregalou os olhos.

– Você vai voltar?

– Vamos comemorar! O voo de volta já está reservado!

– Ada, você não precisa…

– Você tem uma reserva pra jantar na churrascaria do chef celebridade em meia hora, mesa e bebidas garantidas na boate e um motorista. Arrasa! Encontra alguém pra te acompanhar! Te vejo daqui a quatro horas! Fui!

Antes que Sewanee conseguisse responder, Adaku já estava saindo.

Quando passou pela garçonete, ela apontou para Sewanee e para o drinque dela, claramente pedindo mais um.

Sewanee se recostou. Respirou fundo.

Já estava se sentindo constrangida por estar sentada sozinha no bar, parecendo esperar um cara pra ir ao baile de formatura – *ou talvez*, pensou, olhando para o próprio decote, *um cliente*. Antes que pudesse pedir para a garçonete cancelar o drinque, a moça já tinha chegado para servi-lo, como se Adaku tivesse um passe especial no bar reservado só para ela.

Sewanee tomou um bom gole e refletiu.

Por que jantaria sozinha, iria a uma boate sozinha e andaria de carro, com motorista, sozinha? Ridículo. Ela ia subir, tomar um café, terminar de preparar o livro e esperar Adaku voltar. Ia tomar esse último drinque e pedir a conta.

Sewanee atraiu o olhar da garçonete e fez o gesto universal com a mão, que significava *a conta, por favor?*. Depois se recostou, esperando. Bebendo. Bebendo até as bochechas começarem a esquentar, os ombros começarem a relaxar e o bar assumir uma aparência um pouco mais sexy, como se um filtro tivesse sido aplicado no ambiente todo. Antes de estar oficialmente embriagada, ela fez algo que estivera tentando encontrar tempo o dia todo para fazer. Ligou para a avó.

– Alô?

Sewanee ouviu o tinido familiar dos anéis da avó no aparelho de plástico. Ela tentara fazê-la usar um celular, mas os botões eram pequenos demais e a avó ligava para números internacionais e perdia o aparelho no sofá, por isso voltaram ao telefone fixo.

– Oi, BlahBlah! – Houve meio segundo de silêncio, o que fez ela acrescentar depressa: – É a Sewanee – confirmou, antes que a avó pudesse revelar que não sabia disso.

A voz ficou imediatamente mais acolhedora.

– Boneca! Como está minha garota preferida?

O sorriso de Sewanee era metade alívio e metade alegria.

– Tudo bem. Ainda estou em Las Vegas.

– Você está em Las Vegas? Eu não sabia que você estava aí.

Ela sabia. Ou soube, na verdade.

– Estou aqui pra uma conferência.

– Ah, espero que você tenha achado um tempinho pra se divertir.

A textura da voz da avó era o resultado de todos os cigarros que ela já havia fumado, de todos os martínis que havia bebido. Embora não guardasse nada do sotaque do Tennessee (ela pertencia à geração de atores cujos regionalismos tinham sido arrancados), Blah ainda carregava a dignidade e a sutileza do sul. A avó xingara, bebera e festejara na juventude, mas, caramba, fizera isso *com elegância*.

– Seu avô me levou a Las Vegas uma vez.

Sewanee tinha ouvido essa história em muitas ocasiões, antes e recentemente. Mas era assim que funcionava naqueles dias, e ela sabia lidar com isso.

– Você aproveitou?

– Que noite nós tivemos! Vimos o Rat Pack. Frank, Dean, Sammy, e… ah. Nunca consigo me lembrar do outro.

– Não é Peter alguma coisa?

Amanda tinha pedido a Sewanee para fazer Blah usar a memória sempre que possível, em vez de simplesmente dar as respostas.

– Isso! Isso! Lawford, Peter Lawford. – Depois resmungou: – Ele nunca foi muito importante, na verdade. Não fazia nada. Aí, depois do show, Marvin me levou ao camarim. Era no Sands Hotel. Ele me apresentou ao Frank e ao Dean. E, claro, ao Sammy e… merda! Quem é o outro? Não importa. Frank pegou a minha mão e perguntou o que eu tinha achado do show, e eu respondi na lata: "Vocês deviam ter uma mulher no palco." Marvin ficou morto de vergonha, ele *sempre* ficava morto de vergonha, mas Frank e Dean riram pra caramba! – A risada de Blah virou uma tosse seca. – A mão do Frank é mais macia do que eu esperava.

Sewanee percebeu a mudança do verbo no passado para o presente e tentou guiá-la de volta.

– O vovô não conhecia o Sinatra?

Funcionou.

– Ah, sim. Frank tinha feito um dos primeiros filmes do Marv, sabe, então eles se conheciam há muito tempo. Ele ficou muito chateado com aquele negócio todo do McCarthy. Frank, não Marv. Aquele filho da puta. McCarthy, não Sinatra. – Ela fez uma pausa. – Você quer vir até aqui, boneca?

– Estou em Las Vegas.

Blah soltou um muxoxo.

– Jesus na cruz, você acabou de falar isso. Eu juro: essa cabeça desmiolada não passa de um emaranhado de fios, ilusões e pesos. Envelhecer é pros malditos pássaros.

Sewanee sorriu.

– Passo aí na segunda pra almoçar, está bem?

– Eu não viria se fosse você. É dia de salada de frango.

– Eu te amo, Blah. Te vejo na segunda.

– Te amo, boneca. Agora vai se divertir. Só se é jovem e bonita uma vez. Aproveita ao máximo.

– Vamos ver...

– Faça isso, Swan! – Ela fez uma pausa. – Quando é que a gente pode se ver?

Sewanee respirou fundo, com paciência.

– Que tal segunda?

– Que dia é hoje?

– Sábado.

– Perfeito! Se bem que, preciso te avisar, segunda é dia de salada de frango. – Ela fez um barulho de beijo no telefone e desligou.

A garçonete apareceu com a conta (enfiada num livro de capa dura de verdade – *Jane Eyre*, notou ela – como um marcador) e Sewanee agradeceu. Ela tomou mais um gole, se inclinou sobre a mesa baixa, abriu o livro e ouviu, acima dela:

– Oi.

"O notório libertino"

Swan olhou para cima. Um homem bem bonito a encarava, com as mãos nos quadris.

– Hum. Oi.

– Você não pode estar indo embora. A gente acabou de se conhecer.

Aquilo era um baita sorriso. Fazia a cantada brega ser charmosa.

Ai, meu Deus. Swan não estava preparada para isso. Para esse homem de membros esbeltos, ombros largos, rugas bronzeadas no canto dos olhos, com a barba por fazer, alto e parecendo um drinque refrescante com guarda-chuva.

Ela fez um esforço para olhar para a conta, mas o homem perguntou:

– Posso? – E, antes que ela conseguisse responder, ele se sentou na outra ponta do comprido *chesterfield*, deixando uma distância respeitosa entre os dois. – Caramba – disse ele. Quando Swan ergueu o olhar, o homem estava encarando o salão. – Está lotado, não é?

Ela se voltou para a conta, mas ele apareceu em sua visão periférica. Swan tomou um gole do drinque e o deixou de lado.

O cara fez um sinal para a garçonete. Desabotoou o paletó do terno elegante. Afrouxou a gravata vermelha. Aproximou-se dela, colocando um pé embaixo do joelho oposto e jogando o braço sobre o encosto do sofá. Ele se movia com uma simplicidade felina, como um policial de trânsito orientando habilidosamente os carros em várias direções, tudo isso enquanto perguntava:

– O que você está bebendo?

Ouvindo melhor o sotaque, Sewanee mudou o rótulo anterior. Irlandês.

Talvez ela estivesse saturada de homens como Chuck e Jimbo, e outros que vieram antes deles, por isso suas defesas estavam erguidas. Então Swan adotou o sotaque da garota no painel, dando a si mesma algum espaço e alguma proteção.

– Gim.

– Gim seco, pelo jeito.

Ela olhou para a taça na mesa em frente. Estava vazia. Ela havia terminado.

– Bares de Las Vegas. Estão cobrando pelo ar.

Sewanee engoliu o risinho que sentiu chegar. Ela procurou um foco diferente. Não podia ficar olhando para a conta toda hora. Havia um limite. Mas aí o Sr. Que-Diabos-Está-Acontecendo perguntou:

– O que você acha de um drinque rápido?

– Na verdade – começou ela, descruzando as pernas e cruzando de novo, desta vez para longe dele –, eu tenho que…

– É pra isso que eu sirvo. – A garçonete apareceu. – Sério. – Ele deu *aquele* sorriso para a garçonete. – Tudo bem, moça? – Depois, voltando-se para Sewanee: – Martíni com gim, não é?

A garçonete pegou a taça de Sewanee.

– Ela está bebendo um Last Word.

O cara olhou para Sewanee. Diretamente para ela.

– Ela está certa. Vou querer o mesmo.

A garçonete parou.

– Você sabe o que é, né? Quer dizer, ela é a primeira pessoa a pedir isso em meses. É…

– Partes iguais de Chartreuse verde, suco de limão e licor de marasquino. Vocês usam o Luxardo? A família Luxardo faz esse licor desde 1821. Ah, e uma cereja preta deles pra enfeitar.

Sewanee riu para disfarçar a surpresa.

– Você esqueceu o gim – comentou ela com a voz arrastada.

– Só estou te dando a última palavra.

O sorriso presunçoso do cara colocava o Harrison Ford jovem no chinelo.

Sewanee entregou o recibo assinado, incluindo uma exagerada gorjeta de boas-festas-outra-pessoa-está-pagando.

– Carter vai trazer os drinques rapidinho – disse a garçonete.

Ela saiu, e Sewanee se recostou no sofá, decidindo curtir a situação, qualquer que fosse.

– Você é bom.

– Argh, eu sou um babaca, juro, é só esperar.

Talvez fosse o jeito tranquilo do cara. Talvez fosse aquele peito largo sob a camisa social. Talvez fosse o sotaque, até para ela, alguém que sabia fazer igual. Talvez fosse simples como um homem bonito num terno elegante. Havia alguns motivos para ela estar gostando disso.

Mas por que *ele* estava gostando? Por que ele a escolhera? Então percebeu que o cabelo tinha caído de um jeito que escondia o tapa-olho. Ela não fizera isso de propósito. O que foi intencional, no entanto, foi o modo como Swan afastou o cabelo naquele momento. Ela o encarou, sem esconder nada, o desafio completo.

O homem não recuou. Não piscou. Só sorriu de novo.

– Então, o que me diz de nos conhecermos um pouco? – Ele olhou para o bar e disse, indiferente: – Ou podemos achar a capela mais próxima, já que você obviamente está louca por mim.

Ela bufou.

– Tudo bem, eu começo. Vou te contar o que você deve estar querendo saber. – Ele ajeitou o corpo de um jeito que se aproximou dela, sem esforço. – Vou pegar um avião para Dublin daqui a três horas. Minha mala está com a recepcionista, e eu posso te mostrar a passagem, se você quiser. Isso elimina qualquer possibilidade de tentar alguma gracinha. Estou aqui pra tomar um drinque com uma mulher bonita, pra me distrair do desastre que foi o dia de hoje. Las Vegas era pra ser divertida, não é? Bem, estou aqui há 36 horas e foi uma merda generalizada o tempo todo.

– Também não foi muito bom pra mim.

Renovado, ele deu um tapa no joelho.

– Isso é propaganda enganosa!

– Você quer falar com o gerente de Las Vegas?

– Não. Essa é a conversa que eu quero ter. – Houve um breve momento do tipo alguém-diga-alguma-coisa, e um garçom de ombros estreitos e com cara de elfo apareceu, deixando os drinques na mesa. – Que timing impecável, meu amigo. – O garçom ficou levemente corado. O efeito desse homem era universal. Ele se virou para Sewanee e ergueu a taça. – A... – O rosto dele ficou inexpressivo. – Las Vegas? Não, isso é idiota. À vida? Não, isso é horrível. A...

Sewanee se inclinou para a frente e o encarou.

– A... – disse ela.

Ele sorriu de novo.

– Vamos deixar assim, então. A...

As taças retiniram e eles tomaram um gole, reflexivos. Quando terminaram, Swan deixou a taça na mesa e olhou para ele. Ergueu a sobrancelha: *E aí?* Ele a encarou com firmeza. Tinha chegado a um veredito.

– Perfeito. Acho que estou apaixonado – disse ele na cara dela.

Sewanee sentiu um espasmo numa parte bem profunda de si. Ela desviou o olhar. O irlandês a trouxe de volta, deixando o drinque de lado e estendendo a mão.

– Nick.

Ela pegou a mão dele e pensou por um breve instante.

– Alice.

Isso não era real. Nada disso era real. Swan não se sentia ela mesma naquela noite, então por que *ser* ela mesma naquela noite? Nick tinha um bom aperto de mão. Tinha dedos bonitos. Ela procurou um anel. Só um: no dedo do meio da mão direita. Lugar esquisito, mas seguro.

Sewanee afastou a mão e pegou imediatamente o drinque de novo.

– De onde você é? – perguntou ela.

Embora tivesse adotado o sotaque daquela garota do painel, ela tomou o cuidado de deixar de fora a nasalidade e o acento da entonação no final, porque... apenas não.

– Irlanda. – Quando ela revirou os olhos, Nick riu. – É óbvio assim? Dublin.

Sewanee inclinou a cabeça para ele.

– Norte ou sul? – questionou Swan. Ele inclinou a cabeça para ela. – Seu sotaque.

Nick deu um sorriso mais largo.

– O que tem ele?

– É confuso.

Sinceramente, o vampiro Seamus de Ron parecia mais autêntico.

– Bem, já que você quer saber, professor Henry Higgins, eu cresci em vários lugares. Pais divorciados. – Ele mexeu o drinque e tomou outro gole. – E você?

– Texas – respondeu ela.

Ele fez uma cara de dúvida.

– Me parece mais de East Virginia.

– Você acha que existe um estado chamado East Virginia?

– Bem – disse Nick, tomando outro gole –, existe West Virginia.

Isso não devia ser tão charmoso quanto era. Mas, depois de alguns Last Words...

BlahBlah estava certa. Swan devia aproveitar ao máximo. Ela estava usando um vestido de grife com um corte perfeito, Adaku estaria de volta em quatro horas, e ele ia embora dali a três. Era uma situação de Cinderela-no-baile. Tudo ia acabar à meia-noite, mas, enquanto isso... vai fundo, Swan.

– Eu sei que falei um drinque, mas acho que temos muito o que conversar. Vamos começar outra rodada? – perguntou Nick.

Se Adaku estivesse empoleirada no ombro dela, Sewanee sabia exatamente o que a amiga diria agora: "Ele!"

– Espera um pouco. – Ela pegou o celular. – Acabei de receber uma mensagem. – Não tinha recebido nada. Ela fingiu ler. Mas não leu nada. – Ah. Minha amiga. Ela não vai conseguir chegar a tempo do jantar. Droga.

Swan olhou de novo para Nick e algo passou rapidamente pelos olhos dele. Nada significativo, mas *alguma coisa* mesmo assim. Ele desviou o olhar, segurou a taça contra a luz que emanava do candelabro de cristal sobre eles e girou a haste da taça entre dois dedos. Em seguida, pegou o palito que estava dentro do drinque e levou à boca, tirando lentamente a cereja preta com os lábios.

– Então – ela se ouviu dizer –, tenho uma reserva num lugar com bifes muito grossos e garrafas de vinho que custam mais do que as prestações mensais do meu carro, e eu vou colocar tudo na conta da minha amiga. – Swan acrescentou rapidamente: – Foi ela que me mandou fazer isso. Na mensagem. Eu nunca faria uma coisa... – *para de falar* – ... você tem tempo pra ir comigo?

Nick se virou com calma e capturou o olhar do garçom.

– A conta, por favor, muito obrigado. – Ele olhou de novo para Sewanee, o palito rolando e parando no canto direito da boca. – Estou morrendo de fome.

Ela pegou o próprio palito e analisou a cereja.

– Eu também – respondeu, usando os dentes para deslizá-la para dentro da boca.

"O que acontece em Las Vegas..."

– Então, Nick, o que você faz?

Ele tinha acabado de colocar o último camarão na boca.

– O melhor coquetel de camarão que eu já comi.

Pelo visto, o cara não tinha o menor problema em falar com a boca cheia, outra coisa que Sewanee achou inexplicavelmente charmosa.

Ela deu uma risadinha e se recostou.

– Muito bom.

Nick engoliu e se inclinou para a frente de um jeito sério.

– *Muito* bom. E do tamanho de filhotes de lagosta. Camarãozão! O paradoxo mais delicioso!

É, inexplicavelmente charmoso.

Um ajudante retirou os restos destruídos do aperitivo, e Sewanee apreciou como a luz da vela dançava no tampo de vidro da mesa. Apreciou os antebraços musculosos de Nick apoiando-se nela, revelados depois que ele arregaçara as mangas quando a comida chegou. Apreciou a cabeça leve, o brilho nos olhos cor de mel de Nick, a sensação do próprio corpo num vestido que ela nunca compraria.

Antes que pudesse repetir a pergunta, o sommelier chegou com uma garrafa de vinho. Ele serviu um pouco numa grande taça Bordeaux e deu a Nick, que passou para Sewanee, corrigindo, sem uma palavra, as suposições machistas do sommelier em relação a quem tomava as decisões naquela noite. Ela se empolgou com o gesto simples e perguntou ao sommelier:

– Ele também pode provar um pouco?

– Claro!

Quando Nick estava segurando outra taça, eles as inclinaram uma em direção à outra, giraram com delicadeza, inspiraram o aroma e tomaram um gole. Houve uma pausa enquanto os dois bochechavam o vinho. Eles engoliram em sincronia, do jeito que duas pessoas estenderiam a mão uma para a outra simultaneamente.

– Uau – disseram, ao mesmo tempo.

E riram.

– Uau – repetiram, mais alto.

E riram de novo.

Sewanee olhou para o sommelier.

– Incrível. Obrigada. Você pode decantá-lo, por favor?

– Claro. Agora mesmo. – Ele se afastou.

Sewanee terminou a degustação e suspirou, feliz, agradecendo em silêncio a Adaku.

Nick a observou.

– Decantar, é? – Ele levou o resto do vinho à boca.

– Está meio fechado. Precisa abrir. – Ela o observou engolir. – E aí, o que você faz?

– Por que os americanos sempre perguntam "o que você faz"?

Sewanee pegou um pedaço de pão no cesto e o emplastrou com o que o garçom descrevera como "*ghee* maltada". Ela suspeitava que era só manteiga com mel.

– Isso ajuda a preencher lacunas nas conversas.

– Graças a Deus por isso, porque os silêncios desconfortáveis foram muito chatos hoje à noite.

Não houvera nenhuma lacuna na conversa. Eles tinham brincado, se provocado e se deliciado um com o outro durante a última hora.

O sommelier voltou, serviu duas taças generosas e se afastou de novo.

– Eu acho – disse Nick, tomando um gole – que perguntar "o que você gosta de fazer" seria um jeito melhor de conhecer alguém de verdade.

Sewanee arqueou uma sobrancelha.

– Que Deus o abençoe. Para de fugir.

Nick gargalhou.

– Não estou fugindo. É que você vai ficar entediada. – Ele pegou um pedaço de pão. – Eu trabalho pra uma empresa de capital de risco, que compra e vende outras empresas.

– Então, finanças.

– Por favor, tente conter a sua empolgação, ainda não terminei. – Nick se inclinou para a frente, fingindo sussurrar: – Sou eu que fecho os negócios. É necessário uma boa dose de charme pra fechar um negócio e, caso você não tenha reparado, eu sou bem charmoso.

– Eu não tinha reparado, não.

– Hum, costuma ser a primeira coisa que as pessoas reparam. – Sorridente, ele tomou outro gole de vinho. – Qual é a primeira coisa que as pessoas reparam em você?

– Meu humor – respondeu Sewanee com o rosto inexpressivo.

– É maravilhosamente seco. – Ele ergueu a taça. – Como um bom vinho. Mas essa não foi a primeira coisa que *eu* notei em você.

– Não? – perguntou Sewanee com a voz arrastada.

– Não. A primeira coisa que percebi foi a sua boca.

Sewanee ignorou o tremor que percorreu seu corpo ao ouvir isso.

– Sério?

Nick fez uma pausa com a taça nos lábios e olhou pensativo para o restaurante.

– Não, você está certa. Foram as suas pernas. Você estava de cabeça baixa naquele momento. Então, cronologicamente… – Ele olhou para Sewanee por cima da borda da taça.

Ela retribuiu o olhar.

– Pode perguntar.

– O que *você* faz?

– Isso não. Vá em frente. Pergunta do tapa-olho, já que você evitou perguntar sobre ele com tanta educação.

Nick pareceu confuso.

– Eu não evitei perguntar sobre ele ou qualquer outra coisa, na verdade. Isso não era um assunto pra conversa. Assim como as suas pernas, que não tinham aparecido até um instante atrás.

Swan conseguia ver por que o cara era bom no que fazia.

Ele continuou, com tranquilidade, passando a manteiga o pão:

– Um acessório? Uma peça de afirmação? Tipo uma tatuagem falsa ou óculos sem lentes? Afinal, estamos em Las Vegas.

– Não.

– Tudo bem, então. Não é temporário?

– Não.

– Está bem.

Houve um silêncio. O primeiro silêncio de verdade entre eles.

Sewanee se inclinou para a frente.

– Você não está curioso?

Nick deu de ombros, servindo mais vinho para os dois.

– Claro que estou. Do mesmo jeito que estou curioso a respeito do que está por baixo desse vestido, porque é você, e eu estou curioso em relação a você, mas satisfazer essa curiosidade não está nos nossos planos de hoje à noite.

Ele encarou a mesa por um instante.

– Mas posso falar? – Nick se inclinou tanto que o rosto dos dois ficou a menos de trinta centímetros de distância. Depois ele ergueu o olhar para ela. Seus olhos tinham pintas marrons. – Pode cobrir o que você quiser pro mundo, mas, na intimidade? Não esconda nada. Na intimidade, tudo é lindo. E aí, o que *você* faz?

Sewanee não ouviu a pergunta. Ou melhor, ela ouviu palavras soltas que formavam uma pergunta, mas não a pergunta em si. Houve um atraso até que a indagação chegasse a ela. No silêncio que se seguiu, Swan pegou a taça e tomou um gole, gemendo com o vinho, enrolando, se recuperando.

Já tinha dado um nome falso e um sotaque do Texas. Era tarde demais para acabar com a farsa, então continuou a mentir.

– Eu trabalho no mercado editorial. – Sewanee entendia o suficiente de livros e de como eles funcionavam. Afinal, ela *meio que* trabalhava no mercado editorial. Conseguiria sustentar isso até ele ir embora. – Sou editora.

– Ah. Mocinha esperta. E que tipo de livros você edita? – Ela suspirou, na dúvida se queria mesmo seguir por esse caminho. Nick interpretou o suspiro de um jeito diferente. – Agora você vai *me* entediar? O que são? Manuais técnicos? Livros didáticos de microbiologia? Alguma coisa terrivelmente seca, como esse seu humor?

– O contrário, na verdade.

– Não posso dizer que já ouvi falar de uma leitura molhada. – Ele tomou outro gole de vinho.

Não havia para onde ir, a não ser em frente.

– Eu edito livros de romance.

Nick quase cuspiu o vinho. Ele engoliu com dificuldade e conseguiu dizer:

– Que ótimo.

Os bifes chegaram. Comida, sim. Comida era uma boa ideia. Ela já perdera a conta de quanto tinha bebido.

– Meu DEUS – murmurou Nick, cortando o bife –, você é intrigante. De onde é que você veio?

– East Virginia.

Ele riu e apontou o garfo com o pedaço de bife espetado para ela.

– Então, deixa eu entender. – Ele enfiou o pedaço na boca e gemeu de um jeito sensual. O som não passou despercebido. – Quando você fala de livros de romance, você está falando... ah, quem é o cara que tem um monte de filmes? O cara do *Diário de uma paixão*.

– Nicholas Sparks. Não. Ele escreve histórias de amor.

– Amor. Romance. Qual é a diferença?

Sewanee já estava se castigando. Por quê? Por que ela tinha feito isso?

– Então, existe a ficção, certo? As histórias de amor são ficção.

– Eu que o diga – comentou Nick com sarcasmo.

Sewanee riu.

– Lembre-se de que foi você que perguntou. Então, dentro da ficção, existe a ficção feminina. É normalmente escrita por mulheres, sobre... a vida. Você pode ganhar, pode perder, pode morrer. Coisas humanas reais que acontecem com todo mundo, sabe?

– Então, por que diabos é chamado de ficção feminina? – Ao ver os lábios tensos de Sewanee, Nick assentiu. – Certo. Machismo. Continua.

– E existe o romance. Precisa ter duas coisas pra uma ficção ser considerada romance.

– Vou ter que fazer uma prova depois? Porque eu não trouxe caneta.

– Um: tem que ter um final feliz. Garoto consegue a garota, garoto perde a garota, garoto consegue a garota de volta. Normalmente tem alguma humilhação envolvida. A fera é domada, todos os obstáculos são superados, o amor verdadeiro encontra o caminho.

– Um conto de fadas.

– Isso mesmo – murmurou Sewanee, pensando rapidamente no painel daquele dia. Parecia ter sido uma década atrás. – Na verdade, tem um acrônimo pra isso. FPS.

– Felizes para sempre?

Sewanee sorriu e pegou um pedaço de bife.

– Quem precisa de caneta?

Nick mastigava, pensativo.

– Esses livros de romance são populares?

– São responsáveis por mais ou menos 35 por cento de toda a ficção vendida.

Ele jogou a cabeça para trás.

– Eu devia estar publicando romances! Você conhece uma boa editora? – Ele olhou para o prato. – Falando nisso, esse bife.

– Está obsceno.

– É um tributo à sua companhia o fato de eu estar falando agora, e não arrastando isso para um canto como uma hiena selvagem. – Sewanee riu e pegou outro pedaço. – E qual é a segunda coisa? Nos livros de romance?

– Eles têm que ser sobre duas pessoas se apaixonando. – Sewanee fez uma pausa, lembrando de alguns livros que tinha gravado como Sarah. – Bem, na verdade, agora pode envolver mais do que duas pessoas. Mas tem que falar de amor.

Nick pensou no assunto e bateu com o garfo vazio no prato.

– Qual é a diferença pra uma história de amor em ficção feminina?

– O FPS.

– Certo. Então a ficção feminina não pode ter um final feliz?

Ela parecia um peixe fora d'água nesse assunto. Moveu a mão e a estendeu para o vinho.

– Os limites não são definidos. Depende. É tudo marketing. No geral.

Sewanee não tinha a menor ideia se isso era verdade.

– Só isso?

– Bom. – Ela engoliu em seco. – Também. Normalmente, não sempre, mas quase sempre, quero dizer, o gênero é conhecido por isso, mas *normalmente...* – Naquele momento, Nick estava encarando Swan. – Tem sexo. Muito, muito sexo.

– Aaaaaah. – Ele prolongou a vogal ao ponto do absurdo. – Obscenidades. Selvageria. Vulgaridades. Traseiros oscilantes. Membros latejantes e coisas assim.

– Nós paramos de usar eufemismos há uns trinta anos, mas...

– O tipo de livro que a sua tia solteirona enrola numa sacola de papel e esconde na gaveta da mesa de cabeceira?

Sewanee balançou a cabeça.

– Você ficaria surpreso se soubesse quem lê esses livros. – Ela tomou outro gole de vinho. – Sabe quem *deveria* ler esses livros? Os homens. Se eles realmente quisessem entender o que agrada às mulheres.

Nick limpou a boca com o guardanapo.

– Ou a gente pode só perguntar. O que te agrada, Alice?

Sewanee percorreu mentalmente as possíveis respostas, todas sarcásticas. Depois parou. Não tinha uma resposta. Havia se passado tempo demais para ela saber. Então desviou do assunto.

– O que *te* agrada?

– A curiosidade – respondeu ele sem hesitar. – Eu não entendo pessoas que param. Que dizem "estou bem agora, já chega, é isso". Sabe aquela parábola do cara que está morrendo de sede e vai até o poço?

– E não se arrisca a olhar lá dentro pra ver se tem água porque não conseguiria viver com a decepção?

– E por isso ele morre de sede. *Se ferrou.* Eu? Iria olhar dentro do poço com toda certeza. Eu tenho um quadro, não sou dessas pessoas que colecionam arte, mas tenho um quadro de um caminho que desaparece numa curva. Porque eu sempre tenho que fazer a curva. *Tenho* que.

– Tipo a próxima página de um livro.

– Tipo a oferta pra jantar com uma mulher bonita.

– Caramba, você é bom nisso.

– Uma mulher que diz com uma inocência desatenta: "Está meio fechado. Precisa abrir."

Sewanee franziu as sobrancelhas.

– Ah, mas estava. E precisava mesmo.

– É. Mas pode apostar que eu não estava pensando no vinho quando você disse isso. – Nick olhou rapidamente para o vestido dela e depois teve a decência de desviar o olhar. Ele murmurou, quase para si mesmo: – Se eu te conhecesse melhor, acho que ficaria com vergonha. – Depois de um instante, ele tomou coragem e olhou para Swan. – Mas eu não conheço. E não estou.

Sewanee lambeu os lábios inconscientemente.

– Bem. Pra saciar a sua curiosidade? Eu sou e não precisa.

A resposta dela saiu com a mesma suavidade que o vinho saiu do decanter.

Nick congelou, tentando desvendar o sarcasmo. Ela viu o instante em que a ficha caiu. Seus olhos se arregalaram, e uma risada descontrolada explodiu dele.

– Meu DEUS. – Ele jogou o guardanapo na mesa e bateu palmas devagar. – Eu desisto. Você venceu.

– A gente estava jogando?

– Sempre.

– E você gosta de vencer?

– Quem não gosta?

Sorrindo, os dois tomaram um gole de vinho. Ela o viu olhando para o relógio e perguntou, antes de pensar melhor:

– Você tem que ir?

Ficou surpresa de ver que a própria voz estava rouca. Ela pigarreou sem fazer barulho. Ainda bem que não precisaria gravar no dia seguinte. Nada ressecava sua voz como o vinho tinto.

– Não agora. Mas daqui a pouco.

Resignada, Sewanee fez um sinal pedindo a conta para o garçom.

– Estou curioso – disse Nick. – As pessoas conversam entre si nesses romances ou simplesmente vão direto ao assunto?

– É claro que conversam. Conversar faz parte das preliminares. As outras coisas não funcionam sem a conversa.

Ele deu um sorriso demorado.

– Não me diga.

Cheios de bife, batatas trufadas e Margaux, Sewanee e Nick saíram rindo do restaurante e entraram no andar do cassino. Nick arrastava sua mala de mão e uma pasta executiva fina. Num impulso, ela enganchou o braço no dele, só mais um casal passeando num cassino de Las Vegas, meio arrumados demais, meio bêbados e meio propensos a tomar decisões ruins. Então alguma coisa chamou a atenção de Sewanee, e ela andou mais devagar.

Nick seguiu o olhar dela.

– Você quer jogar?

Ela mordeu o lábio.

– Não sei. Quer dizer, eu trouxe quinhentos dólares e disse que ia fazer uma aposta. Tudo no vermelho ou no preto.

– Certo. – Ele foi em direção à mesa da roleta. – Quero ver qual você vai escolher.

Swan o puxou, fazendo-o parar.

– Acho que estou um pouco tonta demais pra curtir a vitória. Mas não tonta o suficiente pra lidar com a perda.

Ela se virou para ir embora.

Nick não se mexeu.

– Chega aqui e me escuta? – Ela assentiu, sendo gentil. Ele respirou fundo. – Isso não é urgente. Não é uma questão de vida ou morte. De qualquer maneira, você vai se afastar da mesa em algum momento. A diversão está no jogo, não é? É isso que vamos fazer aqui. – Nick se aproximou. – Você veio com quinhentos dólares pra perder. Podia ter perdido no vinte e um, deixado cair do bolso, no banheiro, e nunca mais ia ver esse dinheiro. – Ele fez uma pausa e a fitou. – Tenho certeza de que você já perdeu coisas mais importantes do que quinhentos dólares.

Por um instante, Sewanee piscou para ele.

– Você estava certo, você é um babaca.

E foi direto até a mesa.

Abriu a bolsa, pegou uma pequena carteira e tirou toda a quantia que estava ali. *Vai lá, Swan.* Ela colocou as notas na mesa e o crupiê as trocou por fichas.

– Façam suas apostas, façam suas apostas – gritou ele.

Nick chegou por trás dela, a frente do corpo dele flutuando como um ímã polarizado nas costas de Swan. Sem hesitar, ela apostou todas as fichas no vermelho. Nick sussurrou em seu ouvido:

– Tudo ou nada?

Swan teria respondido imediatamente se não fosse a voz dele passando por seu ouvido, descendo pelo pescoço, caindo na cavidade de seu peito com um ruído oco e depois se acumulando, gotejante, na parte dela que estivera pulsando desde o jantar. Ela recuperou a voz.

– Tudo ou nada.

O crupiê pegou a bolinha branca e a soltou com um floreio ensaiado.

– Últimas apostas, por favor.

Eles observaram a bola rodar.

– Sem mais apostas, sem mais apostas.

Enquanto a bola girava na roleta, Sewanee sentiu Nick se aproximar aos pouquinhos.

– Por que vermelho? – murmurou ele.

– O bife. O vinho. Sua gravata. Meus lábios.

A bola girou.

Girou.

Girou.

Girou.

Quando a bola desacelerou, Swan se inclinou ainda mais. A bola quicou: preto 35; vermelho 7; verde 00; preto 17; vermelho 14. E parou.

Vermelho 14.

Sewanee não saiu pulando. Não gritou. Ela simplesmente se virou para Nick, com os olhos arregalados e os lábios entreabertos.

– Isso foi incrível – sussurrou.

Ele riu.

– Você é incrível.

Ela o beijou. Começou como um beijo de *obrigada,* uma coisa pura e quase infantil.

Mas durou o suficiente para chegar à puberdade.

Nick se aproximou mais, como se os dois se conhecessem há anos, as mãos encontrando as dela nas laterais, a boca dele macia, firme, quente, poderosa e tudo de bom que ela havia esquecido que existia no mundo.

Quando ele se afastou, e Sewanee abriu o olho, pegou-o sorrindo para ela.

– Você devia coletar sua vitória – sussurrou ele.

– Eu já coletei.

A risada dele os afastou. O crupiê trocou as fichas de Sewanee por uma única de mil dólares, que ela jogou dentro da bolsa. Nick pegou o braço dela, puxando-a para um canto mais silencioso do cassino. Bem, o mais silencioso que um canto de cassino conseguia ser numa noite de sábado.

Os dois estavam com a respiração pesada. Os olhos dele pareciam um pouco vidrados e a gravata estava torta, e as pernas dela tremiam um pouco, então os dois falaram, ao mesmo tempo:

– Eu não quero que você vá embora – disse Swan.

– Eu não quero ir embora – disse Nick.

Eles explodiram numa gargalhada. Riram. E continuaram rindo. Riram tanto que se curvaram, abraçando o próprio corpo. Swan o empurrou com delicadeza, então ele devolveu o empurrão, e ela oscilou no salto alto, caindo numa cadeira de couro em frente a uma máquina caça-níqueis, o que fez os dois rirem mais ainda. Por quê? Não era engraçado. Nada disso era engraçado.

Mas era divertido. Era sexy. Era um nível de intimidade que ela havia imaginado, mas nunca tinha vivido.

Os segundos passaram. Um minuto. A respiração dos dois se acalmou. Eles ajeitaram a postura. Nick deu um passo em direção a Sewanee e pegou o rosto dela entre as mãos. Ambos deram um fraco sorriso um para o outro.

As mãos dele desceram até os ombros dela.

– Imagino que você não consiga encontrar muito tempo para ir a Dublin.

Ela balançou a cabeça. Teve que lembrar a si mesma de usar o sotaque do Texas quando respondeu:

– Realmente. Nunca estive lá, na verdade.

Nick pareceu sair de um transe. Deslizou as mãos pelos braços dela e depois interrompeu o contato. Ele respirou fundo de novo.

Sewanee segurou os cotovelos, se abraçando, subitamente com frio.

– Talvez seja melhor assim – disse ela.

– Como?

– Talvez a história toda seja essa. Tipo, quais são as chances?

– Do quê?

– De ser tão bom quanto imaginamos que seria.

Ele sorriu para ela.

– Mas e se fosse?

Swan mordeu o lábio.

Conseguia lidar com Roys. Conseguia lidar com Chucks e Jimbos. Ou seria Jim e Chuckbos? Nick era diferente. Águas totalmente desconhecidas.

Por um lado, Sewanee estava pronta para que ele fosse embora, para a noite acabar. A cortina se fecha, as luzes se acendem, a maquiagem é retirada. Mas, por outro lado, ela estava pronta para acabar com o sotaque falso, com a personagem e tornar tudo real. A cortina se abre, as luzes diminuem, tudo se revela.

Mas era impossível.

Então, em vez disso, perguntou:

– Como você escreveria o restante da história?

– O que você quer dizer?

Ela deu um passo à frente.

– *Isso* é uma prova.

Nick apontou um dedo para ela.

– Sabia que ia precisar de uma caneta.

– Como isso termina na ficção feminina? E como termina num romance?

Ele riu.

– Certo. Ótimo. Lá vai. – Ele respirou fundo. – Ficção feminina: quero registrar que continuo odiando esse nome.

– Entra na fila.

Nick fez uma pausa.

– Eu luto contra a minha decisão de ir embora. Vou me odiar pra sempre, mas vou embora. É possível que eu tenha uma noiva. E talvez tenha uma guerra acontecendo. Temos vidas completamente diferentes, sofremos com a injustiça da situação.

Sewanee estava dando um sorriso tão largo que o maxilar doía.

– Trinta anos depois, nossos caminhos se cruzam. – Ele apontou para o cassino. – Estamos aqui de novo. Tanta coisa aconteceu. Tantos sacrifícios. E, mesmo assim, aqui estamos nós, finalmente juntos.

Sewanee inclinou a cabeça.

– *Argh* – começou ela, mas Nick levantou a mão.

– Mas… Eu tenho uma doença misteriosa e incurável. E *morro*. Nada de FPS!

Sorrindo vitorioso, ele estendeu as mãos como se tivesse posto uma bela mesa e quisesse a aprovação dela.

Sewanee gargalhou.

– Bravo! E a versão romance?

– Essa é fácil. – Nick se aproximou. – Eu perco o voo. Nós dois subimos. O que acontece é… bem. – Ele sussurrou com a voz rouca: – Sexo, muito sexo. – Ela riu. – Uma fantasia que se torna realidade, não é? No dia seguinte, nos separamos, mas você… você está grávida, certo? Corta para: *Um ano depois.* Um emprego do outro lado do Atlântico. Você bota roupas quentinhas no seu, ou melhor, nosso, filho pequeno e aparece pro primeiro dia de trabalho, e seu novo chefe é… rufem os tambores… eu. Chocante, eu sei. Você não me conta do nosso filho, não sei bem o motivo, mas não conta, e nós concordamos em nos comportar adequadamente no trabalho. Depois. Um dia. Meu desejo me domina e eu quero, não, eu *preciso* ter você.

Sewanee deu uma risadinha e seu rosto corou. Nick se aproximou ainda mais.

– Eu te arrasto pro meu escritório. Tranco a porta. Jogo tudo da mesa no chão, bem machão, rosnando muito. Te pego no colo e te coloco na mesa, bem ali na ponta. Afasto a saia, que estava me enlouquecendo, abro as suas…

– Ok, ok, Sr. Aluno Esforçado. Já entendi.

– Tem certeza?

– Você só provoca.

– Você não tem ideia.

Sewanee respirou bem fundo.

– E depois?

– Bem. Depois disso, você não pode continuar a trabalhar pra mim de jeito nenhum. Então pede demissão. Eu te persigo e… – Ele olhou para além dela, pensando. – E te ofereço dinheiro, porque eu sou bilionário, claro, pra fundar a ONG dos seus sonhos. Alguma coisa com gatinhos. Mas depois eu escuto, em outro cômodo… Será o choro de um gatinho abandonado? Ou será um *bebê*?!

– Ah, não – ofegou Sewanee.

– Você tem um *bebê*?! Sua vagabunda!

– Eu digo que é seu.

– Não, meu DEUS, ainda não. Porque você vê minha reação, e eu sou um completo babaca. Desculpa, esqueci de falar isso...

– Estava implícito, está sempre implícito.

– Então eu vou pra minha cobertura, ou pro meu castelo, ou alguma merda assim, e bebo até cair. E depois... e depois...

Nick piscava incontrolavelmente para ela.

– Você tem um irmão.

– Eu tenho um irmão! Um irmão bilionário! E...?

– E ele sabe a verdade sobre o bebê.

– ... Como?

– Porque vocês trabalham juntos...

– Na fábrica de dinheiro!

– E depois de me conhecer ele soma dois mais dois.

– ... Como?

– Porque sim.

– Certo. E eu finalmente percebo o meu erro e volto pra implorar pelo seu perdão.

– Rastejando!

– Volto rastejando pra implorar pelo seu perdão.

– E eu aceito. Porque todos os meus sonhos se tornaram realidade.

– E nós consertamos tudo o que estava errado entre nós, e vivemos...

– Felizes. Para. Sempre – completaram os dois em uníssono.

– Ótimo – sussurrou Nick, olhando para ela de um jeito que fez Sewanee sentir as mãos dele em todas as partes do corpo dela ao mesmo tempo. Ela o encarou. Depois ele olhou para os próprios sapatos. Em seguida, para o relógio. Então estendeu a mão. – Alice.

Ela a segurou.

– Nick.

– Eu te deixo como te encontrei.

Até parece, pensou Sewanee.

Nick parou uma garçonete que estava passando.

– Com licença? Por qual porta eu saio pra pegar um táxi?

– Pra onde você vai? – perguntou ela.

– Pro aeroporto.

– Hoje à noite? Não vai, não.

– Como é?

– O aeroporto está fechado. Posso trazer um drinque?

– O quê? Não, não, obrigado. O que você quer dizer com o aeroporto está fechado?

– Neve. Dá pra acreditar?

– Espera. *Neve?*

Sewanee se aproximou.

– Desde quando neva em Las Vegas?

– Tipo, nunca – respondeu a garçonete. – A última vez foi quando eu estava no primeiro ano e tivemos uma folga. Foi muito legal.

Nick e Sewanee pegaram os celulares.

– A companhia aérea mandou mensagem uma hora atrás. – Ele olhou para a bagagem como se ela pudesse ter mais informações. – Preciso arrumar um quarto.

– Ahh, isso não vai acontecer. – A garçonete apoiou a bandeja no quadril inclinado. – Acabei de saber que estamos lotados.

– O quê? Como?

– Junte uma noite de boxe no MGM, um show da Beyoncé e aquele negócio da convenção de livros, e a cidade está quase toda lotada. E, além de tudo isso, ainda cancelam centenas de voos. – Ao ver o olhar abatido de Nick, ela deu um tapinha no antebraço dele. – Quer aquele drinque agora?

– Não, não, obrigado.

– Bom, o cassino fica aberto a noite toda! Boa sorte!

Ela deu um sorriso radiante e saiu.

Sewanee, ainda olhando para o celular, murmurou:

– Todos os voos foram cancelados. De chegada e de partida. Minha amiga não deve conseguir sair do aeroporto de Los Angeles.

Nick passou a mão no cabelo.

– Eu não viro a noite desde a época da faculdade. – Ele riu. – Neve?! Sério?

– Ok – murmurou Sewanee, guardando o celular. – Estou prestes a fazer

uma coisa e não quero que você entenda de nenhum jeito que poderia ser…
não importa. Eu tenho um quarto.

Ele ergueu uma sobrancelha.

– É a sua vez de fazer a versão romance? – Swan bufou. – Vou adivinhar.
Só tem uma cama, bem pequeninha.

– Duas, na verdade. Camas muito grandes. Em quartos muito grandes.
Quartos muito grandes *e* separados. É tudo enorme. Tipo o hotel em *Rain
Man*. – Por impulso, ela colocou um pouco mais de espaço entre os dois. –
Eu fico à vontade de te oferecer um lugar pra dormir. Mas só se você estiver
à vontade.

– Eu estou à vontade. Mas você está? Você é muito gentil, mas…

– O lugar é tão amplo que é como se eu estivesse dormindo em outro
estado. Tudo bem. Por mim, tudo bem. Se estiver tudo bem pra você.

– Por mim, tudo bem!

– Então estamos combinados. – Sewanee ajeitou a postura. – Tudo certo?

– Tudo. – Nick assentiu. – Pode ir na frente.

Ele seguiu Sewanee pelo cassino e fez a curva.

Ela deixou Nick entrar na suíte primeiro. O mordomo tinha passado para
acender algumas luzes. Baixas. Sombrias. Sexy. Nick observou o tamanho
do quarto antes de ver a vista. Ele deu um sorriso para ela.

– Acho que vai servir.

Ele se aventurou pelo espaço, entrando na sala de estar, os ombros largos
formando uma silhueta contra a janela.

– É meio mágico, não é?

– É – respondeu ela enquanto se aproximava, contornando o lado direito
dele, e olhava para a noite neon.

As cores piscantes da cidade, como filtros de iluminação nas luzes de
teatro, mudavam o tempo todo a cor do rosto deles. Os dois estavam lado
a lado, olhando pelas janelas que iam do chão ao teto. Do outro lado dos
fantasmas de seus reflexos, a Strip se estendia e um cobertor branco se acu-
mulava sobre ela. Flocos macios salpicavam do céu. Era uma visão que Sewanee sabia que nunca esqueceria.

– Quero dizer alguma coisa. Alguma coisa profunda. Poética. Tipo o espírito dos meus ancestrais. Mas, pela primeira vez nessa noite, eu não tenho palavras – murmurou Nick.

– Acabaram as suas preliminares?

– Atrevida. – Mais silêncio. – Parece uma pintura pontilista, né? É isso. Foi o melhor que consegui.

– Bem. Que Seurat, Seurat.

Ele jogou a cabeça para trás, rindo. Depois, sua risada se dissolveu como a neve batendo na janela, escorrendo pelo vidro, e Swan observou, pelo reflexo, os olhos dele deslizarem pelo corpo dela.

– Acredito que isso é o mais perto que eu, algum dia, vou chegar de estar num dos seus livros – murmurou ele. – Isso é meio clichê, não é?

Nick acenou com a mão, indicando o quarto, as luzes, a neve caindo. Ela.

Sewanee continuava olhando para fora. Parecia que tudo que estava vestindo – cada peça – tinha desaparecido de seu corpo. Ela nunca tinha se sentido desse jeito. Mas sempre desejara se sentir assim.

– Adivinha como se chama.

– Alguma coisa épica, tenho certeza. Providência Divina? Intervenção Celestial?

Ela deu uma risadinha. Finalmente, se virou para encará-lo.

– O nome é Presos pela Neve.

PARTE II

Esqueça suas tragédias pessoais. Somos todos ferrados desde o início, e você precisa passar pelo inferno para escrever seriamente. Mas, quando estiver sofrendo bastante, use o sofrimento – não trapaceie.

– Ernest Hemingway

São sempre os homens, é verdade, que falam sobre escrever de um ponto de vista sofrido. Tente escrever a partir da alegria, para variar. A gente entende, o mundo é difícil. E é exatamente por isso que eu escrevo: para fugir dele. Parem logo com essa merda de artista torturado, meu Deus.

– June French para a *Cosmopolitan*

"A oferta"

Sewanee carregou as últimas duas caixas de cápsulas de café para a garagem de Mark. O amado Karmann Ghia dele, Sal, ocupava um lado do local, já o outro tinha duas estantes com um caminho estreito no meio. Cada centímetro era importante, como no corredor de uma mercearia de Nova York. As prateleiras eram repletas de produtos de papelaria, frascos de coisas cheias de cafeína, caixas enormes de biscoitos variados e componentes extras de gravação: microfones, cabos, pré-amplificadores e *mixers*.

Quando Sewanee, na ponta dos pés, colocou as caixas na prateleira superior, a contração das panturrilhas e o arqueamento dos pés provocou um tremor pelo corpo dela. Fechou o olho, e então estava deitada em lençóis frios, as costas arqueadas, a cabeça virada para o lado, cheia de prazer, vendo a neve cair lá fora. Abriu o olho e a neve ainda estava caindo, bem ali na garagem.

Poeira. Era poeira da prateleira em que havia mexido.

Dizendo a si mesma para recuperar o autocontrole, ela rapidamente terminou a tarefa e entrou na casa de Mark pela porta de ligação.

"Estúdio de Mark" talvez fosse mais adequado. O espaço pessoal dele tinha sido reduzido a um cômodo perto da cozinha, que abrigava uma cama queen e uma mesa quase tão grande quanto a cama. O resto da casa era todo voltado para o trabalho. Uma cozinha com duas máquinas de café, três micro-ondas, uma chaleira no fogão e uma elétrica na bancada, um armário inteiro só de chás, biscoitos descartados diariamente por Sewanee e o que pareciam centenas de xícaras para ela, a pessoa responsável pela limpeza de tudo. Havia uma geladeira enorme, cheia de todo tipo de leite e substitutos, temperos e molhos, e uma caixa repleta com o antídoto secreto dos narradores de audiolivros para gargantas arranhadas: maçãs verdes. Ninguém sabia por que isso funcionava (a acidez? os taninos?), mas funcionava. Uma vez, Alice tinha proposto que todos eles fizessem tatuagens de maçãs verdes, até que alguém – provavelmente Mark – comentara que as manchas verdes iam parecer uma doença.

Todos os quatro quartos no andar de cima tinham uma cabine e uma mesa de som. As salas de estar e de lazer haviam sido ocupadas por estações de trabalho para os editores e engenheiros de som que Mark tinha na equipe. Mesmo agora, numa noite de domingo, havia um zumbido baixo de atividade enquanto dois editores se debruçavam sobre as mesas, usando fones de ouvido e lendo junto com a gravação que estavam escutando, parando quando percebiam um erro, marcando o texto original e preparando uma lista com esses deslizes para os narradores. Sewanee viu o engenheiro mais novo reproduzindo uma batida perfeita de bateria com um lápis enquanto ouvia a gravação. Ah, mais um músico. Isso não era incomum. A maioria dos engenheiros de som entrava nesse mercado através da música.

Todos esses caras (a maioria era homem) eram jovens e adoravam a cordialidade comunitária do estúdio. Estar acima de tudo em Hollywood Hills, tomar um drinque com os outros na avenida Franklin antes de ir para casa. Mais de uma banda tinha sido formada na sala de estar de Mark ao longo dos anos.

Às vezes, Sewanee se sentia uma mãe numa fraternidade. Se a fraternidade fosse cheia de nerds do áudio legais e meio alternativos.

Passou pelos dois editores sem ser notada. Isso mudou quando Mark gritou do escritório dele:

– Swan!

Ele tinha ouvido a porta da garagem. Mark ouvia tudo.

Sewanee entrou no quarto/escritório e encontrou a forma magricela e vigorosa sentada atrás da mesa, com o pé engessado para o alto, e olhando para a tela do computador por cima dos óculos com armação de metal.

– Oi! – Sua voz soou esganiçada. – Parei na Costco no caminho do aeroporto pra casa e reabasteci as cápsulas de café. Fui naquela que inauguraram na Sherman Way, sabe? Cara, aquela área tá crescendo, hein! E que legal pousar em Burbank! Acho que nunca mais vou usar o aeroporto de Los Angeles. Como tá o pé?

Agora ele olhava para *ela*.

– Isso é cafeína ou cocaína?

– Só estou feliz de te ver.

– E eu estou feliz de ver você.

– Então. – Swan engoliu em seco. – Acho que você quer que eu te conte as novidades de Las Vegas.

Mark expirou de maneira acentuada. O rosto ficou triste.

– Simplesmente inacreditável.

Sewanee congelou.

– Como assim?

Ele balançou a cabeça.

– Tão trágico.

– O quê?

– O quê? O noticiário só fala disso!

– Da neve?

– Da neve? Não, da atriz!

Sewanee pegou uma cadeira e se sentou.

– Ok, sério: do que você tá falando?

– Não sei os detalhes, mas uma aspirante a atriz desceu 38 andares e não usou o elevador, se é que você me entende.

Sewanee abriu a boca, mas nada saiu.

– Tudo que eles sabem até agora é que a moça estava lá pra convenção. Parece que ela era do leste do Texas. Não acredito que você não ficou sabendo – comentou Mark.

Algumas palavras saíram aos poucos.

– Eu… não sabia… não sei o que dizer.

– Bem, ela sabia! Parece que, enquanto caía, a moça gritou: "O felizes para sempre é uma mentira!"

– Espera… você está… ela… como… o quê… – gaguejou Sewanee, nervosa, oscilando entre a suspeita e o pânico.

Mark caiu na gargalhada. O cabelo grisalho cobriu seu rosto, e os pés de galinha, parecidos com os de Clint Eastwood, se enrugaram.

Sewanee se curvou para a frente na cadeira.

– Seu babaca! Seu babaca de merda! – Ela levantou a cabeça. – Como é que você sabe disso?

Mark secou as lágrimas.

– Alice apareceu aqui hoje de manhã e me contou a conversinha entre vocês duas. Eu não resisti.

– Meu Deus, você é um escroto! – Ela se levantou. – Tenho que trabalhar.

Swan foi em direção à porta.

– Foi muito fácil! Espera, não sai ainda, tenho uma coisa pra falar com você.

– Tá tudo bem, eu não vou cair no conto do vigário de novo.

Ela saiu pela porta.

– Swan! Estou falando sério, volta aqui. Desculpa, mas foi uma vingança. Lembra da sua gracinha no mês passado? "Ai, meu Deus, Mark, você viu o banco do carona do Sal?" Você sabe como eu me sinto em relação ao Ghia. Agora estamos quites.

Sewanee se virou e voltou pisando duro para o escritório dele, fazendo uma pose desafiadora, com os braços cruzados.

– O que é?

– Senta.

– Estou bem de pé.

– Ótimo, prefiro que você fique de pé.

Sem se controlar, ela bufou uma risada. O relacionamento dos dois era assim. Eles brincavam, se provocavam, testavam os limites, mas um deles sempre estava lá quando o outro precisava. Ou apenas queria. Tinham feito mais um pelo outro do que jamais diriam, principalmente porque não precisavam falar. Eles funcionavam porque se amavam, do jeito que duas pessoas se amam quando não há atração em jogo.

– Você recebeu uma oferta – disse Mark.

– E…? – Isso não era incomum. Na maioria das vezes, as ofertas chegavam diretamente para ela, mas, quando alguém não conseguia encontrá-la, fazia contato com Mark. Só que o modo como ele sorria levantou suspeitas. – O que é?

– É… conveniente.

Ela sabia. Simplesmente sabia.

– É um livro de romance, não é?

– É. Mas não é.

– Mark.

– Não estou sendo evasivo. Só que é diferente. – Ele entrelaçou as mãos. – Você se lembra de June French?

– Claro. Foi ela que me deu o pontapé inicial. Quando eu fazia livros de romance. O que eu não faço mais.

– Ela morreu há pouco tempo.

– Dá pra ver que você tá sofrendo muito com isso.

– Você já sabia?

– Aham. Mas imagina se eu não soubesse e você me contasse desse jeito?

– Você não vai facilitar as coisas, né?

– Depois da *sua* vingancinha, não.

Mark revirou os olhos.

– Bem, o produtor dela, que está bem vivo, entrou em contato. Tem um projeto que June escreveu que nunca saiu da gaveta. Ela queria que Sarah Westholme...

– Continuo não fazendo livros de romance.

– Swan, me escuta. – Ele se inclinou para a frente, abriu o e-mail no computador, pigarreou e mergulhou na voz de narrador. A voz que lia histórias políticas para as massas. A amada voz do Papai da Literatura, que estava em toda parte. – "Querido Mark, meu nome é Jason Ruiz, e estou trabalhando com o espólio de June French para produzir um audiolivro do projeto final dela. Estou tentando entrar em contato com uma das narradoras de June, Sarah Westholme. Ouvi dizer que você talvez possa nos conectar."

– Se ao menos eu ainda fizesse livros de romance.

– Shhhh. "É um projeto meio inovador, e June escreveu pensando em Sarah. Ela era a narradora preferida de June e também a preferida dos fãs."

– Que fofo. Mas eu não faço...

– Quer calar a boca? – Ele estava sorrindo, mas falava sério. – "O projeto será uma narração dupla. June tinha a intenção de fazer desse novo livro uma série com episódios semanais de uma hora e distribuir através da plataforma dela."

– Esperta – observou ela. – Que pena que eu não faço...

– Juro por Deus, Swan... "A série toda terá cerca de oito horas, divididas entre Sarah e o narrador masculino. Eu sei que Sarah *não grava mais livros de romance...*" – Mark leu isso com muita ênfase – "... mas June a queria uma última vez pra esse projeto ambicioso e exclusivo, e estava preparada para recompensá-la com uma senhora quantia."

Sewanee suspirou.

– Mark, você sabe que não é só pelo dinheiro.

– Generosa, Sewanee. Generosa tipo Paul Newman/Robert Redford/o-cara--de-*Outlander*. Isso vai muito além do pagamento-padrão por uma sessão fixa.

Ela jogou as mãos para o alto, se preparando para não ficar impressionada.

– Quanto?

Mark voltou ao e-mail.

– "Estamos preparados para oferecer à Sarah 33 por cento da receita bruta. Embora a gente não saiba quanto isso vai ser, pensando na transparência total, os assinantes vão pagar 99 centavos por episódio, e já temos 20 mil reservas antecipadas, mesmo sem anunciarmos os narradores. Temos um compromisso com o narrador masculino..." – Mark ergueu o olhar, com os lábios presunçosamente franzidos, e continuou: – "Brock McNight, que nunca fez um livro de June French, embora as fãs tenham implorado por isso. Eu sei que, se essas duas potências fizerem o projeto, os downloads vão disparar. É uma tristeza muito grande June não poder... blá-blá-blá... por favor, envie isso para Sarah, e também peço que guarde segredo. Obrigado pela atenção, Jason." – Mark se recostou e entrelaçou os dedos sobre a barriga. – Sua vez.

Sewanee se sentou de novo e encarou Mark do outro lado da mesa. Ele esperou. Por fim, ela disse:

– Não costumo ser motivada por dinheiro, mas isso... tenho que admitir...

– Fiz umas contas, só por alto, e quer um conselho? Arrume motivação.

– Eu não faço livros de romance...

– Se você disser isso mais uma vez...

– Você não me deixou terminar! Eu não faço romances... mas vou pensar.

Mark deu um tapa na mesa.

– Isso era tudo que eu queria escutar. A menos que você tenha alguma coisa picante pra contar sobre Las Vegas.

Pega de surpresa com a mudança de assunto, o rosto dela a entregou, ficando ruborizado. Mark registrou isso e ergueu as sobrancelhas.

– Srta. Chester!

A vergonha dela era palpável.

– Estou feliz de ter ido, e vamos parar por aí. – Ela se levantou.

Mark ergueu as mãos.

– Se não quiser me contar sobre o talento de Studman no quarto, não precisa.

A boca de Sewanee se abriu, fingindo indignação.

– Eu contei isso pra Alice em *segredo*! – Ele riu, e Swan ficou ali por mais um instante, antes de dizer: – Obrigada. Por tudo. Não sei o que faria sem você.

– Estaria perdida, despedaçada e triste – disse ele de um jeito alegre.

Ela se virou para sair, mas voltou e o abraçou.

Nos dias em que a vida impedia Sewanee de ir à academia, ela se consolava sabendo que, pelo menos, tinha andado de sua casinha até a de Mark e voltado: 64 passos numa ladeira, tanto para ir quanto para voltar.

Hoje à noite, ela também carregara a bagagem, então pronto.

Swan entrou, acendeu a luz da sala de estar, deixou a mala de lado e passou a manga do casaco na testa. Livrou-se do agasalho e foi até a porta deslizante do outro lado da sala, abrindo-a, deixando o brando ar noturno de dezembro refrescar o espaço minúsculo.

Parou um instante e saiu para a sacada. A casa de Mark tinha uma vista espetacular do centro de Los Angeles e dos arredores. A casa de hóspedes tinha a mesma vista, mas aqueles 64 passos que serviam para fugir da academia lhe davam uma noção ainda maior do espaço.

Hollywood logo em frente. À direita, a represa da reserva espreitava. Mais além, as luzes cintilantes da cidade. De vez em quando, um holofote no Teatro Chinês Grauman, ou no Egyptian, ou numa cerimônia de premiação no Dolby, varria o céu, mas não essa noite. Era uma noite tranquila de domingo. Fileiras de faróis brancos e lanternas traseiras vermelhas demarcavam a Highland, a Cahuenga e a Vine, todas chegando e saindo da autoestrada 101, como listras paralelas em um tecido xadrez. Ao longe e um pouco à direita, as luzes simplesmente desapareciam, diminuíam, dando espaço para o Pacífico. A parte mais incrível ficava atrás dela. Swan andou até o lado esquerdo da sacada e se virou, olhando para o letreiro de Hollywood no alto da colina, que se assomava num tamanho muito maior do que grande parte das pessoas conseguia vê-lo. A visão sempre fazia com que ela se sentisse em casa.

Essa noite havia uma névoa marítima no lado oeste e um pouco de poluição no lado dela da cidade, então o pôr do sol se parecia menos com uma radiante tigela de *sorbet* e mais com uma poça de milk-shake de morango derramado, que se expandia lentamente.

Sewanee nunca deixava de apreciar nada disso. Era uma vista que as pessoas pagavam milhões de dólares para ver toda noite, e ela a tinha para si em troca de administrar o estúdio.

Voltou para dentro, para a pequena cozinha comprida – que ainda ostentava azulejos rosa-flamingo da década de 1930 –, e ligou a chaleira. Depois, foi para a aconchegante sala de estar, ligou a TV e sintonizou no Golf Channel. Desfez a mala rapidamente, voltou para a cozinha quando a chaleira começou a apitar e fez uma xícara de chá de gengibre, usando o conjunto de xícara e minibule da Tea-For-One que a mãe lhe dera de presente quando Swan se formou na Julliard. Marilyn queria que a filha se lembrasse que estar sozinha, por conta própria, não significava que seria solitária. Era um símbolo de independência, e ela adorava.

Por fim, se ajeitou no sofá de dois lugares, sentou-se em cima das pernas e avaliou a própria vida.

Quanta coisa podia mudar em 24 horas?

Houve um tempo em que Sewanee sabia a resposta: tudo. Mas, dessa vez, era diferente. Dessa vez não era algo imediatamente tangível. Era mais como uma semente que tinha sido plantada: a mudança estava germinando.

Ela pegou o celular, num esforço para mudar de canal na própria cabeça, e percebeu que tinha uma mensagem de WhatsApp da mãe. Ela clicou.

> Santorini hoje. Lindo. Muitos jovens bêbados por aqui. Me lembrou dos fins de semana na UCLA. 😊 Vamos ficar aqui uma semana. Vamos fazer uma chamada de vídeo em breve. Te amo. Espero que tenha se divertido em Las Vegas. É verdade que nevou lá?

Havia uma foto de Marilyn anexada, mordendo um sanduíche gigantesco. Não era bonita, mas era divertida e alegre, e Sewanee teve um ímpeto tão grande de saudade da mãe que, por um instante, voltou no tempo e estava sentada à mesa, curtindo o aroma do perfume de cerejeira que a mãe usava.

Checou a hora. Não havia nada que Swan quisesse mais do que contar tudo para ela. Como toda mãe e filha, elas tiveram uma jornada longa, tortuosa e cheia de conflitos, mas seus caminhos tinham voltado a convergir bem a tempo de Marilyn partir numa jornada de verdade. Ela estava feliz pela mãe, mas era difícil em momentos como esse: já era madrugada na Grécia, então Sewanee foi obrigada a confiar em si mesma.

O trabalho, pensou ela. Vamos começar por aí.

Sabia como era ridículo refletir sobre isso, tinha visto no rosto de Mark. Também sabia que qualquer outro narrador mataria para ganhar essa quantia toda. Oportunidades como essa nunca apareciam.

E daí se ela não acreditava em como os livros de romance retratavam a vida? Swan não era a dona da verdade. Podia acreditar no que quisesse e receber um caminhão de dinheiro para deixar as outras pessoas acreditarem no que preferissem. Esse projeto não representava seu ponto de vista pessoal, assim como os livros de ficção científica, fantasia ou ficção especulativa que ela gravava também não representavam.

Ela recebeu uma mensagem de Adaku:

Conseguiu chegar em casa??

SEWANEE:

consegui. Sua bagagem tá no meu carro. Quer vir aqui amanhã à noite?

ADAKU:

não dá. Terça à noite?

SEWANEE:

aham.

ADAKU:

e quero saber de TUDO

Sewanee deu uma risadinha. Ela mandara uma mensagem para Adaku às duas da manhã, contando que tinha conhecido alguém. Na verdade, suas palavras exatas foram: *desculpa ter destruído sua maquiagem*, anexando uma foto dela, sentada na ponta da cama abraçando um lençol, sem o tapa--olho, com a maquiagem borrada, o batom manchado e o cabelo parecendo um ninho de ratos. Nick estava ao fundo, nu e cochilando. Ele acordara cinco minutos depois, e a noite tinha continuado.

Sewanee mandou a mensagem:

Prometo.

E deixou o celular de lado.

No dia seguinte, ela iria ao Seasons, daria uma olhada em Blah, conversaria com Amanda e com o pai.

Swan terminou o chá e apoiou a xícara no colo, observando a noite, sem nada específico em foco. O calor que restara na xícara atravessou a saia e ela abriu as pernas para o calor, acalmando a agradável maciez ali. Swan começou a sonhar acordada. Estava numa cama, a cabeça de um homem apoiada no pescoço. Ele virou o rosto e levou a boca ao ouvido dela.

– Lindo. Tudo lindo – sussurrou ele.

Depois de almoçar salada de frango e chá gelado, Sewanee e BlahBlah voltaram para o quarto.

Blah entrou, com Sewanee logo atrás para o caso de ela perder o equilíbrio. Mas, depois que entraram, Blah fechou a porta enquanto Sewanee ia até um sofazinho em frente à cadeira de balanço preferida da avó.

– Psiiiu! – chamou Blah. Sewanee se virou e a viu apontando para a porta.

– Você viu a Mitzi? Que horror o que fizeram com ela! – fingiu sussurrar Blah, embora as duas estivessem sozinhas. – Você chama aquilo de lifting? Eu chamo de crime! – Blah foi gargalhando até a pequena cozinha, que tinha um frigobar, um bule de café e um micro-ondas. – Meu Deus, que estrago. – Blah pegou um pacote de Mallomars na bancada. – Ela costumava parecer meio decente, agora está uma indecência.

O humor de Blah era o baluarte notável da sua perspicácia reduzida, e Sewanee tinha a sensação de que, quando as piadas deixassem de existir, Blah também deixaria.

Swan deu uma risadinha.

– Não tá tão feio, Blah.

– Ela devia ter deixado ruim como estava. Tá com fome? Quer alguma coisa, boneca? Um Mallomar?

– Não, obrigada, estou cheia.

– Eu também, eu também.

A avó devolveu o Mallomar que tinha pegado para a caixinha de plástico. BlahBlah nunca comia. Não de verdade. Embora sempre tivesse um biscoito por perto, ela não fazia refeições completas. Quando pressionada, Blah dizia que era porque havia nascido durante a Crise de 1929, mas Sewanee sabia que os estúdios tinham incutido isso nela. Agora a avó continuava sem comer, como se amanhã pudesse ser chamada para fazer um teste de elenco usando biquíni.

Sewanee e Blah se sentaram. A avó se balançava com um ritmo estabelecido ao longo de toda uma vida. Ela havia sido alimentada naquela cadeira, e havia alimentado Henry naquela cadeira. Agora parecia eterna ali. Sewanee observava esse balanço, vendo, ao mesmo tempo, uma garotinha cujos pés não tocavam o chão e a senhora que carregou essa garotinha ao longo dos seus 92 anos.

– Tá com fome? Quer alguma coisa?

– Não, obrigada. Estou cheia.

– Eu também, eu também.

– A salada de frango estava muito boa hoje.

– Eu odeio salada de frango. Gosto de atum.

– É verdade, me esqueci.

– Sua memória está curta, boneca.

Blah piscou.

As duas sorriram de novo, e Sewanee sentiu o início da pausa na conversa. Tirando as piadas de Blah, o diálogo não fluía como antes.

Sewanee tinha notado essa mudança pela primeira vez cerca de um ano antes. Blah esquecia que elas tinham se falado por telefone. Depois se esquecia do filme que tinham ido ver, ou da exposição de arte, ou da festa de aniversário de Adaku. Aí passou a ter dificuldade para se lembrar do motivo de ter se mudado para o Seasons. Sewanee a lembrava que a irmã tinha morrido e que Blah precisara sair da casa para que os filhos de Bitsy pudessem vendê-la. O interessante é que todas as lembranças dela na casa eram como hóspede, apesar de ter morado lá por mais de trinta anos. Henry achava que isso era uma fantasia: na mente de Blah, ela preferia a versão de si mesma com uma casa elegante em Beverlywood, não como inquilina no pequeno rancho da irmã, em Sherman Oaks. Talvez ele estivesse certo.

– Tá com fome, boneca? Quer comer alguma coisa? – repetiu Blah pela terceira vez.

– Estou bem. – A lenta deterioração tinha sido desafiadora, mas essa aceleração recente era apavorante. Precisava descobrir se Blah tinha consciência de que isso estava acontecendo. – Como está sua memória?

– Não sei, que dia é hoje?

Sewanee deu um sorriso.

– É sério. Tá difícil se lembrar das coisas? – insistiu ela.

A avó revirou os olhos.

– Eu estou velha, tudo é difícil.

Ela queria não ter que fazer a próxima pergunta.

– Você se lembra do que aconteceu na sexta à noite?

Blah estava se balançando em um ritmo gostoso.

– Aconteceu alguma coisa?

– Carlos te encontrou no salão geral, no meio da noite.

– Não encontrou, não.

– Encontrou, sim, Blah. De acordo com ele, você achou que estava no Tennessee, se preparando para o seu baile de debutante.

Blah ficou calada. Sewanee ficou calada. O olhar que as duas trocaram era tudo que Swan precisava saber.

Blah se levantou.

– Quer um Mallomar, boneca?

– Não.

– Você viu o lifting da Mitzi? – sussurrou a avó.

– Blah…

– Como está a sua mãe? – Blah pegou um Mallomar do pacote que estava sobre o frigobar, no canto. – Ela devia vir almoçar aqui um dia desses.

Sewanee viu Blah mordiscar o canto de um biscoito.

– Ela não mora mais aqui.

A avó parou de mastigar.

– Desde quando?

– Desde o divórcio.

– Que divórcio?

Ela estava falando sério?

– Da minha mãe e do meu pai.

– Claro, claro. São tantos, ultimamente! – Blah riu, pegou outro biscoito e voltou para a cadeira de balanço. – Ela voltou pra casa dela?

– Ficou lá por mais ou menos um ano. Pra cuidar da Nana antes de ela morrer. Depois ela conheceu Stu.

BlahBlah assentiu e mordiscou o biscoito.

– Stu é um nome infeliz, mas os Stus sempre são simpáticos. Como foi que eles se conheceram?

– É uma boa história. Quer ouvir?

BlahBlah deixou o primeiro biscoito pela metade na mesa de centro, mantendo o segundo na outra mão. Ela se recostou.

– Eu adoro seu jeito de contar histórias.

Sewanee também se recostou, mexendo no braço desfiado do sofá.

– Então. Depois que a Nana morreu, minha mãe esvaziou a casa e fez um bazar na garagem. Enquanto estava dando um troco, ela viu um homem parado perto de uma antiga vitrola, na entrada da garagem.

– A vitrola velha do Marv?

– Não, da Nana. Mas tem razão, vocês também tinham uma vitrola. De qualquer maneira, ela foi…

– O que aconteceu com a minha?

– Eu… não sei.

Sewanee não a via desde a casa de Bitsy. Ela podia perguntar a Henry.

Mas Blah não pareceu se incomodar com o mistério. Ela deu uma mordida no Mallomar que estava segurando, esquecendo o outro na mesa de centro.

– Aí a minha mãe foi até o homem: "Posso te ajudar?" E ele disse: "Não estou acreditando, nós tínhamos exatamente esse modelo quando eu era criança. Por acaso você…"

– Carambola, todo mundo tem uma vitrola?

Isso fez Sewanee rir.

– Acho que sim. E aí ele perguntou se ela tinha algum disco…

– Ela não tem discos? Eu tenho. Em algum lugar.

– Não, minha mãe… tinha. Ela abriu o gabinete e tirou um monte de discos de 78 rotações. Ele deu uma olhada, depois parou e perguntou: "Posso?" Minha mãe assentiu, e ele começou a girar a manivela da antiga vitrola, dando bastante corda, e colocou um disco no prato giratório. Ella Fitzgerald começou a cantar.

– Ah, Ella Fitzgerald! Qual era a música?

– "I'll chase the blues away".

– Meu Deus! – Blah começou a cantar. A voz dela estava trêmula, mas ela ainda conseguia cantarolar: – "I'll chase the blues away"…

– Essa mesma. Aí ele chamou minha mãe pra dançar. Bem ali, na entrada da garagem. Ela estava usando uma calça de moletom e uma camiseta manchada de água sanitária, e, antes que percebesse, estava chorando. Os dois pararam de dançar, e ele simplesmente a abraçou. Quando a música parou de tocar, eles se afastaram, e o homem disse: "Meu nome é Stu." E minha mãe respondeu: "Meu nome é Marilyn." E os dois estão juntos desde então.

– Ainda em Seattle?

Era Portland. A mãe dela era de Portland, mas, para ser justa, BlahBlah nunca conseguia se lembrar disso. Sempre achara que era Seattle.

– Não. Stu tinha acabado de se aposentar da Nike. Nunca se casou, nunca teve filhos, mas tinha chegado ao topo da empresa. Alto o suficiente pra comprar um apartamento num daqueles cruzeiros que têm condomínios, sabe?

– Cruzeiros têm condomínios?

– Esses têm. E você pode entrar e sair sempre que quiser, enquanto ele viaja por todo o mundo. Eles estão embarcados há mais ou menos um ano.

– Que perfeito! Posso comprar um?

– Bom, eles são caros.

– Ah, tenho certeza de que eles custam uma boa grana, mas e daí? É tipo um conto de fadas – murmurou Blah. – E Mar merece.

O jeito como ela disse isso fez Sewanee acreditar que, naquele momento, Blah se lembrava de tudo sobre a ex-nora.

– Ela merece. Merece mesmo.

– E como está a sua outra avó, com a filha passeando pelo mundo todo?

– Ela… morreu, Blah.

O rosto da avó desabou.

– Ora! Ela devia ter falado alguma coisa!

Sewanee deu uma risadinha. O que mais poderia fazer?

– Como é que a sua mãe tá lidando com isso?

Swan não sabia o que dizer. Simplesmente não sabia. Não queria repetir a história.

– Ela tá bem.

Houve uma batida na porta.

– Ennntraaa! – gritou BlahBlah, numa péssima imitação de Walter Matthau.

A porta se abriu, e o rosto sorridente de Amanda apareceu. Sewanee tinha mandado uma mensagem para ela na hora do almoço, avisando que estava no prédio.

– Você! Desde que me fez ver *Uma dupla desajustada*, você me pega todas as vezes. Estou invadindo a festa?

Blah mergulhou na história de como certa vez Neil Simon tentou alguma coisa com ela, como fazia sempre que citava algo de *Uma dupla desajustada*, *Descalços no parque* ou *Um estranho casal*. A avó se levantou.

– Quer um Mallomar?

Amanda pôs a mão na barriga.

– Ah, obrigada, acabei de comer. Posso roubar a sua adorável neta por um minuto?

Sewanee se levantou.

– Na verdade, eu já tenho que ir embora, de qualquer maneira.

– Você tá gravando alguma coisa? – perguntou BlahBlah, os olhos se iluminando.

– Estou! Um mistério. – Sewanee agitou as sobrancelhas.

Blah pareceu decepcionada.

– Você devia gravar mais histórias de amor. Precisamos de mais amor neste mundo. Menos criminosos, maldades e assassinatos.

Sewanee se aproximou da avó e a abraçou.

– Quando você tá certa, você tá certa. – Ela se afastou e olhou para a avó. – Happy hour na sexta?

– Combinado, boneca.

Sewanee deu um beijo no rosto dela e se juntou a Amanda.

– Dá uma olhada na Mitzi quando sair! Pensa num assassinato! – gritou Blah, num sussurro falso.

Amanda a levou para dar uma volta e conhecer a ala da memória, e Sewanee teve que admitir que estava impressionada. Era bonita. Era limpa. Era tranquila, confortável e clara. Mas um nó desagradável se formou em seu estômago no instante em que cruzou a porta, e Swan não sabia dizer se era preocupação, tristeza ou até mesmo uma premonição. De ter que ver cada vez menos da avó, por mais que a visitasse muitas vezes.

Em vez de voltar para o escritório de Amanda, as duas foram para o jardim, ao ar livre, como se Amanda soubesse que Sewanee precisava de ar fresco.

– Bem. O que você acha?

– É ótimo – respondeu Sewanee com sinceridade. – Muito melhor do que achei que seria.

Amanda sorriu.

– Muito obrigada. Nós ganhamos muitos prêmios nesse setor. Eu não sei se você sabe, mas ficamos em primeiro lugar entre as casas de repouso da cidade esse ano.

– Eu não sabia! Barbara Chester sabe escolher bem. – Elas se sentaram num banco. – Meu pai também vai ficar feliz de saber disso. Vou falar com ele mais tarde. Tem mais alguma coisa que eu deveria contar pra ele?

– É claro que vai haver um aumento significativo no custo. – Sewanee assentiu. – Blah vai começar no Nível 1, que custa 6.800 por mês. – Ela não tinha certeza, mas achava que era mais ou menos o dobro do que a avó estava pagando naquele momento. Amanda continuou: – Para cada nível de cuidado que acrescentarmos, são mais mil dólares.

– E qual é o pior cenário? Quando alguém tá… aqui, mas não tá aqui? – Sewanee se encolheu.

– O nível de cuidado mais alto custa 13 mil por mês.

Sewanee prendeu a respiração ao ouvir isso.

– Uau. Certo. Quer dizer, tá bem. Blah merece o melhor. Ela é a melhor. – Sewanee engoliu em seco, surpresa por ter que segurar as lágrimas. – Desculpa, é…

– Não, por favor. Nada disso é fácil. – Amanda fez uma pausa, dando um tempo para Sewanee se recuperar. – A última coisa que sou obrigada a dizer, e me perdoe se eu mencionei isso quando vocês vieram conhecer as instalações, é que nós não temos contrato com o Medicaid. Então não existe a possibilidade de cuidados externos.

Sewanee balançou a cabeça.

– Tenho certeza de que isso não vai ser um problema. Quando é que ela vai ser transferida?

– Depende da Blah. – Amanda ajeitou o suéter de renas e cruzou os braços. – Se o incidente de sexta-feira não tivesse acontecido, eu acharia que ela ficaria bem por mais tempo. Mas, nessas situações, dias podem parecer meses. É difícil prever. – Amanda parou por um instante. – Se fosse comigo, eu ia querer colocá-la na lista de espera, pra dar início ao processo. Mas, obviamente, a decisão é sua. Deve levar alguns meses pra surgir uma vaga.

Com o silêncio de Sewanee, Amanda expirou.

– Eu sei que é difícil. Passei por isso com a minha mãe.

– Sinto muito. – Sewanee respeitava Amanda. Ela demonstrava uma preocupação genuína e era afetuosamente sincera. Era uma boa mulher, fazendo o melhor possível no que Sewanee sabia ser um sistema imperfeito. – Vou falar com o meu pai, mas tenho certeza que ele vai te falar pra colocá-la na lista de espera. Tem alguma coisa que eu possa fazer nesse meio-tempo?

Amanda sorriu.

– Continua lendo aqueles livros. Eles me acompanham no trânsito pra cá. Mas eu concordo com a BlahBlah. Que tal uma história de amor em breve?

Sewanee se ajeitou no sofá depois de uma longa tarde de gravações e uma tigela de sopa nutritiva e ligou para o pai. Contou tudo que Amanda tinha dito, como ele pedira.

– Então, tudo que você tem que fazer é ligar, e ela vai colocar Blah na lista de espera – disse, por fim.

– Ah, só isso?

– É.

– Só uma pergunta: onde foi exatamente que vocês encontraram o tesouro enterrado?

– O quê?

Henry respirou fundo.

– Quatro anos atrás, sua avó, contra a minha vontade, se mudou pro Seasons. Isso foi depois de eu ter encontrado uma instalação bem adequada e que aceitava Medicaid, caso ela vivesse por tempo suficiente pra precisar de cuidados que não poderia pagar. Mas ela nem quis ouvir. Tinha que ser o Seasons.

– E daí?

– E daí que eu tive que assistir às economias dela definharem até não sobrar nada. Cheguei a contribuir com uma parte no ano passado. Aposto que ela não mencionou isso.

Sewanee levantou a mão, como se ele pudesse vê-la.

– Pai. Espera. Ela não tem previdência social? E aquela propriedade no Tennessee que ela aluga pra pastoreio? Não sei, talvez um…

– Tesouro enterrado?

– Para com essa história de tesouro enterrado!

– Não sobrou nada, Swan. Ela torrou tudo. A renda mensal dela nem cobre os custos atuais. – Ele fez uma pausa. – E é por isso que, em vez de ir ao Seasons conseguir todas as informações que eu já tenho, você podia ter tentado me perguntar qual era a melhor…

Sewanee rosnou.

– Você precisa rosnar? Se tiver alguma coisa pra dizer, use palavras. Sons são pra animais – respondeu ele.

Sewanee rosnou de novo. Mais alto, dessa vez.

– Sewanee…

– Você quer palavras? Tudo bem. Você não pode mesmo ajudar a pagar por isso? Ou só tá sendo vingativo?

Henry deu uma risada alta.

– Vingativo? Você não conquistou o direito de me julgar, querida. Eu não tenho emprego. Não tenho uma casa pra hipotecar. Os advogados levaram todas as minhas economias, sua mãe recebe metade da minha pensão, e eu tenho a minha própria vida pra me preocupar. – Ele bufou. – Talvez o *sugar daddy* da Marilyn possa ajudar.

Sewanee afastou o celular do ouvido e quase jogou do outro lado da sala. Depois o levou à boca como se fosse um walkie-talkie.

– Pedir pro namorado da *minha* mãe pagar pelos cuidados da *sua* mãe, essa é a sua solução?

– Foi sarcasmo. – O pai estava com aquele tom condescendente e profissional. Quando ele falou de novo, parecia impaciente e de saco cheio de tudo: – Olha, isso não é responsabilidade sua. Eu assumo a partir de agora.

Ela não gostou nem um pouquinho disso.

– O que você vai fazer?

– Conheço um lugar onde ela vai ficar confortável.

Sewanee foi tomada pelo desespero.

– Pai. Não! Minha avó está feliz no Seasons, todo mundo a conhece e se importa com ela. Ela tem amigos. Blah tem que ficar lá.

– As pessoas morrem, Swan. Decisões precisam ser tomadas. Seria ótimo se pudéssemos baseá-las em *sentimentos,* mas, infelizmente, tudo se resume a dinheiro. – Henry pareceu perceber que tinha soado insensível, porque acrescentou, com mais delicadeza: – Você acha que não me importo, mas eu me importo, sim. Quero que você saiba disso. Queria que você… essas coisas são difíceis. Merda, eu sofri pra decidir o que fazer com a Sarah.

Sewanee parou.

– Sarah? A nossa cachorra? Do que você está falando? Não houve decisão nenhuma. Ela foi atropelada por um carro e morreu.

– Não, ela foi atropelada por um carro e continuou viva. Mas a cirurgia ia custar dez mil, então nós a sacrificamos. – Um longo silêncio. – Agora estou lembrando que combinamos de não te contar isso.

– Você matou a Sarah?!

– Nãããão – respondeu ele, suspirando –, o motorista matou a Sarah. Eu só decidi não interferir. Ela já tinha doze anos.

– E daí?

– E daí que foi uma boa vida. Assim como 92 é uma boa vida. Olha, eu não vou empurrá-la pro mar num bloco de gelo. É isso que acontece com milhões de pessoas quando o dinheiro acaba. Elas entram no sistema.

– Mas o sistema é ruim! Esses lugares são péssimos!

– Para de histeria, eles não são infernos criados por Dickens que você...

– Você não sabe disso. Mal entrou no Seasons, quanto mais em outros lugares. Não é você que vai ver como Blah está, eu nem consigo te fazer ir ao Seasons pra noite de bingo!

– Qual é a importância disso se ela nem sabe onde está?

Sewanee não conseguia respirar.

– Pai.

– Swan. Sinceramente. Que diferença faz?

Tudo que ela conseguiu dizer foi:

– Vou te lembrar dessa conversa daqui a vinte anos.

– Você não está me escutando. Estou tentando te fazer...

– Boa noite. – Ela desligou.

Horas depois, Sewanee estava deitada na cama, sem conseguir dormir.

Ela queria consertar a situação.

Queria que todo mundo ficasse feliz.

Queria estar de volta em Las Vegas.

Perto das quatro da manhã, ela acabou se levantando, tomou um banho, fez um chá para viagem, andou os 64 degraus até o carro e mandou uma mensagem para Mark:

> Fala pro pessoal da June French que eu estou dentro.

Sewanee dirigiu pelas estradas vazias até o oeste de Los Angeles, até o prédio de oito apartamentos perto de Bundy, onde ficou sentada no carro até um horário razoável – seis da manhã –, saiu, foi até a porta do pai e bateu.

"A decisão"

Quando Henry Chester tinha 25 anos e morava em Nova York, o corpo do pai dele foi encontrado por uma governanta, caído sobre a máquina de escrever, um copo com dois dedinhos de um bom uísque ao lado do carrinho e três cigarros no cinzeiro da Paramount Pictures – um ainda aceso –, morto por causa de um coração que simplesmente desistiu.

Marvin era roteirista. E Sewanee se lembrava de Henry contando que o ritmo rápido das teclas da máquina de escrever (parecido com um relógio de pêndulo em perfeito equilíbrio) que vinha do escritório do pai acalmava o jovem Henry. Ele se sentia seguro porque o pai estava fazendo alguma coisa, criando alguma coisa, sendo produtivo. Mas Barbara era atriz, no sentido mais verdadeiro da palavra. No palco ou fora dele, estava sempre atuando. Para Henry, a mãe era a personificação da imprevisibilidade errática de um relógio com corda demais.

Henry saiu do Brooklyn e voltou para casa para lamentar a morte do pai, para assumir as rédeas e ajudar uma mulher de 50 e poucos anos, que nunca tinha cuidado de nada sozinha, a aprender a cuidar de tudo pela primeira vez.

Mas Barbara resistiu à ajuda. Ela dava conta. O problema é que Henry sabia que a mãe não ia cuidar de nada, só ia fingir. Ela ia interpretar que estava cuidando das coisas. Depois de tudo isso, de tudo que ele sacrificou para ajudá-la, Barbara ia ser... bem, Barbara.

Passados oito meses, depois que a mãe começou a sair com um gerente financeiro que Henry não suportava, pois conseguia sentir o cheiro da conversa fiada exalando do cara como perfume, ele desistiu. Entrou no escritório de Marvin, se serviu de um pouco de uísque, mexeu nas teclas da máquina de escrever e invejou o pai por escolher o caminho mais fácil.

Poucos anos depois, o Perfume de Fraude tinha desaparecido, a hipoteca da casa fora executada e Barbara se mudara para a casa de Bitsy, onde passara os trinta anos seguintes reconstruindo as economias que queimaria em quatro anos no Seasons.

Sewanee sabia muito bem como tudo isso magoava Henry. Ela havia crescido com os suspiros, os olhos revirados e as mãos jogadas para cima depois de cada telefonema. Sentia-se mal pelo pai, mas se sentia pior por Blah. Tinha chegado a hora, quase 35 anos depois, de acabar com essa batalha de egos. Alguém precisava acabar com ela. Aparentemente, esse alguém seria Swan.

Ouviu os chinelos do pai se arrastando até a porta. Sem tirar a corrente, ele abriu uma fresta e espiou. Ao ver a única filha, a sonolência matinal nos olhos dele virou preocupação.

– Você está bem?

– Estou ótima. Tenho uma coisa pra te contar. – A voz dela parecia animada.

– Você perdeu o celular?

– Abre a porta. Por favor?

O tom dela ao dizer "por favor" garantiu seu acesso. Era bajulador o bastante, menininha o bastante, para persuadi-lo. Ele fechou a porta e tirou a corrente com uma incumbência metódica, como se ela estivesse sendo liberada para entrar na cela de um prisioneiro. A porta se abriu de novo. Henry já tinha se afastado.

O pai usava aquele roupão de banho surrado, tão familiar quanto o rosto dele. Henry se sentou em uma poltrona reclinável de couro remendado, que complementava com perfeição o roupão esfarrapado. Ele estava segurando uma xícara de café, tão preto que parecia um portal para outra dimensão.

– Quer café? – murmurou ele. – É de ontem, mas fica à vontade.

Sewanee foi até a cozinha, abriu e fechou rapidamente alguns armários procurando uma caneca. Encontrou uma suja na pia e a lavou. Serviu um pouco de café e a colocou no pequeno micro-ondas, com botões tão gastos que ela teve que adivinhar o que estava apertando. Enquanto esperava, Swan olhou ao redor.

O pai não tinha morado sempre ali. Depois do divórcio, três anos antes, quando venderam a casa da família, Henry se mudou para um apartamento chique num arranha-céu, no corredor de Wilshire, condizente com um professor respeitado da UCLA. Porteiro. Manobrista. Academia. Sewanee tinha ficado muito feliz por esse recomeço dele. Afinal, Swan havia culpado a mãe pelo divórcio (ela *havia* iniciado o processo sem nenhuma causa, até onde Sewanee sabia) e, na época, ela era a garotinha do papai.

Mas, no ano seguinte, ela descobriu que não era a *única* garotinha do papai. Tudo veio à tona ao mesmo tempo: Henry ia perder o emprego, porque tivera um caso com uma aluna da universidade, que começara quando ainda era casado.

Os dois tinham ficado de pé naquele apartamento burguês de Wilshire, em lados opostos da sala de estar, como dois atiradores relutantes. Marilyn sabia? Foi por isso que ela tinha ido embora? Sim, admitiu Henry. Mas era tudo culpa dela. Não era uma esposa de verdade havia muito tempo. Marilyn nunca o valorizara, nunca agradecera por tudo de que ele abrira mão por ela, pela família dos dois. Mas a garota – o nome dela era Kelly – *tinha* valorizado Henry e o *reverenciado*. E, sim, ele tinha sido enganado, mas ela o perseguira sem piedade, e Sewanee entenderia, quando fosse mais velha, como um homem faminto etc. etc. etc. Sewanee tinha rejeitado esse argumento, conversado sobre o desequilíbrio de poder entre professor e aluna, mas Henry gritara:

– Desequilíbrio de poder?! Quem está fazendo quem ser demitido?!

Era a garota que tinha o poder! Ela o usou.

Usou.

Não havia nada a dizer depois disso.

O bipe do arcaico micro-ondas mais parecia um gemido. Sewanee pegou a caneca meio morna e foi para a sala de estar. Era uma caminhada curta. Havia uma estante de livros lotada ao lado de um *futon*. Não havia mesa de centro. Não havia abajur. Não havia nem uma TV, porque o pai não "acreditava" na televisão. Havia apenas o *futon*, a poltrona de couro remendada, Henry, o roupão surrado e o café.

Sewanee fez o possível para deixar o sarcasmo de lado, mas não conseguiu.

– Gostei da decoração.

– Senta.

Ela sentou, levou a caneca até os lábios, soprou suavemente e tomou um gole do breu. Havia ido até lá com determinação, com empolgação, com respostas, e não podia deixar que ele mudasse tudo isso. Um sorriso significativo iluminou o rosto dela.

– Meio cedo pra parecer tão animada, não? – O tom dele conseguiria apagar um incêndio florestal.

– Você não precisa mais se preocupar com Blah. Eu vou pagar pelos cuidados dela – disse Sewanee, sem desanimar.

As palavras ficaram suspensas no ar, como um monte de balões esperando para serem reunidos. Mas Henry deixou que flutuassem. Swan o avaliou no silêncio. Ainda era atraente para a idade dele, com uma barriguinha, alguns pelos no nariz e na orelha, e talvez um queixo meio duplo, mas Adaku uma vez dissera que ele se parecia com Gabriel Byrne, e Sewanee nunca mais conseguiu "desver" isso.

– De onde, exatamente, vem essa montanha de dinheiro, Swan? – perguntou ele por fim.

– Eu encontrei o tesouro enterrado! – Ela riu, na esperança de que Henry a acompanhasse. Mas ele não fez isso. – Eu consegui um trabalho de narração – disse ela, feliz, acrescentando mais um balão à coleção ainda suspensa.

– Um trabalho de narração.

– Isso. O trabalho de narração. Uma oportunidade única que vai cobrir os custos dela. Todos!

O balão final.

Henry olhou para dentro da xícara de café. A voz dele assumiu um tom cansado.

– E você vai pegar essa oportunidade única de ajudar a garantir o seu futuro e vai desperdiçar numa coisa tão desnecessária, tão fútil?

– Em primeiro lugar, o meu futuro vai ser ótimo, e, em segundo lugar... desnecessária? Fútil? Sério?

– Você não tem como saber como vai ser o seu futuro, Swan.

Bum.

– Você não sabe se vai ficar bem.

Bum.

– Achei que já tinha aprendido isso.

Bum.

– Sério, falar com você é como falar com ela – disse ele por último, para si mesmo.

E *bum.*

Agora que os balões não estavam mais suspensos entre os dois, Swan o via com clareza, mesmo que nada estivesse, de fato, claro.

– Eu não te entendo – disse ela com os dentes cerrados. – Eu tentei… mas não entendo.

– Claro que não. – Monótono. Morto.

Ela balançou a cabeça.

– Por que você não pode ficar feliz? Estou fazendo isso tanto por você quanto por ela. Por que não consegue ver isso? Você é livre. Ninguém te deve nada. O que mais você quer?

Henry não estava olhando para ela. Olhava para a bainha esfarrapada do cinto do roupão.

– Eu não quero nada. Nada, eu não quero nada. – Ele girou o café e tomou o resto.

– Não entendo. Eu vim aqui tão feliz, tão empolgada pra te contar…

– Você está certa, você não me entende. Nenhuma de vocês me entende. – A voz dele estava meio trêmula, como se fosse a voz de uma criança esquecida numa loja.

A vulnerabilidade a surpreendeu, e foi por isso que ela demorou um pouco mais para se levantar. Quando o fez, Sewanee estendeu a mão para ele e disse a única coisa que conseguiu pensar.

– Me dá sua xícara, eu vou lavar.

Ele balançou a cabeça.

– Eu cuido disso. Não sou completamente inú… indefeso, eu não sou indefeso.

– Pai…

Henry se levantou e foi para a cozinha. Ela ouviu a xícara dele pousar na pia.

Sewanee se recompôs e foi até a porta. Mas, quando a abriu, não conseguiu atravessar a soleira. Ficou parada ali, sem ir para a frente nem para trás.

Tinha ido até lá para construir pontes, não para explodi-las. Por que ele não podia pelo menos ceder um pouco?

– Achei que você podia pelo menos agradecer – disse ela, olhando direto para a frente.

Henry bufou e voltou para a poltrona.

– Ninguém nessa família é capaz de agradecer.

A amargura. Ela se sentiu tão esfarrapada quanto o roupão dele. A raiva dela explodiu. A vida não tinha saído como o planejado para nenhum deles, mas Henry podia bancar a única pessoa magoada?

– Se cuida, pai.

– Se quiser se arriscar, vai fundo. Mas não vai importar. Você vai ver. Mesmo com um olho só, você vai ver – disse o pai, assim que ela alcançou o ar matinal.

Sewanee sentiu o arrependimento do pai antes mesmo que ele concluísse a frase, percebeu na reiteração enfraquecida e mais fina do "você vai ver". Ela esperou um instante, no qual uma pessoa normal diria: "Desculpa. Sinto muito. Não era isso que eu queria dizer." Ele não disse nada.

Queria se virar e encará-lo. Gritar com ele. Voltar e se assomar sobre ele naquela poltrona idiota, arrancar o tapa-olho e fazê-lo tocar a cicatriz, encostar o rosto nela, beijá-la. Em vez disso, Swan afastou a lágrima que escorria do outro olho e saiu, deixando a porta aberta.

O trânsito matinal do Westside já estava todo parado. Sewanee não estava no clima de lutar contra mais nada naquela manhã, então foi para o oeste e não para o leste. Precisava do mar. Precisava de espaço. Precisava respirar, já que quase não o fizera desde o instante em que entrou no apartamento de Henry. Ela encontrou uma vaga na rua, que nunca teria encontrado uma hora depois, pegou a jaqueta que mantinha no banco de trás e foi até a trilha na colina do Parque Palisades. O banco mais próximo estava ocupado por um homem com um saco de dormir surrado, então ela foi até a grade, apoiou os cotovelos ali e olhou através da neblina matinal.

O céu começava a clarear. Ela inspirou fundo.

Permitiu que a ideia de se comprometer com o projeto de June French se enraizasse. Sentiu o sol nascente em suas costas e fechou o olho, deixando o som ritmado do mar a acariciar, o calor, a brisa e as ondas a carregando para um lugar que um livro de June French descreveria em alegres detalhes.

Ainda era meio chocante ter essas novas lembranças para as quais voltar.

Houve poucos homens desde o acidente, todos casuais, nada relevante. O sexo tinha sido um exercício de nostalgia para ela: um jeito de se lembrar que conseguia sentir alguma coisa. Não tinha sido um *desejo*. Até Las Vegas. Até Nick.

– Que loucura!

A voz era mais invasiva do que normalmente seria, graças ao lugar para onde a mente de Sewanee tinha viajado. Ela tentou ignorar, na esperança de que a voz desaparecesse com a mesma rapidez com que chegara.

– Sewanee Chestah! Eu reconheceria esse traseiro em qualquer lugar!

Esperava que não fosse quem ela pensava que era. Esperava mesmo que não fosse.

Ela se virou.

Era exatamente quem Swan esperava que não fosse.

Uma década mais velho. Sem camisa. Óculos escuros na nuca. Short de elastano de corrida.

– Ai, meu Deus. – Foi só o que ela conseguiu dizer.

– É brincadeira – disse Doug Carrey, naquele sotaque característico de Boston. E depois, como já era esperado, ele riu. Doug sempre ria de qualquer coisa que dizia, quer as pessoas se juntassem a ele ou não. – Caramba, garota! – Os olhos dele percorreram o corpo dela. – Olha só pra você!

Sewanee levantou as mãos nas laterais, fazendo um *tcharam* desanimado. Doug se aproximou para lhe dar um abraço, mas depois pareceu pensar melhor.

– Ah, estou todo suado.

Então ele beijou o rosto dela, segurou sua cintura e a apertou. Parecia uma análise, como se o cara estivesse medindo a realidade do corpo dela naquele momento em comparação com o que ele talvez lembrasse.

Doug deu um passo para trás e fez uma voz diferente.

– Com tantos bares no mundo, né? – Poderia ter sido encantador se ele não fosse péssimo em imitações. O Humphrey Bogart dele estava mais próximo do Gilbert Gottfried. – Merda, quanto tempo faz? Cinco anos?

– Acho que pelo menos oito.

– Ah, não. Sério?

Sério. Confia nela, Doug.

– Você continua ótima. – O sorriso de capa de revista voltou.

– Você também – disse ela, depois complementou a mentira com uma lei tácita das interações de Hollywood: o reconhecimento declarado do sucesso de um ator. – Tommy Callahan.

Quando eles se conheceram, Doug estava no caminho rápido para o estrelato em filmes de ação, mas torrou a grana que ganhou, perdeu a vantagem e, desesperado por dinheiro, aceitou o piloto de uma comédia familiar de um canal de TV, que virou série. E agora ele seria Tommy Callahan para sempre: o Bad Boy Regenerado que virou Pai Solteiro Se Esforçando ao Máximo.

Sewanee não conseguia parar de olhar para ele. Doug não estava envelhecendo bem, estava? Não estava ficando rústico, deformado ou enrugado. Ele estava ficando embaçado.

E, apesar disso: homens. Eles continuavam trabalhando.

– É, a série é legal. – Ele riu. Ela não sabia o motivo, mas riu também. – Mas eu tinha certeza que, se era pra alguém chegar ao topo, seria você. Pra onde você *foi*? Tipo, você *sumiu*.

– Ah, eu, hum… estou fazendo muita narração.

Ele estalou os dedos.

– Que esperta. Com certeza esse é o futuro. Todo mundo acha que consegue fazer isso, mas é uma habilidade. É um talento totalmente diferente. Eu estou entrando nesse mercado.

– Que ótimo – disse Sewanee, mas pensou: *agora* a gente devia estar rindo.

– Não que você tenha um rosto pro rádio nem nada assim. – Ele piscou. Depois apontou para o próprio olho e girou o dedo. – O que aconteceu?

– Eu sofri um acidente.

Doug se encolheu.

– Uau. Uma vez acertaram meu olho com o pincel do rímel. A maquiadora estava toda empolgada, aí alguém fechou a porta do trailer com força e – ele estalou a língua – foi um golpe direto. Tive que usar um tapa-olho desses por um mês. Há quanto tempo você tá com isso?

Sewanee olhou para os próprios sapatos.

Oito anos antes, esse homem havia implorado para ir para a cama com ela. Ela o fizera esperar por meses. Swan se deliciava com cada mensagem agoniada dele, com o modo como ele aparecia no lounge de onde ela trabalhava e se plantava na ponta do bar só para observá-la, com os gemidos no fundo da garganta dele quando ela o deixara beijá-la. A dança dos dois tinha sido milenar, uma perseguição, uma caçada, e o fim não tinha doído. Fora uma transação desde o início. Doug lhe dera meses de adoração, Swan lhe dera algumas noites do que ele queria, e depois acabou.

O relacionamento *inteiro* tinha sido tão excitante quanto um único pensamento em Nick.

– Uma esmolinha?

Sewanee ergueu o olhar. O homem no banco tinha se aproximado deles, envolto no saco de dormir.

Doug deu um tapinha no short colado ao corpo.

– Ah, desculpa, irmão. – Ele olhou para Sewanee, mas já estava se afastando. – Foi ótimo te ver. Você ainda tem meu número, né? Me liga. – Doug levou a mão até a orelha, com o dedo mindinho e o polegar estendidos. – A gente sai para beber alguma coisa!

Ele se afastou numa corridinha leve.

Claro que não.

Sewanee enfiou a mão no bolso da jaqueta, pegou umas notas de um dólar que tinha deixado ali para dar de gorjeta aos manobristas e entregou ao homem.

– Obrigado. Aquele cara faz uma comédia?

– Hum… faz, sim.

Pelo jeito, não tinha escondido tão bem a surpresa quanto pretendia, porque ele deu uma explicação antecipada.

– Eu era ator.

– Ah.

– Ele é um picareta.

– É.

O homem guardou as notas no bolso, voltou para o banco e se encolheu embaixo do saco de dormir.

Sewanee voltou devagar para Hollywood, limpou a pia do estúdio – que estava cheia de xícaras de café da correria matinal – e encontrou Mark no escritório dele. Bateu na moldura da porta e ele ergueu o olhar, dando um sorriso largo.

– Como é ser movida pelo dinheiro?

Depois de um dia de apresentações e algumas horas na cabine, Sewanee ficou feliz de ouvir a batida de Adaku em sua porta.

– Entra! – gritou ela, enquanto terminava de servir duas taças de rosé.

– É por isso que o seu traseiro é incrível – disse Adaku do outro lado da parede da cozinha, parecendo sem fôlego.

A amiga contornou a parede e puxou Sewanee para um abraço de ioga.

Ela deu uma risadinha no ouvido de Adaku.

– Você malha com um personal quatro vezes por semana.

– E mesmo assim todos esses degraus ainda me matam!

– Toma aqui.

Swan entregou uma taça de vinho para Adaku. Ela estava prestes a perguntar como tinha sido a reunião com drinques no aeroporto de Los Angeles, mas Adaku mergulhou na história espontaneamente.

– Então, a reunião começou desconfortável pra cacete. O produtor não queria nem me encontrar, quanto mais conversar. – Ela tomou um gole rápido. – Ele disse as coisas típicas de um produtor, eu rebati com tudo e depois ele finalmente admitiu que não me acha "culturalmente negra" o bastante pro papel de Angela Davis.

Sewanee parou no meio do gole.

– Que diabos isso significa?

– O que sempre significou: nada. Eles veem a gente como querem ver. Negra, branca, alta, baixa, gorda, magra… você está condenada a isso.

Sewanee franziu os lábios.

– Esse cara é velho?

– *Muito* velho. Muito *branco*.

– A pessoa perfeita pra fazer a história da Angela Davis.

– Bem, é engraçado você dizer isso. Porque falei que ele talvez não fosse "culturalmente negro" o bastante pra produzir o filme.

Sewanee ofegou, arregalando o olho.

– Ai-meu-deus-eu-te-amo, o que foi que ele disse?

Adaku levantou a taça e sorriu.

– Estou oficialmente contratada.

Sewanee riu.

– Você tá numa maré de sorte! Saúde.

As duas brindaram e se dirigiram de um jeito reflexivo para a sacada. A menos que estivesse chovendo, elas nunca ficavam confinadas à minúscula sala de estar de Sewanee.

Adaku deslizou a porta de tela para Swan, cujas mãos estavam ocupadas com a taça e a garrafa.

– Ok, agora vamos lá! Eu quero a história completa! Todos os detalhes! Nada de enrolar, nada de disfarçar. Quero saber tudinho e o que ele fez com esses peitinhos!

Sewanee gargalhou, e as amigas se sentaram nas duas cadeiras de plástico empilháveis, que ela conseguira comprar num bazar por cinco pratas e eram leves o suficiente para carregar colina acima. Ela passou meia hora contando uma história que deixou Adaku boquiaberta, dando tapas no joelho, e muda. E Adaku nunca ficava muda.

Quando terminou, Sewanee encheu de novo as taças. O silêncio era insuportável.

– Por favor, fala alguma coisa. Quer saber, melhor não falar nada. Eu fiz o que fiz e não me arrependo. Um pouco incomum, eu sei, mas... – Quando Adaku fechou a boca, ela continuou: – Muito, muito incomum, mas, Ada... – Ela deixou a garrafa de lado e olhou para a amiga. – Foi a melhor noite que eu tive em anos, e não foi por causa do sexo.

Adaku ergueu uma sobrancelha.

– Não só por causa do sexo.

Adaku analisou Sewanee. Depois, o sorriso lento do gato de Alice tomou conta do rosto dela. Uma única palavra escapou de seus lábios.

– Droga.

Sewanee se levantou com um salto.

– Preciso de um petisco.

Ela entrou em casa e tentou controlar os nervos. Reviver a noite a tornara real, a concretizara. Agora era uma história que tinha sido compartilhada com outra pessoa, aberta para o escrutínio e disponível para opiniões. Fora da cabeça dela, a história se tornou... intensa. Talvez *fosse* algo para se arrepender.

Ela pegou a caixa de biscoitos de quinoa sem glúten que guardava para Adaku e voltou para a sacada.

Adaku pegou a mesa lateral dobrável apoiada na parede e a colocou entre as duas cadeiras enquanto Sewanee se ajeitava.

– Bom, tem muita coisa nessa mala – murmurou Adaku. – Isso não é uma mala, é um baú.

Sewanee balançou a cabeça.

– Não tem nada pra tirar de mala nenhuma.

Adaku mordeu o lábio.

– Você foi embora mesmo? Vocês dois simplesmente se afastaram sem nenhuma informação pra contato? Nenhuma?

– Eu menti sobre quem eu era.

– Tá, mas...

– E lembre-se de que ele também não me ofereceu nada, então pode ser que o cara não estivesse sendo muito sincero. – Ela deixou o rosto desabar nas mãos. – Ai, meu Deus. Quem sabe quem ele realmente era? Nossa, não acredito...

– Não, nada disso, pode parar. Não estraga tudo. Ele era gostoso. Você estava em segurança. – A amiga se inclinou para perto e apertou a perna de Sewanee. – É um final feliz.

– Um de muitos – murmurou Sewanee.

Adaku riu e se recostou. Ela observou a vista e suspirou. Em seguida, olhou de lado para Sewanee.

– Mas o negócio que ele fez com o anel.

Sewanee rosnou.

– Nem começa.

Adaku levantou a mão.

– Só estou falando. Parece algo que saiu de um livro de romance.

Sewanee se inclinou para a frente.

– Ah! Tem outra coisa que aconteceu.

Ela contou do projeto June French. Da oferta que não pôde recusar.

Adaku inclinou a cabeça.

– Achei que você tinha parado com esses romances.

– E parei, mas o dinheiro é absurdo.

– Você precisa de dinheiro? Aconteceu alguma coisa?

Sewanee sabia que se contasse a Adaku sobre BlahBlah, ela ia querer ajudar. Mas Sewanee nunca quis que o sucesso de Adaku a salvasse da própria falta de sucesso. Era assim que as amizades mudavam. Caramba, era assim que as famílias mudavam. A ajuda virava ressentimento. Então ela espanou os farelos de biscoito da calça de moletom e disse:

– Tem um limite pro dinheiro que consigo ganhar com esse trabalho, tem um teto, não importa o quanto eu esteja em alta, e essa é uma oportunidade única de lucrar. Fazer um pé de meia, sabe?

Adaku olhou de novo para a vista.

– Faz sentido.

– Quer dizer, vão ser, tipo, oito horas de trabalho. Talvez dez. É insano.

– É sobre o quê?

Sewanee deixou a taça de lado e pegou o celular. Ela disse a Mark para dar a eles o antigo endereço de e-mail que usava para Sarah Westholme. Aquele que ela não abrira uma única vez desde que se desconectou, seis anos antes. Swan o ressuscitara no servidor e descobrira – além de páginas e mais páginas de spam que ela nunca ia analisar – três pedidos recentes sobre esse projeto. Isso explicava o motivo para o produtor ter entrado em contato com Mark. Com o aval de Mark, Jason tinha mandado um e-mail na mesma hora para Sarah, para que pudessem combinar os detalhes da gravação. Sewanee rolou a tela com o e-mail, pulando a parte do "Estou tão empolgado porque vamos trabalhar nisso juntos! Muito obrigado!", depois leu em voz alta:

– "Essa série de narração dupla é sobre uma empresária que colocou a própria empresa em banho-maria pra ajudar o marido que estava morrendo. Depois da morte dele, ela precisa reconstruir os negócios e sua sexualidade, adormecida há muito tempo. Cinco anos antes, na noite anterior ao casamento, ela conheceu um artista iniciante e, embora a atração entre os dois fosse inegável, a mulher o rejeitou por fidelidade. Mas agora ela está livre para procurá-lo, descobrindo que ele também não se esqueceu dela. Além disso, trazer de volta à vida a sexualidade das mulheres é o negócio dele… ele é um famoso gigolô, descendente de Casanova, que hospeda mulheres ricas pra fins de semana 'rejuvenescedores' no seu *palazzo* ancestral em Veneza. Ela não pode pagar pelos serviços dele, mas os dois fazem um acordo: o artista dá a ela o pacote VIP completo…" – Ela olhou para Adaku, levantou o celular e bateu na tela. – Aqui diz "pacote" mesmo. – Olhou de novo para o celular. – "… se a empresária usar suas conexões para mostrar a arte dele para os

amigos muito ricos. Tudo combinado! Mas será que essas duas almas erran-
tes vão conseguir manter a transação estritamente no campo profissional?"

Sewanee revirou o olho ao ler isso.

Adaku bateu palmas, empolgada.

– Isso é muito fofo!

– Claro, por que não seria?

– É, sim. Quem é o outro narrador?

– O macho alfa dos livros de romance. Pelo menos de acordo com o público que estava no painel. – Ela disse o nome dele como se estivesse anunciando a chegada de um rei: – Sir Brock McNight!

Adaku deu um pulo.

– O quê?! – gritou ela.

Sewanee pareceu surpresa.

– Ah, não, você também?

– Swan! Tipo, noventa por cento da minha biblioteca é do Brock McNight.
– Ela percebeu o que tinha dito. – E sua, é claro.

Sewanee serviu mais vinho e deu um sorriso sarcástico.

– Mas a voz de homem dele é tão boa quanto a minha?

Adaku gritou de novo.

– Você nunca ouviu a voz dele?!

– Você sabe que eu não escuto audiolivros. Me dá sua taça.

Adaku obedeceu e depois tirou o celular do bolso traseiro.

– Estou prestes a te apresentar ao homem, ao mito, à lenda, à voz dos meus
sonhos apaixonados: Brock-fala-sacanagem-pra-mim-McNight.

Sewanee deu uma risadinha enquanto Adaku se empoleirava na borda
da cadeira e deixava o celular virado para cima na mesa dobrável. Sewanee
olhou e notou a capa do livro, que só tinha um reluzente torso nu masculino.
O título era *Bilionário*.

Quando o audiolivro começou, Adaku pegou a taça de volta e observou
atentamente o rosto de Sewanee, parecendo uma criança que tinha acabado
de entregar um novo desenho à mãe.

A história começava como muitas outras. Um homem vê uma mulher do
outro lado de um cômodo e cataloga suas "posses". Swan havia narrado tantas
dessas cenas de abertura que, por um instante, se distraiu com a repetitivi-
dade. Mas depois a voz bateu.

Depois de ter ouvido o primeiro parágrafo, ela piscou, surpresa, para Adaku, que ainda a encarava. Trinta segundos depois, estava boquiaberta, e Adaku mal conseguia conter as risadas arrogantes. Cinco minutos depois, quando a outra narradora começou a seção dela, quando *a voz* não estava mais presente, Sewanee sentiu a frustração atormentá-la. Ganhara um pedacinho de chocolate quando ela precisava da barra toda.

Sim, ele tinha uma ótima voz. Um tom grave, claro, e ressonante, obviamente, e o equilíbrio perfeito entre rosnado e respiração. Ela não conseguia imaginar o cara narrando nada além desses romances. As pessoas não iam conseguir prestar atenção.

Mas, conforme ele descrevia a reação do próprio corpo ao ver aquela mulher, o modo como a mera existência dela o afetava, o cara fazia a ouvinte querer ser a tal mulher. O calor exalava do forno vocal dele.

Foi Sewanee que quebrou o silêncio.

– Quem *é* esse cara?

Adaku empurrou o joelho dela.

– Não é?! Você já ouviu alguém como…

– Não. Não. Não, ele é… não.

Adaku caiu na gargalhada, e Sewanee percebeu que a amiga estava gostando de vê-la desconcertada.

– Viu? Vai fundo, Swan, estou te falando, essa merda é quente!

Naquele momento, o celular de Sewanee tocou.

Ela desanimou um pouco e o pegou.

– Desculpa, mas estou esperando um e-mail da administração do Seasons…

Sewanee ofegou, o que fez Adaku virar na direção dela.

– O que foi? É a BlahBlah?

– Não. – Sewanee ergueu o olhar. – É o Brock McNight!

PARTE III

Nós trabalhamos no escuro. Fazemos o que podemos. Damos o que temos. A nossa dúvida é a nossa paixão. E a nossa paixão é a nossa tarefa. O resto é a loucura da arte.

– Henry James

Eu não sei de onde vêm as minhas ideias, mas você sabe pra onde elas vão? Pra minha escrivaninha. E, se eu não estiver lá pra recebê-las, elas vão embora. Bunda na cadeira. Bunda na cadeira. Isso é arte.

– June French para a *Cosmopolitan*

"Epistolar"

De: Brock McNight
Para: Sarah Westholme
Data: 6 de dezembro, 17h24
Assunto: CASANOVA LTDA. – e um olá!

Oi, Sarah!

Aqui é Brock McNight. Peguei seu e-mail com o Jason. Achei que seria bom dar um alô antes de começarmos esse negócio.

Acredito que ainda não tivemos o prazer de trabalhar juntos (peço mil desculpas se eu estiver errado!), mas sou muito fã do seu trabalho na série Shadow Walkers, da June.

Fique à vontade para entrar em contato depois de ler os primeiros capítulos. Se tiver alguma questão de pronúncia/vozes de personagens para discutir, me avise.

Vai ser divertido,
Brock

De: Sarah Westholme
Para: Brock McNight
Data: 7 de dezembro, 8h41
Assunto: Re: CASANOVA LTDA. – e um olá!

Muito obrigada, Brock. Também sou sua fã.

Vou dar uma olhada nos primeiros capítulos, e com certeza vou entrar em contato com dúvidas. Aviso: eu costumo fazer muitas perguntas!

Estou ansiosa.

Um abraço,
Sarah

De: Sarah Westholme
Para: Brock McNight
Data: 13 de dezembro, 15h16
Assunto: Re: CASANOVA LTDA. – e um olá!

Oi de novo,

Certo, terminei de ler os primeiros três capítulos. Adorei! Mas, como eu avisei, tenho um monte de perguntas (anexadas). Também estou mandando uma amostra do que penso em fazer com as vozes. Me avise se achar que está bom.

Um abraço,
Sarah

De: Brock McNight
Para: Sarah Westholme
Data: 14 de dezembro, 10h27

Assunto: Re: CASANOVA LTDA. – e um olá!

Boas perguntas. Fiz anotações no anexo. As amostras das personagens estão PERFEITAS.

Brock

Sewanee estava enchendo o lava-louça com os restos habituais do almoço quando viu Mark sair do escritório e apertar o botão do arcaico sistema de intercomunicação da casa.

– Um minuto de atenção, por favor? O e-mail... – ele fez sua melhor pausa dramática – chegou.

Sewanee parou de encher a máquina, pegou uma pilha de copos de plástico transparente num armário e os espalhou sobre a ilha da cozinha. Mark foi até a garagem e voltou com duas garrafas do espumante branco Kirkland.

Normalmente, a casa ficava silenciosa como uma biblioteca durante o dia. Os narradores e engenheiros de som rotativos ficavam acomodados nos quatro quartos, e os editores ficavam sentados pelas mesas da sala de estar, ouvindo arquivos brutos de áudio. Se houvesse algùma conversa, eram apenas murmúrios na cozinha ou um pouco mais alto na garagem. No deque, dava para a pessoa rir sem ser ouvida. Mas agora as tábuas do assoalho sobre a cabeça de Sewanee rangiam, as portas se abriam e passos desciam os degraus de carpete grosso. Os editores tiravam os fones de ouvido.

O grupo se reuniu na cozinha, com Alice entre eles. Ela quase não vinha mais ao estúdio, mas a cabine de sua casa não estava funcionando no momento. A maioria dos narradores em tempo integral tinha estúdios assim, então o espaço de Mark costumava abrigar novos narradores, antigos narradores com privilégios, atores que só faziam audiolivros de vez em quando e leitores que eram celebridades ou autores. Era bom ver um rosto conhecido.

Alice envolveu a cintura de Sewanee, dando um beijo na bochecha dela. Sewanee tentou jogar o braço direito sobre os ombros de Alice, mas nunca tinha recuperado totalmente o alcance dos movimentos. Resolveu então se aconchegar ao lado da amiga.

– Como você tá? – sussurrou Alice.

– Ótima – murmurou Sewanee em resposta. – E você? O que tá gravando?

– Eles são unicórnios. Exceto quando são humanos. Aí eles fazem muito sexo.

– Ouçam! Ouçam! – gritou Mark, tirando um monte de papéis do bolso traseiro da calça. Ele gostava de preservar a tradição sempre que possível e gostava desta em especial. Mark jamais leria isso numa tela. – Tenho aqui nas minhas mãos o pergaminho sagrado! O comunicado que vem do alto escalão! O destino de todos os seres vivos! Reúnam-se para ouvir a sua sorte!

Alice e Sewanee bufaram.

– Para os principiantes, o Audie é o Oscar do mundo dos audiolivros. E temos entre nós, aqui nesta cozinha, os deuses desse reino. Nossa Meryl Streep do romance – ele olhou para Alice –, nosso Daniel Day-Lewis da ficção científica – fez um sinal indicando Brian, um narrador que insistia em usar gravata na cabine, porque assim ele se sentia trabalhando –, nossa iniciante promissora, podemos dizer que a Adaku Obi da religião e da autoajuda... – Sewanee riu quando Mark apontou para uma mulher com cara de bebê, que ela achava que talvez se chamasse Carly. – E, é claro, nossa Cate Blanchett da ficção e vencedora do prêmio de Melhor Narradora no último ano, Sewanee Chester. – Ele tirou um chapéu invisível.

– Não se esqueça de você – gritou ela. – A Katharine Hepburn da história e biografia.

Mark fez uma reverência em meio aos assobios.

– Agora, os indicados aos Prêmios da Academia poderiam ser anunciados na televisão por celebridades mas não somos tão exigentes, não é mesmo? Não! Nós somos os artistas humildes, que preferem que as honras cheguem por e-mail, em uma tarde tosca no meio da semana, pouco antes das festas de fim do ano. – Mais risadinhas. – A cerimônia deste ano será realizada... – ele passou os olhos pelo papel – na quarta-feira, 10 de março. Agora, a cerimônia. Ahhh, a cerimônia. Em primeiro lugar, arrumem uma carona, porque cada ingresso inclui não um, mas *dois* cupons de drinque!

Em seguida, Mark falou mais alto, ignorando as risadas.

– O evento é *black tie*, então deixem os moletons em casa, *mes amis*. Depilem todas as partes onde o sol não bate. Decidam que sapatos vão escolher pra passar a noite reclamando deles! – Olhou de novo para o papel. – E o que é isso? Será que meus olhos estão me enganando? Ouçam! Este ano, o evento será realizado aqui, na Cidade dos Anjos! – Um grito de vitória ecoou pelo cômodo. – Los Angeles, anime-se! Nova York, coloque o protetor solar na mala! – O grupo todo aplaudiu e assobiou. – E assim, sem mais delongas, enquanto eu leio as categorias e as indicações, nossa *petite* Blanchett aqui vai distribuir o espumante.

Sewanee se afastou de Alice e começou a cuidar da tarefa. Mark deu início à leitura. Ela sabia que, se olhasse o celular, encontraria mensagens de texto e e-mails de amigos e colegas, que já tinham visto os indicados e entrado em contato com ela. Mas preferia dessa maneira.

No fim, Mark foi indicado por uma biografia de Jefferson, Alice foi indicada duas vezes na categoria Romance (uma em parceria com Brock McNight, que também tinha uma indicação individual a mais, fazendo Mark erguer uma sobrancelha na direção de Swan), e ela foi indicada em Ficção Geral por *Them Hills*. Ninguém na sala teria percebido sua decepção por não ter sido indicada na categoria mais importante, a de Melhor Narradora, a qual Sewanee havia ganhado no ano anterior. Ela era uma atriz boa demais para deixar transparecer esse golpe. Mas, quando viu a alegria chocada no rosto de Carly por ter sido indicada, pela primeira vez, na categoria Jovem Adulto, Swan se lembrou que tudo era uma honra. Mais do que os prêmios, ela tinha um trabalho estável num mercado que amava.

Enquanto todo mundo conversava e bebericava a escassa porção de bolhas, Sewanee encontrou Alice num canto da cozinha. Uma das engenheiras de som, Petra, se aproximou, e as duas também a cumprimentaram, pois ela havia sido a engenheira de um dos livros indicados. Alice sorriu para a moça, deixando a taça de plástico na pia.

– Vamos terminar o capítulo e fechar por hoje. Vamos deixar a Swan entrar no estúdio 3.

Alice sabia que Sewanee gravava sempre que havia uma cabine livre, pois era assim que funcionava o escambo dela com Mark, e hoje nenhuma tinha ficado vazia.

Elas se abraçaram mais uma vez, e Alice e Petra começaram a sair, mas Alice voltou.

– Ah, Mark me contou da série da June French. Fantástico!

– Obrigada.

– Você vai adorar trabalhar com Brock.

– É?

– Um rapaz ótimo. Comunicativo, atencioso, respeitoso. – Sewanee abriu a boca, mas Alice ergueu a mão, sorrindo. – Não, eu não sei quem ele é de verdade. Mas é um dos bons.

Interessante.

Sewanee terminou de cumprimentar todo mundo e, depois, quando todos tinham voltado ao trabalho, ligou o lava-louça e se apoiou na bancada. Então pegou o celular e escreveu um e-mail:

De: Sarah Westholme
Para: Brock McNight
Data: 17 de dezembro, 15h11
Assunto: Re: CASANOVA LTDA. – e um olá!

Parabéns pelas indicações no Audie! Que você consiga vencer nas duas!

De: Brock McNight
Para: Sarah Westholme
Data: 18 de dezembro, 5h27
Assunto: Re: CASANOVA LTDA. – e um olá!

Obrigado! É uma honra. Se bem que ser indicado duas vezes na mesma categoria significa que, se eu ganhar, eu perco.

De: Sarah Westholme
Para: Brock McNight
Data: 18 de dezembro, 13h36
Assunto: Re: CASANOVA LTDA. – e um olá!

Hahaha.

Estou planejando gravar o primeiro capítulo depois do feriado. Se não nos falarmos (digitarmos? trocarmos e-mails?) antes disso, espero que você e sua família tenham um bom fim de ano. Estou ansiosa para começar a trabalhar no projeto com você no novo ano.

De: Brock McNight
Para: Sarah Westholme
Data: 18 de dezembro, 13h37
Assunto: Resposta automática: CASANOVA LTDA. – e um olá!

Olá,

Não lerei e-mails até 7 de janeiro. Imploro que você se junte a mim.

Paz, amor e beijos na contagem regressiva do Ano-Novo,
B

De: Brock McNight
Para: Sarah Westholme
Data: 7 de janeiro, 6h14
Assunto: Re: CASANOVA LTDA. – e um olá!

Feliz Ano-Novo! Espero que você e sua família tenham tido um bom feriado. Você viu os dois capítulos que Jason mandou? Você vai fazer a voz do falecido marido de Claire numa seção de flashback. Poderia me mandar uma amostra de como vai fazê-la? Tenho um diálogo no qual ele é condescendente comigo no jantar de ensaio, antes do casamento, e quero ver se estamos em sincronia.

De: Sarah Westholme
Para: Brock McNight
Data: 7 de janeiro, 9h57
Assunto: Re: CASANOVA LTDA. – e um olá!

Feliz Ano-Novo para você e para a sua família! Espero que tenha sido alegre e radiante.

Estou pensando num tom agudo e meio manhoso. Para fazer o contraste com o seu Alessandro, O Homem Supremo™.

Pergunta: Jason comentou que você nunca tinha feito um livro da June French. Admito que pesquisei sobre você e, para a minha surpresa, é verdade. Então, 400 audiolivros e nenhum da June? Estou curiosa pra saber como esse projeto chegou até você.

De: Brock McNight
Para: Sarah Westholme
Data: 7 de janeiro, 16h35
Assunto: Re: CASANOVA LTDA. – e um olá!

Ah, você me pesquisou no Google, é? Bem que eu senti alguma coisa.

Sabe, é interessante. Antes de morrer, June entrou em contato e me falou do projeto. Ela disse que eu era a única voz que ela queria lendo o livro. Então prometi isso a ela. E, sinceramente, eu queria fazer o livro. Para honrá-la. E o legado dela, acho.

Mais uma coisa que você precisa saber: ela foi insistente do mesmo jeito em relação a você. Tinha que ser nós dois, ou ela não queria que fizessem. Jason e eu decidimos não te contar isso no início. Não queríamos que você pedisse um percentual maior. ☺

De: Sarah Westholme
Para: Brock McNight
Data: 7 de janeiro, 17h15
Assunto: Re: CASANOVA LTDA. – e um olá!

Eu definitivamente teria pedido um percentual maior. ☺

Isso é muito emocionante, na verdade. Obrigada por me contar. June foi muito boa pra mim quando eu estava começando. Adorava fazer os livros dela, mesmo que fossem de uma categoria da qual eu me afastei depois. Fiquei triste com a morte dela. Mas vamos honrar a June!

De: Brock McNight
Para: Sarah Westholme
Data: 7 de janeiro, 17h33
Assunto: Re: CASANOVA LTDA. – e um olá!

Concordo.

Pergunta: também te pesquisei no Google (sentiu alguma coisa?), e 75 livros de romance, mas nada nos últimos cinco anos. Que curioso. Por que você parou e, mais importante, como consigo parar?

De: Sarah Westholme
Para: Brock McNight
Data: 7 de janeiro, 19h48
Assunto: Re: CASANOVA LTDA. – e um olá!

Haha. Bem, eu comecei com os livros de romance, usei como base de treinamento. Revelação: nunca curti muito. Além da June e de outros poucos autores que eram excelentes escritores, eu simplesmente não gosto de romances. Não é a minha... praia? Meu ritmo? Gosto? Acho que sou incrédula demais. Só pra constar, também não faço livros religiosos e de autoajuda.

Aff, que balela.

De: Brock McNight
Para: Sarah Westholme
Data: 8 de janeiro, 10h22
Assunto: Re: CASANOVA LTDA. – e um olá!

Eu entendo, Scrooge. Confia em mim. Eu SÓ faço livros de romance. E tem dias que a gente simplesmente *não está* no clima do felizes para sempre.

De: Sarah Westholme
Para: Brock McNight
Data: 8 de janeiro, 17h21
Assunto: Re: CASANOVA LTDA. – e um olá!

Quase todo dia.

(Mas também fiz uns livros eróticos, muito mal escritos, de omegaverso/lobos que me fizeram desistir. Aqui jaz Sarah Westholme, assassinada pelo próprio puritanismo.)

Além disso, para sua informação, Sarah Westholme é um pseudônimo, por isso só existem 75 títulos com esse nome. Eu gravo outros livros com o meu nome verdadeiro.

De: Brock McNight
Para: Sarah Westholme
Data: 9 de janeiro, 7h13
Assunto: Re: CASANOVA LTDA. – e um olá!

Pelo menos Sarah Westholme parece o nome de uma pessoa de verdade. Brock McNight parece nome de ator pornô.

De: Sarah Westholme
Para: Brock McNight
Data: 9 de janeiro, 7h15
Assunto: Re: CASANOVA LTDA. – e um olá!

Olha, parabéns. Arrasou na escolha.

De: Brock McNight
Para: Sarah Westholme
Data: 9 de janeiro, 7h24
Assunto: Re: CASANOVA LTDA. – e um olá!

Eu quase escolhi ROCK McNight, mas poderia até ser Duro Durango naquela época.

Maaaaas me conta, você já gravou o primeiro capítulo? Se tiver gravado, pode me mandar? Quero ouvir o seu tom/ritmo antes de começar.

De: Sarah Westholme
Para: Brock McNight
Data: 9 de janeiro, 7h35
Assunto: Re: CASANOVA LTDA. – e um olá!

Está anexado, Duro. Tenha um ótimo fim de semana!

De: Brock McNight
Para: Sarah Westholme
Data: 12 de janeiro, 14h15
Assunto: Re: CASANOVA LTDA. – e um olá!

Espero que o seu fim de semana tenha sido bom.

Ouvi seu primeiro capítulo. Tenho que te dizer, mas talvez não devesse... não, eu vou te dizer: você é ridiculamente boa. Shadow Walkers foi há algum tempo e me impressionou. Mas esse está excepcional.

Você devia ler livros em voz alta. Alguém já te falou isso? Você pode até ser paga por isso! Vale a pena dar uma olhada.

De: Sarah Westholme
Para: Brock McNight

Data: 12 de janeiro, 21h26
Assunto: Re: CASANOVA LTDA. – e um olá!

Obrigada! Isso é muito importante, vindo de você.

Eu fiquei meio preocupada de estar enferrujada. Se você tiver dicas ou truques pra narrar romances atualmente, seria ótimo.

De: Brock McNight
Para: Sarah Westholme
Data: 13 de janeiro, 11h43
Assunto: Re: CASANOVA LTDA. – e um olá!

Eu não me preocuparia com o desempenho. As pessoas escutam na velocidade 3x.

Estou brincando.

Mais ou menos.

De: Brock McNight
Para: Sarah Westholme
Data: 13 de janeiro, 11h47
Assunto: Re: CASANOVA LTDA. – e um olá!

Desculpa, essa foi horrível. É claro que você tem que se preocupar com o desempenho.

Um de nós tem que fazer isso. *tu dum psst*

De: Sarah Westholme
Para: Brock McNight
Data: 14 de janeiro, 18h12
Assunto: Re: CASANOVA LTDA. – e um olá!

Por que você só grava romances (se é que eu posso perguntar, óbvio)?

De: Brock McNight
Para: Sarah Westholme
Data: 14 de janeiro, 19h31
Assunto: Re: CASANOVA LTDA. – e um olá!

Tirando o dinheiro (HAHAHA obviamente é por ele): é um curso intensivo para entender as mulheres. E eu sempre levo bomba nessa matéria.

De: Sarah Westholme
Para: Brock McNight
Data: 14 de janeiro, 19h38
Assunto: Re: CASANOVA LTDA. – e um olá!

Isso seria como se eu tentasse entender os homens narrando ficção científica. Dez páginas sobre o funcionamento interno da inteligência artificial, do centro de comando de uma nave espacial? Não pode ser só nisso que eles pensam.

De: Brock McNight
Para: Sarah Westholme
Data: 14 de janeiro, 19h41
Assunto: Re: CASANOVA LTDA. – e um olá!

Não, isso está certíssimo. Mas, por favor, faça uma voz rouca quando ler: "A haste principal faz o condensador duplo ficar travado."

De: Sarah Westholme
Para: Brock McNight
Data: 14 de janeiro, 19h44
Assunto: Re: CASANOVA LTDA. – e um olá!

Assim? [arquivo de voz anexado]

De: Brock McNight
Para: Sarah Westholme
Data: 14 de janeiro, 19h46
Assunto: Re: CASANOVA LTDA. – e um olá!

Ai. Meu. Deus. 😄
Estou tão feliz de fazer esse projeto com você. Sei que estamos fazendo isso pelo dinheiro, mas não consigo deixar de sentir que talvez June soubesse alguma coisa sobre cada um de nós, que

De: Brock McNight
Para: Sarah Westholme
Data: 14 de janeiro, 19h49
Assunto: Re: CASANOVA LTDA. – e um olá!

NÃO QUERIA MANDAR ISSO MEU DEDO GORDO IDIOTA ESCOR-REGOU EU ESTAVA TENTANDO APAGAR TODO AQUELE DISPA-RATE ARGHHHHHH
(Eu bebi um pouco. Desculpa. Me ignora. Estou indo pra cama.)

De: Sarah Westholme
Para: Brock McNight
Data: 14 de janeiro, 19h56
Assunto: Re: CASANOVA LTDA. – e um olá!

Duro? Não precisa pedir desculpas.
Perguntinha rápida de trabalho: como é que vamos falar Visage, o nome da empresa da Claire? Vi-záj (como a palavra) ou Vi-zój?
Seria ótimo se pudéssemos perguntar pra June.

De: Brock McNight
Para: Sarah Westholme
Data: 15 de janeiro, 8h17
Assunto: Re: CASANOVA LTDA. – e um olá!

Você é uma joia preciosa, Westholme. De verdade. Você não é só a voz certa, é a pessoa certa pra isso. (Escreveu ele, completamente sóbrio, dessa vez.)

E boa pergunta. Mas essa deixo pra você, Claire faz parte do seu pacote.

De: Sarah Westholme
Para: Brock McNight
Data: 15 de janeiro, 12h51
Assunto: Re: CASANOVA LTDA. – e um olá!

Quanta pressão! Acho que Vi-zój tem mais cara de empresa falsa de cosméticos.

E obrigada. É muita gentileza sua dizer isso. Eu estava pensando, mas só se você se sentir à vontade, que devíamos trocar nossos números de celular. Só pra mensagens. Só pra isso. Só pro caso de aparecer outra pergunta relacionada à pronúncia. Não vejo e-mails quando estou na cabine. Mas só se você se sentir COMPLETA-MENTE À VONTADE. Por favor, saiba que eu nunca abusaria desse privilégio. E é claro que manteria seu número em segredo.

De: Brock McNight
Para: Sarah Westholme
Data: 15 de janeiro, 12h51
Assunto: Re: CASANOVA LTDA. – e um olá!

Ei, anota o meu número, e me passa o seu? Eu não tenho o e-mail configurado com a cabine, senão nunca ia conseguir gravar nada, mas respondo mensagens de texto. Só pro caso de termos perguntas que exigem uma resposta imediata. Mas só se você se sentir À VONTADE. Por favor, mantenha meu número em segredo, e farei o mesmo com o seu.

De: Sarah Westholme
Para: Brock McNight
Data: 15 de janeiro, 12h52
Assunto: Re: CASANOVA LTDA. – e um olá!

HAHA! Que sincronia!

De: Brock McNight
Para: Sarah Westholme
Data: 15 de janeiro, 12h52
Assunto: Re: CASANOVA LTDA. – e um olá!

Eita, a gente mandou isso exatamente no mesmo horário???

De: Sarah Westholme
Para: Brock McNight
Data: 15 de janeiro, 12h53
Assunto: Re: CASANOVA LTDA. – e um olá!

SIM, E ESSES ÚLTIMOS TAMBÉM! ARGH! PARA! TCHAU!

SEWANEE:

Oi, aqui é a Sarah. Tenho perguntas. Muitas perguntas.

BROCK:

Oi, Sarah, aqui é o Brock. Tenho muitas respostas.

E, por acaso, uma pergunta também.

SEWANEE:

Você primeiro.

BROCK:

Você vai fazer pronúncias italianas pra todas as pessoas/lugares/coisas, vibrando o R, e tal?

SEWANEE:

É clarrrrrrro. Temos que deixar a coisa autêntica, não é?

BROCK:

Cerrrrrto, temos, si.

Sua vez.

SEWANEE:

Então. Falando em pronúncias, nós dois temos "clitóris" à frente e temos que dar a mesma ênfase à palavra.

BROCK:

Por favor. Continue.

SEWANEE:

Bem. O Merriam-Webster tem duas pronúncias aceitáveis: 1ª: cli-tÓ-ris, e a 2ª: clÍ-to-ris.

BROCK:

Porta número 1. A número 2 parece um dinossauro.

SEWANEE:

Concordo.

Você consegue imaginar os velhos Merriam e Webster debatendo essa?

BROCK:

Os homens que escreveram o di-CIO-ná-rio? Claro.

Ou seria di-LUXURIÁ-rio?

SEWANEE:

Isso é só a ponta do iceberg. E aréola?

BROCK:

Não tenho certeza se essa é a ponta de um *iceberg*.

SEWANEE:

Haha. Vamos usar a palavra tecnicamente correta, embora eu nunca tenha escutado assim? Tipo, nunca? A-RÉU-la?

BROCK:

É nítido que você tá fora do mercado dos romances há muito tempo. O dicionário já acrescentou au-RÉU-la como parônimo.

SEWANEE:

NÃO!

BROCK:

Sim.

SEWANEE:

Os autores devem estar se revirando no túmulo!

BROCK:

Espero que eles não machuquem as au-ré-o-las.

Fica complicado quando tem mais de uma.

SEWANEE:

Tenho mais uma pergunta.

BROCK:

É acima do pescoço?

SEWANEE:

Bem acima. Por que o céu é azul?

BROCK:

ha.

Sério?

SEWANEE:

É, sempre quis saber.

BROCK:

Simples: reflexo.

ESPERA. NÃO. Refração.

SEWANEE:

Errado. Partículas. *link pro site da Nasa*

BROCK:

Esse artigo está errado.

SEWANEE:

Ah, a Nasa está errada?

BROCK:

Sarah. Essas pessoas encenaram o pouso na Lua, pelas barbas do profeta.

Aliás uma pergunta: quem é esse profeta?

SEWANEE:

?

BROCK:

O profeta! Pelas barbas do profeta. Falso profeta. Quem é essa porcaria desse profeta??

SEWANEE:

... enviado de Deus?

BROCK:

Ai, bendito profeta!

💜💜

21 de janeiro

BROCK:

Por que o MAR é azul?

SEWANEE:

Olha, Brock, nem sempre ele é azul. Também pode ser verde, cinza ou de outras cores, depende de onde a luz bate. Só parece azul porque a água absorve as cores da parte vermelha do espectro de luz, que age como um filtro, deixando pra trás as cores da parte azul do espectro.

BROCK:

voz do Poderoso Chefão de Marlon Brando você vem até a minha casa, no dia em que a minha filha vai se casar, e me fala de CIÊNCIA.

SEWANEE:

Perdão, Don Corleone. Não existe mais ciência. FAKE NEWS.

BROCK:

FATOS ALTERNATIVOS

SEWANEE:

CAÇA ÀS BRUXAS

Grazie, Poderoso Chefão.

BROCK:

Prego.

De: Jason Ruiz
Para: Brock McNight; Sarah Westholme
Data: 23 de janeiro, 10h27
Assunto: Casanova – cap. 1

Olá pra vocês dois,

Só queria avisar que o primeiro capítulo foi concluído e ficou IN-CRÍVEL. MUITO bom. Está tudo pronto pra lançar no Dia dos Namorados. Os fãs estão eufóricos. A pré-venda disparou. Como eu disse, vou mandar o pagamento no início de cada mês, então o depósito de 1º de março vai refletir duas semanas de vendas do capítulo 1, e uma semana de vendas do capítulo 2.

Sarah, amanhã mandarei correções do capítulo 3 pra você.

Obrigado!
JR

Enquanto Sewanee colocava oito canecas usadas na pia do estúdio, Damian, um engenheiro de som com dreads até a bunda, entrou na cozinha.

– Oi, D – disse ela.

– Oi – respondeu ele, suspirando com um sorriso cansado, e abriu a geladeira.

Damian pegou um pote com tampa do seu *kombucha* caseiro e tomou um gole como se fosse cerveja gelada.

Ela inclinou a cabeça para ele.

– Dia difícil?

O engenheiro balançou a cabeça, tenso, para ela: depois.

Bem naquele momento, Doug Carrey entrou na cozinha.

Chocada, Sewanee se virou de novo para a pia.

Nem uma única vez nos últimos oito anos, e agora duas vezes nos últimos dois meses? Por quê? Como? Socorro!

– E aí, bróder, tudo certo? – perguntou Doug a Damian.

– Tudo certo, cara, você já pode ir – respondeu ele. Doug o puxou para um combo de aperto de mão e tapinha nas costas, e Damian acrescentou: – Ficou ótimo.

Mas Sewanee o conhecia bem o suficiente para saber que ele não estava falando a verdade.

– Quem diria que ler um livro em voz alta podia ser tão difícil, né? Até mesmo um livro infantil! – Damian tomou outro gole do kombucha enquanto Doug virava a cabeça para ver a cozinha e a sala de estar. – Essa casa é irada. Quem é o dono?

– Mark Clark.

Doug bufou.

– Esse nome praticamente rima. – O nome *rimava*. – Ele já pensou em vender?

Sewanee manteve as mãos na pia, olhando para baixo, fazendo o possível para ficar invisível.

– Não – respondeu Damian. – Quer dizer, acho que não. Não com o estúdio e tudo o mais. Não é, Swan?

Merda.

Doug se virou para o ato de invisibilidade na pia.

– Nãããão, que louco! Swan?!

Ela secou as mãos, virou-se e encarou Doug.

– Com tantos bares no mundo – disse ela com a voz arrastada.

– *Caramba!* – exclamou Doug, entusiasmado. – Como foi que eu deixei passar esse traseiro dessa vez?

Ele riu, claro, e Sewanee desejou que eles passassem mais oito anos sem esses encontros.

– Então, hum, é, não – disse ela, voltando ao assunto da casa. – Mark nunca vai vender isso aqui.

– Olha, ideias são feitas pra serem mudadas. Fala pra ele me ligar. Estou procurando uma dessas casas antigas nas colinas há anos.

Damian tomou mais um gole e devolveu o pote para a geladeira.

– Tenho que exportar os arquivos. Foi ótimo trabalhar com você – mentiu ele.

Sewanee quis falar que *ela* exportaria os arquivos e pedir: será que ele podia ficar ali, por favor? Mas Damian já tinha saído, e lá estavam os dois.

Doug abriu um sorrisão, e Sewanee retribuiu o sorriso forçando os lábios. E agora?

Doug apontou para o próprio olho.

– Ainda tá com o tapa-olho, é? Que droga, por quanto tempo vai ter que usar?

– Hum. Pra sempre – respondeu ela e, quando ele inclinou a cabeça, Swan acrescentou: – Foi um acidente horrível.

– Ah. – O sorriso dele estremeceu. – Que barra. Achei que era um negócio temporário… – E o sorriso desapareceu oficialmente. – Merda. E você era tão boa. Quero dizer, tenho certeza que ainda é. Porra. Sinto muito.

A sinceridade de Doug, embora talvez fosse fugaz, lembrou a Sewanee por que ela havia sentido alguma coisinha por ele, tanto tempo antes. Mesmo que essa coisinha tivesse sido tão fugaz quanto a sinceridade dele.

– Obrigada.

– Quando foi que aconteceu?

– Sete anos atrás.

O silêncio dele a incomodou, e ela se viu procurando as palavras. Qualquer palavra.

– Você gostou de gravar...

– Não desiste – disse ele de repente. – O mercado mudou. Entende o que eu quero dizer? As pessoas estão mais abertas a... você sabe. – Ele acenou. – Diversidade.

Sewanee sabia que ele queria dizer deficiência, mas, de qualquer maneira, Doug não estava errado. Ela também tinha pensado nisso. Ainda queria atuar, às vezes tão desesperadamente que precisava se deitar até a vontade passar. Mas sabia que fazer isso ia obrigá-la a encarar a verdade, ou, pelo menos, a sua verdade: Swan não podia resgatar a pessoa que tinha sido, já que essa pessoa não existia mais.

Depois de um instante olhando para ela, ele se aproximou e a puxou para um abraço. Por sorte, não era sexual. Era delicado. Um pouco cuidadoso. Do jeito que você abraçaria uma pessoa por quem sente pena, mas que também pode ser contagiosa, você não tem certeza. Melhor prevenir do que remediar. Mesmo assim, era Doug tentando... ser um cara bacana.

Swan se afastou primeiro – qualquer coisa que a fizesse ter a ilusão de possuir uma vantagem sobre ele – e olhou para a pia, na esperança de que Doug percebesse que ela precisava voltar ao trabalho.

Ele percebeu, afastando-se totalmente.

– Ei. Você não era amiga da Adaku Obi? – perguntou logo em seguida. Ela sorriu.

– Ainda sou.

O sorriso dele também voltou.

– Cara, manda um oi por mim. A gente vive se desencontrando nessas premiações. Fala pra ela que eu gostaria de conhecê-la.

– Pode deixar – disse Sewanee, mas pensou: *nem pensar*.

Ele se afastou e saiu da cozinha.

– E diz pro Mark… é Mark mesmo? Diz que eu quero a casa. Sério. Me dá uma ligada. – Doug piscou. – Estou de olho em você, garota.

De novo, uma péssima imitação de Bogart.

Uma hora depois, quando as tarefas da casa tinham terminado e Damian acabara de exportar os arquivos, Sewanee entrou no estúdio 1 para começar a gravar. A cabine ainda tinha um cheiro de colônia. A colônia dele. Um perfume que ele não havia mudado em oito anos.

Ela saiu, ligou o ventilador da cabine e seguiu pelo corredor até o estúdio 4. Sentou-se ali dentro e tentou gravar, mas estava tropeçando em quase todas as frases. Isso só acontecia quando ela estava cansada, com TPM ou… simplesmente incomodada.

Queria um abraço. Um abraço de verdade.

Em vez disso, pegou o celular.

SEWANEE:

> Pergunta: o que acontece depois que a gente morre?

Brock respondeu na mesma hora:

> Não temos mais que gravar livros de romance.

Ela sorriu.

Outra mensagem apareceu:

> A menos que a gente vá pro inferno. O que é bem provável, pra ser sincero. Aí a gente só vai fazer isso.

SEWANEE:

> Você realmente não gosta de fazer o Brock McNight, não é?

BROCK:

> VOCÊ gostaria de fazer o Brock McNight??

SEWANEE:

Como OUSA me perguntar isso?!

BROCK:

Acabei de pensar nessa.

Sewanee fez uma pausa, pensando em como responder. A decisão ficou mais fácil quando o celular se iluminou de novo.

BROCK:

Sabe, o problema da insinuação sexual é que...

você não consegue aguentar por muito tempo.

SEWANEE:

rsrs

Fale por você. Posso fazer isso a noite inteira.

BROCK:

Achou que podia só enfiar isso no meio?

SEWANEE:

Bem. Não gosto de enrolação.

BROCK:

Acho que eu devia ir mais fundo.

SEWANEE:

Ah, vai começar a baixaria.

BROCK:

Espera, eu não quis cair de boca.

SEWANEE:

Isso está ficando duro demais.

BROCK:

Não está duro o suficiente.

SEWANEE:

Ahhh, tudo bem, acontece com todos os homens em algum momento.

BROCK:

Essa foi fácil...

SEWANEE:

Não seja arrogante.

As bochechas de Sewanee estavam doendo de tanto sorrir. Se alguém entrasse, ela sabia que estaria parecendo uma doida. Uma imagem apareceu no chat: um meme de um golden retriever segurando um fêmur gigantesco na boca. A legenda dizia: QUER UM NEGÓCIO DURO? Swan caiu na gargalhada e, percebendo que tinha sido muito alta, fechou a porta da cabine.

SEWANEE:

Não, obrigada. Preciso ir.

BROCK:

E fim da cena!

SEWANEE:

Ah, já acabou?

BROCK:

Quase. Estou acabando.

Ela ponderou por meio segundo.

SEWANEE:

Precisa de uma mãozinha?

Viu as três bolinhas aparecerem... e depois sumirem. Mais bolinhas... outra pausa. O que ele estava digitando?

Por fim:

> Ok, ok, estou fora, você venceu. Ponto de saque.

SEWANEE:
> Empate.

BROCK:
> Bom rebate.
>
> Pode devolver as minhas bolas?

SEWANEE:
> hahahahahaahaha

BROCK:
> Você.

SEWANEE:
> O quê?

BROCK:
> Só. Você.

Sewanee estava numa fila quilométrica na Costco, quando o celular tocou.

BROCK:
> Pergunta. Tá ocupada?

SEWANEE:
> Não, eu não sei de onde vêm os bebês.

BROCK:

Droga.

Antes de sair da vaga no estacionamento, Sewanee mandou uma mensagem:

Ainda estou esperando a pergunta.

BROCK:

Ainda estou esperando pra perguntar.

Apoiada nas prateleiras reabastecidas da garagem de Mark, Sewanee digitou:

Sério?

BROCK:

Quer saber? Deixa pra lá.

SEWANEE:

ah, QUAL É!

BROCK:

Deixa pra lá.

SEWANEE:

Você sabe que eu nunca vou deixar isso morrer, né?

BROCK:

Arghhhh

SEWANEE:

Ainda esperando...

BROCK:

Esquece.

SEWANEE:

Tic-tac

BROCK:

Eu achei que era importante,
mas agora acho que não é.

SEWANEE:

Legal. Agora me conta.

Ela entrou. Verificou o estoque de maçãs. Acendeu a chaleira. Renovou os pretzels.

SEWANEE:

SÉRIO??

BROCK:

ok ok, só um instante!!!

Por favor, entenda isso com
o mesmo raciocínio que eu.

Quero ter certeza que ninguém vai ficar magoado.

Nem confuso.

Não quero nada esquisito.

Entre nós.

No fim.

SEWANEE:

Que haiku bonitinho. A pergunta, por favor.

BROCK:

Blargh.

SEWANEE:

DURO!!!!

As bolinhas começaram, então Sewanee colocou o celular na bancada, pegou uma caneca, um saquinho de chá e prometeu a si mesma que não olharia o celular até ele tocar. Quebrou essa promessa trinta segundos depois, sentindo-se uma idiota, e tinha acabado de pôr o celular de volta na bancada quando ele tocou de novo.

BROCK:

É só o seguinte: desde que começamos a trocar mensagens, eu fiquei preocupado – conquanto de um jeito irracional (não acredito que usei a palavra "conquanto") – que talvez eu/você/nós estivéssemos possivelmente, potencialmente (provavelmente?), ultrapassando um limite.

SEWANEE:

E?

BROCK:

E...

Eu estava pensando que devia perguntar

Pra você

Se você é solteira.

(Estou me sentindo no ensino fundamental, pelas barbas do pirata.)

SEWANEE:

*pelas barbas do profeta

BROCK:

Isso seria mais fácil se o profeta pudesse passar um bilhete com perguntas de múltipla escolha para uma das suas amigas, no corredor da escola.

SEWANEE:

Então você quer saber se eu sou solteira, porque...?

BROCK:

porque outra pessoa pode estar olhando o seu celular!! Você nunca sabe quem tá olhando o seu celular!!

Não que tenha alguma coisa inadequada.

Muito inadequada.

(só pra constar, isso tá indo tão mal quanto eu previ)

O que quero dizer é O SEGUINTE:

Não quero que ninguém pense que eu estava dando em cima da mulher dele.

(Ou da mulher dela???)

Mais uma vez, aquele sorriso que ela não conseguia conter. O desconforto adorável dele fez com que Swan respondesse de maneira divertida, mas sincera. Por que a mão dela estava tremendo?

SEWANEE:

Você tá seguro. Eu sou solteira.

A mensagem seguinte dele apareceu ao mesmo tempo:

> Sei que costumo ser brincalhão e paquerador. E pode ser confuso determinar o que é real e o que não é. Tá dando pra me entender?

Seguido logo depois por:

> PQP Não lê a minha última mensagem POR FAVOR

O corpo inteiro de Sewanee tremeu com a gargalhada e fez o chá respingar da xícara e cair na bancada. Ela o limpou com a manga e digitou rapidamente:

> rsrs tá maluco, vou emoldurar.

BROCK:

> suspiro

> Então...

> tudo bem entre a gente?

SEWANEE:

> Tudo bem.

BROCK:

> Obrigado, profeta.

SEWANEE:

> Obrigada VOCÊ.

14 de fevereiro
(Pelo WhatsApp)

MÃE:

Boa sorte hoje, Swanzinha! Hoje é o dia, não é? Estamos muito felizes por você!

SEWANEE:

Obrigada! É, o primeiro capítulo sai daqui a uma hora, mais ou menos.

MÃE:

Ah, que bom que não perdemos. Stu quer falar com você.

Quero dizer, ele vai digitar alguma coisa.

SEWANEE:

Ok.

Vai em frente, Stu.

Eu vi que você parou de digitar. Apertou enviar?

Stu?

MÃE:

Esses botões são muito pequenos, caramba.

SEWANEE:

Concordo.

MÃE:

Mas não era isso que eu queria dizer.

SEWANEE:

Ok.

MÃE:

Espera, sua mãe quer saber se você vai mandar o capítulo pra gente.

SEWANEE:

Não.

MÃE:

Sim! Por favor. Aqui é a mamãe de novo.

SEWANEE:

NÃO, eu não vou mandar.

MÃE:

A gente pode baixar?

SEWANEE:

NÃO! nada de baixar.

MÃE:

Mas a gente quer ouvir!

SEWANEE:

NÃO querem, não. Confia em mim.

MÃE:

Podemos pagar pelo capítulo. Aqui é o Stu.

SEWANEE:

Vocês não têm permissão pra escutar. Ok? Eu gravo 50 livros por ano que vocês podem ouvir e que não são de romance.

Mãe, diz que você entende que vocês não têm permissão pra escutar.

MÃE:

Veremos. Mamãe te ama.

Era isso que eu ia dizer. Vimos golfinhos. Estávamos ancorados. Eles vieram direto até a gente. Fizeram EE-EE-EE pra nós.

Ah, sou eu.

Stu.

SEWANEE:

Uau! Que legal!

MÃE:

Eles estavam falando só com a gente.

SEWANEE:

Tenho certeza que sim. ☺

MÃE:

Queria que você estivesse aqui com a gente, Swanzinha da mamãe.

SEWANEE:

Um dia.

MÃE:

Acho bom, mocinha. Não me faça ir aí te buscar. Eu colocaria uma carinha sorridente aqui, mas não sei fazer isso. Aqui é o Stu. Tchau. LOL. Stu.

SEWANEE:

Tchau!

MÃE:

É a mamãe. Ele acha que LOL significa LOVE.

SEWANEE:

Bem, LOL pra vocês também.

MÃE:

Saudades, filha mais querida de todas.

SEWANEE:

Saudades também. Muita. ♥

De: Alice Dunlop
Para: Sewanee Chester
Data: 15 de fevereiro, 10h27
Assunto: Apresentação do Audie?

Oi, querida!

Estou ajudando a organizar os apresentadores do Audie e queria saber se você não gostaria de apresentar o Prêmio de Contribuição em Vida (póstumo ☹) para June French. O público não precisa saber da conexão entre vocês, mas acho que seria um sinal pro mercado. O que acha?

Abraços,
Alice

P.S.: Tem visto os grupos no Facebook? O pessoal tá enlouquecendo com *Casanova, Ltda.* Eu nunca vi nada assim. *Bravo!*

De: Sewanee Chester
Para: Alice Dunlop

Data: 15 de fevereiro, 11h06
Assunto: Re: Apresentação do Audie?

Eu ADORARIA. Muito obrigada pelo convite.
E, não, não entrei no FB. Vou fazer isso agora.

De: Sewanee Chester
Para: Alice Dunlop
Data: 15 de fevereiro, 11h38
Assunto: Re: Apresentação do Audie?

AI. MEU. DEEEEEEEUS.

SEWANEE:

Ei, você tem conta no Facebook?

BROCK:

De jeito nenhum.

Por quê?

SEWANEE:

Os fãs estão adorando o
primeiro capítulo. Tipo, muito.

BROCK:

Legal.

SEWANEE:

Tipo, muito, muito.

Acho que isso vai acabar sendo um fenômeno.

BROCK:

SEWANEE:

Só isso?

BROCK:

Você sabia que o verdadeiro Casanova era um ser humano terrível? Péssimo. Um criminoso, na verdade. Foi preso. Estuprador. Engravidou até a própria filha.

SEWANEE:

"E agora, crianças, hora da historinha, com Brock McNight."

BROCK:

hehe. Desculpa. Estou feliz por nós dois, estou mesmo.

SEWANEE:

Você simplesmente não se importa?

BROCK:

Não, eu me importo, só...

Não sei.

SEWANEE:

Você está anestesiado.

Pelo áudio.

Pelos romances.

BROCK:

Acho que sim?

> Desculpa. Você merece
> um parceiro melhor.

SEWANEE:

Tudo bem. Sério. Como uma boa esposa troféu, vou me consolar com a montanha de dinheiro que você trouxe pro casamento.

> **BROCK:**
> combinado.

22 de fevereiro

SEWANEE:

Pergunta.

> **BROCK:**
> Desculpa, número errado,
> aqui não é o Pergunta.

SEWANEE:

grrrrrrrrrrr

> **BROCK:**
> Mil desculpas, foi uma péssima
> piada de tiozão do pavê.

SEWANEE:

Então, sem julgamentos, mas o que nós achamos desse herói?

BROCK:

...?

SEWANEE:

Estou achando difícil decidir se o Alessandro é complicado. Ou só babaca.

BROCK:

Ele é um alfa.

SEWANEE:

táááá, mas...

BROCK:

Ele só se importa com a própria arte. Relacionamentos são só transações pra ele.

SEWANEE:

É, a maioria. Com todas as outras, mas não com ela. Quando conseguir chegar lá (sem trocadilhos), Claire tá preparada pra honrar o acordo dos dois. E aí o Alessandro trata ela muito mal (se bem que, ok, um típico Herói de Romance tendo sentimentos), mas por quê?

BROCK:

Não sei.

SEWANEE:

Bem, como é que você vai interpretar?

BROCK:

O que quer dizer?

SEWANEE:

Ele realmente não se dá conta do que quer,

ou está se privando de ir atrás do que deseja,
pro caso de não conseguir?

BROCK:
O que quer dizer?

SEWANEE:
Tipooooo, por que ele é?

BROCK:
*quem?

SEWANEE:
Não, por quê. Você não pode olhar só pra
quem a pessoa é. Tem que olhar para o
PORQUÊ de alguém ser. Superfície versus
substância. Essa é a diferença entre
caricatura e personagem.

BROCK:
Acabei de descobrir por que
você é uma narradora melhor
do que eu. Você é atriz, não é?

SEWANEE:
Era.

BROCK:
Por que parou?

SEWANEE:
Hummmm essa é uma história pra outra hora.

BROCK:
Vou te cobrar.

> Qual VOCÊ acha que é
> o "porquê" do Alessandro?

SEWANEE:

sem pensar muito...

Acho que ele tá cansado de ser visto como um deus do sexo. Acho que tá desesperado pra acabar com o teatrinho, mas quem ele é sem isso? Quem ia desejá-lo, o verdadeiro Alessandro, já que todas as mulheres que ele conheceu pareciam querer apenas a fantasia? Todas, menos ela. Claire queria uma coisa que ninguém mais via nele: a pessoa, não a mercadoria (representada por como ela se apaixona pela arte dele, ou seja, pela alma dele, ou seja, pela verdade dele).

Então, ah, não é que ele não se dê conta, ele tem é medo. Porque tá se apaixonando por ela. Então: atração = medo = autoproteção = babaquice.

> **BROCK:**
>
> Aham, era exatamente isso que eu ia dizer.
>
> Isso é bom.
>
> Muito Bom.
>
> Posso roubar?

SEWANEE:

É meu.

*seu

O nome de Sewanee era por causa da cidade natal de sua avó. Todos os envolvidos na decisão tinham gostado do nome. Talvez tenha sido a única coisa com a qual já estiveram de acordo, apesar de os motivos serem totalmente diferentes. Elegante, dissera a avó. Mágico, dissera a mãe. Alegórico, dissera o pai.

Sewanee sempre quis corresponder a tudo isso.

Mas esse nome não a fez ser admirada pela avó. Não no início.

Não era nada pessoal. Barbara Chester nunca havia demonstrado muito interesse por crianças, e, para ela, Sewanee não servia para nada até ter idade suficiente para conversar sem correr até Henry e repetir tudo, sem cuidado algum. Mas, quando Sewanee estava com 8 ou 9 anos, as duas descobriram o que faltava na vida delas: a outra.

Nos feriados da escola, nos fins de semana ou nos dias úteis do verão, Marilyn dirigia até Beverly Glen e parava em Mulholland, onde Sewanee entrava no carro de Blah, que já estava esperando, e aí as duas desciam pelo outro lado da colina até a casa de Bitsy. Elas viam filmes antigos na sala de estar destruída, e Sewanee absorvia tudo: sabia todas as falas de *Núpcias de Escândalo*, todos os passos de "Make 'Em Laugh", de *Cantando na Chuva*, e todos os meneios de cabeça de Lauren Bacall.

No auge do dia, as duas iam para a piscina meio verde, e Blah ensinava Sewanee a nadar, dizendo que a combinação entre natação e dança daria a ela tudo de que precisaria para manter o corpo que ainda ia se desenvolver.

– Acho que seus pais esperam que eu te alimente – dizia Blah, em algum momento.

Então elas iam para a cozinha, e Blah procurava alguma coisa, qualquer coisa, que parecesse comida. Normalmente, biscoitos cream cracker ou fatias de maçã. Sempre Mallomars. Às vezes, Bitsy passava por lá, no intervalo entre o almoço e o jantar no Du-pars, e levava panquecas. Sewanee adorava, mas seu verdadeiro apetite estava em outro lugar.

Só mais um passo de dança. Rever um filme de Hepburn/Tracy e falar de "química". Ver toda a produção de Bette Davis.

Quando Sewanee estava no fundamental II, as duas passeavam pelo Vale no Oldsmobile conversível de Blah e iam fazer compras em brechós no Ventura Boulevard. Elas vasculhavam as araras, tirando tudo que pudesse ser intrigante.

– Gostei disso, o que acha? – perguntava Sewanee para a avó.

– Acho que você é um estouro, boneca – respondia Blah, toda vez.

Foi assim que Swan começou a perceber como era ser a Sewanee. Ela ia para a escola usando jeans, camiseta, chinelos e rabo de cavalo, mas em todos os bailes de inverno, primavera ou formatura, surgia usando roupas vintage e maquiagem impecáveis, parecendo ter dez anos a mais.

Foi numa dessas festas do ensino médio que o pai de um colega de turma, produtor de televisão, perguntou se ela tinha interesse em atuar. Swan respondeu que era tudo que ela queria. O que não contou foi que os pais disseram que ela não poderia atuar antes dos 18 anos. Afinal, eles moravam em Los Angeles e conheciam as histórias de terror. Então, quando o produtor a chamou para fazer uma audição para o próximo programa dele, Sewanee foi sem avisar aos pais. Porque tinha certeza de que não ia passar. Só queria se testar. Como um primeiro encontro.

Então, quando inevitavelmente conseguiu o papel e foi obrigada a contar a eles, os pais disseram que não, ela não poderia aceitar o papel, já não tinham conversado sobre isso?

Mas, mas, mas!

Eles tiveram a primeira briga feia e prolongada com sua adolescente, e Sewanee bateu a porta da frente com força, entrou no Jetta velho e subiu a colina até a casa de Bitsy.

Ela e Blah se sentaram ao ar livre, perto da piscina, no entardecer quente de outubro, enquanto Sewanee soluçava, lançando injúrias contra os pais. Blah bebericou o martíni com tranquilidade e esperou Swan se acalmar. Depois, deu a ela o último gole do drinque, que a neta engoliu na mesma hora e quase vomitou com a mesma rapidez, fazendo uma cara que apenas um limão azedo provocaria. As duas riram. Esse era o objetivo de Blah.

A avó enfiou a mão no bolso do roupão acolchoado e pegou um isqueiro e a cigarreira de prata que o agente dela lhe dera em 1958. A inscrição na parte de trás dizia: "Para: Um belo par de pernas de fuga. Que elas a levem aonde você quiser ir." Blah pegou um cigarro e o acendeu, a fumaça dançando nas luzes da piscina.

Sewanee já tinha ouvido muitas vezes ao longo dos anos a história de como Blah fora descoberta, mas, como em todas essas histórias da avó, novas camadas eram acrescentadas conforme Swan ficava mais velha.

– Bitsy e eu tínhamos nos mudado pra Nashville pra trabalhar. Éramos garçonetes numa espelunca em Printer's Alley. E, certo dia, um homem entrou.

A maioria das histórias de Blah tinha essa frase: um homem entrou.

– Estavam atrás de locações tipo um bar de música country, em Nashville. O grande negócio, na época, era filmar numa locação em vez de fazer um palco de filmagem em Hollywood se parecer com um bar desses. Então eu me aproximei, convenci o cara a ficar pra tomar um drinque e a filmar no nosso bar. Ele voltou dois meses depois pras filmagens, e eu passei de garçonete-da-vida-real para garçonete-de-filme. Guardei as gorjetas, entrei num ônibus e, quando cheguei a Hollywood, liguei pra ele. O cara conseguiu um quarto pra mim numa boa pensão. Me arrumou um emprego na chapelaria do restaurante Musso and Frank. Arrumou meu primeiro agente. E tudo que ele ganhou em troca foi a minha virgindade.

Sewanee ficou boquiaberta, mas Blah dispensou o choque com um aceno.

– O cara era bonitão. E já estava na hora de me livrar daquele negócio.

– Mas… – gaguejou Sewanee. – Ele te usou!

Blah ergueu uma sobrancelha.

– Será? Duas pessoas podem usar uma à outra, sabe?

Ela quase não teve coragem de perguntar.

– E o vovô?

Blah balançou a cabeça.

– Ele veio depois. Com ele, foi amor. Marv era autor de teatro em Nova York, e achou que *eu* era interessante. Imagine só… O que estou dizendo, boneca, é que nunca dormi com ninguém com quem eu não quisesse. Sempre tive um motivo. Era certo? Era errado? Quem sabe? Você já viu filmes sobre aquela época. As pessoas escrevem os próprios enredos, agora. Testes do sofá, diretores vulgares, saias levantadas contra a porta do camarim. – Ela bufou e deu um trago. – Não estou dizendo que não acontecia com algumas garotas. E sinto muito se foi assim. Mas, pra mim, eram três almoços com martínis, fogueiras em Malibu que duravam até o nascer do sol e "minha esposa vai visitar a irmã no fim de semana, você já foi a Catalina?". Recíproco, entendeu?

– Mas você queria ser atriz, e eles se aproveitaram disso.

Blah caiu na gargalhada e bateu as cinzas do cigarro.

– Eu não queria ser atriz. Queria ser famosa.

– Mas você trabalhava?

– Mas não era boa! Nossa, eu era péssima. Minhas opções eram ficar ali do meu jeito ou sair por causa do que eu não era. – Ela apontou o cigarro para Sewanee. – E, boneca, vejo no seu rosto que isso não vai funcionar pra você.

Blah deu a última tragada e soprou a fumaça.

– Você quer que eu fique do seu lado e ataque seus pais, mas, por mais que me doa, e Deus sabe que dói, eles estão certos. Isso? Quem você é agora e o que estão te oferecendo? É assim que as coisas acabam mal.

Sewanee bateu o pé, agindo como a criança que achava que não era.

– E o que eu devo fazer?

Blah se recostou, enroscou as mãos na estrutura da espreguiçadeira e cruzou as pernas.

– O que eu nunca fiz: ser boa. Tão boa que ninguém vai poder falar nenhuma merda pra você.

A falta de talento de Blah nunca a impediu de entender como ele se manifestava nos outros. Ela ajudou Sewanee a desenvolver a acessibilidade emocional, o controle das palavras e da linguagem, um corpo que se movia pelo espaço de maneira livre, sem esforço e com sensualidade. Blah decidiu transformar a neta em si mesma, só que numa versão melhorada. E quando Sewanee se inscreveu na Julliard e conseguiu entrar? Foi a maior realização da vida de Barbara Chester.

Assim, quando Sewanee se formou, tinha a qualidade de estrela de Blah, a bondade inata de Marilyn, as habilidades analíticas de Henry, a formação na Julliard e quatro anos do brilho de Nova York. Ela era imbatível.

Até não ser mais.

25 de fevereiro

BROCK:

Estava pensando na nossa conversa do outro dia. Eu quero que você saiba: não sou ator. Tudo que você disse sobre Alessandro fez muito sentido. Nunca penso nessas coisas.

SEWANEE:

Como foi que você entrou no mercado de audiolivros se não é ator?

BROCK:

😲 alguém gostou da minha voz.

SEWANEE:

É uma boa voz.

BROCK:

Uma vez liguei pro Departamento de Trânsito e a representante falou: "Adorei o modo como você falou a sua placa. Se importa de repetir, mas um pouco mais devagar?"

SEWANEE:

Haha agradeça o que você tem, meu amigo.

BROCK:

Eu agradeço. Estaria perdido sem isso.

Ei, eu SOU seu amigo?

SEWANEE:

Figura de linguagem.

BROCK:

Ai.

SEWANEE:

Brinks, não é que nós não sejamos não amigos.

Argh, quanto "não" junto.

Nós. Somos. Amigos. Sem nãos.

Odeio mandar mensagens.

BROCK:

Ouvi dizer que estão testando uma nova invenção. Vão chamar de telefala ou algo assim.

> Parece que vamos poder falar uns com os outros através dessa caixinha de digitar! Ciência!

SEWANEE:

> FAKE NEWS

Onze minutos depois:

SEWANEE:

> O que você fazia antes de ser narrador?

BROCK:

> Hummmm essa é uma história pra outra hora.

Sewanee se obrigou a esperar até o dia terminar, enquanto ainda pingava por causa da chuva fustigante que tinha caído durante a subida até sua casinha, para mandar a mensagem:

> BELEZA, JÁ É OUTRA HORA!

BROCK:

> É a MINHA outra hora ou a SUA outra hora?

SEWANEE:

> Boa tentativa. Desembucha.

BROCK:

> Tá, deixa só terminar esse capítulo.

> Talvez eu faça um drinque antes.

SEWANEE:

> Ahhh, vou fazer o mesmo!

BROCK:

Você é uma dama do vinho-com-soda, ou uma mulher do uísque-puro?

SEWANEE:

Depende. Que tipo de história eu vou ouvir?

BROCK:

Uma história de amizade duradoura, apesar dos sonhos frustrados.

SEWANEE:

Vou abrir a tequila.

BROCK:

Olé

57 minutos depois:

BROCK:

A tequila tá pronta?

SEWANEE:

Parece que só tem um pouco de vodca barata no fundo do congelador.

BROCK:

Só um pouco?

SEWANEE:

É um congelador pequeno.

O que você vai beber?

BROCK:

Cerveja.

SEWANEE:

FRACASSADO

BROCK:

E você ainda nem sabe a história.

SEWANEE:

Vou pegar o restinho de vodca enquanto você digita.

BROCK:

Ok, lá vai.

Eu fazia parte de uma banda. Nós éramos muito bons. Tínhamos um contrato com uma gravadora. Estávamos em turnê. Éramos jovens, destemidos e não tínhamos nada a perder. Resumindo a história, o vocalista, meu melhor amigo, se destruiu. Drogas.

SEWANEE:

Eita. Sinto muito.

BROCK:

É tão clássico que sinto vergonha quando olho pro passado.

SEWANEE:

Você tentou carreira solo?

BROCK:

Não. Ele era o gênio musical. Eu só escrevia um pouco, tocava um pouco de guitarra e cantava um pouco.

Esse é o meu modus operandi: faço de tudo um pouco.

SEWANEE:

Você e o meu congelador.

Como está o seu amigo agora?
Ou nem devia perguntar?

BROCK:

Esse é o lado bom. Ele tá sóbrio. Há cinco anos.

SEWANEE:

Que ótimo!

BROCK:

É mesmo. Alguns meses atrás,
começamos a tocar juntos de novo.
Pra ver se ainda temos a manha.

SEWANEE:

E têm?

BROCK:

Ele quer tentar outra vez.

SEWANEE:

E você?

BROCK:

Não sei.

SEWANEE:

Tem medo que seu amigo
tenha uma recaída?

BROCK:

Ele não é o problema.

SEWANEE:

?

BROCK:

Não tenho medo por ele, especificamente. Só tenho medo.

SEWANEE:

Do quê?

BROCK:

Suspiro. Você tá com tempo?

SEWANEE:

Tenho quase um dedinho de vodca.

BROCK:

Eu era um garoto destemido que se tornou um homem medroso.

Pronto. Nostrovia.

SEWANEE:

Hummmm, não tomo vodca num gole só. Se quiser que eu termine a bebida, vou precisar de mais detalhes.

BROCK:

Tá, vou pular pro final.

Sabe quando o mundo é a sua ostra? E você devora tudo? Não tem nada pior do que ter uma intoxicação alimentar. Depois disso, o simples fato de olhar pra uma ostra te deixa enjoado.

(Juro que sou melhor como compositor do que essa analogia sugere.)

SEWANEE:

Mas, se você nunca mais abrir outra ostra, não vai ter as pérolas.

BROCK:

É. Bem.

Só pra constar, odeio falar nesse assunto.

SEWANEE:

Já volto, vou postar no Facebook que Brock McNight tem medo de comer ostras.

BROCK:

🙎 Vou entender se você nunca mais quiser falar comigo.

SEWANEE:

Tá de sacanagem? Eu vou é fazer pipoca.

BROCK:

Ok, chega de falar de mim. Qual é a sua história de "outra hora"?

Sewanee se recostou e bebericou a vodca. Por onde poderia começar? Será que estava pronta para contar a própria história? Se abrir desse jeito?

Talvez pudesse pelo menos lidar com o medo. Dizer que sabia uma coisa ou outra sobre a vida puxar seu tapete. Talvez até usar a péssima metáfora da ostra. Pelo menos dizer que ela entendia a batalha dele. Falar diretamente, de desgraça para desgraça.

Mas não queria fazer isso.

Swan queria falar de escrever letras de músicas, vodca e insinuações sexuais.

E de onde ele morava.

E qual era a sua idade.

E do que fazia para se divertir.

E se ele tinha cabelo.

Será que era alto? Brock dava a impressão de ser grande, mas não necessariamente alto. E tudo bem. Ela não se importava. Por que se importaria? Quem era Sewanee para se importar com essas coisas?

Era novidade ter uma conexão tão forte com alguém que ela nunca vira. Que nunca *a* tinha visto. Por outro lado, talvez fosse isso que tornasse tudo possível. Será que ver um ao outro, se encontrar cara a cara, romperia o relacionamento que tinham construído? Ele provavelmente diria que *um pouco* de relacionamento era mais seguro e estaria certo.

E era por isso, percebeu Sewanee, que ela se identificava muito mais com Brock do que com alguém como Nick.

Nick.

O homem que sempre fazia loucuras, que encararia o que fosse, mesmo que isso significasse uma decepção esmagadora. Nick era alguém que ela *queria* ser. Brock era muito mais próximo de quem Swan realmente *era*.

Parecia estar encarando um quadro em que o Nick-da-frente e o Brock-do-fundo tivessem trocado de lugar. Quando foi que isso aconteceu?

O celular dela acendeu.

BROCK:

Você não tá fazendo pipoca de verdade, né?

SEWANEE:

Haha, não, foi mal. Estou pensando numa resposta digna.

BROCK:

Pensa com calma. Eu fiz isso.

Na verdade, não. Eu me esqueci completamente. Tenho ensaio.

SEWANEE:

Ah!

BROCK:

Me desculpa.

SEWANEE:

Não, não, tudo bem! De verdade.

BROCK:

Meu Deus, tô com a cabeça em outro lugar nos últimos tempos!

SEWANEE:

Não, escuta, eu escapei da situação.

BROCK:

Grrr. Não quero parar a conversa. É importante.

SEWANEE:

Não, seu ensaio é importante. Não é tipo querer saber por que a grama é verde. Minha história pode esperar.

BROCK:

Essa eu sei! Clorofila! Continuamos depois.

Sexta-feira. Happy hour. Seasons.

Sewanee se apresentou na recepção, como fazia quase toda sexta. Mas, dessa vez, Adaku estava com ela.

A amiga estava num isolamento autoimposto enquanto treinava para o filme da Lisístrata na selva (o título era *The Originator*, por razões que Sewanee não entendia), e, quando Adaku mandara uma mensagem na noite anterior dizendo *EU PRECISO SAIR DE CASA*, Sewanee sugeriu que elas fossem ao Seasons e depois jantassem.

As duas foram até o quarto de Blah para acordá-la.

– Aposto dez pratas que ela vai estar no lado esquerdo do sofá, com duas almofadas nas costas, fones de ouvido, um audiolivro tocando e dormindo profundamente.

Elas estavam rindo quando entraram no quarto de Blah e a encontraram do jeitinho que Sewanee tinha previsto.

A avó abriu os olhos, sentindo a presença das duas na mesma hora.

– Boneca! O que você tá fazendo aqui? E quem é essa?

– Blah, sou eu, Adaku. Não sei se você se lembra de mim, mas...

– É claro que me lembro de você! Quem poderia esquecer esse sorriso?

Adaku se abaixou para dar um abraço em Blah.

– É tão bom te ver de novo.

Sewanee não tinha certeza se Blah tinha reconhecido Adaku ou não, mas achou que não importava.

– Hoje é sexta-feira! – Ela penteou com os dedos o cabelo de Blah na nuca. – O que me diz de nos arrumarmos e descermos pro happy hour?

– O que estamos esperando? Me dá meu batom, boneca. – Swan deu, e Blah o passou, sem borrar e sem usar um espelho, enquanto dizia a Adaku: – Não vá a lugar nenhum sem seus lábios. Você nunca sabe em quem vai esbarrar. Ou quem vai beijar, na verdade.

Quando desceram, Adaku foi na direção de uma mesa no canto do salão meio cheio, mas Blah a impediu.

– O bar, querida. Bancos altos. Mostra as pernocas.

E assim elas ocuparam três dos quatro bancos altos e pediram martínis, com Adaku infeliz por ter que se abster em nome da dieta. Blah cruzou as pernas e passou a mão elegante na coxa, como se estivesse endireitando a fenda alta de um vestido, e não alisando o poliéster bege da calça com elástico na cintura.

– Dois martínis, um com azeitonas a mais, bem do jeito que você gosta, Blah – disse o metódico bartender, empurrando os copos na direção delas.

– Obrigada, Dan – respondeu Sewanee, empurrando o especial na direção da avó. – Blah, Dan te deu três azeitonas. Normalmente são duas. Quer me contar alguma coisa?

– Isso é segredo meu e do Dan. – Blah deu um sorriso afetado. De um jeito atrevido, ela tirou uma azeitona do palito e piscou. – A extra é por isso. – Então se virou para Adaku. – Espero que esteja anotando tudo.

Adaku riu.

– Sempre.

Enquanto Blah estava bebendo, Sewanee aproveitou a oportunidade para, mais uma vez, reforçar a mudança iminente para a ala da memória.

– Então, eu estava pensando que, quando chegar a hora de você se mudar pro quarto novo, vou trazer umas malas de rodinha pra facilitar.

Nos últimos dois meses, vinha repetindo isso toda vez que se falavam, mas não tinha certeza se a avó havia absorvido. Ou, se tinha, se ela entendia bem as implicações.

Blah simplesmente assentiu e bebericou o martíni.

– O que você quiser, boneca. – Ela inclinou o queixo para Dan. – Vamos pedir pro Popeye ajudar. Ele parece bem qualificado.

Dan sorriu.

– Pra onde você vai se mudar, Blah?

O sorriso da avó congelou. Ela olhou para Sewanee.

– Pra onde eu vou me mudar?

– Pra outra ala – respondeu Sewanee, sorrindo para Dan, mantendo a voz bem calma pelo bem de Blah. – Ela vai continuar vindo aqui toda sexta-feira, então pode renovar o estoque de azeitonas.

Isso pareceu acalmar a avó, que levou o copo até os lábios e olhou para o salão, analisando a porta, como se aquele fosse o bar do Hotel Roosevelt e Gregory Peck pudesse entrar por ali.

Ele não entrou, mas Mitzi sim.

Quando Mitzi entrava em um lugar, o laranja chegava antes. Batom laranja, cabelo laranja – parecendo uma peruca horrível –, até as bolas de tênis nos pés do andador eram laranja fluorescente. Tudo envolvido de maneira graciosa numa estola com estampa de leopardo. No entanto, nada disso conseguia brilhar mais do que a sombra azul, aplicada com entusiasmo do olho até as sobrancelhas desenhadas. O negócio era equilíbrio, sabe.

– Olha só quem veio visitar! – A voz de Mitzi era uma serra manual cortando um pedaço de madeira.

– Mitzi. Que bom te ver. – Sewanee se aproximou de Adaku e murmurou: – Peço desculpas de antemão.

– Aah, anotado – sussurrou Adaku, sorrindo.

Mitzi fez o que pôde para subir no banco do bar ao lado dela.

– Por que essas porcarias são tão altas? E quem é você? – grasnou ela. Alto. Blah se encolheu e revirou os olhos para as garotas.

– Mitzi. Abaixa o volume do seu aparelho auditivo. Você tá gritando – disse a avó.

– O quê? – gritou ela.

– Seu aparelho auditivo! Você tá gritando!

– Não precisa gritar!

A mulher ajustou o aparelho enquanto Dan perguntava:

– O que vai querer, Mitzi?

– Uma água com gás, não estou bebendo. – O volume da voz dela baixou para um nível aceitável. Ela se virou para Adaku. – Então, mulher misteriosa. E você?

– Sou amiga da Sewanee, Adaku.

– Ada Quem? O que é isso?

– Nigeriano. Igbo.

– Igo Quê?

Sewanee captou o olhar de Adaku.

– Desculpa – falou, apenas movendo os lábios.

Adaku a dispensou com um aceno e respondeu, corajosa:

– É um grupo étnico na...

Mas a atenção de Mitzi – bem curta – se desviou e focou no copo que Dan colocou na frente dela.

– Que negócio é esse de fruta? Água com gás é água com gás. Você devia ser bartender na cadeia.

Ela tirou a rodela de limão do copo e levou-o até os lábios cheios de gloss.

Blah se inclinou para olhar para Mitzi, como se elas fossem duas mineradoras no pub depois de um longo dia nos túneis.

– Você costuma beber um 7 e 7.

– Você se lembra do drinque dela? – exclamou Sewanee.

Blah deu de ombros.

– Não sei o que te dizer. – Então voltou-se para Mitzi: – Por que a mudança?

A mulher deixou o copo no balcão.

– O que é, eu tenho que publicar no jornal?

Sewanee sentiu os dedos de Adaku se cravarem no seu antebraço, o hálito quente no ouvido, a risadinha na voz.

– Nunca mais eu vou embora.

– Espera só – sussurrou Sewanee, colocando mais lenha na fogueira logo em seguida: – Ei, Mitzi! Como tá o quadril?

– Terrível. Um lado melhora, o outro piora. – Ela deu um tapa na coxa esquerda e depois na direita. – A única coisa boa de envelhecer é… nada. Mas eu não reclamo. – Mitzi foi dar outro gole, mas o copo estava vazio. – Droga.

Dan sorriu.

– Mais um?

– O que acha que eu sou, um camelo?

– Oláááááá!

Todas as quatro mulheres se viraram para ver Birdie, uma mulher parecida com a Mamãe Noel do Meio-Oeste, usando um moletom com um cachorro bordado.

– É uma festinha?

– Ai, Jesus – disseram Blah e Mitzi em uníssono, se virando de volta para o bar.

Birdie se aproximou das duas.

– Se eu soubesse que era uma festinha, teria trazido uma pastinha.

– Aquele patê, não! – reclamou Mitzi.

Birdie se aproximou de Adaku.

– Acho que ainda não fomos apresentadas. Meu nome é Bertha, mas todo mundo me chama de Birdie.

Sewanee a interrompeu na mesma hora.

– Essa é a minha melhor amiga, Adaku, mas todo mundo chama ela de Ada.

– Você não podia ter *me* contado isso? – reclamou Mitzi de novo.

– Que adorável! – cantarolou Birdie. – Nós duas temos apelidos!

– É, adorável – concordou Adaku.

Birdie voltou sua atenção para Sewanee.

– E como está minha querida Swan?

– Você sempre se lembra do meu nome, Birdie.

– Ora! Como dizem por aí, "um pássaro na mão"… sei lá o quê.

Blah estava olhando para o bar.

– Dan, precisamos de outra rodada. – Sewanee engoliu o martíni que estava pela metade. – E, por favor, lembre-se das azeitonas dessa vez.

– Claro, Blah. – Dan pegou o copo sem comentar. – Birdie? O que você quer beber?

– Ah, você me conhece, eu sou abstêmia. Mas já que estamos numa festa! Vodca com gelo e uma rodela de limão.

– Já trago.

Birdie bateu no bar.

– Porcaria, eu devia ter trazido minha pastinha.

– Birdie, por que você não fala do seu patê pra Ada? – sugeriu Sewanee.

– Ai, Jesus! – gritaram Blah e Mitzi.

Birdie tinha olhos azuis grandes e turvos, embora – se Sewanee quisesse ser cruelmente sincera – talvez tivessem sido sempre assim. Ela olhou para Adaku com esses olhos que pareciam um lago insondável.

– Você quer saber? – perguntou ela.

Adaku se viu em apuros.

– Por favor!

– Bem. Você precisa de *sour cream*. Um pote grande.

– Tudo bem.

– É melhor escrever, querida. Você não vai querer se esquecer de nada.

– Claro, boa ideia. – Adaku sorriu, pegando o celular e abrindo o aplicativo de notas. – Pronto!

– Onde eu estava?

– Um pote grande de *sour cream*.

– Isso! Bem, você não vai querer aqueles potes enormes, porque a proporção não fica exata. Só um pote grande normal. Em seguida, vem o tempero para tacos. Que você encontra no corredor de comida mexicana. Sem querer ofender.

Adaku tirou os olhos do celular.

– Por que eu ficaria ofendida?

– Acho que não é mais pra eu falar "mexicano". Minha filha está tentando me ajudar a ser mais correta. Mas o que tem de errado em ser qualquer coisa mexicana? Até o tempero?

Adaku deu um tapinha na mão de Birdie.

– Nada.

Birdie levou a outra mão ao peito e expirou.

– Ufa. – Depois fez uma pausa. – Onde eu estava?

– Tempero para tacos.

– Isso! O corredor mexicano. Você procura um pacotinho mais ou menos desse tamanho e vai tá escrito lá: Tempero. Para. Tacos.

Ela observou Adaku digitar isso enquanto Dan servia mais uma rodada de drinques.

O bartender apontou para o copo vazio de Mitzi.

– Tem certeza?

Mitzi falou bem alto, atrapalhando a palestra de Birdie:

– Uísque com Coca-Cola.

– Achei que você não ia beber – disse Blah.

Mitzi revirou os olhos e apontou com a cabeça na direção de Birdie.

– Isso foi antes da pastinha aparecer.

Birdie ouviu Mitzi e interrompeu seu recital.

– Você quer a receita, Mitzi?

– Ai, Jesus.

– Então, o pacote diz pra você colocar na carne moída, mas não faça isso. Nada… de… carne… moída.

– Nada… de… carne… moída – repetiu Adaku como um papagaio.

– Você pega o *sour cream* e joga numa tigela. Depois, pega o pacotinho de tempero mexicano e abre. Aí salpica no *sour cream* e mexe. Salpica! Se você colocar tudo de uma vez, vai ficar cheio de gruminhos. Pode acreditar! – Ela riu. – Salpica. Mexe. Salpica. Mexe.

– Tem que mexer no sentido horário? – perguntou Sewanee.

– Socorro! – gritou Mitzi. Depois apontou para o copo e disse, de novo, para Dan: – Você devia ser bartender na cadeia. Mais rum.

– Você quer dizer mais uísque?

– O que acha que eu sou, sua gerente? Não me importa como você faz o drinque.

Birdie olhava para o bar, concentrada em sua tigela imaginária. Ela colocou a mão sobre ela e mexeu, primeiro no sentido horário e depois no anti-horário. A mulher parou. E repetiu. Em seguida, olhou satisfeita para Sewanee.

– Sim!

– E o que mais você coloca, Birdie? – perguntou Adaku.

– Ah, mais nada – respondeu Birdie, com os olhos arregalados. – Bem, você pode acrescentar uma pitada de sal, mas eu não arriscaria. Meu marido,

Jerry, adora. E os garotos não conseguem parar de comer. Não veem nenhum jogo sem essa pastinha.

Sewanee tinha quase certeza de que o marido de Birdie havia morrido, e foi por isso que ela acabou no Seasons. A filha dela era executiva num daqueles estúdios e a levou para lá para ficar mais perto. Trazida do Michigan e condenada a passar o resto dos seus dias com barracudas de Hollywood, como Mitzi e Blah.

Um silêncio se abateu sobre elas.

Sewanee observou Adaku sentir o silêncio. Um tipo de silêncio diferente do que as duas costumavam ter com os amigos. Com eles, um silêncio em grupo dava a impressão de que estavam ocupados, remando uma canoa em direção a um destino combinado por todos. Aqui era mais como se todas estivessem à deriva.

Birdie quebrou o silêncio, pegando um remo.

– Mitzi, qual é o nome do seu marido?

Mitzi tossiu.

– Qual deles? – Ela tomou um gole do Uísque com Coca e olhou para Dan. – O que diabos tem nesse drinque?

Birdie agora olhava para Blah, que estava encarando o bar.

– Você tem marido?

Blah ergueu os olhos. E o novo copo.

– Não.

– Ah. Você perdeu seu marido ou nunca teve um?

Blah congelou no meio do gole. Ela fez uma pausa.

– Não sei. Não me lembro.

Mitzi bufou.

– Bem que eu queria esquecer.

Blah não olhou para Sewanee em busca de uma resposta, então Sewanee não deu nenhuma. Observou a avó encarar o drinque e se perguntou, não pela primeira vez, se esquecer de todas as coisas que fizeram a vida de alguém valer a pena, antes que ela chegasse ao fim, era crueldade ou compaixão.

– Bem, talvez você não tenha tido um! – sugeriu Birdie, animada. – Talvez você fosse uma sem-vergonha!

O silêncio foi cortante enquanto Blah pensava.

– Meu Deus, espero que sim – disse ela e bebeu.

Adaku e Sewanee se sentaram numa cabine curva de vinil vermelho no fundo da Smoke House, se juntando às outras pessoas que tinham chegado cedo. Adaku pediu uma salada de carne com azeite e vinagre à parte, e Sewanee, querendo apoiá-la, pediu o mesmo.

– Como está o treino? – perguntou ela.

– Eu me sinto igual à Mitzi – respondeu Adaku. – Tudo dói.

– Ah, você tá ótima. Oficialmente sarada.

Adaku fez uma careta.

– Tenho que estar se quiser sobreviver a esse filme.

– Por favor, me diga que você não vai ser sua própria dublê.

– Meu Deus, não! Mas mesmo assim vai ser foda. Correr pela selva e toda aquela coreografia de luta. Eu… – Ela se interrompeu, meio envergonhada por estar reclamando de ser a estrela de um filme que qualquer pessoa teria matado para fazer. Sendo "qualquer pessoa" a própria melhor amiga sentada diante dela. Adaku sorriu e se animou. – Eu devia calar a boca, isso sim.

– Não, Ada, você não devia calar a boca. Tem o direito de se sentir assim.

Mas Adaku balançou a cabeça.

– Ah, não. Não vou virar uma daquelas atrizes que nós duas odiamos ouvir. – Sem pensar, ela estendeu a mão para a cesta de pão de alho e puxou-a de volta. – De qualquer maneira, não quero falar de mim. Quero atualizações sobre Brock McNight!

Sewanee corou.

– Ah! Não tenho nada pra contar.

Os olhos de Adaku cintilaram, intrigados, e ela acenou com a mão ao redor do rosto de Sewanee.

– Não é *isso* que eu estou vendo.

– Quer dizer, nada aconteceu, sabe?

– Mas você gosta dele.

– Claro. Ele parece… legal. Nós temos um bom… relacionamento profissional.

Adaku balançou a cabeça devagar – de um lado para o outro, de um lado para o outro.

– Não. Não, não, não.

Sewanee jogou a cabeça para trás.

– Ai, tá bom! Ele é ótimo. É engraçado. É mil vezes mais interessante do que achei que seria. O cara escreve frases inteiras. Usa letras maiúsculas nos nomes próprios.

– Uau, onde foi que vocês se casaram?

Sewanee bufou.

– Sabe o que é melhor ainda? Tem sido bom colaborar com alguém. Me faz sentir…

– O quê? – Adaku estendeu a mão de novo para o pão, até que chamou um garçom que estava passando. – Com licença. – Ela apontou para o cesto. – Você pode sumir com isso, por favor? Obrigada. – Ela voltou a atenção para Sewanee. – Sentir o quê?

Sewanee parou por um instante para beber água. Para tomar uma decisão. Pronunciar o que estava prestes a dizer, ainda mais para Adaku, parecia definitivo. Irrevogável. Depois que tivesse dito, a amiga teria algo para cobrar dela. Adaku parecia um gato esperando para atacar.

– Como se eu estivesse interpretando de novo. Interpretando de verdade. E isso me fez perceber que… sinto falta.

Adaku baixou o queixo, encarando Sewanee.

– Essa é nova. O que vamos fazer em relação a isso?

Sewanee abanou a mão.

– Nada. Vai passar.

– Não é nada. E não vou deixar passar.

Elas se entreolharam.

Sewanee se preparou para falar alguma coisa, mas não sabia o quê. Adaku não lhe deu nenhuma chance.

– Você sabe que eu acho que você jogou a toalha cedo demais.

Grata por ter sido poupada da própria avaliação por um instante, Sewanee assentiu.

– É, sei. Você tá errada, mas eu sei.

– Você foi a única pessoa que disse pra si mesma que tinha acabado. Até o seu agente falou…

– Ele é um agente. Achou que podia lucrar em cima disso. Se eu estivesse mais estabelecida antes do acidente, *talvez*. Mas não estava.

Swan já havia se perguntado: se ela tivesse feito aquele programa no ensino médio, se os pais tivessem deixado, será que estaria famosa o suficiente para superar o que tinha acontecido? Se tivesse fãs, e eles tivessem passado por tudo junto com ela? Se o mercado sentisse que devia alguma coisa a Sewanee? Teria sido uma história, pelo menos. Ela poderia – e, meu Deus, como odiava essa palavra – ter *alavancado* as coisas. Mas como poderia ter um retorno, sem ter um local ao qual retornar? No fundo, Swan era só mais uma atriz que desapareceu na mesma velocidade com que foi descoberta. Não uma estrela, mas sim uma estrela cadente.

E aí Doug Carrey, entre todas as pessoas, dissera: "Não desiste." Que talvez houvesse um lugar para ela. Depois, Brock falara do próprio medo de tentar recuperar o que ele tinha antes, e Swan não conseguira dormir naquela noite, de tanto pensar.

Adaku ainda a observava.

– É uma pergunta simples. Você quer atuar?

– Não é uma pergunta simples. Não posso…

– Sim ou não.

– Eu sinto falta, mas não sei se estou sendo apenas…

– Sim! Ou! Não!

– Eu não sei!

– Você não sabe? Tenta falar. Tenta falar e ver como a verdade te parece.

Houve uma lacuna interminável.

– Sim.

Adaku socou a mesa com tanta força que Sewanee deu um bote no copo de água, e o restaurante todo se virou para elas. Adaku permaneceu inabalável.

– Então, o que estamos esperando?! Vamos fazer o seguinte!

– Ada, por favor. Tá todo mundo olhando – murmurou Sewanee.

– Estão, sim! Pra duas estrelas do filme *The Originator*!

– O quê? Não, Ada, não…

– Você não vai falar nada agora, só vai escutar. – Adaku se inclinou por cima da mesa. – Tem um papel nesse filme que, quando eu li… Só conseguia pensar, juro por Deus, eu só pensava: isso é a cara da Swan. É a cara de Sewanee Chester, sem a menor dúvida. Mas você é tão teimosa em relação a nunca mais atuar…

– Não sou teimosa, sou realista.

Adaku a ignorou.

– É o melhor papel do filme! Não é grande. Talvez umas seis cenas. Mas é importante, memorável e simplesmente… – Adaku rosnou alto, com energia, atraindo mais olhares – delicioso.

Sewanee inclinou a cabeça.

– *Nesse* filme? Não é sobre mulheres com calças apertadas e metralhadoras na selva…

Adaku acenou com o dedo para a boca de Sewanee.

– Você tem que fechar isso aí e me escutar, tá bem?

Sewanee podia ter ficado cega com o brilho nos olhos da amiga. Ela suspirou com uma empolgação interna, mas um cuidado externo.

– Tá bem – disse Swan.

Adaku juntou as mãos, como se estivesse rezando.

– Ela é a líder de um grupo de resistência que está morando nas árvores…

Sewanee bufou. Foi involuntário.

Adaku olhou furiosa para ela.

– E, quando encontro eles com o meu povo, ela quase me mata. Faca de caça no pescoço e tudo. Mas depois viramos aliadas…

– Deixa eu adivinhar. Ela morre na batalha final?

As mãos de Adaku se fecharam em punhos, assumindo as rédeas da própria paciência.

– Swan. Tem tantas camadas nessa cena. É uma morte tão boa. Ela é enforcada!

– *Enforcada?* Jesus…

– A personagem morre como uma verdadeira guerreira. – Adaku se aproximou. – E, enquanto eles estão levantando-a bem devagar, de um jeito bem torturante, porque são babacas, ela e a minha personagem? Fazem contato visual. E rola uma bela camaradagem, uma… *confirmação*. Um negócio tipo: "Vou dar um jeito em tudo, nem que seja a última coisa que eu faça, você *não vai* morrer em vão." E as lágrimas vão escorrer pelo meu rosto, e você vai ter uma única lágrima escorrendo no seu, porque você tem uma capacidade esquisita de controlar as lágrimas, combinada com um olhar de aço desafiador, tipo vão-em-frente-e-me-matem-seus-merdas. E aí a sua força vital… simplesmente… se extingue. Tipo, pensa bem! – Adaku gesticulou com as mãos sobre a mesa, como se espalhasse a oportunidade. – O papel é seu. Deixa comigo.

– Como assim "deixa comigo"?

– Poder de estrela, baby! É por isso que temos lutado desde a época das pizzas no Tony's, e agora eu tenho.

Sewanee tentou esmagar o fluxo de empolgação que disparou dentro dela.

– Ok. Ok. Qual é o passado dela?

– Ela foi sequestrada e obrigada a trabalhar num bordel. Mas se recusava a fazer o que eles mandavam. Uma rainha desde o início.

Sewanee fez uma pausa.

– Então eles a puniram.

Adaku também fez uma pausa.

– Isso. Mas, como ela era tão…

– A personagem é desfigurada.

Adaku fez outra pausa.

– É, mas essa não é a questão.

– Não, a minha capacidade de controlar as lágrimas é que é. – Ela enrolou o guardanapo e o jogou com delicadeza na mesa. – Por favor, Ada, pelo menos seja sincera.

Adaku bufou.

– Quer saber? – Ela se recostou e bufou de novo. – *Sinceramente?* Às vezes você me deixa muito puta. Se prefere achar que a única coisa que as pessoas veem é a cicatriz, vai fundo. Mas, enquanto isso, existe uma chance de nós duas fazermos algo juntas. De criarmos algo *juntas*. E você é perfeita pro papel por tudo que você é e por tudo a que você sobreviveu, e, me desculpa, mas, sim, tem muito a ver com essa cicatriz.

Adaku parou aí quando a comida chegou. Ela caiu de boca na salada com uma frustração refreada. Sewanee remexeu na dela por alguns instantes antes de dizer:

– Desculpa. Você está certa. Eu só queria…

– E eu só queria que você já tivesse lidado com isso – interrompeu Adaku, numa irritação amorosa. – Porque isso tá te atrasando, e eu morro por te ver…

Sewanee levantou a mão.

– Eu sei. – Então pegou o pulso de Adaku. – Desculpa.

Ela arregalou o olho para dar ênfase.

Adaku suspirou e levou o pulso aos lábios, beijando o dorso da mão de Sewanee.

– Eu também. Ando furiosa e faminta o tempo todo. Esse treinamento me transformou numa rata babaca de academia.

Sewanee deu uma risadinha e Adaku voltou a devorar a salada. Swan comeu uma garfada e tomou um gole de água.

– Então. Até que ponto isso é real? Eu fazer isso?

Adaku engoliu.

– Amanhã bem cedo vou falar com o estúdio. Eu sei que eles ainda não encontraram ninguém. Não posso garantir que vão fazer uma oferta imediata. Até eu tive que fazer um teste. Mas vai ser só uma formalidade. Eles vão se apaixonar por você.

27 de fevereiro

BROCK:

Um aviso: numa das minhas partes, Claire pergunta o que Alessandro quer no sexo, e ele responde: "Eu quero mudar a sua voz." E, no fim, ele conta que fez isso em algum momento e foi a realização mais sexy da vida dele, ou qualquer coisa assim. Então talvez você precise encontrar um ponto onde mudar a sua voz numa das suas seções.

SEWANEE:

Você quer que eu mude a minha voz?

BROCK:

Não sei. Talvez algo que dê um calorzinho à voz tranquila/calma/ controlada, típica da Claire.

SEWANEE:

Você quer mesmo essa mudança?

BROCK:

Não. Não necessariamente.
Só estou jogando umas ideias.

SEWANEE:

Bem, você tem alguma ideia específica?

BROCK:

Tipo, qualquer coisa. Algo meio selvagem. Talvez.

SEWANEE:

Selvagem? Sério.

BROCK:

Ok, selvagem não.

Talvez só libertina.

SEWANEE:

Libertina?!

BROCK:

Esquece. Eu não devia ter
tocado no assunto.

SEWANEE:

BROCK:

Você tá... rindo de mim?

SEWANEE:

Libertinamente.

Ei, hummm, um aviso: uma das minhas
partes diz: "Nunca ouvi a minha própria

> voz assim, não parecia eu mesma. Ou talvez soasse exatamente comigo mesma. Meu verdadeiro eu." Então, talvez, se você pudesse, tipo, não sei, fazer alguma coisa digna dessa resposta...

BROCK:

 você já sabia.

SEWANEE:

Mas fica tranquilo porque eu adorei você tentando tocar no assunto.

BROCK:

Não foi fácil.

SEWANEE:

Até ouvi sua voz mudar.

BROCK:

☺

Passados 28 minutos, quando Sewanee estava de toalha no banheiro, penteando o cabelo, o celular tocou.

BROCK:

É uma boa cantada, né? "Quero mudar a sua voz."

SEWANEE:

É mesmo.

BROCK:

É mesmo.

SEWANEE:

June sabia o que estava fazendo.

BROCK:

Eu ia me derreter se uma mulher me dissesse essa frase.

SEWANEE:

Eu ia me derreter se um homem conseguisse esse feito.

Ela viu as bolinhas aparecerem. Viu as bolinhas pararem.
Começarem de novo.
Pararem.
Começarem.
Pararem.
Começarem.
Pararem.

28 de fevereiro

SEWANEE:

Pergunta. Você tem interesse em fazer outra coisa que não seja romance? Um amigo está fazendo testes de elenco pra um livro no estilo do Clancy e precisa de uma voz pra um assassino macho alfa.

BROCK:

É gratificante saber que eu pareço tão masculino pra você.

SEWANEE:

Os sons podem enganar a gente?

BROCK:

Digamos que a voz é a única coisa que eu tenho nesse departamento.

SEWANEE:

Não se esqueça que você é músico. Muitas mulheres gostam disso.

BROCK:

Mas você não?

SEWANEE:

Eu moro em Los Angeles. Todos os caras são músicos.

BROCK:

Alguém já escreveu uma música sobre você?

SEWANEE:

hummm...

Acho que não?

BROCK:

Você não ia se lembrar?

SEWANEE:

Já ouvi muitas músicas ruins de namorados ruins. Só acho que nenhuma delas era sobre mim. Pelo menos eu espero que não.

BROCK:

Faz sentido.

SEWANEE:

E aí, devo colocar seu nome pra jogo?

BROCK:

Eu agradeço, de verdade, mas sinceramente? Só de pensar nisso...

fico cansado.

quer saber o quanto eu sou inadequado pra esse trabalho?

SEWANEE:

POR FAVOR

BROCK:

Lá vai:

Eu não sou leitor.

Não gosto de ler!

Pronto! Falei!

SEWANEE:

O primeiro passo é admitir que você tem um problema.

BROCK:

Eu me sinto muito melhor!

Liberdaaaaaaade!

Quero dançar! Quero cantar!

SEWANEE:

hahaha

BROCK:

Quero te pegar no colo e te beijar!

Me empolguei.

Desculpa.

SEWANEE:

Tudo bem.

BROCK:

ok.

(eu não estava arrependido mesmo)

De: Jason Ruiz
Para: Brock McNight; Sarah Westholme
Data: 1 de março, 16h56
Assunto: Pagamento por Casanova, Ltda.

Oi,

Acabei de fazer o primeiro depósito, me avisem se não aparecer na conta de vocês nos próximos dias. Recibo em anexo. ☺
JR

De: Brock McNight
Para: Jason Ruiz; Sarah Westholme
Data: 1 de março, 16h58
Assunto: Re: Pagamento por Casanova, Ltda.

CARALHO!!

De: Sarah Westholme
Para: Brock McNight; Jason Ruiz
Data: 1 de março, 16h58
Assunto: Re: Pagamento por Casanova, Ltda.

CARALHO!!

BROCK:

nós mandamos o mesmo
e-mail, ao mesmo tempo?

SEWANEE:

nós respondemos ao mesmo tempo de novo?

BROCK:

haha

SEWANEE:

HAHA

BROCK:

PARA COM ISSO

SEWANEE:

Ah, para

tá, sua vez, eu espero.

BROCK:

REPITO: CARALHO

SEWANEE:

SÉRIO. Parabéns!

BROCK:
Pra você também! Tá vendo? Agora eu me importo! Agora me sinto a esposa troféu!

SEWANEE:
Queria que a gente pudesse sair pra comemorar.

BROCK:
Queria que a gente pudesse sair pra comemorar.

SEWANEE:
DE NOVO?!

BROCK:
DE NOVO?!

SEWANEE:
Isso é ridículo!

BROCK:
Isso é ridículo!

SEWANEE:
HAHA!

BROCK:
HAHA!

SEWANEE:
Já faz 84 anos...

BROCK:
Você conseguiu! Muito bem.

SEWANEE:

Obrigada.

Agora vai comprar alguma coisa bonita pra você.

BROCK:

Vou fazer isso, papai.

Eca.

SEWANEE:

Eca.

Sewanee estava debruçada sobre a pia da cozinha, comendo uma salada e treinando as falas – para o teste que estava chegando – na cabeça, com o Golf Channel no fundo quando o celular vibrou.

ADAKU:

Ei, que dia você disse que queria repassar as cenas?

SEWANEE:

Dia 4. Na véspera da audição.

ADAKU:

Legal, posso pedir uma coisa, então?

SEWANEE:

Claro

ADAKU:

Pode ajudar a me filmar pro negócio da Angela Davis? Eu venci pela insistência! Ele disse que ia ver uma self-tape pelo menos.

SEWANEE:

AI MEU DEUS SIM! Estou animada!

ADAKU:

Swan tinha acabado de colocar o celular de lado quando ele vibrou de novo.

BROCK:

Posso ser sincero? Não sei por quanto tempo consigo manter isso de pé.

SEWANEE:

A gente voltou a fazer insinuações?

BROCK:

Não. É sério.

SEWANEE:

O quê?

BROCK:

Narrar.

SEWANEE:

ah. Ufa.

BROCK:

ufa?

você achou que eu estava falando do quê?

SEWANEE:

Hummm disso aqui. O negócio de trocar mensagens.

BROCK:

Por que eu ia querer parar com isso?!

E nós temos um NEGÓCIO?

SEWANEE:

Não sei! rsrs

BROCK:

Na verdade, talvez a gente devesse mesmo parar.

Lembra daquela invenção telequalquercoisa que eu falei? Ouvi dizer que já está funcionando. Quer testar?

Sewanee congelou, uma garfada de alface a caminho da boca. Ela a devolveu à tigela e encarou o celular. Escreveu: *Ok*, enviou e digitou *Quando você quer marcar um horário pra...*

O celular vibrou com uma ligação.

Swan o largou na bancada como se tivesse levado um choque. Ele continuou vibrando, tremendo em disparada para longe dela, com as palavras "BROCK MCNIGHT" provocando-a.

Ela não se moveu até ele parar.

Não entra em pânico, não entra em pânico, pensou ela. *Por que você está em pânico? Não tem nenhum motivo pra entrar em pânico.*

O celular vibrou uma vez.

BROCK:

?

Sewanee girou em círculos, fez umas respirações no estilo Lamaze e se obrigou a pegar o celular. Ela digitou depressa:

Eu não estava preparada. Quer dizer, não estou preparada. Não sei por que não estou, mas não estou. Estou agindo estranho. Desculpa. Falo com você depois. Desculpa de novo.

Swan apertou enviar antes de pensar muito e se arrepender.

Ela viu as bolinhas aparecerem.

Depois:

> Não precisa se preocupar. Pensa com calma

2 de março

> **BROCK:**
> Pergunta. Você não ia falar comigo depois?

SEWANEE:
Desculpa. Eu ia. Mas fiquei enrolada aqui.

> **BROCK:**
> sexy.

SEWANEE:
Cinquenta Tons de Prazo. Tô no meio de um livro que quer me matar. Segunda Guerra Mundial. Todos os sotaques do mundo. Homens gritando. Preciso de uns dias.

> **BROCK:**
> Devo pedir desculpas por ontem à noite?

SEWANEE:
Não!

> **BROCK:**
> Fala a verdade.

SEWANEE:

NÃO. Eu vou. Vou, sim. Quero conversar. E eu vou.

Acho que é assim que uma pessoa maluca fala. ☺

BROCK:

Tudo bem. A gente não precisa se falar.

SEWANEE:

Juro que vou falar com você depois. Talvez por e-mail. Ou uma carta! Um pombo correio? De qualquer maneira: em breve.

BROCK:

Ótimo.

No dia seguinte, Sewanee estava sentada na sala de estar de Adaku repassando as cenas. Adaku garantiu – várias vezes – a ela que todo mundo já estava convencido de que Swan era perfeita para o papel. O estúdio insistia para que eles avaliassem algumas atrizes simbólicas, e as duas sabiam que esse era o padrão do mercado, mas – Adaku repetia, de um jeito inflexível – todos estavam *muito* empolgados para avaliá-la.

Adaku leu junto com ela e ficava o tempo todo tentando incentivá-la (Você é incrível! Adorei essa fala! Eles vão ficar malucos, você é perfeita!), mas não era necessário. Sewanee estava genuinamente empolgada para voltar a uma sala de audição. Além disso, nada era mais apavorante do que interpretar um livro. Parecia um luxo, na verdade, construir apenas um personagem em vez de um mundo inteiro.

Depois, elas fizeram a *self-tape* para o filme da Angela Davis.

– Alguma observação? – perguntou Adaku após algumas tomadas.

Sewanee olhou para as páginas, avaliando-as da maneira como faria com um livro muito enigmático.

– Tenta distraída. Estressada. Você não tem tempo pra essa conversa.

– Hummm – resmungou Adaku, e elas refizeram a cena. – É – disse a amiga depois, assentindo. – Ficou melhor. Dá espaço pra ambiguidade.

– Vamos tentar mais uma vez. E sabe aquela última fala? Não olha pra ela quando falar. Você já tá de saída. Deixe ela interpretar.

Adaku tentou desse jeito e, depois de Sewanee cortar, jogou a cabeça para trás.

– Isso! Muito melhor! – Ela agradeceu com um abraço. – Você sempre foi minha melhor diretora. E sinto falta de atuar com você! – Adaku tremulou as mãos perto do rosto. – Ahh, mal posso esperar! – Ela se afastou e tomou um gole do incrível *smoothie* de proteínas, que Sewanee achava que tinha cheiro de espinafre mofado. – Isso vai ser um estouro, Swan. Termina todas as suas narrações logo, porque vamos ficar na Austrália por três meses.

Sewanee sorriu.

– Eu só tenho seis cenas, lembra?

– Ah, é, da última vez que estivemos numa locação juntas era pra ser só uma semana, e olha o que aconteceu.

Sewanee viu Adaku perceber o que estava dizendo enquanto ainda falava. Viu a chama do pânico nos olhos da amiga, a decisão de último minuto de acrescentar um sorriso atrevido no fim da frase, o jeito como voltou ao *smoothie* num esforço para parecer casual. Como ela dissera, Sewanee era sua melhor diretora e conhecia todos os tiques na atuação de Adaku.

Para deixá-la tranquila, Swan mudou de assunto.

– Sabe, eu devia ir com você pra academia ver o treino que eles te passaram.

Adaku balançou a cabeça e fez uns alongamentos de perna.

– Você tá sozinha nessa. Vou pra Londres amanhã pra estreia e coletivas de imprensa de *Girl in the Middle*. Vou ficar por lá... – Ela encarou o chão, calculando. – Três? Quatro dias? Depois volto pra cá, mas só pra passar a noite, porque *The Originator* vai me mandar pra Georgia, pra um troço secreto de construção de equipe com as outras garotas da minha "tribo". E depois tenho duas semanas de treinamento com armas, mas tenho certeza que você vai fazer parte dele também. Depois, Austrália. – Adaku tomou um gole intenso e disse, se encolhendo de medo: – Nem acredito que vou estar me arrastando pelos pântanos do interior da Georgia a essa hora na semana que vem.

Sewanee olhou curiosa para ela. A habitual atitude de incentivo de Adaku parecia estar meio capenga. Ela sempre se aproximava do mundo parecendo um grande esquema de improvisação: "Isso, e… !" Mas, naquele momento, Sewanee estava vendo mais um planejado "isso, mas…".

– Você tá se cuidando?

– Estou! Só estou cansada.

– Posso fazer alguma coisa pra ajudar?

– Seja genial nesse filme pra podermos fazer outros…

Sewanee se levantou para ir embora. Tinha muita coisa para gravar se ia mesmo para a Austrália. Calculou rapidamente quando ia conseguir ver Adaku de novo, por causa da agenda da amiga, e a resposta foi triste.

– Ei, não quer que eu te leve no aeroporto pra viagem à Georgia semana que vem? – perguntou ela, por fim.

Adaku balançou a cabeça.

– Vai ser no dia seguinte ao Audie, você não me ama tanto assim.

– Quer apostar?

Adaku sorriu.

– Está bem, mas eu te encontro na sua casa. Não precisa vir até o leste só pra me levar até o oeste. Além do mais – ela piscou –, vai te dar mais tempo pra tirar o Brock da sua cama.

Sewanee bufou enquanto seguia até a porta da frente.

– Duvido que ele esteja no Audie.

– Por que não?

– Ele é muito misterioso. O negócio todo do pseudônimo. Ninguém sabe quem ele é!

Elas se despediram, Adaku levando o copo vazio para a cozinha, Sewanee fechando a porta ao sair.

Enquanto ia até o carro, Swan enrolou as páginas do teste e formou um telescópio, batendo com elas na perna num ritmo nervoso.

A ideia de voltar a atuar, de se mostrar por completo depois de ter se escondido numa cabine acústica de 1,20 x 1,20m durante tantos anos, a estava deixando inebriada. Será que se sentia realmente pronta para fazer isso?

Sim.

Claro que sim.

Sewanee ficou chocada ao ver que o medo trêmulo que carregara por tanto tempo tinha sido apagado com tanta rapidez e eficiência pela empolgação.

Por ter recebido a oportunidade de fazer isso do jeito certo. Parecia ter ganhado uma segunda chance. Como Claire e Alessandro. E tudo, de algum jeito, a fazia voltar a pensar em Brock toda hora.

Se ela fosse Adaku, poderia dizer que tudo acontece por um motivo, ou que o universo estava conspirando, ou qualquer merda desse tipo, mas Sewanee... bem, ela não era assim.

Ainda. Alguma coisa estava se formando. Talvez fosse um daqueles ciclos de sete anos que as pessoas falam. Talvez ela finalmente estivesse saindo do lado oculto da lua.

Mais tarde, Swan mandaria uma mensagem para ele: "Pergunta. Por que a lua fica escura?"

Mas, naquele momento, tinha uma pergunta para si mesma.

Por que estava com tanto medo de falar com Brock?

Não fazia nenhum sentido.

Tudo estava se ajeitando para ela, e ele fazia parte disso. Por que não conseguia contar a história que estava adiando? Duas vezes já. O "por quê" dela.

Qual era a pior coisa que poderia acontecer? Swan podia descobrir que aquela não era – que *ele* não era – a fantasia que esperava que fosse? Não. Será que era porque *ela* não poderia mais ser a fantasia que queria ser? Sim. E isso era patético, não?

A hora tinha chegado. Ela ia atuar de novo e ia parar de atuar com Brock. Seria sincera. O pior que podia acontecer? Eles continuariam amigos. Colegas. Continuariam a ganhar uma tonelada de dinheiro transando por voz, como os fãs do Facebook diziam. A ideia de que Brock, por algum motivo, a cortaria por completo era tão absurda quanto a ideia de que a fantasia era real. Os dois resultados imaginários eram tão incoerentes que se anulavam no que tinham de mais básico.

Essa era a merda da qual Swan podia se convencer para se impedir de ser ela mesma. Notável. Ridícula. Sério.

Só conseguiu chegar a esse pensamento quando estacionou na frente da casa de Mark.

Enquanto subia os 64 degraus, decidiu que Adaku estava certa naquele jantar: ela precisava lidar consigo mesma. Precisava superar. Ao se esconder, ela não estava fazendo nenhum favor para si, muito menos para ele. E não seria Brock a pessoa certa com quem se abrir? Ele não entenderia? Alguém que compartilhava os mesmos medos, um passado semelhante? Que sabia como era ter o mundo aos seus pés e tropeçar nele?

De: Sarah Westholme
Para: Brock McNight
Data: 4 de março, 19h12
Assunto: Re: CASANOVA LTDA. – e um olá!

Oi,

Pra começar, quero pedir desculpas. Sei que dei a entender que não quero falar com você no telecoisa, mas não é verdade. Eu adoraria conversar. Mas você quer saber o meu "porquê", minha história de "outra hora"... e o problema é que eu não estou preparada pra falar disso. Mas estou preparada pra te *contar*. Espero que você entenda a diferença.

Então.

Eu estava com 24 anos e tinha saído da Julliard uns dois anos antes. Estava conseguindo alguns trabalhos, umas coisas esporádicas na TV, séries fracassadas e filmes independentes com orçamento micro. Eu era considerada uma "gostosona" (opinião deles, mas minha também, claro) que sabia atuar. Estava me aproximando de muitas conquistas. Meu quase-currículo era incrível. Parecia só uma questão de tempo. Algo ia estourar.

E aí estourou.

Fui chamada pra ser a protagonista de um longa. Pra ser mais exata, a coprotagonista de um filme importante. Era um negócio sobre narcóticos, tipo *Dia de treinamento* mas com cartéis e uma novata. Da noite pro dia, eu fui da obscuridade à relevância. É assim que funciona. De ninguém a alguém num instante. Tipo uma daquelas esponjas secas que as crianças colocam na água e, *voilà*, vira um dinossauro ou uma vaca ou... não importa.

Aliás: você já ouviu aquela piada sobre os atores em Hollywood? Os cinco estágios na vida de um ator são:

Quem é Sarah Westholme?

Eu quero a Sarah Westholme!

Me arruma alguém tipo a Sarah Westholme!

Me arruma uma Sarah Westholme mais jovem!

Quem é Sarah Westholme?

Enfim, a gente ia filmar no México. Tinha um pequeno papel de melhor amiga da minha personagem, e eu consegui que a minha melhor amiga de verdade fosse contratada pra ele. (E agora acho que ela está tentando retribuir isso, mas essa é outra história completamente diferente.)

Eu estava lá tinha umas três semanas. Duas semanas de ensaios, uma semana de gravação. As cenas da minha melhor amiga foram marcadas pro início da filmagem, nos primeiros dias, e ficaram ótimas. Eles encerraram com ela na sexta-feira, e eu pedi pra ela ficar no fim de semana porque queria comemorar. Essa era a nossa grande virada, certo? Então a gente procurou uma coisa memorável pra fazer. Empolgante! Divertida! Meio maluca! (Leia-se: idiota. Bem, talvez não idiota em circunstâncias normais, mas o tipo de coisa que você provavelmente não deveria fazer no início de um trabalho e num país estrangeiro conhecido por ter regulamentações dúbias de segurança.)

Fomos pular de paraquedas. Daquele tipo em que a gente fica presa a um paraquedista experiente. Aí entramos num avião e subimos. Quanto mais alto, mais significativo é o pânico. Eu ficava indo e vindo na minha cabeça: estou com medo ou estou empolgada? Não tinha certeza. (Aliás, esse é, tipo, o enredo da minha vida e talvez explique o que aconteceu naquela noite em que você me ligou.)

Enfim, o avião nivela e, de repente, minha amiga está presa ao guia dela e os dois estão parados na porta aberta. Ela me dá um sorrisão, os polegares para cima, e os dois somem. Meu companheiro de salto me leva para a frente, e eu olho para fora, olho para baixo, sinto a força do vento. Eu não salto, eu caio, e aí não tem nada sob os meus pés e aquele vento está batendo em mim. Ouço uma voz. Não, não era Deus. O cara atrás de mim está fazendo uma contagem regressiva. Está me dizendo pra puxar a corda. Mas não consigo me mexer. Então ele estende a mão, segura a corda e puxa.

E puxa.

E puxa.

Naquele momento, tive uma estranha aceitação da morte. De verdade. Me dissociei. Um abandono inexplicável. Eu ia morrer. E estava bem em relação a isso.

Mas aí o paraquedas abriu. Um negócio de reserva, sei lá. Simples assim. E nós pousamos. Conquanto (como você diria) com mais força do que o normal, nós estávamos bem. Estávamos vivos.

Meu companheiro de salto me desprendeu, e nós nos abraçamos como se tivéssemos sobrevivido a uma guerra juntos. Minha amiga veio correndo na minha direção, e nós nos abraçamos, gritando umas bobagens alimentadas pela adrenalina. Não consigo descrever como me sentia viva depois de estar tão perto da morte. Eu sentia um barato diferente de todos, e vou te falar que eu já senti uns baraaaaaaatos. Na van, voltando pra pista de decolagem, eu não conseguia calar a boca. Repassei cada detalhezinho. Eu me lembrava de tudo, de cada peça do quebra-cabeça.

E o mais irônico de tudo: eu não me lembro agora. Nem de uma pecinha.

Tudo que estou contando foi o que a minha amiga me contou que eu falei.

Aparentemente, eu saltei da van para a pista de decolagem antes que o carro parasse por completo. Parece que dei uma cambalhota, embora eu ache que nunca tenha dado uma na vida. Corri até o avião do qual tínhamos pulado, que havia acabado de pousar, e tentei envolver a frente da fuselagem com um abraço desajeitado. Eu beijei o avião. Depois me virei e mergulhei de cara na hélice dele, que estava invisível porque não tinha parado de girar. Ela me cortou.

Acho que eu poderia ter começado a história aqui. Desculpa. Mas queria que você soubesse de tudo. Queria que você estivesse lá. Pra ver a coisa toda. Da qual não consigo lembrar.

O que eu me lembro é de acordar no dia 4 de dezembro, dois dias depois do acidente, num quarto de hospital, com os meus pais, minha avó e minha melhor amiga ao meu redor.

E o que gostaria de esquecer é da sensação na minha barriga, no âmago das minhas entranhas, de que eu tinha perdido tudo, e a culpa era minha.

A hélice tinha rasgado o meu rosto na diagonal, arrancado meu olho direito e separado minha clavícula do ombro. Dei muita sorte. Podia ter sido muito, muito, muito pior. Se eu tivesse andado um pouco mais rápido, se tivesse mergulhado nela num ângulo diferente...

Um monte de "se" gigantesco.

O único lado bom: quando saí da primeira cirurgia, falei com o diretor do filme e o convenci a fazer um teste com a minha amiga para o meu papel. Obviamente, eles estavam em apuros graças a mim, então concordaram, e ela arrasou, é claro, e eles a contrataram. Só tiveram que refilmar uma semana de cenas pra torná-la a protagonista, encontrar outra pessoa para o papel dela e pronto. Isso deu um impulso enorme na carreira da minha amiga. Fico feliz por ela. Sei que pode não parecer, mas fico mesmo. Sério.

Entãããããão, agora você sabe com o que está lidando. Exatamente o que você imaginou, tenho certeza. Uma história tão comum.

Respondendo de antemão às suas perguntas: aprendi a viver com a minha deformação e a compensar o fato de só ter um olho (os violinos já estão tocando?). O corpo humano é uma maravilha. Meu ombro está quase bom (embora eu não vá competir na categoria olímpica de levantamento de peso tão cedo). Eu uso um tapa--olho, que se tornou tão natural quanto um batom ou um esmalte. A maioria das pessoas não é babaca e grosseira de propósito. Eu tento evitar os bêbados e as crianças. Mas, pra ser justa, já fazia isso antes do acidente.

E agora você sabe o meu "porquê". Até que enfim!

Pronto. Sewanee se recostou, se deleitando na satisfação de ter contado a história toda sem esconder nada. Levou o cursor até o ícone de enviar, mas, bem quando estava prestes a clicar, levantou o dedo. Percebeu que devia dar uma lida, para ter certeza de que o corretor automático não tinha sabotado suas palavras, para garantir que a história e os pensamentos dela estivessem tão claros quanto ela sentia que estavam.

E foi o que ela fez.

E a coragem que havia reunido antes de se sentar ia desaparecendo a cada frase.

Ela não podia mandar isso.

Não estava preparada.

A história de Brock tinha dado um vislumbre da personalidade dele. A história de Swan era uma revelação nua e crua de todas as suas feridas. Não era uma troca justa de insights.

Como poderia entregar a própria alma quando nem sabia o nome verdadeiro dele?

Sewanee apagou tudo, menos o primeiro parágrafo, e acrescentou o que esperava ser uma parcela da verdade. Ficou assim:

Oi,

Pra começar, quero pedir desculpas. Sei que dei a entender que não quero falar com você no telecoisa, mas não é verdade. Eu adoraria conversar. Mas você quer saber o meu "porquê", minha história de "outra hora"... e o problema é que eu não estou preparada pra falar disso. Mas estou preparada pra te *contar*. Espero que você entenda a diferença.

E foi assim que comecei a escrever este e-mail pra você. O e-mail em que eu ia contar tudo, me expor sob a luz intensa de uma tela de computador. O problema é que "eu não estou preparada pra falar disso" é verdade. "Eu estou preparada pra te *contar*" aparentemente não é. Desculpa. Tem muita coisa por trás dessa história. De mim. E achei que estava preparada, mas não estou.

Numa coincidência que eu não classificaria como feliz, mas ainda assim uma coincidência, quero te contar uma coisa que temos em comum: a perda. Perda do que um dia tivemos e de quem fomos. Medo de ter que passar por algo parecido de novo. E simplesmente te dizer *isso* me faz bem. Tipo como você deve ter se sentido quando me contou? Então já é alguma coisa, eu acho.

Me sinto melhor de ter tocado no assunto, até mesmo nessa versão triste e abreviada. Espero que possamos continuar. Com tudo. Com o trabalho, as brincadeiras, as provocações e, é claro, com as insinuações sexuais quando elas... jorrarem.

Vida que segue, meu amigo.

Ela começou a escrever Sewanee, trocou para Sarah, e depois, de um jeito simples e verdadeiro:

S.

E apertou enviar.

Sewanee saiu muito cedo, só para garantir. O teste seria realizado a apenas cinco quilômetros descendo a colina, mas nunca se sabe.

Ela fora com o rosto limpo, sem nenhum resquício de maquiagem, e o cabelo, que havia deixado de lavar por três dias, estava liso e escorrido. Swan usava uma calça cargo e um top, então percebeu que seus braços não tinham o mesmo visual que os de Adaku nos últimos tempos, como se estivesse carregando o peso morto dos seus companheiros por um matagal durante um ano. Então encontrou um suéter de gola canoa e tecido solto e jogou por cima do top. Coturnos. Tapa-olho.

Sem nenhum trânsito, ela chegou aos estúdios Sunset Gower em dez minutos.

Ficou mais dez dentro do carro para repassar as cenas.

Ela estava pronta.

Deixou as páginas, porque não precisava delas. Além disso, era empoderador entrar na sala sem o roteiro na mão. Ela também deixou o celular. Foi até o portão de pedestres. O guarda verificou a identidade dela e entregou um mapa dos estúdios, mas Swan sabia aonde estava indo. Era como visitar a escola do ensino fundamental.

Andando pelo lugar, ela se lembrou de testes anteriores. Algumas melhores do que outras, a maioria infrutífera, mas todas empolgantes porque representavam uma possibilidade. Havia até filmado uns spots como convidada e um filme independente ali. Blah também tinha trabalhado naquele espaço. O lugar existia havia muito tempo.

Ela encontrou o escritório certo e sabia que já estivera ali antes, mas agora pertencia a uma diretora de elenco diferente. Todo mundo era novo. Sete anos era uma eternidade em Hollywood.

Virou em um corredor e chegou à sala de espera. Normalmente, estaria lotada de atores de uma parede à outra, parecendo uma fazenda comercial de aves. Mas, hoje, Sewanee era uma das poucas selecionadas. Ela se apresentou e se sentou. A atriz sentada perto dela se inclinou para a frente.

– Tapa-olho. Boa ideia. Queria ter pensado nisso.

Sewanee assentiu, agradecendo.

A diretora de elenco entrou na sala de espera, seguida pela atriz que tinha acabado de fazer o teste, e verificou a folha de registros. Ela se virou, vasculhando o local, pousou os olhos em Sewanee e sorriu.

– Sewanee Chester. Obrigada por vir.

– Obrigada por me receber.

Sewanee retribuiu o sorriso.

As outras atrizes esperançosas observaram essa interação como cinco filhotes de pássaro cuja mãe tinha voltado para o ninho com uma minhoca só para um deles.

A diretora de elenco se voltou para a folha de registro.

– Kristin? Está pronta?

A mulher que tinha elogiado o tapa-olho de Sewanee se levantou.

O silêncio se abateu sobre a sala por um instante, o que era bom para Sewanee. Ela nunca gostara de conversar antes de um teste. Mas duas mulheres do outro lado da sala retomaram uma conversa.

– Ele está indo bem, foi contratado pra um piloto, graças a Deus – sussurrou uma delas. – É só como ator convidado, mas, se for bem, vai ser recorrente. Aí talvez a gente possa pagar o casamento. Aquele do Jake Meadows pra ABC?

– Ah, eu adorei. Jenna não conseguiu o papel principal nesse?

– Ela foi demitida.

– Nãããããão.

– Logo depois da leitura de mesa.

– Nãããããããããããão.

– A maior humilhação. E você não sabe. A data de estreia do filme dela, aquele do beija-flor radioativo, foi adiada.

– Bem, eu ouvi que o editor...

– Editor. Tá mais pra predador. Tiveram que contratar o cara da DC Comics... não me lembro do nome.

– Aquele que a Mattie processou?

– Espera, é o mesmo cara?!

– É, o cara que espreitava no estacionamento!

– Que... – ela fez um gesto de alguém se masturbando – nos pneus dela?

– Isso. Homens: não dá pra viver com eles e não dá pra viver sem eles.

– Né? E aí, eles já contrataram alguém pro papel da Jenna?

– Infelizmente.

– Merda. Quem?

– Uma YouTuber. Brandon tentou me levar, mas eles já deviam estar com essa garota na manga. Jenna ainda nem tinha tirado o aplique do cabelo e, *bum*, já estava no site da revista *Deadline*.

Havia certas coisas nesse mercado das quais Sewanee não sentia a menor falta.

Uma hora depois, ela era a última que restava. Uma ruiva saiu da sala de teste em meio a um coro de "Obrigado" e "Foi ótimo".

– Que pessoal difícil. Boa sorte – sussurrou ela para Swan, na saída.

Sewanee conhecia essa tática. Incutir o medo na concorrência pouco antes de a pessoa entrar. Isso não a intimidou.

A diretora de elenco reapareceu e a chamou para entrar.

Uma, duas, três, quatro, cinco, seis, sete, oito pessoas. Oito pessoas numa concha e uma câmera no meio, apontada para a porta. Para ela.

Swan se iluminou como um holofote. Ela deu um "olá!" de apresentadora de talk show, com um aceno polido e um sorriso de foto de formatura.

Até os que estavam mergulhados no celular ergueram o olhar o suficiente para sorrir para ela. Um homem no meio se levantou e estendeu a mão.

– Meu nome é Colin. – Um britânico. – Sou o diretor. Muito obrigado por ter vindo. Desculpa pela espera.

– Não tem problema! – cantarolou Sewanee, se sentindo, na mesma hora, sete anos mais nova. Ela deu um passo à frente e pegou a mão dele por um breve instante. – Me desculpem por não ter uma foto e um currículo pra vocês. Já faz um tempo que eu...

Ele pareceu surpreso.

– Ah, a internet fez tudo isso ser coisa do passado. Eu diria que o seu maior desafio é corresponder à avaliação brilhante de Adaku.

Sewanee estendeu os braços e sorriu.

– Bem, vou tentar.

– Com licença – disse uma das mulheres. – Eu adoro audiolivros. Você é *aquela* Sewanee Chester?

Sewanee abriu um sorriso mais largo.

– A própria.

– Você é incrível. Sou muito sua fã.

– Muito obrigada.

A mulher se dirigiu à sala toda.

– Ela ganhou um Audie por Melhor Narradora do Ano.

– O que é isso? – perguntou outra pessoa.

– É o Oscar dos Audiolivros.

A sala toda fez: *ahhhhhh.*

– Por qual livro? – perguntou um homem que Sewanee desconfiou ser produtor.

A mulher olhou para Swan.

– *Wasted Space* – respondeu ela.

Houve um silêncio.

– Reese Witherspoon comprou os direitos de filmagem – disse a mulher.

A sala toda fez *ahhhhhh* de novo.

Ela voltou a atenção para Sewanee.

– Repito: incrível.

– E fico mais do que feliz de repetir: muito obrigada.

Ela nunca tinha estado numa sala tão simpática.

– Você estudou na Julliard com Adaku, certo? – perguntou Colin.

– Isso. Foi assim que a gente se conheceu.

– E você tem sido desperdiçada nos audiolivros. Que pena.

Sewanee fez uma pausa.

– Bem…

– Bem. Vamos ver se conseguimos mudar isso, não é? – Colin sorriu. – Você tá pronta?

Swan estava.

– Claro.

– Pode começar.

– Com quem eu vou ler? – perguntou ela.

Uma mulher mais jovem ao lado de Colin levantou a mão. Sewanee assentiu para ela. O homem atrás da câmera disse que estava gravando.

A sala assumiu o silêncio de uma igreja. Os celulares foram deixados de lado, alguns pigarros foram ouvidos e todos os olhos se fixaram nela. Esse era o momento antes de a música começar para uma patinadora no gelo. O momento antes de um mergulhador dar o primeiro passo em direção a um duplo twist carpado. O momento antes de a pistola atirar e um velocista correr os cem metros.

Sewanee congelou e respirou de maneira expressiva. Em seguida, entrou no papel e em campo.

Sentiu-se como a pessoa que tinha sido um dia. Sentiu-se inteira. Sentiu-se imbatível.

Foi uma apresentação digna de medalha de ouro.

De: Brock McNight
Para: Sarah Westholme
Data: 5 de março, 16h23
Assunto: Re: CASANOVA LTDA. – e um olá!

Eu entendo. De verdade. Vida que segue, claro. Se e quando você quiser me contar, estou aqui. (Por favor, preste atenção à palavra "contar", e não "falar".)

Então, depois de ler o seu e-mail, eu fui correr, voltei, levei uma cerveja pro meu telhado e li de novo. E acho o seguinte:

Nós dois acreditávamos em algo, em nós mesmos, e perdemos isso. E queremos de volta. Mas será que podemos ter isso de volta? E o que acontece se conseguirmos? Podemos perder de novo? E depois?

Nós dois estamos marcados.

Enfim. É nisso que tenho pensado. Obviamente não cheguei a nenhuma conclusão.

A não ser confirmar o motivo pra querer sair dos livros de romance. Felizes para sempre é um negócio exagerado. Ele nos faz acreditar que só precisamos voltar ao que perdemos e a vida vai ser cheia de arco-íris. Mas não fala o que acontece se você tenta recuperá-lo e não consegue, né?

Será que tem a possibilidade de não ser um problema com os romances, e sim com a gente?

Não sei. Talvez eu devesse ter feito uma corrida mais longa.

Depois do teste, Sewanee percebeu que não tinha contado a Mark sobre o interesse de Doug na casa. E aí contou naquele momento, ao passar trazendo toalhas de papel da garagem, enquanto ele colocava tinta na impressora. Só quando chegou na cozinha é que ela assimilou o que ele havia respondido, então voltou diretamente para o escritório dele.

– Você disse que vai ligar pra ele?

Mark desviou os olhos da impressora escancarada, com a testa franzida.

– Hein?

– Você tá pensando mesmo em vender?

Mark indicou a porta do escritório com a cabeça. Ela a fechou e foi até a mesa dele. Mark tinha voltado a mexer na impressora.

– Estou pensando nisso há um tempo. Agora pode ser uma boa hora.

– Mas… agora *agora*?

Ele deu de ombros.

– Você tem falado "não" há anos.

– Isso foi antes de eu ficar velho.

– Para com isso.

– Eu nem consigo mais trocar um cartucho de tinta.

Sewanee bufou e deu um passo à frente, assumindo a impressora. Mark se largou na cadeira e suspirou.

– Eu estou cansado, Swan.

– Você sabe que nunca dorme bem nessa época do ano.

O companheiro dele, Julio, tinha morrido no dia 29 de fevereiro, quinze anos antes, ao perder uma batalha brutal contra um câncer de esôfago. O início de março nunca era bom para Mark.

Ele suspirou de novo.

– É diferente.

Sewanee deu uma olhada nele.

– Você quer se aposentar?

Mark não olhou para ela.

– Doug Carrey pagaria muito dinheiro por essa casa.

Sewanee demorou mais tempo do que o necessário para trocar o cartucho, ganhando um instante para pensar.

– E o estúdio?

Mark ficou sentado num silêncio pensativo, depois se inclinou de súbito para a frente e começou a digitar.

– Quero te mostrar uma coisa.

Ele ficou procurando, clicando com o mouse, vasculhando a tela como sempre fazia, como se fosse a primeira vez que via um computador.

Sewanee fechou a impressora, colocou o cartucho antigo num saco para reciclagem e contornou a mesa para espiar por cima do ombro dele.

Mark acabou encontrando o que procurava. Um site com a capa de um livro. Sob a imagem, ele clicou num botão de play, e uma forte voz masculina saiu pelos alto-falantes. Sewanee ouviu por mais ou menos um minuto, antes que Mark parasse o áudio.

– O que você acha?

Ela se endireitou.

– Ele é bom. Um pouco genérico, talvez. Mas tem um bom tom, uma boa cadência. É uma leitura bem correta de não ficção. O jeito como ele termina as frases precisa ser um pouco trabalhado, mas tranquilo. – Mark a encarava. – O que é?

– Garota. Não existe um "ele". – O amigo apontou para um texto embaixo da capa do livro. – É um livro de verdade, uma editora de verdade. E uma narração de robô.

Sewanee encarou a tela.

Esse era o monstro à espreita.

– Ele... – Swan se corrigiu – essa *coisa*... foi feita a partir de uma voz de verdade, uma combinação de vozes ou... é totalmente sintetizado ou...

– Isso importa?

Não, não importava. Exceto que:

– Bem, eles não podem sair copiando a nossa voz, certo? Sem o nosso consentimento. Isso seria ilegal.

– Seria?

Sewanee acenou a mão para o monitor.

– Criar uma inteligência artificial que soe exatamente como você ou eu? Claro que sim! Isso tem que ser ilegal.

Mark bufou.

– Acho melhor você economizar aquele dinheiro da June French, porque fazer um tribunal determinar o que define uma voz é um processo judicial caro. Se é que é uma propriedade intelectual. As pessoas fazem imitações. – Sewanee se afastou da mesa, se sentindo presa. – E, depois que um tribunal decidir – continuou Mark, indiferente –, daquele ponto em diante eles vão apenas andar dentro da linha do que foi decidido, e estarão protegidos pra sempre pela justiça.

Sewanee levantou a mão.

– Mas essa coisa não consegue atuar. – Ela hesitou. – Consegue?

– É uma questão de tempo.

– Sotaques? Personagens?

– O que vai impedir isso? Olha, esse negócio está vindo pra cima de *mim* antes. A não ficção vai ser a primeira a acabar.

Ela balançava a cabeça, mal escutando o que ele dizia.

– As pessoas não vão querer isso. As pessoas querem pessoas, a conexão humana, uma autêntica narração de história.

– Querem mesmo? Acho que nós queremos, porque nos preocupamos com a diferença. Droga, nós *sabemos* a diferença. Mas e a criança de 5 anos que já vive com a cara enfiada no iPad ou no Game Boy, ou qualquer coisa assim? – Ele acenou a mão. – Que diabos eu entendo disso? Me senti velho quando esse mercado mudou da fita pro digital. Tudo que eu sei com certeza é que sou oficialmente um dinossauro, e esse é o meu meteoro. Então… – Mark se recostou e entrelaçou as mãos sobre a barriga – vou comprar uma sunga bem pequena e achar uma praia onde a única decisão que eu precise tomar seja qual vai ser meu próximo drinque. Você é que vai resolver esse problema. Mas vou guardar uma espreguiçadeira pra você.

A respiração de Sewanee estava ficando curta. Mark a analisou.

– Querida, não é como se a gente não soubesse que isso ia acontecer. Só que era algo mais no campo das ideias do que prático. Não é mais.

Quando ela conheceu Mark e começou nesse ramo, eles conversavam o tempo todo sobre Sewanee assumir o estúdio quando ele estivesse pronto para se aposentar. Foi por isso que ela se mudou para a casa de hóspedes e começou a trabalhar para ele. Era um aprendizado. Mas, no último ano ou talvez nos últimos dois anos, falar do futuro não estava mais nas conversas dos dois. Embora houvesse sinais por toda parte, enquanto limpava o estúdio ela também limpava esses indícios.

Swan murmurou alguma coisa, e Mark inclinou a orelha na direção dela.

– O quê?

Ela engoliu em seco.

– Eu não posso perder isso aqui também. Não posso – repetiu, com toda a calma possível.

Mark suspirou com tristeza, doçura e suavidade. Ele se levantou e estendeu a mão enrugada.

– Vem aqui, garota.

Sewanee foi direto para os braços abertos dele, apoiando o rosto no peito estreito. Ele beijou a testa dela, depois apoiou o queixo na cabeça de Swan.

– Todo mundo fala de mineradores de carvão, fazendeiros, metalúrgicos. O horror da automação e o que devemos a eles. Ninguém fala dos artistas.

Eles ficaram parados ali, calados por um minuto, o silêncio da casa, a tranquilidade específica do trabalho deles sendo executado ao redor. As histórias sendo contadas, o entretenimento sendo criado, os humanos fazendo acontecer. Mark ergueu a cabeça.

– Você sabe quanto custa o apartamento da sua mãe naquele cruzeiro?

Sewanee deu uma risadinha.

– É caro.

– Caro tipo uma casa espanhola revitalizada de 1928, em Hollywood Hills?

– É possível.

– Caro tipo Doug Carrey?

– Provavelmente. – Swan ergueu o olhar para Mark, deixando-o ver no seu olho como ela achava essa ideia desagradável. – Que viagem.

– O que isso significa?

– Não tenho a menor ideia.

Ele olhou para ela com os olhos semicerrados.

– Vocês dois não...?

Sewanee rosnou e deu um passo para trás.

Mark ergueu uma sobrancelha.

– Posso me atrever a perguntar?

– É pornográfico. Ele me derrubou da cama. – Mark soltou uma gargalhada quando Sewanee se virou para a porta. – O roxo no meu quadril durou mais que o relacionamento.

– Bem, talvez eu deixe você fazer um tour particular pela casa com ele. Mostrar onde Doug pode pendurar o banner do Red Sox. – Mark ergueu uma sobrancelha. – Onde ele pode colocar o sanduíche de lagosta.

Ela deu uma risadinha e balançou a cabeça enfaticamente.

– Dispenso. – Swan respirou fundo. – Vou entrar no estúdio 3 pra fazer umas gravações.

Enquanto ainda podia.

De: Sarah Westholme
Para: Brock McNight
Data: 5 de março, 19h07
Assunto: Re: CASANOVA LTDA. – e um olá!

Então, depois de ler o seu e-mail, decidi sair pra uma corridinha, aí voltei, levei uma taça de vinho pra minha varanda e li de novo. Eu acho o seguinte:

Você está certo.

De: Brock McNight
Para: Sarah Westholme
Data: 5 de março, 19h34
Assunto: Re: CASANOVA LTDA. – e um olá!

Você devia ter dado uma corrida mais longa.

O celular dela vibrou, deslizando pela mesa de cabeceira. Sewanee levantou a cabeça enevoada e o pegou. Só havia um número programado para poder ligar durante as horas estabelecidas como Não Perturbe.

– Alô? – disse ela com a voz rouca.

– Me ajuda.

Sewanee acordou no mesmo instante.

– Você tá bem?

– Não. – A voz de Blah estava desequilibrada e tensa. – Marv tá atrasado. Estou esperando há horas. Ele tá muito atrasado, e eu não sei onde ele tá! Onde o Marv tá?

Sewanee se sentou com um salto, os lençóis enroscados nas pernas.

– Ok, respira fundo. Eu vou encontrar o Marv. Tá tudo bem.

– Não tá tudo bem, Bitsy! Para com isso, para com isso!

– BlahBlah, aqui é a Sewanee. Me escuta, são…

– Não, escuta você! Marv me deixou aqui, e eu tenho que estar em Westwood, mas já é tarde demais! Marilyn vai me matar.

Cada fragmento de memória era outra lenha jogada numa fogueira.

Sewanee não sabia o que fazer. Olhou para o relógio ao lado da cama: 2h14 da madrugada.

– Blah…

– Você não serve pra nada! Você não me ajuda em nada, Bitsy! Eu vou cuidar disso!

– Vou te buscar, fica aí.

– Não!

A linha ficou muda.

Apesar da dor de cabeça, Sewanee ligou para o Seasons e falou com o enfermeiro da noite. Pediu para ele lhe fazer o favor de dar uma olhada em Blah imediatamente e esperou um pouco enquanto ele ia vê-la. Cada segundo parecia uma hora. Swan não conseguia ficar parada. Fez um esforço e saiu da cama, começou a vestir uma roupa e depois parou, sem saber o que ia acontecer.

Cinco minutos depois, a voz do enfermeiro estava de volta, informando que Blah estava parada diante da janela do quarto dela, segurando o telefone inteiro – com base e tudo –, mas não estava mais agitada, só confusa. Então ele a ajudou a voltar para a cama. Disse que ia ficar de olho nela ao longo da noite. Sewanee agradeceu imensamente e desligou.

Abalada, ela foi até a cozinha, ligou a chaleira, pegou seu conjunto da Tea-For-One e chorou durante um tempinho. Em seguida, se sentou, bebeu o chá de camomila e pensou. Pensou. E pensou.

O conjunto da Tea-For-One normalmente a acalmava. Confirmava que ela estava bem, mesmo sozinha. Mas, nessa noite, naquela sala de estar que em breve poderia não ser mais dela, depois de falar com a avó que estava ficando cada vez mais perdida, esse tipo de solidão não era bom.

Sewanee pegou o celular e, embora soubesse que ele não veria até de manhã, mandou uma mensagem:

> E existem as coisas que perdemos e não vamos recuperar. Não sei o que fazer com essas.

Mandou, releu e acrescentou:

> Bom dia.

Então deixou o celular de lado e tomou um gole de chá.

Na escuridão da casa de hóspedes, iluminada apenas pelas luzes distantes de uma cidade adormecida, do outro lado da porta de vidro, a tela do celular se iluminou.

BROCK:
> Deu uma corridinha à meia-noite?

SEWANEE:
> Nãããããão, seu celular tá ligado?! Desculpa!! Você tá acordado? Por que tá acordado? Você tá acordado?

BROCK:
> Não, estou digitando enquanto durmo.

SEWANEE:
> Sinto muito, muito mesmo.

BROCK:

Tudo bem, de verdade.

O que tá fazendo acordada?

SEWANEE:

Não consegui dormir.

BROCK:

Você sabe o que é bom pra isso?

SEWANEE:

Argh, não consigo pensar em nenhuma insinuação agora.

BROCK:

E é por isso que você não consegue dormir. Fala pra Insinuação trabalhar.

SEWANEE:

Boa. Mas não consigo. Sério.

BROCK:

Ok, sério? Eu ia dizer audiolivros.

Tenho fãs que ouvem a minha voz na cama pra cair no sono.

SEWANEE:

Não é... isso o que elas estão fazendo.

BROCK:

Mesmo assim. Posso tentar ler uma história pra você? Ver se ajuda?

SEWANEE:

Acho que seu tipo de história não vai me ajudar.

BROCK:

Tá. Boa noite, então.

SEWANEE:

Boa noite. Obrigada pelo papo. De verdade.

Sewanee percebeu que estava sorrindo. As lágrimas tinham sumido. O chá havia acabado. Ela saiu do sofá e foi para o quarto. Deixou o celular na mesa de cabeceira, rastejou até a cama e desejou que Blah ficasse bem, que dormisse e deixasse *ela* dormir. Swan respirou de maneira tranquila. Queria poder fechar o olho e pensar em Brock, não na avó. Mas, antes que conseguisse fazer isso, o celular acendeu de novo, fazendo aquela sensação de "ah, não" voltar. Ela o pegou.

Uma mensagem de voz.

De Brock.

Swan apertou "play".

A voz dele soava como quem acabou de acordar. Era suave, como se estivesse perto o suficiente para sussurrar. Não houve nenhum preâmbulo. Brock simplesmente leu.

Ela reconheceu na mesma hora. Era *Goodnight Moon*.

Na grande sala verde

Havia um telefone...

Sewanee fechou o olho. Apoiou a cabeça no travesseiro e o celular no peito. Então ouviu.

Depois que ele falou o último refrão, houve um momento duradouro de silêncio. Ela esperou ele dizer algo mais. Queria que ele dissesse mais alguma coisa. Uma despedida, talvez. Uma risadinha. Queria mais.

Mas não houve nada. A gravação parou. Num momento de voracidade, Swan pensou em ouvir o áudio de novo. Mas não se mexeu. Não havia necessidade. Estava satisfeita. Mais do que satisfeita. Mais do que com *Goodnight Moon*.

Ela mandou uma mensagem:

Você.

Brock respondeu:

De novo. Você

6 de março

SEWANEE:
Para futuras referências, em que fuso horário você está?

BROCK:
Horário padrão do Leste.

?

SEWANEE:
Pra na próxima vez que eu tiver uma crise existencial insone, poder agendar melhor as minhas mensagens.

BROCK:
Insone: o deus romano dos pensamentos da madrugada.

Também sou devoto.

SEWANEE:

E de que parte do Leste, devoto, fazes tuas saudações?

BROCK:

A mais nova de York.

E de onde... fazes... tuas saudações?

SEWANEE:

Haha ainda moro em Los Angeles.

BROCK:

Tão perto!

SEWANEE:

Só se Los Angeles ainda estiver logo acima da rua 96.

(Piadas à parte, por enquanto: realmente gostei da história pra dormir ontem à noite.)

BROCK:

(Piadas à parte, foi um prazer.)

Los Angeles, é? Interessante.

SEWANEE:

Primeira vez na história que um nova-iorquino diz isso.

BROCK:

Tenho que ser simpático, vou estar aí em alguns dias.

SEWANEE:

Ah! Espera, pro Audie???

BROCK:

PELO PROFETA, NÃO.

SEWANEE:

Hummm

BROCK:

Hummm?

SEWANEE:

Só hummm

BROCK:

Bem, hummmm pra você também.

De: Brock McNight
Para: Sarah Westholme
Data: 7 de março, 01h57
Assunto: Re: CASANOVA LTDA. – e um olá!

Oi!

Então, meu eu devoto estava pensando. Sei como você se sente em relação a falar no telecoisa. Entendido! Uma nova ideia: nós não nos falamos.

Nós nos encontramos.

Nossas opções, na minha opinião:

1. Um encontro cara a cara. Em seguida, nós:
   a. Continuamos andando.
   b. Ficamos parados no mesmo lugar.
   c. Falamos e ferramos com tudo.

E aí:

2. Decidimos nunca mais nos ver e:

a. Voltamos às mensagens OU

b. Nos tocamos para ter certeza de que somos de verdade, depois nunca mais voltamos a nos encontrar.

3. Decidimos nos ver de novo:

a. No mesmo local e hora.

b. Outra hora.

Se a resposta for 3.a, aí nós:

i. Começamos a conversar OU

ii. Ficamos nos encarando por um tempo.

Qual é a pior coisa que pode acontecer? Tudo continua como está. Nós terminamos o projeto, é claro, agimos como profissionais, é claro, somos educados, mais do que claro, etc. etc. etc., claro.

Temos milhares de perguntas. Você não quer respostas?

Temos a chance de dar um jeito nisso. Qualquer que seja o jeito. Talvez seja um jeito como amigos. E tudo bem.

Ok. O deus Insone termina sua declaração.

Eu

Sewanee estava numa cabine, muito depois de todos os outros estúdios estarem vazios, se esforçando para adiantar as gravações e tentando não pensar no último e-mail de Brock – sem conseguir nenhuma das duas coisas –, quando o celular se iluminou com uma ligação.

Ela atendeu imediatamente, mas com cuidado.

– Blah?

– Boneca!

– Tá tudo bem?

– Tudo nos trinques! O que você tá aprontando hoje?

– Estou só gravando. – Sewanee se ajeitou na cabine, tirando os fones de ouvido e entreabrindo a porta para circular o ar. – Como você tá se sentindo?

– Ah, forte como um touro!

Tudo nos trinques. Forte como um touro.

– Tem certeza que tá tudo bem? – insistiu Sewanee, desconfiada.

– Uma velhinha não pode ligar pra neta? Isso é crime agora?

Definitivamente tinha algo na voz dela, por trás da provocação. Incerto como uma contracorrente. Sewanee sentiu uma conversa iminente. Houve uma pausa, enquanto uma esperava a outra começar.

– Tem lido algum livro bom, ultimamente? – perguntou Blah por fim.

– Você tá tentando ser engraçada?

– Eu não ouvi a sua risada, então não.

Isso fez Sewanee rir de verdade, o que fez Blah rir também. Mas, quando a risada parou, a contracorrente continuou.

– Você se lembra de ter me ligado ontem à noite? – indagou Sewanee.

Blah suspirou.

– Não. Mais ou menos. Droga. Desculpa, boneca.

– Não precisa se desculpar.

– Me conta o que aconteceu. Eu quero saber.

Embora soasse como se não quisesse, não de verdade.

Sewanee saiu da cabine. Precisava de espaço para respirar, pensar, falar.

– Você estava agoniada. E frustrada. Me disse que estava atrasada pra alguma coisa. Você achou que eu era a Bitsy.

– Que merda – murmurou BlahBlah.

Sewanee se sentou no chão, encostada na parede externa da cabine, e encolheu os joelhos até o peito.

– Você tem consciência… sabe quando tá acontecendo?

– Não tenho a menor ideia. Tem um antes e um depois, mas o meio? Obscuro como a noite. – Ela expirou. – Odeio isso, boneca. Preciso de uma receita pro Remédio da Idiotice.

Sewanee bufou.

– Acho que o nome não é esse.

– Ah, esse é o genérico.

As duas deram uma risadinha. Depois houve um silêncio tão demorado que

Sewanee teve certeza de que a tinha perdido. A próxima coisa que Blah ia dizer seria: "Você viu o lifting da Mitzi?"

– Betty Lou McCarthy morava num vale.

Droga. Sewanee detestava estar certa.

– Quem é essa?

– Amiga da escola. E, se eu estivesse ao ar livre quando a névoa chegava… não conseguia ir a lugar nenhum. Acontecia num instante. Como se Deus tivesse jogado molho por cima de tudo.

Talvez Swan estivesse errada. Talvez Blah não tivesse saído tanto da órbita quanto ela pensava.

– Você mal conseguia ver a própria mão diante do rosto. E as formas que a gente sabia que estavam ali, o velho carvalho, a caixa de correio, a caminhonete do pai dela, todos esses alentos ficavam… sinistros. Mudavam de lugar. Não ficavam onde deveriam estar.

Sewanee não teve coragem de interferir.

– Quando começa, é mais ou menos assim. Aí as pessoas saem dessa névoa. Algumas eu reconheço, outras não. Tudo… muda.

– Não consigo nem imaginar.

– É como estar num estúdio de gravação, fazendo um número de dança. Os ajudantes de palco aumentam um som de fundo e abaixam outro. Uma mesa entra voando sobre rodas, uma máquina de refrigerante desaparece e agora você tem uma porta, e então Gene Kelly entra e estamos sapateando num prédio comercial, e não numa lanchonete.

– Meu Deus – murmurou Sewanee bem baixinho, sem querer interromper esse lampejo mágico de clareza.

– E depois… bem, hum… onde diabos eu estava… dançando, não é?

Sewanee engoliu em seco.

– Você estava falando de tudo mudar ao seu redor, da sensação na sua mente. Você queria dizer mais alguma coisa sobre isso?

– Ah, só estou divagando. – Blah pigarreou e sua voz estava mais clara quando disse: – Enfim, isso tudo é pra dizer, boneca… – Sewanee ouviu um papel farfalhando do outro lado da linha. – Acho que vou precisar de mais ajuda. Talvez seja a hora de dar o próximo passo. Antes que eu não saiba onde ele está.

Sewanee não sabia que era possível sentir alívio e choque ao mesmo tempo. Ela se inclinou para a frente.

– Não precisa se preocupar com nada disso. Logo, logo, você vai ter outro lugar. *No Seasons.* Você vai estar logo ali, na ala da memória, tá bom? Vai ter mais ajuda quando precisar, mas ainda vai ter Mitzi, Birdie, Amanda e, é claro, eu. Vou estar por perto, quer você queira ou não – brincou ela.

Um silêncio pesado se instalou, como aquele momento de expectativa logo depois de uma queda de energia, quando se espera que ela volte. Sewanee ouviu o papel farfalhar de novo.

– Escuta, boneca. Eu te agradeço mais do que você sequer possa imaginar. E te amo muito. Mas quero que você faça uma coisa por mim.

– Qualquer coisa.

– Promete.

– Prometo. Qualquer coisa.

– Ótimo. Quando chegar a hora do próximo passo, você não vai mais vir me visitar. Você…

Sewanee estremeceu.

– O que você tá…?

– Deixa eu terminar. Nada de visitas. Nada de ligações. Você não vai participar disso.

– Do quê?

– Do meu fim.

Todo o sangue de Sewanee subiu para a cabeça.

– Eu vou até aí. Você vai ter que dizer isso na minha cara…

– Não! Não vem, não! Eu já pensei nisso, pensei muito. E escrevi pra não me esquecer. – Ela sacudiu o papel perto do telefone. – Já decidi. É isso. Agora, chega desse assunto. Quero te contar da Birdie.

– Eu não quero ouvir porra nenhuma sobre a Birdie, o que você…

– Nós não vamos discutir isso. – A voz de Blah falhou e o olho de Sewanee se encheu de lágrimas, como se as duas compartilhassem um corpo só. – Finais são terríveis, e eu não quero que você se lembre de mim como algo horrível.

Sewanee estava de pé.

– Não é *assim* que eu vou me lembrar de você! Vou me lembrar de você na piscina, dirigindo o velho Oldsmobile e experimentando roupas, fumando, bebendo e xingando, rindo e revirando os olhos pra Mitzi.

– Não, confia em mim. Você vai se lembrar do fim.

– Para de falar no fim! – Sewanee estava gritando. – Cala a boca sobre esse fim!

– Não mande a sua avó calar a boca! – esbravejou Blah.

– Cala a boca! Cala a boca! Cala a boca!

Depois de um silêncio, no qual Sewanee sentiu que todas as suas terminações nervosas tinham sido jogadas num liquidificador, Blah riu. E continuou rindo. Sewanee não conseguiu fazer o próprio rosto sorrir como gostaria.

Então Blah começou a chorar. Ouvir isso e não poder tocá-la era algo insuportável. Depois de um tempo, Blah voltou a falar.

– É muito triste, boneca. Eu não quero me despedir de você. Não vou aguentar. Preciso que você entenda isso. Deixe-os rindo, lembra? Por favor.

As lágrimas escorriam pelo rosto de Sewanee.

– Você podia me pedir qualquer coisa. Literalmente qualquer coisa, menos isso.

– Boneca. Por favor.

Três pensamentos distintos atingiram Sewanee ao mesmo tempo.

Falar o que ela queria escutar.

Argumentar até ela esquecer o que estava pedindo.

E Henry dizendo que ela ia ver só. Que podia cuidar de Blah se quisesse, mas, que confiasse nele, porque Swan ia ver.

Sewanee teve que recolher todos os pedaços de si mesma que tinham se estilhaçado, antes de falar de novo.

– Não consigo fazer isso – disse ela. – Mas vou fazer.

Por mais que não quisesse admitir, Blah tinha razão. Uma pessoa não tinha o direito de decidir como queria ser lembrada? E ela não devia honrar essa promessa à avó? No fim, que diabos havia para se deixar para trás, a não ser as lembranças?

Decidiu que ia manter a promessa enquanto Blah se lembrasse de fazê-la prometer. Ela sabia que, em certo momento, isso não aconteceria mais, e aí Sewanee faria o que achasse certo para si mesma. Era justo. Para as duas.

Blah expirou.

– Eu te amo, boneca.

E isso ecoou por Sewanee como se tivesse sido gritado do alto de uma montanha.

– Quero te ver – murmurou Sewanee.

– Quem tá te impedindo?

Swan caiu de novo no chão, soltando uma risada estrangulada.

– Eu juro por Deus. – Ela balançou a cabeça, exausta. – Um dia desses, Alice, bang, zoom, você vai parar na lua.

– Adoro *The Honeymooners*. Já te contei minha história com Jackie Gleason?

Sewanee sorriu. Ela adorava essa história.

– Não.

Então Blah contou.

– Você vem pro happy hour essa semana? – perguntou a avó depois.

– Ainda não sei. Mas já tínhamos decidido que vou me aprontar pro Audie na sua casa. Ainda tá de pé? O local fica aí na esquina.

– Ah, quando é?

– Quarta à noite.

– Que dia é hoje?

– Domingo.

– E quando é o evento?

– Daqui a três dias. Quarta à noite.

– Aposto que você já me falou isso.

– Umas cem vezes.

– Só isso? Talvez eu esteja melhorando. A gente se fala amanhã. Te amo.

– Te amo até a morte.

– Ei, não me apressa.

As duas riram, e Sewanee se lembrou de uma coisa.

– Espera, o que você queria me contar sobre a Birdie?

– Hein?

– Você queria falar da Birdie.

Blah soltou um muxoxo.

– Ah, sim. Ela morreu.

– O quê?!

– Que Deus a tenha.

Sewanee não queria duvidar dela.

– Tem certeza? – insistiu.

– Minha mente traz os mortos de volta à vida, boneca, não o contrário.

– Foi a *Birdie,* não a Mitzi?

– A Mitzi? Essa vai viver mais tempo que a Terra.

– Quando foi?

– Ai, Jesus, que dia é hoje? Acho que foi ontem.

– Como?

– Parece que ela morreu dormindo. Mocinha de sorte.

– Ai, meu Deus.

– Bem, ela era velha.

– Não era *tão* velha!

– Não se engane, ela fez muitas plásticas. Boneca, aquela moça nova tá aqui, tenho que ir jantar.

– Está bem, pode ir, eu te amo.

– Te amo.

Blah mandou beijinhos pelo aparelho e desligou.

Sewanee continuou sentada ali no chão, apoiada na cabine.

Depois voltou a chorar. Chorou por si mesma, é claro, por Blah, é óbvio, mas, principalmente, por uma mulher cuja maior realização fora um patê de dois ingredientes que os filhos adoravam quarenta anos antes. Por que isso tinha tocado tanto Sewanee? A frieza absoluta de uma vida sem graça terminando sem cerimônia.

Ela precisava parar. Obrigou-se a parar. Não podia chorar, tinha que gravar. Se continuasse chorando, teria que esperar uma hora até que a voz ficasse clara. Swan não tinha uma hora. Não tinha tempo a perder.

Sewanee se levantou, trêmula, e pegou o celular. Foi até as mensagens e desceu até Brock, que só estava abaixo de Adaku porque a amiga tinha mandado uma mensagem.

ADAKU:

> Ok, novidades: eles estão concentrados em fechar o acordo com o protagonista masculino. Que surpresa. Mas depois vão pensar no seu papel e esperam mandar uma oferta no início da próxima semana. Posso deixar Manse cuidar disso pra você?

Sewanee respondeu com um polegar para cima e foi até a conversa com Brock.

SEWANEE:

Então... recebi seu menu. Desculpa, e-mail.

Quando exatamente você vai estar em Los Angeles?

BROCK:

Ah, sim, eu devia ter incluído essas informações importantes.

Chego de manhã cedo no dia 10, e vou embora no fim da manhã do dia 11

SEWANEE:

???

BROCK:

Eu sei. Queria poder ficar mais, só que meus prazos de gravação aqui estão me castigando. Tenho duas prioridades em Los Angeles: reuniões no dia 10 (infelizmente incluem o jantar) e conhecer você em qualquer horário depois disso.

Oops. Também tenho uma reunião no café da manhã do dia 11.

SEWANEE:

????

Então a gente vai se encontrar à meia-noite? Tá achando que eu sou a Cinderela?

BROCK:

Vamos combinar às onze. Não quero criar expectativas do tipo Príncipe Encantado.

De verdade, eu sinto MUITO.

SEWANEE:

Tudo bem. Foi uma ideia de última hora. Me encontra no Miguel's, em Burbank, às onze da noite do dia 10.

BROCK:

Deixa eu ver na minha agenda.

SEWANEE:

Pelo amor de...

BROCK:

Brinks, brinks, vou estar lá.

SEWANEE:

Vou sair direto do Audie, então talvez eu chegue um pouco atrasada.

BROCK:

Leva todos os meus prêmios pra mim.

SEWANEE:

Desculpa, mas minhas mãos estarão ocupadas com os meus.

Vou estar com roupa de gala.

BROCK:

Eu também.

Quarenta e sete minutos depois:

SEWANEE:

A gente vai mesmo fazer isso?

Sewanee estava atrasada. O lava-louça do estúdio tinha decidido parar de funcionar naquela tarde, e o trânsito estava excepcionalmente ruim. A intenção dela era jantar cedo com Blah, antes de se arrumar para o evento, mas tinha perdido o jantar e chegado com menos de uma hora para ficar apresentável. Ela estava esgotada, apressada e não conseguia parar de pensar no fato de que, dali a cinco horas, iria se encontrar com Brock.

Swan estava em pé, diante da pia de Blah, se inclinando para perto do espelho, tentando encontrar a melhor luz. A avó estava em pé atrás dela, apoiada na porta deslizante do pequeno closet onde o vestido de Sewanee estava pendurado.

– Maldita luz fluorescente – resmungou Blah. – Deus não criou a maquiagem para ser aplicada sob esse tipo de luz.

– Eu consigo. Não precisa ser perfeita pra ficar diante das câmeras.

– Que batom você tem?

Sewanee vasculhou a bolsa e entregou a ela. Blah inspecionou e assentiu.

– Ele vai destacar o roxo do vestido – disseram as duas em uníssono.

Quando era criança, Sewanee ficava olhando BlahBlah se maquiar, sentada diante da penteadeira no quarto dela, na casa de Bitsy. Marilyn era o tipo de mãe que usava rímel e brilho labial. Uma sombra lilás bem fraquinha para ocasiões especiais. Blah, por outro lado, nunca saía de casa sem uma make completa. Ela aprendeu a arte de se maquiar com os maquiadores do estúdio e ensinou tudo a Sewanee do mesmo jeito que algumas avós ensinavam receitas.

Swan mergulhou numa lembrança do rosto sorridente da avó ao lado dela, no espelho. O cheiro de nicotina nos dedos e da pastilha de menta na boca de Blah, para disfarçar. A avó batendo no nariz dela com o pincel de blush e dizendo: "Boneca." Como uma consagração. Uma coroação. Uma maldição?

Blah grunhiu ao se afastar.

– Quer um Mallomar?

– Não, obrigada.

Enquanto Sewanee aplicava o batom, ela ouviu Blah murmurar:

– O que diabos...

Então foi olhar o que tinha acontecido. Blah estava em pé ao lado da cama, encarando a mesa de cabeceira.

– O que foi?

– Eles sumiram.

– Você provavelmente comeu todos.

– Por sorte, não estamos no verão. Ainda posso fazer um estoque.

Sewanee voltou para o espelho.

– Eu nunca entendi isso.

– Eles não transportam durante o verão. A Nestlé achava que o chocolate ia derreter. Não existiam caminhões refrigerados.

– Mas isso foi há muito tempo.

– Mais de cem anos. Dá pra acreditar? Esse biscoito existe há mais tempo do que eu. Mas ainda é impossível comprar no verão. Agora eu acho que é uma jogada de marketing. Oferta e demanda. Filhos da mãe extorsivos. Sabia que eles são feitos no Canadá, mas você não consegue comprá-los por lá? Eles têm um outro negócio chamado Whippet. Dizem que é a mesma coisa, mas eu não acredito. Acho que eles até botam uma geleia dentro. Canalhas.

Sewanee foi até Blah.

– Sabe, pra alguém que tá perdendo o juízo, é ridículo o que você lembra.

– Não, é o Mallomar. O único amor verdadeiro da minha vida. Além de você. – Blah se virou para ela. – Você está um espetáculo! Perfeita. – Dito isso, ela passou o dedo torto sob o olho de Swan, bem na linha do cílio. – Você sempre esquece de esfumar.

– Com um olho só, eu tenho metade da prática agora.

Blah fez um ruído de impaciência.

– Você é linda, boneca. A garota mais linda que eu conheço.

Sewanee suspirou dramaticamente enquanto voltava para o closet. Tirou o vestido do cabide e o vestiu. Colocou o tapa-olho por cima do penteado e deu uma boa olhada no espelho. Nada mau. Na verdade, não era bem para a premiação que ela estava se vestindo naquela noite. Sewanee tentou respirar apesar da ansiedade. E da cinta.

– Onde estão os meus Mallomars? – perguntou a avó do outro lado da parede.

– Você comeu – repetiu Sewanee, saindo do closet. – Amanhã a gente compra mais. Lembra que ainda está frio, então…

Blah balançou a cabeça.

– Eles estavam bem ali. – Ela apontou para a mesa de cabeceira. A voz dela estava ansiosa. – Alguém roubou! Não gosto da nova enfermeira daqui. A moça entra quando quer e fica me olhando. Aposto que ela roubou os Mallomars.

– Ela não roubou…

– Eu quero ir pra casa.

Sewanee segurou as mãos da avó e tentou atrair seu olhar.

– Blah, você tá em casa. Aqui é a sua casa. E você tem um lar maravilhoso. Todo mundo aqui se importa com você. Você só esqueceu que comeu os biscoitos, só isso.

Blah se acalmou, mas apontou para a mesa de cabeceira.

– Eu guardo eles ali.

– Eu sei, mas…

Sewanee olhou para onde a avó apontava.

Havia um folder cheio de fotos de pessoas idosas rindo. No alto, as palavras: SUNNYSIDE – A MELHOR SOLUÇÃO EM CUIDADOS. Swan congelou.

– De onde veio isso?

Mas Blah estava indo em direção à pequena cozinha.

– Onde foram parar? – resmungava ela.

Sewanee pegou o folder e abriu. Ali dentro havia páginas com informações e estatísticas, materiais de marketing para – o que agora estava evidente – uma casa de repouso alternativa. Ela fechou o folder, confusa, com uma sensação sinistra de raiva crescendo por dentro. E aí seu olho pousou num texto em negrito, no canto inferior direito da idílica capa: ACEITAMOS MEDICAID.

A boca de Sewanee ficou tensa.

– Meu pai veio aqui?

Blah não respondeu. Ela havia se sentado na cadeira de balanço e ficado quieta.

Houve uma batida na porta aberta.

– Oi? Sou eu de novo. Esqueci uma coisa, mas também trouxe…

Henry entrou no quarto bem quando Sewanee se virou para encará-lo. O pai parou de repente.

– Ah. Oi. – Ele mostrou uma caixa amarela familiar. – Eu comi o último Mallomar, então comprei mais pra ela.

Sewanee mostrou o folder.

– Ah. Oi. Quer explicar isso? – A voz dela estava tão calma que era de se admirar.

Henry viu o que ela estava segurando. Ele trocou o peso de um pé para o outro. E respirou.

– Opções.

– Opções?! – A voz dela não estava nem um pouco calma.

Ele expirou e balançou a cabeça.

– Posso pegar de volta? Por favor?

– Não, você não pode pegar de volta. Nem com "por favor", nem com "obrigado", nem nada.

– Sewanee, você não tem o direito…

– *Eu* não tenho o direito? Do que você está falando? Tenho todo o direito. Estou pagando por isso!

Henry inclinou a cabeça para a mãe.

– Ela quer se mudar.

– Ela quer… *o quê?!*

– Nós conversamos. Blah está feliz de se mudar.

Sewanee bufou.

– Eu achava que era por causa dos Mallomars. Agora entendi por que ela está tão confusa!

O pai revirou os olhos de verdade para ela.

– Só estou fazendo o que é melhor pra todos os envolvidos, inclusive você. Mesmo que seja teimosa demais pra entender.

Enquanto ele falava, Sewanee voltou a atenção para Blah.

– O que foi que ele te disse? O que ele te contou? – perguntou ela, por cima da voz dele.

A avó olhou para ela sem expressão alguma e balançou a cabeça, como se estivesse tremendo. BlahBlah apontou para a caixa que Henry estava segurando.

– Eles estão ali!

Sewanee foi até a janela. Havia muitas travas de segurança, que normalmente dificultavam a abertura. Mas a ira tem uma qualidade propulsora e, em poucos instantes, Sewanee conseguira abri-la, e o folder do Sunnyside já voava pela janela.

Henry soltou alguma coisa parecida com uma risadinha.

– Sua veia dramática nunca muda, você sabe, né?

Swan marchou até ele. De salto alto, o olhar dos dois estava na mesma altura.

– Fica fora disso. Eu te falei que vou cuidar de tudo – disse Sewanee com seu tom mais grave da voz.

– Você também me disse pra visitá-la.

A audácia. A audácia!

– Você não vai ajudar ninguém além de si mesmo. A única coisa que conseguiu foi confundi-la. Magoá-la. Me magoar – sibilou ela. – Você não entende isso? Não se importa?! – gritou ela no final.

– O meu problema é que eu me importo demais. E não vou ficar só olhando enquanto você faz isso consigo mesma. Nem com ela – respondeu Henry, naquela voz de professor paciente.

– Enquanto eu faço o quê? Cuido dela? Protejo? Amo?

– À custa do seu futuro! Isso é um desperdício de dinheiro, e pra quê? Pra minha mãe, com quem eu me importo mais do que você imagina, mas que não vai saber a diferença entre o Sunnyside e o Seasons. Ela vai achar que os dois são a mesma coisa, porque começam com S.

Sewanee parou e tentou se recompor. Ser mais adulta. Abafar a vontade de bater nele.

– Você acha que isso é engraçado? Ela tá sentada bem ali, tá te ouvindo. Meu Deus… – Swan rosnou. – É exatamente por isso que estou tomando essa decisão sem você.

– E todos nós sabemos como as coisas acabam quando você toma decisões sem pensar no próprio futuro.

A dor dentro dela foi instantânea, como se Sewanee tivesse pisado num galho fino.

– FOI UM ACIDENTE! E EU ME CULPO POR ELE TODO DIA, PORRA! TÁ SE SENTINDO MELHOR? – gritou ela, com um tom de voz que não usava havia anos.

Swan nem tinha certeza de que ele estava falando *daquela* decisão. O pai parecia odiar todas as decisões que ela havia tomado na vida, todas que o excluíam. Com a mais ínfima provocação, ele tinha o poder de despertar todos os ressentimentos que estavam dormentes dentro dela.

Henry deu um passo visível para trás.

– Não foi isso que eu...

Ela deu um salto para a frente, chegando bem perto do rosto dele.

– Quando você decidiu trepar com a sua aluna, quem foi que *você* consultou? Você estava pensando no futuro? Em mais alguém além do seu eu egoísta e egocêntrico? – irrompeu ela. – Aquela decisão foi boa pra você, pai? *Eu* fiz uma cicatriz em mim mesma. Mas em quantas pessoas você deixou uma?

Henry ficou calado.

Sewanee sabia que ele nunca tinha apanhado com tanta força, com certeza não dela. E sentia mais raiva ainda, porque o sofrimento que brotava no rosto dele só a fazia querer se aproximar e segurá-lo, abraçá-lo, chorar com o pai. Meu Deus, qual era o *problema* com eles dois?

Ela não tinha tempo para isso. Precisava chegar ao Audie. Precisava encontrar Brock. Deixou Henry parado ali enquanto pegava a bolsa, o celular e o autocontrole.

– Se continuar com isso, nunca mais vou deixar você chegar perto de mim. *Nunca mais.* – Ela se aproximou e arrancou os Mallomars das mãos dele. – E não come os Mallomars dela, caramba!

Swan foi até Blah e os entregou para a avó.

Blah sorriu, como se tivesse visto a foto de um amigo desaparecido.

– Sabia que eles estavam aqui em algum lugar.

– Eu te amo, Blah, te vejo amanhã. – Ela passou pelo pai sem olhar para ele. Quando chegou à porta, Henry chamou o nome dela com a voz falhando. Ela parou. Queria encará-lo mais uma vez, mas tinha medo de perder o controle se o fizesse. Então ela disse, para o corredor: – Esta não é uma das decisões ruins, pai.

Quando saiu do quarto, ouviu BlahBlah falar, trêmula, com o melhor sotaque do Tennessee que ela já tinha escutado na voz da avó:

– Ora, ora. Não somos gente de alto nível?

A cerimônia do Audie seria realizada num teatro com quinhentos lugares, a menos de um quilômetro do Seasons, mas, mesmo assim, Henry tinha perturbado a noção de direção de Sewanee. Espumando e resmungando para si mesma, ela andou rápido até o evento e, vinte minutos depois, viu que estava num bairro vizinho. Tirou o celular do bolso do vestido de festa e abriu um mapa. Depois de errar o caminho mais uma vez, indo parar no estacionamento de um mercado, ela chegou ao teatro.

Tinha perdido o coquetel. Não queria ter perdido o coquetel. Uma vodca dupla com soda definitivamente teria ajudado a diminuir o latejar dos pés no sapato de salto alto, e a dor provocada por Henry. Mas as pessoas já estavam se encaminhando para o auditório, e ela foi arrastada para a correnteza de abraços, beijos na bochecha e apertos de mão. Quando estava lá, Swan foi arrancada da multidão e levada até a primeira fileira, onde os outros apresentadores estavam sentados.

Não conseguia se concentrar na cerimônia. Não tinha a menor ideia do que estava acontecendo, de quem estava falando, de quem estava ganhando, nada. Ouviu o próprio nome como uma das indicadas na categoria dela e bateu palmas, anestesiada, quando outra pessoa ganhou. Mais ou menos na metade da cerimônia (até onde sabia, pelo menos), Alice, que estava sentada ao lado dela, se aproximou.

– Acho que tá na sua hora – sussurrou, inclinando a cabeça na direção do coordenador do evento, que estava na coxia acenando para Sewanee.

– Obrigada – murmurou Sewanee, mas continuou sentada ali por mais alguns segundos.

Então, com o coordenador acenando de um jeito mais frenético, a ficha caiu, e Sewanee se levantou no mesmo instante, tropeçando na barra do vestido. Alice estendeu a mão para segurá-la, mas Swan se estabilizou e disparou até os bastidores.

Quando chegou lá, o treinamento de atriz entrou em ação. Swan respirou rápido algumas vezes. Observou o coordenador mostrar para ela a contagem regressiva de cinco dedos.

Sewanee foi até o palanque como uma candidata num concurso de beleza, esperou momentaneamente os aplausos pararem e leu com uma autoridade elegante o teleprompter à esquerda, se dirigindo ao lado direito do salão sempre que possível. Uma profissional.

– Todo ano, esta academia reconhece a contribuição de uma pessoa para o mundo da narração de histórias em audiolivros. Este ano, estou profundamente honrada, por mais que também tocada pela tristeza, de apresentar o prêmio póstumo de contribuição em vida para June French.

O público aplaudiu, e Sewanee fez o mesmo no palanque.

– June foi autora de best-sellers do *USA Today* e ganhadora do RITA muitas vezes. Ela vendeu o primeiro livro para a Harlequin aos 27 anos. Infelizmente, no ano passado, ela faleceu cedo demais, aos 66. Durante todos esses anos, June foi uma das nossas autoras mais prolíficas, tendo escrito 78 livros e vendido mais de 56 milhões de exemplares no mundo todo, em 23 idiomas. Nos últimos sete anos de vida, se tornou pioneira no mercado de audiolivros. Era produtora, empresária e uma força criativa que rompeu as barreiras de gênero, produção e, claro, vendas. Muitas pessoas neste salão se beneficiaram do trabalho dela no nosso mercado.

Swan continuou:

– Numa entrevista, agora canônica, à revista *Cosmopolitan*, quando lhe perguntaram sobre seu trabalho nos audiolivros, June respondeu: "A voz humana é o fio que conecta uma alma à outra. Ela é inata, como o murmúrio da voz da sua mãe quando você se alimentava no peito dela, e potente como as palavras de aprovação do seu pai. Ela é a condutora de todas as expressões humanas. É tão fundamental quanto a vida em si, porque nos ajuda a amar e a sermos amados." June amava os audiolivros, nos amava, e, hoje à noite, nós a homenageamos. Quem aceita este prêmio em seu nome é a pessoa que a conhecia melhor: seu sobrinho. Então, vamos recebê-lo aqui hoje à noite, na nossa comunidade, com o mesmo amor que June nos demonstrou.

Sewanee saiu do palanque e bateu palmas com o público, vasculhando o salão. Mas não viu ninguém se aproximando do palco. Os aplausos diminuíram e houve um risinho contido no salão, enquanto o público procurava por ele. Alguém gritou alguma coisa no fundo do auditório.

– O quê? – gritou Sewanee.

– Ele tá no banheiro – respondeu uma pessoa em voz baixa.

A multidão riu. Sewanee deu uma risadinha e deu de ombros.

– Bem, enquanto isso – ela apoiou um cotovelo no palanque e se aproximou do microfone –, o proprietário do Toyota Corolla branco poderia fazer o favor de se apresentar aos seguranças? Seu audiolivro ainda está tocando. – A multidão deu uma risadinha. Swan continuou improvisando: – Ei, quantos narradores são necessários pra trocar uma lâmpada?

Ela colocou a mão na orelha.

– Quantos? – gritou o público.

– Dois. Um pra trocar e um pra contar que narrou um livro de 72 horas sobre a história das lâmpadas, e você sabia que Thomas Edison... – Sewanee baixou a cabeça até o peito e bufou. O público gemeu, rindo. – Um pra trocar e todo o resto pra dizer que devíamos receber direitos autorais pela narração. – Isso fez o público bater palmas. Ela fez uma careta dramática. – Tá, agora *eu* preciso ir ao banheiro! – Muitas risadas. – Não, é sério! – Mais risadas ainda. – O poder da sugestão...

– Lá vem ele! – gritou alguém no fundo.

– Ai, graças a Deus.

Sewanee pôs a mão sobre o olho, para ver além das luzes que estavam voltadas para ela.

Uma sombra esguia descia os degraus do auditório em disparada, praticamente correndo. A multidão comemorou, e Sewanee se juntou a eles, vendo-o chegar até o palco com a cabeça baixa, subindo os degraus. O homem se virou para a multidão e olhou para o zíper da calça horrorizado, fingindo fechá-lo. A multidão assobiou e ele fez uma rápida reverência zombeteira e autodepreciativa. O homem se virou, indo direto para o palanque, em direção a ela, e o holofote iluminou o rosto dele. Os olhares dos dois se encontraram.

E, de repente, estavam num acidente de carro.

O vidro estilhaçado, o aço esmagado, os dois girando, girando e girando. Como uma bola na roleta.

Os passos dele ficaram mais lentos, e o coração dela disparou. Ele se aproximou de Swan como tinha feito na suíte em Las Vegas.

Deliberado.

Poderoso.

Inevitável.

PARTE IV

Está na hora de os escritores admitirem que nada neste mundo faz sentido.

– Anton Tchékhov, em carta para Maria Kiselyova,
14 de janeiro de 1887

É só dar um jeito de colocar um pouco de sexo lá pela metade. O leitor só vai confiar em você até essa parte.

– June French para a *Cosmopolitan*

"Presos pela neve"

Nick e Sewanee não ficaram na suíte.

Ela ficou satisfeita no início, curtindo a conversa no pequeno globo de neve deles. Depois decidiu fazer um tour com ele. Nick a seguia tão de perto que Swan conseguia ouvir sua respiração. Mas, quando entraram no quarto dela e ele espalmou as mãos na cama, empurrando fundo o colchão, como se estivesse testando a flexibilidade, ela se virou e voltou direto para a segurança da sala de estar.

Quando Nick se juntou a ela, com as mãos casualmente nos bolsos, sem qualquer preocupação no mundo, Sewanee anunciou que queria descer para a boate, o que, para ela, era novidade.

Fez o melhor possível para embalar a própria ansiedade no papel enfeitado de uma boa ideia. Havia uma mesa e bebidas reservadas esperando por eles. Fazia anos que ela não ia a uma boate. Sewanee estava, sabe, vestida para isso. Por que desperdiçar a oportunidade? Depois de uma pequena confusão sobre Nick ter sido convidado ou não para se juntar a ela (claro que tinha; ah, porque parecia que ela queria ir sozinha; ah, é mesmo?, ela não quisera dizer isso), os dois saíram em silêncio da suíte, esperaram o elevador ainda quietos, entraram nele do mesmo jeito, saíram no andar errado, voltaram para o elevador, riram para quebrar o silêncio, saltaram no andar certo, encontraram a entrada disfarçada da boate, falaram com a recepcionista e foram conduzidos pelo local de três andares – no estilo de um armazém – até um banco de alvenaria em U, forrado de veludo prateado, com uma garrafa de vodca num balde com gelo sobre a mesa e diversos complementos ao redor.

Eles se sentaram em lados opostos do U.

A condensação que escorria pelo balde de gelo espelhava o suor que Swan sentia escorrer pela lombar. As luzes estavam fracas e eram levemente roxas. De vez em quando, vinha uma luz estroboscópica. Ainda era cedo para os padrões de uma boate, e a pista de dança diante da mesa estava só meio cheia. Sewanee não chamaria de música o que estava tocando alto no salão, e sim de uma sucessão de batidas com uns guinchos ocasionais. Mas a música entrava no corpo dela e ecoava na sua cavidade peitoral.

Ela percebeu que não olhara para Nick nem uma única vez desde que tinham se sentado. Ergueu o olhar, e ele a observava. Ele sorriu e ergueu uma sobrancelha, tipo, *e aí?*. Swan não conseguiu evitar: soltou uma risadinha e deu de ombros, com a ansiedade ainda percorrendo seu corpo.

Nick apontou para a garrafa de vodca, e ela assentiu, entusiasmada. Ele pôs a mão na massa, enchendo um dos copos com gelo, servindo a vodca e apontando para os diferentes complementos. Parecia aliviado de ter alguma coisa para fazer. Sewanee apontou para o club soda. Ele obedeceu e espremeu um pouco de limão como bônus. Nick entregou o copo a ela, que falou, sem som: "Obrigada." Ele fez o mesmo drinque para si mesmo, depois passou o braço sobre o encosto do banco, cruzou um tornozelo sobre o joelho oposto e olhou para a multidão.

Que. Diabos. Estamos fazendo aqui?, pensou ela.

Sewanee tomou um gole significativo e estava prestes a pôr o copo na mesa quando captou o olhar dele. Sorriu, tensa, levou o drinque até a boca e bebeu tudo. Depois pôs o copo vazio na mesa. Nick olhou de novo para as pessoas, e ela o imitou. Já que ele não estava olhando para nada, ela também podia fazer isso.

Uma garçonete apareceu ao lado de Nick. A mulher pousou a mão no ombro dele e se inclinou até seu ouvido, os seios escapando do espartilho.

Sewanee registrou o ato, pensando: *Sério? Eu literalmente estou aqui.* Mas depois avaliou quanto espaço havia entre os dois, apesar de estarem um de frente para o outro. Ela estava tão distante dele quanto o banco permitia.

Nick virou a cabeça e olhou para Sewanee. Ele levantou a mão, chamando-a para perto.

Meu Deus, que mão. Que dedos.

Ela começou a deslizar para perto dele, mas o vestido enroscou nas coxas. Mudou de tática, dando uns pulinhos, como um sapo elegante tentando se deslocar lateralmente entre folhas de vitórias-régias. Depois de um tempo, Swan conseguiu.

Nick chegou tão perto da orelha dela que Sewanee não pôde identificar se foi o hálito ou os lábios dele que encostaram nela. De qualquer maneira, um tremor percorreu seu corpo.

– Ela disse que a gente tem direito a uma garrafa de champanhe. Tá incluída.

Os dois se afastaram, e ela o encarou. O foco de Nick foi para a boca de Sewanee. Tudo que ela disse foi "uhuul", porque era uma palavra que fazia os lábios virarem um biquinho. Ele se virou para a garçonete, que agora estava de pé, e assentiu. Ela saiu, e os dois ficaram sozinhos. Colados um ao outro. Nick voltou ao ouvido dela.

– Acho que estou velho demais pra isso.

Swan riu.

– Eu também – gritou em resposta.

Os olhos dele estavam brilhando. Ela o observou absorvê-la: sua boca, o queixo, as bochechas, o pescoço e o peito. Como se estivesse querendo gravá--la na memória. Mapeando-a para futuras explorações. Nick se inclinou para a frente, pegou o drinque e tomou um gole, sem tirar os olhos dela. Depois voltou para a orelha de Swan.

– Você vai dançar?

Ela balançou a cabeça e levou os lábios até a orelha *dele*, curtindo o fluxo de satisfação quando viu os arrepios surgirem na lateral do pescoço de Nick.

– Você tá me chamando pra dançar?

– Estou.

– Você vai dançar comigo?

– Não.

– Ah, eu vou dançar sozinha?

– Bem, se você insistir.

– Eu aceitaria a sua oferta generosa, mas não sei dançar esse barulho. Isso é música?

Como se o DJ tivesse ouvido, a música passou para um remix de "In the Air Tonight", do Phil Collins, em ritmo de boate. Nick inclinou a cabeça: *O que você estava dizendo?*

O desafio fora lançado. Ele encolheu os joelhos para o lado, abrindo espaço para Swan passar, e estendeu a mão. Pegando-a, ela se levantou. Sewanee não passou direto, parando na frente dele. Como ela não se mexia, Nick ergueu a cabeça e ela olhou para baixo para encontrar seus olhos, a mão ainda na dele. Uma configuração atemporal: uma lady e seu cavaleiro errante. Uma conexão inevitável: clara, tranquila e certa. Uma compreensão do lugar de cada um nessa eterna dança, sabendo instintivamente quando conduzir e quando ser conduzido.

Ela foi para a pista de dança, e os olhos dele não desgrudaram dos dela nem por um segundo.

Swan começou a dançar.

Deveria ter sido constrangedor. Estava tão enferrujada. Um carro antigo bem-preservado, parado por tempo demais e com a bateria arriada. Mas a música era uma chave que entrou na ignição e, para surpresa dela, o motor ligou. Sewanee começou a se mexer. A avidez nos olhos de Nick eliminou qualquer insegurança que tivesse restado, e a ansiedade finalmente se acalmou. Não fazia ideia de por que ele estava tão interessado nela, mas ele estava, e isso era libertador. Libertava-a de algo. Para alguma *possibilidade*.

Ela mergulhou mais fundo em si mesma, os movimentos ficando discretos, íntimos, particulares. Nesse quesito, enquanto outras mulheres podiam ser explícitas, Sewanee sempre achou que manobras veladas davam resultados melhores. Dê apenas o suficiente para o cara adivinhar o restante. Faça o homem usar a imaginação, e atice a curiosidade dele. Eles não precisavam da versão explícita. O que queriam era o jogo Imagem e *Ação*. E ela sabia desenhar.

Quando a garçonete voltou com o balde de gelo com champanhe e o colocou na mesa diante de Nick, ele se inclinou para ver em volta dela, para continuar olhando para Sewanee, e será que algum dia ela se sentira mais poderosa? Será?

A expressão nos olhos dele mudou. Do olhar para o imaginar. Um segredo esticou os lábios dele. Com o polegar da mão direita, ele girou o anel no dedo do meio.

A música não acabou, mas se tornou outra coisa, voltando ao barulho irreconhecível.

Ela parou de se mexer. Ficou ali, com as pessoas contornando-a como se ela fosse uma bebida derramada.

O sorriso silencioso de Nick a atraiu. Enquanto Swan saía da pista de dança, uma luz estroboscópica começou a piscar. Ela ficou olhando a luz fragmentá-lo. Os flashes o deixavam maior conforme ela se aproximava. Só conseguia imaginar a própria aparência, saltitando na direção dele. Em vez de arrastar os joelhos para o lado, dessa vez ele simplesmente os afastou. Sewanee deslizou por entre eles, com a parte externa de suas pernas beijando a parte interna das dele. As mãos de Nick ficaram nas próprias coxas. Ela as viu apertarem o tecido.

Mais uma vez, os dois se entreolharam.

Ele tinha a expressão mais doce do mundo quando disse alguma coisa que ela não conseguiu ouvir por causa da música.

– O quê? – gritou Swan.

Nick riu. Balançou a cabeça.

– Eu disse que estou com saudade de conversar com você! – gritou ele em resposta, decepcionado.

Ela riu, baixando a cabeça, apoiando as mãos nos ombros dele para se equilibrar. Rindo, Nick ergueu as mãos e as levou até a nuca de Swan. Os dedos dele acariciaram a penugem fina, e sua bochecha deslizou pela dela até a boca estar de volta à orelha de Swan.

– Quer um pouco de champanhe?

Com a bochecha ainda encostada na de Nick, ela virou para a orelha dele.

– Não – respondeu simplesmente.

Em seguida, pegou o lóbulo com a boca.

Em resposta, ele segurou o cabelo dela e apertou.

Swan deu um passo para trás, pegou as mãos dele enquanto se endireitava e o puxou para cima. Enquanto o afastava da mesa, percebeu um grupo de moças paradas à margem da pista de dança. Elas pareciam confusas. Barquinhos à deriva na maré que subia. Os vestidos eram curtos demais, os saltos eram altos demais, e os cabelos estavam lisos demais. Uma delas ficava mudando o peso do corpo de um pé para o outro, já arrependida do sapato que escolhera. A outra, com o vestido mais curto de todos, ficava puxando-o para baixo, chamando ainda mais atenção para as coisas que tentava esconder. Os tubarões começaram a rodeá-las.

Sewanee soltou a mão de Nick e foi até as moças. Apontou para a mesa, para a garrafa de vodca quase cheia e para o champanhe fechado. Então captou o olhar da garçonete e apontou para as garotas, depois de novo para a mesa. A mulher assentiu. As garotas ficaram boquiabertas. Uma a puxou para um abraço. Outra pulava sem parar, com as mãos no peito, quase caindo quando o tornozelo virou.

Os dois saíram da boate, mas, no caminho para o elevador, Nick pegou a mão dela de repente e a conduziu para um vestíbulo, atravessou as portas duplas de vidro e saiu. A lufada do ar frio com cheiro de neve atingiu Sewanee como uma descarga de adrenalina, e ela ofegou, mas o som foi instantaneamente abafado pelas mãos de Nick pegando seu rosto, a boca tomando a dela, o corpo dele empurrando-a até que a bunda dela batesse numa parede gelada. Ela se derreteu ali conforme o corpo dele se derretia no seu.

Swan se lembrou de que estavam numa calçada pública quando ouviu os assovios inconfundíveis de um grupo de garotos. Nick interrompeu o beijo, as mãos soltando o rosto dela e indo para a parede, prendendo-a ali. Ela apoiou a cabeça no peito dele enquanto ele localizava os ofensores.

– Vão à merda! – rosnou Nick de bom humor.

A algazarra parou, e Sewanee deu uma risadinha na camisa dele. Levantou o olhar e observou por trás do ombro dele. Espirais de condensação da respiração carregaram as palavras dela.

– Você precisa ver isso.

Ele virou a cabeça.

– Meu Deus.

Nick se afastou dela e apoiou as costas na parede, de modo que os dois ficaram lado a lado, encarando a Strip pouco acima do laguinho onde eram guardadas as gôndolas. Havia uma ponte e a réplica da torre de São Marcos, a campânula. Havia as luzes do Mirage e do Treasure Island do outro lado do Las Vegas Boulevard. A neve continuava a cair, embora com mais delicadeza do que antes.

Sewanee estremeceu e Nick pôs o braço nas costas dela, puxando-a para ficar na frente dele. Ele afastou o cabelo do pescoço dela e, suave como a neve, beijou a pele exposta. Seus dedos roçaram na clavícula dela e na fenda logo abaixo. O som que Swan emitiu era totalmente novo para ela.

– Eu não entendo – murmurou ele. – Não entendo como isso aconteceu. Como tudo com você é mágico.

– Eu. Não. Sei. – Sewanee estava ofegante.

Ele pegou o queixo dela e puxou os lábios de volta para os dele, beijando-a de maneiras que, ou ela havia se esquecido tinha muito tempo, ou nunca tinha experimentado.

Em algum momento, Swan conseguiu transformar o pensamento em palavras.

– A gente tem que ir.

– É.

– Agora.

– Concordo.

Eles não se mexeram.

– Podemos ir.

– Preciso de um minuto.

Percebendo que ela estava confusa, Nick se pressionou contra Swan com muita delicadeza. Ela sorriu e se pressionou contra ele de maneira significativa. Depois repetiu.

– Você não tá ajudando. – Ele sorriu em resposta. Swan repetiu mais uma vez. Ele a afastou de leve. – Tá bem. Nós precisamos fazer o seguinte. Porque não acredito que vou conseguir parar de tocar em você. Você sobe. E eu subo num minuto.

– Acho que você já subiu...

– Meu Deus, você não tem piedade?

Para confirmar, Sewanee se encostou de novo nele.

– Sua bruxa – sibilou Nick, dando um pulo para o lado, rindo. – Vai.

Ela se afastou e depois voltou.

– 3.524.

– Eu sei.

Quando abriu a porta, Swan olhou mais uma vez para trás.

– Você tá com a chave?

– Tá preocupada que eu não vá aparecer?

Sinceramente? Sim. Ela estava preocupada de tê-lo imaginado. De voltar para dentro do hotel e tudo desaparecer num passe de mágica, do jeito que tinha aparecido. A decepção dela parecia uma guilhotina prestes a cair.

– Eu sou o cara que faz a curva, lembra? Te vejo em cinco minutos – afirmou Nick.

Sewanee estava parada diante da janela na sala de estar quando ouviu o cartão destrancar a fechadura. Virou-se para trás e, no instante em que Nick atravessou a porta com aquela energia que acalmava até o ar, ela tirou o tapa-olho.

O fato de ele não ter tido nenhuma reação só confirmou a decisão dela.

Ela entrelaçou as mãos nas costas e se apoiou na janela, cruzando um tornozelo sobre o outro de maneira atrevida. O ápice da casualidade.

Ele deu um sorriso presunçoso para ela, totalmente consciente do que Sewanee estava fazendo.

– Confortável?

Swan também deu um sorriso presunçoso em resposta. Quando entrou na sala de estar, ele tirou o paletó e o colocou nas costas do sofá. Afrouxou a gravata, depois a tirou e jogou em cima do paletó. Desabotoou os três primeiros botões da camisa. As luzes no quarto estavam baixas, mas o neon que se infiltrava pelas janelas iluminava o lento striptease. Nick começou a enrolar as mangas. Devagar, com a pressa de um sádico. Ele balançou um pouco a cabeça. Olhou para a tarefa que tinha pela frente.

– O que é que eu vou fazer com você? – A voz dele tinha assumido uma determinação que Swan descobriu que não a preocupava. – Do que você gosta? – perguntou, os olhos encontrando o dela.

– De tudo?

– Me parece bom. – O sorriso dele quase sumiu. – Por onde começo, então? – Ele terminou de arregaçar as mangas e pôs as mãos nos quadris. – Sabe o que eu quero? Ser o James Bond neste momento. Sem ter que pensar no próximo passo, porque já está bem ali. – Nick estalou os dedos. Sewanee sorriu. – Não se preocupe, depois que começarmos, vou ficar numa boa. É só aquele primeiro… você sabe. Passo.

Swan riu. Por ela, ele poderia começar por qualquer lugar. Ela era um bufê. Pega um pouquinho de cada coisa! Começa com a sobremesa! Quem se importa? Sewanee precisava dizer isso, precisava dizer alguma coisa, pois ele estava esperando. Mas não sabia o quê.

E então soube.

– Eu tenho uma pergunta.

– Ah, não se preocupe – disse ele. – Já fiz o teste e está tudo certo.

Meu Deus, ela não tinha pensado nisso. O que havia de errado com ela? Sentiu como se o bufê tivesse fechado bem na hora em que Swan chegara.

– E tenho uma camisinha. Algumas.

As portas se abriram de novo, só para ela. Sewanee respirou fundo.

– Não era isso que eu ia perguntar, mas é bom saber.

– Faz a sua pergunta. Adoro todas elas.

Ela engoliu em seco.

– Quando eu estava dançando... você estava me observando. E acho que você estava imaginando alguma coisa. Estava mesmo?

O leve constrangimento dos últimos instantes evaporou. O quarto ficou quente. Nick a encarou. O olhar dele ficou derretido, como ficara na boate.

– Estava.

– Eu fazia parte?

– Fazia.

– Era alguma coisa que você queria fazer comigo?

Ele hesitou por um brevíssimo instante.

– Isso. – Nick interpretou o silêncio dela como vergonha, porque acrescentou logo em seguida: – Você quer saber o que eu imaginei?

– Não. – Ele ficou um pouco desanimado. – Não, eu não quero saber. Quero que você faça.

Nick congelou.

– Alice. – *Alice?* Ela precisava se lembrar de quem era. – Você não gostaria de saber...

– Não.

– Você não quer saber...

– Faz. Isso. Comigo. – A cada palavra, a voz dela ficava mais ardente.

Ele inspirou devagar. E expirou mais devagar ainda.

– Puta merda. – Nick a analisou. – Me pede pra parar a qualquer momento, e eu paro.

– Confio em você.

Sabia lá Deus por que, mas ela confiava.

Ele passou a língua no lábio inferior, pensativo. Então inclinou o queixo para a parte de baixo do vestido dela.

– Você tá usando alguma coisa aí embaixo?

Um sorriso sugestivo passou pelo rosto dela.

– O que você acha que eu sou?

O sorriso dele foi igual ao de Swan.

– Não estou julgando. Só preciso... do mapa do território.

– Mapa do território? Sim, estou usando alguma coisa aqui embaixo.

Os olhos dele ficaram quentes de novo.

– O quê?

Sewanee fez uma pausa. Ela não tinha certeza se lembrava.

– Hum. Uma calcinha fio dental.

– De que tipo?

– Preta. De renda.

– Ótimo.

– Na verdade, não.

– Tira.

Ela para outra vez.

– Simples assim?

Ele inclinou a cabeça de novo.

– A menos que você queira parar.

Em resposta, Sewanee deixou os dedos deslizarem lentamente pela lateral das coxas, levantando o vestido o suficiente para pegar os dois lados da calcinha, mas não o bastante para revelar alguma coisa além dos quadris. Swan o viu observando-a deslizar a calcinha de maneira lenta e metódica, com a certeza de que nunca ia se esquecer da imagem de Nick, alto, forte, totalmente vestido e com as mangas arregaçadas, em pé no piso de mármore branco, iluminado pela luz neon filtrada.

– Posso supor que a sua... situação geral... ainda se parece com a nossa garrafa de vinho?

Ela levou a calcinha até os joelhos e a deixou cair até o chão.

– Mapa do território. Situação geral.

Swan não se mexeu. Ficou esperando as instruções.

– Não é o tipo de eufemismo que você encontra nos seus livros? Chuta ela pra mim.

Um instante de hesitação, mas ela o fez.

– Eu já te falei: a gente não usa mais eufemismos.

– Certo, desculpa, me esqueci. – Ele pegou a calcinha e a fechou na mão. – Molhada.

Sewanee não conseguia falar. As palavras tinham desaparecido.

Nick guardou a calcinha no bolso da frente. Depois, como se sua única intenção fosse torturá-la, levou a mão direita até a própria boca e lambeu a parte de cima do anel no dedo do meio. Sem desgrudar os olhos dela, ele tirou o anel e o guardou no bolso com a calcinha.

– Gostaria de pedir pra você abrir as pernas.

Ela fez isso feliz.

Ele se moveu na direção dela. Swan se apoiou mais na janela.

Quando Nick parou na frente dela, Sewanee ergueu a cabeça para vê-lo. Nick se aproximou ainda mais. A perna direita dele encontrou um espaço perfeito entre as dela.

A mão direita dele, agora sem anel, escorregou por entre as pernas de Swan, sob o vestido, os dedos deslizando pela parte interna da coxa esquerda, e continuou subindo até que, sem parar, o dedo do meio dele entrou nela sem esforço.

Ela inspirou.

Ele expirou.

Swan fez força para baixo.

Nick dobrou o dedo.

Ela gemeu.

Ele bateu a palma da mão esquerda na janela ao lado dela.

Swan o puxou para si.

Nick pressionou o peito contra o dela.

Ela levou os lábios ao pescoço dele.

Ele roçou no quadril dela. Uma vez.

Swan agarrou a bunda dele.

Nick recuou.

Ela não deixou.

Ele xingou.

Swan se contorceu.

Nick virou o punho, levando a base da mão para o ponto em que ela precisava.

E Sewanee desmoronou.

Em circunstâncias normais, isso seria rápido demais, diferente demais, inadequado demais e vergonhoso demais, não como "deveria ser". Mas, de algum jeito, muito além da capacidade dela de entender como, alguma coisa aparentemente muito menor se tornou muito maior. Todas as maneiras pelas quais isso era errado eram exatamente o que fazia ser tão certo.

Mas não havia nenhum sentido a tirar disso naquele momento. Ela estava fora de si. Sem consciência. Sem capacidade de registrar tudo que ia acontecendo.

A sirene tocando 35 andares abaixo. A luz azul pulsando na camisa dele. A colônia de Nick. A textura da calça dele sob a palma das mãos dela enquanto Swan o massageava, chamando-o à ação. As coxas dele se apertando ao redor da perna dela. O calor na suíte aumentando cada vez mais. Swan ofegando o nome de Nick no pescoço dele. A sensação de sua grossura no quadril dela. A cabeça dele caindo no ombro de Swan quando ele se entregou. Aquele gemido. Ela ondulando. Ele tremendo. Os dois caindo devagar como folhas para o chão.

A consciência voltou do jeito que o sol nascente devolvia a luz para o chão. Um gemido, um suspiro, um tremor, uma risada, um pedido de desculpa, um *tá de sacanagem,* uma promessa de ir mais devagar na próxima vez, um *contanto que a próxima vez seja agora,* uma risadinha, um desembaraço, uma libertação, um *Meu Deus, você acabou comigo,* e um sufocado *Você também.*

Um passo para longe.

Uma boa encarada.

Uma engolida em seco.

Outra.

Um passo à frente.

Um beijo.

Mais.

"A revelação"

Sewanee estendeu o prêmio de vidro para Nick, que chegou bem a tempo de evitar que o objeto caísse no chão. A mão dele segurou seu cotovelo, e Nick se aproximou para dar o beijo-padrão da indústria na bochecha de Swan. O maxilar dele no dela quase a fez cair de joelhos. Ele se afastou, levando um instante inteiro para olhar no olho dela, e tudo se passou entre os dois naquele segundo interminável: confusão, choque, admiração, felicidade, traição – cada porcaria de sentimento –, então ele, Nick, se virou para o palanque, e ela, Sewanee, ficou enraizada no mesmo lugar, com medo de se mover meio centímetro e cair no chão. Ela o encarou. Em circunstâncias normais, isso seria o adequado a fazer. Dar atenção total ao homenageado. *Naquela* circunstância, não era uma opção.

Quando os aplausos diminuíram, ele começou a falar.

– Perdão, perdão – murmurou ele no microfone, aquela entonação irlandesa familiar demais totalmente à mostra. – Minha tia teria adorado essa humilhação que eu passei aqui. – Ele riu e o salão riu também, e Nick pigarreou. – Primeiro, agradeço a homenagem a ela...

Ele parou de repente... engoliu em seco... respirou. O público com certeza pensou que era por causa da emoção do momento. Estavam mais certos do que imaginavam.

– … com esse prêmio. Ela teria adorado esta noite, sendo festejada por aqueles que deram uma voz tão linda às palavras dela. – Ele olhou para o prêmio. – June teria ficado muito orgulhosa disso, posso garantir. Ela adorava audiolivros. Adorava a mistura entre escrita e interpretação. E ficava maravilhada com todos vocês. Especialmente com aqueles que deram vida aos personagens dela, às suas lutas e aos merecidos felizes para sempre. Vocês têm a eterna gratidão de June French. – Ele analisou a multidão. – E a minha também. Muito obrigado.

Nick levantou o prêmio mais uma vez e sorriu, aquele sorriso de Harrison Ford, aquele sorriso destruidor. Ele se virou para pegar o braço de Sewanee, como era comum, mas ela já estava se afastando, de cabeça baixa.

Ele foi atrás dela na coxia do mesmo jeito que tinha ido atrás dela na suíte, e o mestre de cerimônias passou pelos dois no caminho de volta ao palco. Algumas pessoas murmuraram parabéns e condolências, e Nick sussurrou um agradecimento. Mark estava ali, esperando para continuar. Ele apertou o braço de Sewanee.

– Bom improviso, Swan – disse ele.

Ela deu um sorriso e continuou andando, mas depois sentiu uma mão diferente no braço e percebeu que não tinha mais como escapar.

Então parou, respirou fundo, buscando coragem, e se virou para encará-lo.

Os olhos perplexos dele a absorveram. Nick abriu a boca várias vezes, como um peixe ofegando numa doca.

Sewanee estava consciente de duas coisas: eles tinham mais ou menos um milhão de coisas para dizer um ao outro e ambos estavam na coxia de um teatro. O que dizer? Por onde começar?

– Oi. – Foi tudo o que ela conseguiu dizer.

Mas pelo menos falou baixinho.

Ele soltou uma risada.

– Oi?!

Foi alto demais para os bastidores. Alguém fez *shhhh*.

– Como você tá? – perguntou ela.

Absurdamente idiota, mas pelo menos também foi baixinho.

– Como diabos… – começou Nick, mas o organizador de palco fez *shhhh* para eles.

Nick revirou os olhos, frustrado, pegou o braço dela de novo e a conduziu até a saída mais próxima. Os dois dispararam como um míssil para um corredor, e ele a conduziu – como a conduzira um dia para a neve – até o saguão vazio. Pararam na frente do bar.

Depois de um instante se encarando, Sewanee tinha que dizer alguma coisa. Qualquer coisa. O que saiu foi:

– Surpresa.

E aí ela riu.

E ele também.

– Estava com saudade desse humor seco, Alice.

– Swan? – chamou uma voz atrás deles. O olho dela se fechou com força. – Você tá bem?

Mark entrou no saguão. Ela encontrou os olhos preocupados e estressados dele. Mark ia subir no palco a qualquer segundo, mas ela havia sido *arrancada* da coxia por um homem que ele não conhecia.

– Sim! – soltou ela. – Tá tudo ótimo. Obrigada. Volta pra lá, senão você vai perder sua deixa.

Ela parecia quase normal, só um pouco feliz demais, então, depois de mais uma olhada desconfiada para Nick, Mark recuou pelo corredor.

– Que negócio é esse de Swan? – perguntou Nick, franzindo a sobrancelha de um jeito que ela não gostou. – Apelido?

Sewanee engoliu em seco.

– Não. Esse é o meu nome.

– Qual?

– Swan.

– Tipo… cisne em inglês?

– Sewanee, na verdade.

– E quem é Alice?

– Não existe nenhuma Alice. Bem, *existe* uma Alice, mas meu nome é Sewanee Chester.

– Você… mas você é editora de romances?

– Não.

– Essa Alice é… espera. Você tá sem sotaque. Por que você tá sem sotaque?

– Porque eu não tenho sotaque.

Isso estava acontecendo rápido demais. Ela não sabia de que outro jeito podia acontecer, mas sua boca respondia antes de os ouvidos escutarem, e Swan só estava acompanhando a conversa.

Nick deu um passo para trás e inclinou a cabeça para ela.

– Você é uma sociopata?

– Não.

– Mentirosa compulsiva?

– Não! – Sewanee rosnou. – Sou atriz.

– Não sei se consigo ver a diferença.

Ele deu um sorriso indulgente, meio piedoso, meio triste.

Sewanee respirou fundo, tentando se recompor. Ela estava bem consciente dos bartenders guardando os acessórios, fingindo que não estavam fascinados com a cena.

– Bem – continuou ele, soltando a respiração. – Tenho que reconhecer... Sewanee, né? Maravilhosamente persuasiva.

Ela fechou o olho.

– Ok, por favor, você precisa me deixar explicar. – Swan abriu o olho. – Por favor.

Nick pousou o cotovelo no bar e cruzou os pés na altura dos tornozelos.

– Sou todo seu.

Diante dessa brecha, Sewanee congelou. Não sabia por onde começar. Ou como começar.

Nick a observava com expectativa.

– Por que toda essa mentira? – Ele girou um dedo. – Eeeeeee... ação.

Ela bateu o pé, frustrada, e jogou a cabeça para trás.

– Porque meu dia tinha sido horrível! – exclamou, um pouco alto demais, para o teto. Respirou fundo para se recompor e se controlar, e continuou: – Porque um cara aleatório se aproximou de mim num bar. Porque era pra ser só um drinque. – Agora que tinha começado, ela abriu as comportas. – Eu me senti péssima com isso, Nick. Assim que chegamos ao jantar, eu pensei: "diz a verdade", mas, de novo, você ia embora logo depois e, e... – Ela suspirou. – Eu estava me protegendo. Talvez. Não sei, mas não importa por que fiz isso, eu simplesmente não devia ter feito e sinto muito. – Swan olhou de verdade nos olhos dele. – Sinto muito, muito, muito, mas, por favor, acredite em mim quando digo que o que começou como uma mentira não terminou desse jeito.

Ele simplesmente a encarou.

Sem conseguir sustentar o olhar dele, ela olhou para os próprios sapatos.

– Vai em frente. Fala. Eu mereço.

– Como você conseguiu… – Ele parou a frase no meio, e, com um nó na garganta, Sewanee ergueu o olhar. – Manter a personagem o tempo todo? – Havia um genuíno tom de reverência na voz dele. – Quer dizer… – Ele baixou o olhar para ela. – O tempo *todo*.

Swan abriu a boca para explicar melhor, mas Nick começou a bater palmas.

– Uma editora do Texas chamada Alice. Brilhante! – Em seguida, deu de ombros. – E, sim, eu entendo. Las Vegas. – Ele apontou para o bar. – Quer beber?

– Você não… tá chateado?

– Chateado? Eu quero ter aulas com você.

– É… é só isso?

– Bem, sim e… – Os olhos dele percorreram o corpo dela. – Esse vestido é lindo. – Nick se virou para o bar e fez uma voz aguda. – Amigo! Antes de você empacotar tudo, posso te incomodar e pedir… – Ele se virou de novo para Sewanee com um sorriso cúmplice. – Soda com vodca, né? – Diante da expressão vazia e boquiaberta dela, ele disse para o bartender: – Duas sodas com vodca, por favor. – Então se voltou de novo para Swan e apoiou o cotovelo no balcão mais uma vez. – E aí, como você tá?

– Nós podemos… tenho algumas centenas de perguntas pra *você, sobrinho* da June French, que eu gostaria de…

– Ah, claro, manda.

Ela começou a vibrar. Uma vibração pulsante. Antes que pudesse ponderar como ele provocava esse efeito nela, Sewanee percebeu que a vibração era real e vinha do bolso direito do vestido. Pegou o celular para dispensar a ligação, achando que era Mark verificando como ela estava, mas viu: SEASONS na tela.

– Eu… eu tenho mesmo que…

– Não precisa se preocupar. Vou estar aqui. Admirando esse vestido.

Envergonhada e ainda olhando para ele, ela levou o celular ao ouvido.

– Alô? O quê? – Swan se afastou, voltando totalmente a atenção para a ligação. – Quando? Eu acabei de sair daí! Já estou indo. Não, estou indo agora mesmo, não faz mais nada.

Ela tirou o celular do ouvido, mas, em vez de se mexer, ficou apenas parada ali, com o celular na altura do quadril.

Nick se endireitou.

– Tá tudo bem?

– É a minha avó. – Sewanee ergueu o olho para ele e ouviu a própria voz dizendo: – Ela tentou se matar. – Depois que as palavras saíram, ela se mexeu com um solavanco. – Eu tenho que ir. Ai, meu Deus.

Mas parou de novo.

– O que eu posso fazer?

A voz de Nick ajudou a incitá-la a se mover mais uma vez.

– Não sei. Nada. Desculpa, eu… tenho que ir.

Ela saiu pelas portas principais com Nick logo atrás. Havia um táxi estacionado na área de espera. Logo em seguida, Nick estava abrindo a porta e ela entrou. Ele entrou atrás dela, e Swan disse ao motorista para onde ir, que era uma emergência e, minutos depois, estava saltando do carro antes mesmo que o veículo parasse por completo. Nick jogou dinheiro para o motorista e correu atrás dela.

– Te espero no saguão! – gritou Nick, quando ela já tinha passado pelas portas da frente.

Swan ouviu as palavras, mas não prestou atenção. Já se apressava pelos corredores que levavam até Blah.

Sewanee fez uma curva e entrou no quarto da avó. Havia três pessoas ao redor da cama.

– Onde ela tá? – indagou.

As três se viraram para Swan e se afastaram, revelando a frágil forma caída de Blah, com a camisola retorcida ao redor das coxas finas e cheias de veias.

– Blah. – Sewanee foi até ela. – Tá tudo bem, eu estou aqui. – Ela tentou atrair o olhar da avó, mas os olhos estavam sem foco e vidrados, arregalados com o pavor que tinha restado, disparando sem parar pelo quarto. – O que aconteceu? – perguntou Sewanee, tentando parecer firme.

– Ela andou… – começou uma enfermeira jovem, depois pigarreou. –

Barbara estava agitada, dizendo pras pessoas saírem de perto dela, mas não tinha ninguém ali. Depois ela quis ver um filme. E isso pareceu acalmá-la. Mas, quando acabou...

– Antes de acabar – interrompeu uma mulher mais velha.

A enfermeira, cujo nome era Gina, pelo que Sewanee viu no crachá, assentiu.

– Antes de acabar, ela começou a conversar com pessoas imaginárias...

– O que ela estava dizendo? – perguntou Sewanee.

– Coisas do tipo "você sempre foi assim" e "me deixa em paz". Então eu trouxe Barbara pro quarto e coloquei ela na cama, depois fui falar com o Carlos sobre os medicamentos...

– Eu sugeri a dose habitual de Ativan – interrompeu Carlos de um jeito profissional.

– E?

– Peguei o Ativan – continuou Gina –, voltei pro quarto dela e... – A mulher apontou para a janela. – Ela estava com metade do corpo pra fora.

– Como diabos ela...

Mas Sewanee parou.

A janela estava aberta.

Porque ela mesma abrira.

E não tinha fechado.

A culpa era sua.

– Eu gritei pra chamar o Carlos. Nós puxamos ela pra dentro, e foi aí que começou a gritaria. – Sewanee percebeu que Gina estava segurando o próprio antebraço direito com a mão esquerda. Havia uma gaze embaixo dos dedos. Ao perceber o olhar questionador de Sewanee, Gina disse: – Ela me arranhou. Só um pouquinho. Estou bem.

Cambaleando, Sewanee se virou de novo para Blah. A avó parecia completamente desorientada. A boca estava mole e o cabelo estava de pé, como se ela tivesse participado de uma guerra de travesseiros.

– Blah? – Sewanee pegou a mão dela. – Tá tudo bem. Eu estou aqui.

Os olhos da avó pousaram no rosto de Sewanee e se arregalaram. Sewanee sorriu, tentando mostrar um indício de familiaridade, de normalidade.

– Quem é você? – perguntou Blah de repente.

Sewanee apertou a mão dela.

– Sewanee.

Blah puxou a mão.

– Sai de perto de mim.

Swan pegou a mão da avó de novo.

– Blah, por favor, é a boneca…

BlahBlah puxou a mão com força.

– Não! – A voz dela estava firme. – Não toca em mim! – E furiosa também.

Sewanee se aproximou um pouco mais, o que fez a avó recuar de novo, o que fez Swan se desesperar.

– Sou a filha do Henry, sua neta…

– Socorro! – gritou Blah. – Alguém me ajuda!

Sewanee sentiu a mão de Carlos no ombro, puxando-a para trás. Ela empurrou a mão dele.

– BlahBlah! – gritou ela.

Blah se debateu, tentando se afastar, se levantar, sair dali. Gina segurou o ombro dela.

– Talvez a gente tenha que chamar uma ambulância – sugeriu a enfermeira mais velha.

Sewanee mudou de tática. Ela fez *shhhh* baixinho várias vezes.

– Você é minha avó, eu te amo, você tá segura e tá tudo bem – disse Swan, com a voz mais delicada possível.

– AAAHHHHHHH!

A avó estava numa histeria endemoniada.

– Ok, Barbara, ok, calma – murmurou Carlos, segurando o outro ombro dela.

Sewanee fez a última tentativa. Não conseguiu evitar. Pegou o rosto de Blah com as mãos e olhou nos olhos dela, tentando fazer uma conexão apenas com a força de vontade.

– BlahBlah, escuta…

A avó cuspiu na cara dela.

Sewanee ficou tão chocada, tão atônita, que não conseguiu fazer nada. Estava paralisada.

– Você não é minha neta! A minha neta é linda!

– Blah… – disse Sewanee de um jeito abafado.

– SEU MONSTRO!!!

Swan não se lembrava de ter saído do quarto. Não sabia como tinha ido parar no andar de baixo e do lado de fora, de joelhos no gramado do jardim, soluçando tanto que não conseguia respirar. Ela se sentia fraca, enjoada e irritada, tudo ao mesmo tempo. Parecia que estava em chamas. Os sons que saíam dela eram os lamentos primitivos de uma pessoa mortalmente ferida. Com a testa mergulhada na grama lamacenta, Sewanee puxava tufos de grama. Ela ergueu a cabeça e esfregou a lama no couro cabeludo. A garganta queimava como um crematório. Em algum momento, os sons se acalmaram e só sobraram algumas arfadas. E a mão nas costas dela.

A mão. Nas costas dela. Sem se mover, sem tentar acalmá-la, sem acariciá-la. Apoiada. A mão espalmada aninhada entre suas escápulas.

Quando voltou a si, Swan ficou surpresa de estar encolhida no colo de Nick. De estarem sentados num banco no jardim, aquele em que ela havia se sentado com Amanda. Ela abriu o olho e, através do borrão, percebeu que o peito da camisa do smoking dele estava um horror. Molhada e manchada com os restos do rímel, do batom e da base dela. Parecia uma cena de crime. Sewanee nem conseguia imaginar como ela mesma estava. Também não conseguia encontrar o olhar dele.

– Desculpa – sussurrou ela de forma abafada.

– Shhhh.

Ele levou a mão até a lateral da cabeça dela, guiando-a até o próprio ombro, até o paletó macio e seco.

– Isso foi… – Depois, para si mesma: – Ai, meu Deus. – E de novo para Nick: – Você não precisa ficar, eu já estou bem…

– Não seja babaca – murmurou ele, num tom tranquilizador apesar da falsa reprovação. – Eu não vou a lugar nenhum.

Então ela se deixou ficar aninhada nele. Na verdade, Swan passou o braço pelo peito dele e pelo outro ombro, se aninhando ainda mais. Deixou os dedos dele brincarem na testa dela e se sentiu confortada pela batida constante do coração de Nick.

Depois de muito tempo, quando sentiu que tinha voltado para um estado razoável, Sewanee ficou com a sensação inebriante que o excesso de choro provoca. Queria falar, mas não sabia se era capaz de fazê-lo de maneira coerente. Ela inspirou e tentou.

– Sobrinho da June. Por isso você foi tão bem na versão de romance – murmurou ela de forma retórica.

Sentiu a risadinha dele como um trovão em seu peito.

– Eu também podia ter sido um pouquinho mais sincero.

Sewanee fez uma pausa.

– O seu nome é Nick mesmo, né?

– É, porque *eu* não sabia que a gente ia inventar nomes. – Ela percebeu a provocação na voz dele. – Mas eu não devia ter fingido ser burro.

– Por que você fez isso? Não precisava. Você tinha uma abertura. "Eu sou editora de livros de romance." "Ah, que coincidência, a minha tia basicamente construiu toda essa categoria, talvez você tenha ouvido falar dela."

– É. Eu podia ter falado isso. – Ele parou. – O que você teria dito se ouvisse esse comentário?

Sewanee pensou por um instante.

– Não sei. Talvez… talvez eu aproveitasse a oportunidade pra abrir o jogo. Você não seria mais um cara aleatório num bar.

– Mas eu era um cara aleatório num bar.

Ela ousou erguer o olhar. Nick deu um sorriso com biquinho, provavelmente depois de ver o desastre absoluto no rosto dela. Swan começou a voltar para o esconderijo, para a segurança do paletó dele. Mas ele a impediu. Pôs a mão no queixo dela e manteve a cabeça dela erguida. Nick a encarou.

– Acho que nós dois queríamos alguma coisa aleatória – murmurou ele. – Essa era a fantasia, né?

A palavra "fantasia" acendeu uma brasa adormecida dentro dela.

Brock McNight.

Sewanee ergueu o corpo.

– Que horas são?

Ela tateou o bolso.

– Umas dez, mais ou menos – respondeu Nick, mas Sewanee já estava com o celular na mão.

Eram dez e meia. Dez e meia! Ela estivera chorando havia, o quê, uma hora? Ela se levantou, trêmula, com a mão presa ao ombro de Nick.

– Preciso fazer uma ligação.

– Claro.

Ele provavelmente achou que Swan precisava ligar para a família, e ela precisava. Precisava mesmo. Mas, antes, havia outra coisa.

Afastou-se uns 6 metros dele. Abriu a conversa com Brock e começou a digitar.

Desculpa. Você não vai acreditar, mas uma emergência de família...

Ela parou. Apagou. Começou de novo.

Eu tive uma emergência, e me desculpa avisar tão em cima da hora, mas eu não vou conseguir...

Tudo parecia inadequado. Swan devia a ele algo mais do que uma mensagem de texto. Brock ia fazer perguntas, e ela queria poder responder. Queria ouvir a voz dele e, mais importante, queria que ele ouvisse a dela. Que ouvisse que ela estava muito triste. Que não tinha dúvidas. Que era só uma questão de timing, mais nada. Depois de tantos meses, Sewanee finalmente *queria* falar com ele.

Assim, ela respirou para se estabilizar, digitou o nome dele e apertou o ícone de ligar. Então levou o aparelho ao ouvido.

Primeiro toque.

Segundo toque.

Swan também ouviu um toque no jardim.

Terceiro toque.

De novo, no jardim. Irritante.

Pôs um dedo no ouvido e olhou ao redor. Viu Nick se levantar, se virar de costas para ela e atender o celular *dele*.

No celular dela, Brock finalmente atendeu.

– Sarah?

Essa exuberância conhecida de oitenta mil downloads até então.

– É, oi – disse Sewanee, aliviada.

– Olá.

A voz dele veio pelo celular.

E também, ao mesmo tempo, pelo ar noturno.

– Estou feliz por você ter ligado. Pode ser que eu me atrase um pouco – continuou Brock.

A voz dele estava próxima.

– Aconteceu uma coisa inesperada. Te explico quando a gente se encontrar.

De novo, muito próxima.

O olho dela estava grudado nas costas de Nick.

– Você me ouviu?

Uma palavra finalmente saiu da boca de Sewanee.

– Brock?

– Sim?

De novo. Próxima.

– Nick? – chamou ela imediatamente pelo celular.

– Sim? – respondeu ele de maneira automática, também no celular.

Silêncio. Um silêncio ensurdecedor.

– Que *porra* é essa? – gritou Sewanee finalmente, para o outro lado do pátio.

"O Juízo Final"

Nick se virou para trás.

Os dois se encararam.

Eles baixaram os celulares. Ou, para ser mais exato, os celulares se abaixaram sozinhos.

Nick foi o primeiro a falar.

– Puta que pariu.

Sewanee tinha um caminhão inteiro de coisas para dizer, mas o motor estava quebrado.

– Puta que pariu! – repetiu Nick.

Depois sorriu. Ele sorriu, jogou a cabeça para trás e assoviou. Levou as mãos ao peito e riu. Nick segurou a própria cabeça, virou e fez uma dancinha.

Em seguida, foi na direção dela, os olhos brilhando como uma manhã de Natal. Como se o presente dos seus sonhos estivesse desembrulhado aos seus pés.

Swan recuou.

Foi bem para trás.

Ele congelou.

Ela olhou para ele pelo canto do olho, como um cachorro protegendo um osso.

O sorriso de Nick vacilou um pouco.

– O que foi?

– O que foi? – perguntou ela, incrédula. – O que foi?! – repetiu, ainda mais incrédula. – *Quem* é você?

Sewanee o viu tentar apagar o sorriso, para dar à circunstância a sobriedade de que ela precisava. Isso fez com que ele parecesse ter lambido uma bala azeda.

– Sou eu. Nick! – Ele não conseguiu. O sorriso voltou com uma vingança. E uma risada, para piorar. – Você não percebe como é incrível…

O dedo de Swan disparou para cima.

– Espera. Para. Perguntas.

Os braços dele se estenderam.

– Sou todo seu.

Sewanee respirou fundo.

– Sobrinho da June French?

– Sim!

– E?

Ele assentiu. Uma vez.

– Isso. Também sou Brock McNight – falou, na voz de Brock.

– O quê?

Nick repetiu, de novo na voz de Brock.

– Também sou Brock Mc…

– Não, não, não, não, não, não faz isso.

– Tá bem. – Ele levantou os braços, indo na direção dela. – E você é Sewanee Chester. E Sarah Westholme. – Não era uma pergunta. – Fantástico. É um prazer conhecer as duas. – Nick apontou para o banco, tenso, como se o braço não pertencesse a ele. – Vamos nos sentar?

Ela não se mexeu.

– Ou a gente pode ficar em pé. Ficar em pé é bom – disse ele.

Nick a observou, esperando um sinal.

Swan se sentou.

Ele se sentou cuidadosamente na outra ponta e apontou para o grande vazio entre os dois.

– Agora tem espaço pra nós quatro. – Com o silêncio dela, ele acrescentou: – Ok, cedo demais.

– Podia ter sido "um pouquinho" mais sincero também? – citou ela com firmeza.

Ele balançou a cabeça de leve.

– Tá, vamos esclarecer tudo. Um: eu não trabalho pra uma empresa de capital de risco. É o meu pai, meu pai biológico, quem faz isso.

– E o sotaque?

– Bom. – Nick falou as palavras seguintes de um jeito mais gutural: – Eu costumo intensificar um pouco a voz quando estou tentando conhecer alguém. As mulheres adoram um bom sotaque, sabe?

Sewanee deixou a cabeça desabar nas mãos.

– Ai, meu Deus.

Ele parou com o exagero no sotaque.

– Desculpa, só estou sendo sincero.

Ela inspirou fundo.

– Ok. Tudo bem. – Swan respirou fundo. – Eu sei por que menti. – Ela olhou para ele. – Por que *você* mentiu?

Nick abriu bem os braços, como se quisesse mostrar que estava desarmado.

– Eu não sou você. Não tenho uma carreira com meu próprio nome. Sou só um pseudônimo. Um fantasma. Então, quando… se eu contar o que faço pra ganhar a vida, e aí? As pessoas, as mulheres, vão querer saber o que gravei, e o que eu vou dizer? Vou sair do armário como estrela pornô vocal?

Sewanee continuou tentando abrir caminho pelos montículos de entulho mental.

– Então, a voz de Brock McNight é…

– Falsa. Totalmente inventada. – Ele suspirou. – É uma longa história.

– Me dá a versão curta.

– Quando a banda se separou, eu comecei a narrar. Um amigo da June me deu uma chance…

– A banda era de verdade?

Nick piscou para ela. Parecia finalmente entender a gravidade da confusão dela, a reticência, a suspeita. Sewanee estava duvidando de tudo, não só de Las Vegas, mas também das mensagens entre eles. Nick se aproximou aos poucos dela no banco, com cuidado. Com cautela. Ela não se afastou, mas enrijeceu e cruzou os braços. Ele parou de avançar.

– Tudo… cada coisinha que eu escrevi pra você… era verdade. Aquele sou eu. Só que com um nome diferente, só isso. Na verdade, o cara da banda, meu melhor amigo? É o Jason. O produtor de *Casanova*.

Sewanee jogou as mãos para o alto.

– Claro, por que não? E a garçonete em Las Vegas era sua irmã.

Ela olhou para o chão, mas sentiu que ele a observava.

Se tudo era verdade, por que Swan se sentia enganada?

A noite já fora pesada. Isso a deixou na beira de um penhasco, do qual ela podia jurar que já tinha caído.

Nick seguia falando.

– Isso é bom, você não percebe? É maravilhoso. Sorria, querida, é engraçado.

As últimas palavras se misturaram com uma risadinha delicada. Ele estendeu o braço para pousar a mão reconfortante no joelho dela.

Mas Sewanee não estava pronta para isso. Na verdade, ela ficou com raiva. O fato de ele achar isso engraçado parecia provar que Nick não estava nem de perto tão interessado em ambas as versões dela quanto ela estava nas duas versões dele.

Além do mais, ela estava coberta de cuspe, lama, maquiagem e lágrimas, enquanto ele parecia o James Bond.

Swan se levantou.

– Isso é uma idiotice. Cansei. Chega. Eu tenho preocupações de verdade, problemas de verdade. A minha avó tá lá dentro tentando se matar, o meu pai é um babaca, e… – Alguma coisa voltou como um bumerangue. – Eu perdi! Fui indicada em *uma* categoria e perdi, e isso não acontece desde que comecei a fazer audiolivros, então não sei o que isso significa, se é que significa alguma coisa, mas acho que não é bom, e eu simplesmente… boa noite.

– Ah, por favor! – gritou Nick para as costas dela, que se afastava, com a voz ainda cheia de risadas. – Não vai embora assim! Sewanee!

Ela desapareceu dentro do Seasons.

– Você fuma?

Não era o que ela pretendia perguntar, mas a visão de Nick deitado de costas no banco, levando preguiçosamente um cigarro à boca, fez escapar todo o resto do que havia planejado dizer.

Ele se assustou com o reaparecimento dela e se sentou bem rápido, apagando o cigarro. Havia afrouxado a gravata-borboleta e desabotoado o colarinho. Ele não tinha o direito de ser tão bonito.

– Eu não fumo desde o ensino médio – disse Nick, tímido –, mas… os últimos meses foram… difíceis.

No meio de toda essa confusão, Swan havia se esquecido que a tia dele – de quem ele claramente fora próximo – tinha morrido. Ela voltou para o banco, mas não se sentou.

Olhos de cachorrinho a encararam.

– Você voltou.

Ela engoliu em seco.

– Eu estou muito… cansada e não sei o quanto consigo encarar agora, mas sei que não quero me afastar desse jeito.

– Isso é louvável. Muito adulta.

Sewanee dispensou o comentário.

– Eu costumo fazer uma tempestade num copo d'água. Meu pai te diria que tenho uma veia dramática.

Nick deu de ombros.

– Você é muito emotiva.

O rosto dela esquentou com a consciência casual da declaração dele. E também com o erro daquilo. Swan não era passional, não de verdade. Só tinha sido assim com ele.

Ela se recompôs.

– Quero saber por que você acha que isso é bom. Por que acha que é maravilhoso.

Ele bateu nos joelhos.

– Fico feliz de explicar! – Nick se levantou, o que fez os dois ficarem próximos demais, mas Sewanee não quis passar vergonha dando um passo para trás. Em vez disso, ela encontrou o olhar dele. – Porque em que mundo você poderia imaginar isso acontecendo com você?

– Nenhum! Coisas assim pertencem aos livros da June.

– Exatamente! Mas é real!

– É mesmo?

– É!

– O que é real?

– Isso. A coisa toda. – Ele gesticulou os braços, abrangendo o universo inteiro. – Nós temos muita sorte.

– Por quê?

– Porque, semanas atrás, eu estava um bagaço. – A empolgação na voz dele acelerou o ritmo. – Eu, Nick, não conseguia parar de pensar na mulher de Las Vegas. Você: a Alice. Mas eu estava todo confuso. Por quê? Porque eu, Brock, tinha sentimentos *de verdade* por você: a Sarah. Então, Nick e Brock estavam, tipo, brigando um com o outro, porque tínhamos sentimentos por duas mulheres diferentes, mas as duas são você! Sewanee! Você não percebe? Isso é...

Quando ele perdeu o pique, Swan inclinou a cabeça para ele. *O quê? Isso é o quê?* Ela com certeza não sabia. Nem entendia o que Nick tinha acabado de dizer. Mas o que conseguiu extrair de tudo isso... foi o quanto ele gostava dela. De todas as versões dela.

Ele suspirou e estendeu a mão. Os dois estavam tão próximos que Nick teve que deixar o cotovelo colado no corpo para fazer isso.

– Oi. Meu nome é Nick. Nick Sullivan. Sou narrador de romances. É um prazer te conhecer. E você é...?

Swan olhou para a mão dele, aquela mão que tinha estado em certos lugares. Ela engoliu em seco e mordeu a isca.

– Sewanee Chester.

Ele apertou a mão dela com delicadeza. E não soltou.

– Tenho certeza que a resposta é não, mas eu seria negligente se não fizesse pelo menos uma oferta pra fazer as pazes no nosso encontro dessa noite. Você quer comer alguma coisa? Beber um Last Word?

Ela deu uma risadinha baixa.

– Por mais que isso pareça maravilhoso...

Ele deu um tapinha na mão dela.

– Eu entendo. A noite foi... difícil.

Swan assentiu.

– Preciso de um tempo.

Nick a soltou e levantou a mão.

– Claro. Me manda uma mensagem quando estiver pronta pra conversar.

Não havia um *se* na declaração dele. Na cabeça de Nick, isso era só uma divertida pedra no caminho.

Então, qual era o problema dela? Sim, Sewanee estava vazia, exausta e completamente desnorteada, mas por que sentia que estava deixando alguma coisa fundamental passar? Tinha a sensação de estar confusa, mas sem saber a fonte da confusão. Era como tentar encontrar o carro no estacionamento enquanto imaginava possíveis cenários. Será que foi roubado? Será que foi rebocado? Será que ela estava no andar errado? Será que ela veio de carro naquela noite?

Swan sorriu, hesitante, e deu um passo para trás. Acenou de leve para Nick, que retribuiu o gesto, e se virou, entrando de novo no Seasons.

– Por que você estava em Las Vegas?

Ela não tinha ido embora por tanto tempo dessa vez, então pegou Nick quando ele estava saindo do jardim, mexendo no celular.

Ele levou um susto e depois riu.

– Estamos numa peça? Você está encenando uma peça? – Mas ele deve ter percebido a desconfiança no rosto dela, porque ficou sério. – Pra convenção.

– Por quê?

– June tinha sido convidada pra estar lá e, quando… quando ela morreu, a editora dela, dos livros fora de catálogo, queria transformar o evento num tipo de memorial. Parecia a coisa certa a se fazer pros fãs. Eles poderiam passar por lá, prestar homenagens e comprar um cartão-postal de edição limitada com as capas originais dela. – Nick acrescentou: – Ela era como uma mãe pra mim.

– Mas, de todos os hotéis, por que você se hospedou logo no Venetian?

– June tinha reservado o quarto. Por causa do *Casanova*. Uma viagem para pesquisar um pobre homem.

Era quase plausível demais. Por que Swan não estava acreditando nisso? Em nada disso?

– Você estava na convenção como Brock McNight?

Ele pareceu horrorizado.

– Meu Deus, não! Não faço nada como Brock McNight.

– Então você não sabia que eu estava lá?

Nick piscou para ela.

– Eu não sabia nem quem você era, como poderia saber que você estava lá?

– Quer dizer – comentou Sewanee, começando a pegar no tranco, mas sem entender exatamente *por quê* –, você não me viu ser a mediadora de um painel sobre audiolivros, ou participando de um estande de audiolivros?

Ele pareceu mais perplexo.

– Não! Claro que não. Não dou a mínima pra audiolivros! Sewanee... eu não te conheço. Nem sei como soletrar o seu lindo nome.

– Você nunca ouviu falar da narradora com tapa-olho?

– Pelo amor de Deus, não! – Ela percebeu que Nick estava tentando decifrá-la. Como se, talvez, se olhasse o suficiente para Swan, a cabeça dela fosse abrir e ele pudesse dar uma olhadinha lá dentro. – Por que você tá duvidando sobre não saber quem você era?

Ela balançou a cabeça.

– Você espera, de verdade, que eu acredite que você aleatoriamente...

Sewanee suspirou de um jeito irregular. Não queria começar a chorar de novo.

– O que foi?

Nick estendeu a mão para ela, mas Swan se afastou dele com determinação. Ela recuperou a voz e falou com firmeza:

– Por que você se aproximou de mim naquele bar?

– Por que aquele bar?

– Não. Por que eu?

Swan viu o rosto dele mudar. Ele desabou. Pela primeira vez naquela noite, Nick finalmente parecia tão angustiado quanto ela.

– Ah. É, ok. Não é... é muito bobo.

– Você achou que eu seria fácil?

– O quê? Não...

– Que a garota com tapa-olho ia ficar agradecida?

Os olhos de Nick se fecharam com força, e a mão dele apertou o próprio peito.

– Não. Você tá me deixando muito mal nesse momento. Como é que você pode pensar isso de si mesma?

– Porque já fui escolhida por pena – respondeu Sewanee, simplesmente.

– Não foi *nada* disso. De jeito *nenhum*. Meu *Deus*.

– Então o que foi? – Ele não tinha uma resposta rápida. – Nick?

– Minha querida...

– Para. – Swan estava fazendo o máximo para dar a ele uma oportunidade de surpreendê-la, mas estava se preparando para a verdade. – Tudo bem, é só admitir que foi por pena…

Nick jogou os braços para o alto e se afastou alguns passos. Depois se virou de volta.

– Você quer mesmo… tudo bem. – Ele bufou. – Você estava sentada com Adaku Obi. Ok? Então me aproximei. – Ele deu de ombros. – Achei que eu podia ser simpático com a amiga. Achei que você era a amiga desenrolo dela, então… – Ele respirou fundo, arregalou os olhos e balançou a cabeça. – Simples assim.

Simples assim.

Sewanee se virou e se afastou.

– Desculpa – disse Nick e, pela proximidade da voz, ela percebeu que ele a estava seguindo. – Você me perguntou, e eu falei a verdade. Eu não quero… não *posso* mais mentir pra você em relação a nada. Quaisquer que sejam as consequências.

Swan não disse nada.

– Mas, apesar de ter começado desse jeito, obviamente não foi assim que terminou – continuou ele.

– É. Ela não voltou pra mesa, né? – retrucou Sewanee.

Sentia-se muito idiota. Uma idiota patética. Ela estivera se perguntando o que esse cara tinha visto nela, e era *tão* óbvio, e Sewanee estivera *tão* cega. Voluntariamente cega. Meu Deus.

Os dois saíram do jardim cercado por muros e voltaram para o prédio. Passaram pelo salão principal vazio, pelo saguão, e o olho de Sewanee estava nas portas duplas à frente. Precisava sair dali.

– Antes de você ir embora, sei lá, pela décima vez…? – Nick tentou estourar a bolha da tensão, mas ela não estava achando graça nenhuma. – Por favor, pensa no seguinte: não importa como começou. Não importa! Porque lembra quando você recebeu uma mensagem da sua amiga que não ia conseguir chegar pro jantar?

Sewanee levantou a mão, pedindo para ele parar. Aquela mensagem tinha sido mais uma das mentiras dela.

Nick ignorou sua mão.

– Eu fui embora naquele momento? Eu me afastei? Não! Pedi a conta e fui jantar com você, porque eu queria, porque queria estar com *você* naquele momento!

– Porque eu era o que tinha sobrado!

Sewanee abriu as portas da frente e viu um táxi parando ali, e todo o seu pensamento racional desapareceu. Ela queria fugir, e essa era a maneira mais rápida.

– Eu não posso fazer isso. Preciso de um tempo pra… é demais, é, é…

Assim que ela chegou ao táxi, a porta se abriu.

– Swan! – disse a voz rouca de Mitzi, saindo do carro. – Você tá parecendo um trapo. Toda esculhambada. Mas seu vestido é lindo.

– Obrigada – murmurou ela.

Quando o motorista chegou com o andador, Mitzi se apoiou em Sewanee, e os olhos dela pousaram em Nick.

– Ora, ora, o que é isso?

Sewanee encontrou o olhar do motorista.

– Você tá livre?

– Claro, pode entrar.

– Sewanee… – começou Nick, mas ela o interrompeu com um olhar que poderia estilhaçar uma vidraça.

Virou-se de novo para Mitzi, que agora estava acomodada no andador.

– Te vejo na sexta, Mitzi.

Mitzi olhou Nick de cima a baixo.

– Pode trazer esse moço, seja lá quem for.

Sewanee entrou no táxi e bateu a porta. Nick correu até a janela.

– Eu planejei alguma coisa além de um drinque? Planejei alguma coisa além do jantar? Eu estava indo embora! Por acaso eu planejei a neve? – questionou ele através do vidro.

Sewanee disse ao motorista para onde ir, e o táxi começou a se afastar. Nick deu um tapa no capô.

– Sewanee! Por favor!

Mas ela fez o motorista continuar.

Swan se virou para trás, como se realmente tivesse alguma coisa para gritar para ele, e o viu colocar as mãos nos quadris.

– O que é que eu preciso fazer? – gritava Nick.

Depois, a atenção dele se voltou para Mitzi, que estava puxando seu paletó.

– E aí? Tá solteiro?

"A ruptura"

Eram 3h15 da manhã, e Sewanee olhou de novo para o relógio. Tinha certeza de que se passaram pelo menos 45 minutos desde a última vez que olhara.

Tinham se passado doze.

Os pensamentos iam e vinham em sua mente como beija-flores num bebedouro.

Nick não sentia pena dela. Sentia? Não sentia, não. O modo como ele tinha estado com ela, o toque dele, a preocupação, a determinação. Nada disso parecera pena. Ela sabia a diferença.

Mas Swan não fora sua primeira opção. Ele queria Adaku. Ela foi um prêmio de consolação.

E a despedida deles em Las Vegas? Por que Nick não deu o número do celular para ela? Por que não pediu o dela?

Ela se virou na cama. Apertou o travesseiro com força. Fechou o olho.

Imagens dos dois juntos irromperam em sua mente.

Sentada em frente a ele na banheira, depois de tudo.

A textura da pele de Nick, escorregadia por causa da água.

Os dedos dela traçando o pomo de adão dele.

Sewanee se virou de novo, na esperança de calar a mente. Mas as palavras que os dois trocaram no final se aproximaram como fantasmas zombeteiros.

Nick comentara: *Eu adoraria continuar isso, mas...*

Swan respondera: *Não, claro.*

E ele dissera: *Talvez seja melhor deixar assim.*

E ela, esmagada sob o peso das próprias mentiras, só pôde concordar.

Depois ele tocou na cicatriz dela. De um jeito simples, desimpedido, natural.

Então Blah gritou: *Monstro.*

Swan abriu o olho. 3h18. Inacreditável.

Virou-se de novo e estendeu compulsivamente a mão para o celular, mas não havia nenhuma mensagem desde a última de Carlos, horas antes: Blah estava estabilizada, não precisara ir para o hospital. Mas eles iam manter o Ativan por mais alguns dias. Talvez fosse melhor se Sewanee desse um pouco de espaço para ela.

Nenhuma mensagem de "Brock" também.

Como ia superar o fato de ser – meu Deus, como ela odiara esse termo desde a primeira vez que o ouvira de um atleta babaca no ensino fundamental – o resto de alguém?

Mas não era isso. Essa nem era a terminologia certa. O que é que ela estava tentando...

Sewanee havia sido usada. É isso, foi isso que acontecera. Simples assim. Fora usada por um homem que sabia exatamente o que estava fazendo. Ele era ninguém menos que Brock McNight. Nick apareceu na vida dela como um herói saído de um livro de romance porque era exatamente isso que ele era. Isso era tudo que ele era. Mas ela? Ela era real demais.

Exceto pela parte das mentiras.

– Você precisa dormir um pouco – rosnou em voz alta, dando uma de mãe.

Swan se virou mais uma vez, fechou o olho com força e se recusou a abri-lo.

3h19 da madrugada.

Droga.

Quando Sewanee ouviu a batida pela primeira vez, pareciam sinos de igreja em seu sonho. Uma cidade estrangeira, o sol da primavera, uma vaga sensação de desconforto, como se ela estivesse atrasada para alguma coisa da qual não conseguia se lembrar. Mas sinos de igreja não deviam parecer tão abafados, tão deselegantes.

Ela abriu o olho para o silêncio. Esperou. A batida veio de novo. Dessa vez, parecia mais um estrondo.

Adaku! A carona para o aeroporto!

Swan levantou correndo da cama, tropeçando na bolsa da noite anterior, e se lançou na direção da porta.

O sol estava forte por trás do novo corte afro militar de Adaku.

– Bom dia!

Sewanee levantou a mão para proteger o olho.

– O que tá acontecendo? – resmungou ela.

Adaku interpretou mal o tom, como se ela não fosse bem-vinda.

– Estou interrompendo alguma coisa? – sussurrou a amiga, sorrindo.

– O quê? – A noite disparou por Swan como um trem expresso passando por uma estação. – Ah. Não. De jeito nenhum.

Adaku murchou.

– Nhé. Por quê?

Sewanee tentou formular palavras, mas não conseguiu. Só ficou ali, parada. Atônita. Imóvel.

– Ah, baby – murmurou Adaku. – Tá bem, tá bem! Entra!

Adaku a colocou no sofá, se movimentou pela cozinha por um minuto, e logo havia um copo de água diante de Sewanee e uma ordem para que bebesse. Ela bebeu e, outro minuto depois, havia uma xícara de café na frente dela e seus pés estavam no colo de Adaku, no sofazinho.

– O que aconteceu? – perguntou Adaku.

E Sewanee contou. Tudo.

As duas estavam na segunda xícara de café quando ela terminou. Era triste, e ainda surreal, mas não tão terrível quanto parecia quando Adaku chegou.

– Sinto muito pela BlahBlah – disse a amiga.

– Pelo menos ela não vai se lembrar.

Adaku abafou uma risadinha agridoce.

– Verdade. Por outro lado, Brock, ou devo dizer Nick...

Sewanee levantou a mão.

– Não quero falar sobre ele. Eles.

– Tá, mas, tipo, do meu ponto de vista, me parece... insano – insistiu Adaku. A última palavra saiu com uma risada eufórica. – Uma trepada de uma noite só se transforma numa correspondência inconsciente! Isso é coisa de livro de almas gêmeas...

– Parece mais um livro ruim de fantasia – interrompeu Sewanee, se levantando e indo para a cozinha. – Não romantiza a situação. É horrível. Humilhante. É... – Ela viu um saco de papel branco sobre a bancada. – Você trouxe um burrito do Beachwood de café da manhã?

– Trouxe – respondeu Adaku da sala de estar.

– Ahhh, obrigada. – Ela rasgou o saco. – Onde tá o seu?

– Não posso. A única parte de um burrito que eu posso comer agora é o papel da embalagem.

Sewanee pôs o burrito no micro-ondas, balançou a cabeça e continuou falando da cozinha.

– Eu também não deveria comer isso, né? Ah, você ia ficar orgulhosa de mim, comecei a fazer flexões na semana passada. Quer dizer, imagino que eles vão me dar um personal, mas graças a Deus não vou pro acampamento com você agora, porque eu não ia sobreviver... – Swan ofegou, cobrindo a boca. – Ai, meu Deus, Ada, sou muito idiota. Deixei meu carro no Seasons ontem à noite. Merda! Vou pedir um carro pra gente, me desculpa...

Ela se virou, e Adaku estava em pé na entrada da cozinha.

– Você não conseguiu o papel – disse a amiga.

O micro-ondas apitou, mas Sewanee não se moveu. Tinha a impressão de ter levado um tiro, mas a surpresa do impacto parecia ter precedido a dor da bala.

– Sinto muito, Swan. Ainda não estou acreditando.

Adaku parecia arrasada, como se tivesse puxado o gatilho.

Sewanee se virou de novo para o micro-ondas. Abriu a porta. Tirou o burrito. Deu uma mordida enorme. E continuou a comer.

– Fala comigo – implorou Adaku.

Sewanee engoliu e firmou a própria voz por precaução.

– Quando foi que você...

– Ontem. Eu não queria te contar antes da sua noite especial. Mas estou indo embora e queria te contar isso cara a cara e... – Ela deixou a frase pela metade.

Depois de mais um momento em suspenso, Sewanee deu outra mordida.

– Tudo bem. Obrigada por me avisar. Vou me vestir.

– Não, Swan, você não vai comigo até o aeroporto, isso é ridículo.

– Vou, sim! – Ela deu outra mordida agressiva. – Eu falei que ia te levar e vou te levar.

Swan saiu com o resto do burrito da cozinha.

Adaku a seguiu até a sala de estar.

– Eu vi seu teste. Foi muito bom, Swan! Foi mais do que bom. – Sewanee deu uma risadinha. – De verdade. Mas eles decidiram...

– Seguir por outro caminho?

Sewanee não tentou disfarçar a sarcástica amargura na voz. A clássica dispensa *não é você, sou eu* de Hollywood.

– O Colin queria você – tranquilizou Adaku –, mas o estúdio... todo mundo achou que você foi incrível. Genial mesmo, segundo eles.

Ela procurou o celular enquanto dava outra mordida.

– Quem conseguiu o papel? – perguntou.

– Swan...

– O quê? Uma famosa que eles vão deixar horrorosa em vez de uma desconhecida que já é feia?

– Sewanee...

– Já estou vendo a campanha pelo Oscar de melhor maquiagem...

– Não tem nada a ver com...

– Quem conseguiu o papel, Ada?

Adaku suspirou.

– Eles encontraram uma garota, Amber alguma coisa. Ela é uma YouTuber, influencer, personalidade do TikTok, não importa. Aos 17 anos, o braço dela foi arrancado por um tubarão.

Sewanee engoliu o último pedaço do burrito.

– A sem braço ganhou da sem olho. – Ela estalou os dedos de um jeito cínico. – Sempre acontece.

Adaku balançou a cabeça.

– Você precisa parar. A questão é o número de seguidores. Ela tem tipo quarenta milhões. Você acha que o talento costumava ficar no banco de trás? Agora ele fica no porta-malas. A menina tem um app de meditação, livros de receitas e um monte de merda. Mas eles queriam você!

Sewanee não conseguiu mais se conter.

– Então o que aconteceu com "eu consigo fazer isso"? E com o "poder de estrela, baby"?

Adaku estendeu a mão, como um guarda de trânsito tentando fazer Sewanee desacelerar.

– Eu tentei. De verdade. Fiquei tão puta quanto você. Acredita em mim. Mas é pior pra eles! Vamos encontrar outra coisa. Algo melhor! Você agora está de volta ao mercado! Foi só um teste. Isso aconteceu por um motivo, tá? Tudo está escrito! Você vai ver.

Havia um momento em que toda discussão podia acabar. Nada irreparável tinha sido dito, nenhum limite importante fora ultrapassado. Havia um ponto natural de onde não dava para voltar.

Sewanee passou voada por esse momento.

Ela jogou os braços para cima, parecendo um boneco de posto.

– Para! Cala a boca! Tudo acontece por um motivo?! Você sabe quando foi a última vez que eu pensei assim? Quando tinha dois olhos, porra! Tudo tá escrito?! *Isso* estava escrito?

Sewanee enfiou o dedo no olho com tanta rapidez e tanta força que não teve tempo de se lembrar que não estava com o tapa-olho. Ela atingiu a órbita do olho machucado, e a onda de dor a dobrou ao meio e quase a fez vomitar.

– Swan!

Sentiu Adaku disparar na direção dela e a empurrou para trás, um golpe forte no que achou ser o quadril da amiga.

– Sai!

Swan tocou delicadamente o próprio rosto. Viu sangue na ponta do dedo.

– Você tá sangrando.

Adaku ofegou.

Não estava jorrando. A cicatriz estava fechada havia muito tempo, não podia ter se aberto. Ela devia ter arranhado com a unha. Havia uma parte racional do cérebro dela que ainda funcionava, que ainda conseguia processar tudo logicamente. Mas a outra parte estava em *looping*, pensando sem parar na injustiça de todas as coisas horríveis que tinham acontecido e na própria incapacidade de aceitá-las, porque elas nunca deveriam ter acontecido. Não com Sewanee. Ela nunca havia pensado, nem uma única vez: *pobre de mim*. Mas nunca conseguia escapar de ponderar: *por que eu?*

Swan disparou de volta para a cozinha, foi até o congelador, abriu a porta com força, pegou um punhado de gelo e tascou no rosto.

– Isso tudo é culpa sua. *Você* queria que eu voltasse a atuar. *Você* precisava que eu voltasse a ser inteira. *Você* precisava que eu vencesse. Porque, pra você, se as coisas não derem certo no final, vai ter que admitir que nem tudo acontece por um motivo – resmungou ela sem parar.

– Swan…

Que ótimo, Adaku estava chorando. Bem, Sewanee também estava. Levou um instante para perceber isso, porque o gelo começava a escorrer pelo rosto, mas esse aperto no peito, Adaku desfocada, a incapacidade de respirar direito? Era tudo por causa das lágrimas. E elas a enfureceram.

– Você não pode consertar isso. Não vai melhorar nada. Não importa quanta merda de pensamento positivo você jogue na minha cara.

Adaku deu um passo na direção dela.

– Me diz o que fazer.

Sewanee chegou bem perto dela.

– Me deixa odiar o mundo e o que ele fez comigo! – gritou. Ao ver o rosto chocado de Adaku, ela se virou e se afastou, soluçando. – E vai embora! Por favor!

Swan estava chorando demais para ouvir os soluços de Adaku, os passos dela indo embora. Tudo que ouviu, depois de um minuto, foi a porta da frente fechando devagar. Ela chegou até a pia bem a tempo de vomitar.

Sewanee não sabia por quanto tempo ficara ali na bancada, olhando para a vista da cidade, voltando aos poucos a si. Só sabia que não tinha ideia do que fazer em seguida.

Abriu a torneira e deixou o vômito escorrer pelo ralo. Isso quase a fez vomitar de novo.

Chá. Ela precisava se hidratar. Um primeiro passo viável.

Abriu o armário e pegou o presente da Tea-For-One que a mãe tinha dado.

O instante em que ele escorregou das mãos dela e caiu no piso de cerâmica, se estilhaçando, obviamente, em um bilhão de pedacinhos que ela sabia que ainda iria encontrar meses depois, pareceu, pensando bem, predeterminado.

Ela continuou parada ali.

O que você quer fazer, Swan?, pensou. Deveria pegar pelo menos os pedaços maiores? Deveria pegar uma vassoura? Deveria tentar chorar de novo? Deveria gritar até a garganta sangrar?

No fim, não fez nada parecido. Em vez disso, saiu. Saiu da cozinha. Pisou em alguns cacos, e o estalo deles não teve nenhum efeito perceptível. Swan entrou no quarto, pegou uma bolsa de viagem no armário, catou umas peças aleatórias de roupa e as jogou ali dentro, fechou, voltou para a sala de estar, pegou o celular, chamou um carro e deu uma última olhada nos pedaços estilhaçados.

– Eu quero a minha mãe – disse, por fim, em voz alta.

Enquanto o carro se dirigia ao aeroporto de Los Angeles, Sewanee estava sentada no banco de trás, olhando pela janela. Ela se sentia bem com essa decisão espontânea. Havia até uma sensação de sincero alívio. Não tinha muita certeza do que era, mas algo a convenceu de que estava fazendo a coisa certa. Isso era necessário.

Também era empolgante. Nunca tinha feito nada assim, simplesmente pegado o celular e reservado o assento mais barato no próximo voo, enquanto estava no banco traseiro de um carro já a caminho do aeroporto. O destino não importava, mas, quando mandara uma mensagem para a mãe, para saber onde ela estaria nos próximos dias, e a mãe respondera "Veneza"... Bem, talvez algumas coisas *estivessem* escritas.

O celular apitou, mas Swan não queria saber dele. "Brock" tinha mandado algumas mensagens, mas ela não leu. Que diferença faria? Ela estava indo para a Itália. Mas Sewanee também havia mandado uma mensagem para Amanda, dizendo que ficaria indisponível por um tempo e que ela ligasse para Henry se Blah precisasse de alguma coisa. E se fosse a resposta dela?

Sewanee olhou para o celular.

Merda. Jason.

Ela deu uma olhada no e-mail:

Oi, Sarah! Mais dois capítulos prontos, os roteiros estão em anexo! Como essas são as cenas da consumação, acho que deveriam ser realizadas em dueto, compartilhando as falas. Então gostaria de marcar uma hora para você e Brock se encontrarem para gravar juntos.

Porra, mas nem pensar.

O motorista tinha parado no meio-fio e estava saindo para pegar a mala. Ela digitou rapidamente:

Não estou disponível. Fala com o Nick.

Swan enviou, desligou o celular, saltou do carro, agradeceu ao motorista, pegou a mala e foi até o terminal.

Próxima parada: Veneza. De verdade, dessa vez.

PARTE IV

O personagem é o destino.

– Heráclito

Escolha um defeito, qualquer defeito. Coloca no início. Deixa esse defeito perseguir o personagem no meio da história. Então ele ataca. O momento seguinte é de lutar ou fugir. Você fez o seu trabalho. Não complique demais as coisas.

– June French para a Cosmopolitan

"O refúgio"

A primeira coisa que Sewanee viu quando entrou na *pensione* que a mãe tinha reservado para ela foi Marilyn e Stu, sentados em duas poltronas bem estofadas no saguão. Os dois ficaram radiantes e levantaram as mãos ao mesmo tempo, como se ela tivesse marcado um gol.

– Aí está ela! – exclamou a mãe, se levantando.

– Que gentileza a sua dar uma passadinha. Veio pedir uma xícara de açúcar emprestada? – brincou Stu, gemendo enquanto também se levantava.

Sewanee sentiu o fundo do olho arder com as lágrimas. Marilyn estava tão bem. Tão feliz. Os cachos castanhos com mechas prateadas caíam pouco abaixo do queixo, o rosto estava bronzeado e os olhos azuis brilhavam. Ela sempre fora uma mulher elegante, mas agora estava em forma. Forte por andar pelos paralelepípedos, fazer trilhas em ruínas de castelos e escalar montanhas para observar vistas espetaculares. A mãe estava com 65 anos e nunca parecera tão linda.

– A que devemos esse prazer? – perguntou Marilyn no ouvido de Sewanee, quando as duas se abraçaram. Ela se afastou e olhou fundo no olho da filha. – Trabalhando demais de novo?

– Sempre – resmungou Sewanee, se afastando da mãe e indo falar com Stu.

Só tinha se encontrado com ele duas vezes, mas, em cinco minutos do primeiro encontro, ela já o adorava.

Swan recuou e viu que Marilyn a observava com curiosidade.

– Mas tem outra coisa?

– Tem mais *algumas* coisas.

A mãe ergueu uma sobrancelha.

Sewanee respirou fundo.

– Meu pai.

– Bem, quando ele não está…

– E Adaku.

– *Ada?* Por quê?

– E Blah.

– Ah, não.

– E interpretar. E robôs. E Mark vai vender a casa. E tem um cara. Que, na verdade, são dois caras. Que são o mesmo cara.

Sewanee respirou fundo de novo.

Marilyn entregou a Stu uma das chaves do quarto de Sewanee.

– Amor, você pode…

– Aham – respondeu Stu, pegando a bolsa de viagem de Sewanee e se afastando com um sorriso.

Esse era Stu: tranquilo, descomplicado e generoso.

Marilyn deu o braço para a filha, conduzindo-a para o pátio do hotel. Depois pediu dois Aperol Spritzes num italiano quase decente de turista e agradeceu ao garçom pela tigela de azeitonas e pela cesta de *grissinis* que ele colocou na mesa.

– Vamos começar pelo cara – disse Marilyn, decidida, espalmando a mão na mesa de madeira.

Enquanto Sewanee contava a história sórdida, o rosto de Marilyn passou de uma leve surpresa para uma doçura com os olhos marejados, então para um choque e, por fim – para a consternação de Sewanee –, para uma risada descontrolada.

Sewanee parou de contar a história e olhou furiosa para ela.

– Mãe.

Marilyn gesticulou com o guardanapo na frente do rosto, como se estivesse se rendendo.

– Desculpa – tentou dizer, determinada, mas as palavras se embolaram na risada como uma meia na secadora de roupas.

– Por que todo mundo acha isso tão engraçado? – resmungou Sewanee, estendendo a mão para o drinque enquanto esperava a mãe parar de rir.

– Porque parece um filme! – gritou Marilyn, secando o rosto e deslizando os óculos para cima da cabeça. – É simplesmente tão...

A mãe perdeu o controle de novo, se curvando de tanto rir.

– Tá, quer saber...

Mas não havia nada a dizer, nenhuma ameaça vazia para anunciar. A reação da mãe – tão parecida com a de Nick e Adaku – a irritava e a entristecia. Forçava Swan a ver tudo de maneira diferente. Ainda doía. Mas... Havia o outro lado da história. Marilyn viu. Nick viu. Adaku viu. E, talvez, se você olhasse para ela por uma direção específica, quem sabe, de certa maneira, fosse, talvez, um pouquinho engraçada. *Talvez.*

Marilyn recuperou o controle e secou os olhos com o guardanapo.

– Sinto muito, Swanzinha. De verdade. – Elas ficaram sentadas em silêncio por um instante, dando um gole do Spritz. Então Marilyn continuou, com um tom de voz suave: – E o que está acontecendo com a sua avó?

Sewanee explicou tudo. O estado atual de Blah, a mudança de ala necessária, a quantia exorbitante de dinheiro que ela estava disposta a gastar e por que Sewanee achava importante manter Blah num lugar familiar, com pessoas conhecidas, sem levar em conta o valor.

– Mas é claro – interpôs Marilyn rapidamente no final, como se fosse uma conclusão óbvia, o que validava alguma coisa dentro de Sewanee que ela não sabia que precisava de validação. – Tenho certeza que Henry também pensa assim, né?

Sewanee se inclinou por cima da mesa.

– Ele não pensa nem um pouco parecido, mãe. Em primeiro lugar, meu pai se ressente porque a Blah foi pro Seasons. Ele se ressente por ela usar as próprias economias pra ficar lá. Por ela nunca o escutar em nenhuma questão. E o pior de tudo é que eu achei que ele ia ficar animado quando eu falei que ia pagar! Que isso ia aliviá-lo de todo o peso que sentia, liberá-lo de todos os ressentimentos, dar a ele a oportunidade de valorizar a filha, talvez até, sei lá, *amar* a filha?!

Marilyn deu uma risadinha triste.

– Ah, querida. Isso nunca ia funcionar.

A mãe deu outro gole no Spritz e pescou a fatia de laranja, comendo-a com prazer.

– Eu não o entendo. Eu tento, mas... É como se ele tivesse inveja de mim ou coisa assim. É meio doido, mas é isso que parece.

– Bem. Dizem que a inveja não passa de uma admiração inversa.

– Mãe...

– Ele provavelmente tem inveja. Com toda a certeza é ressentido. Mas isso não tem nada a ver com você ser filha dele, ou eu ser esposa dele, ou Blah ser mãe dele, ou a aluninha Kelly ser sei lá o quê. – A casca da laranja estava posicionada entre os dedos dela como um cigarro. – Somos todas um grande emaranhado de mulheres. E sinto muito por dizer isso, mas esse é o verdadeiro problema do seu pai.

– Como assim?

Marilyn se inclinou para a frente e deixou a casca no prato. Ela apoiou o queixo nas mãos e parou, pensando.

– Seu pai já amou algo certa vez. Não alguém, e sim um lugar: a cidade de Nova York. E, quando o pai morreu, Henry deixou o "amor" dele pra ficar com a mãe, pra ajudá-la. Pra ser amado pela mãe? Pra fazer o que era certo? Não sei. Ele só queria se sentir útil e acabou se sentindo inútil. Não de propósito, mas... a Barbara era a Barbara. – Marilyn deu de ombros. – Henry se sentiu rejeitado sem ser reconhecido por tudo de que teve que abrir mão pra ajudá-la. Ele estava magoado. Seu pai *ainda* está magoado.

Marilyn ficou calada por um tempo. Sewanee via a língua dela se mexendo dentro da boca fechada, tentando tirar um pedaço de laranja do dente.

– Acho que tudo se resume ao seguinte: seu pai nunca se sentiu *reconhecido*. A palavra no código masculino pra se sentir amado. E, infelizmente, Henry é um homem que sempre achou que o amor era uma pergunta, nunca uma resposta. Isso começou com a Barbara e abrangeu todas as mulheres que cruzaram o caminho dele. Não é algo saudável. E em nenhum momento ele *verbalizava* isso, ou *pedia* esse reconhecimento, Deus o livre. Na cabeça do seu pai, as mulheres têm que pressentir esse problema.

Marilyn se recostou e suspirou.

– Então você pega toda essa mágoa e ressentimento, sofridos em silêncio, e deixa ferver durante décadas. Tudo se transformou em raiva. – Ela olhou para o canal ao lado delas, a água perto o suficiente para lançar borrifos de fim de tarde no rosto. – Era isso que eu achava tão difícil, Swan. Eu não sabia como amar um homem raivoso que fingia estar bem. – Para impedir a resposta de Sewanee, Marilyn ergueu a mão. A esquerda, sem aliança. – Nós tivemos uma boa vida juntos. A vida nunca é uma coisa só. Mas acho que fui o prêmio de consolação dele. E, se tem uma coisa que eu aprendi, Swanzinha, é: nunca seja um prêmio de consolação.

Como Sewanee poderia não pensar em Nick quando Marilyn disse isso? Não seria essa a justificava para seus sentimentos?

– Principalmente o seu próprio – acrescentou Marilyn, e isso fez a cabeça de Sewanee girar.

Um silêncio pesado se abateu sobre as duas, e Swan pegou uma azeitona, engolindo-a com um gole de Spritz. O sal, o óleo, o álcool, a amargura e a efervescência do prosecco bateram e pareceram restaurar o equilíbrio dela na mesma hora. *Os italianos sabem de tudo*, refletiu Swan de um jeito abstrato. Ela pensou nas palavras enquanto mastigava.

– Tudo parece falso, mãe. Como se essa não fosse a minha vida. Como se eu estivesse *atuando*, interpretando a vida de outra pessoa e esperando para recuperar a minha. – Swan engoliu em seco. – E aí tentei recuperá-la porque – ela revirou o olho – Adaku achou que eu conseguiria, mas, na verdade, não consigo.

Marilyn semicerrou os olhos, tentando montar o quebra-cabeça.

– O que Ada fez...

– Ela simplesmente... *força a barra*. Adaku tem um otimismo tão implacável que ela não... não entende por que eu não... – Sewanee estalou os dedos – superei tudo. Segui em frente. Esqueci o que aconteceu. Mas eu fiz isso! Do meu jeito.

A última frase saiu de uma forma mais defensiva do que ela pretendia. Sewanee esperou para escutar que a mãe concordava com ela enquanto Marilyn dava outro gole no Spritz.

– Bom, essas coisas precisam de tempo – comentou Marilyn.

– Exatamente.

Aliviada, Sewanee pegou o drinque de novo.

– Mas é possível – recomeçou Marilyn, e Swan devolveu o copo para a mesa – que você tenha *atropelado* o seu jeito e *achado* que estava fazendo como queria?

– Você tá concordando com a Ada?

– Acho que não. Só estou dizendo pra você pensar.

– Acha que eu não pensei? Que ainda penso?

Ver a resposta muda da mãe, seu desejo de não magoá-la lutar contra a necessidade compulsiva de Marilyn de falar a verdade, encheu os olhos de Swan de lágrimas no mesmo instante. Ela secou disfarçadamente o rosto, se virando para o lado contrário das outras pessoas no pátio.

– Eu queria a minha vida e ela me queria também. Agora ela não me quer e eu ainda a quero.

Marilyn se inclinou para a frente e pegou a mão da filha.

– Claro que quer. E a sua melhor amiga quer isso pra você. E eu também. E todas as outras pessoas que se importam com você. Mas, se for pra falar a verdade, acho que todos nós só queremos isso porque você não nos deu alternativa. Acho que todo mundo ao seu redor tá esperando você se aceitar como é agora, pra que a gente possa fazer o mesmo. E a grande merda é que você tá esperando todo mundo te aceitar como é agora pra que você possa se aceitar e, sinto muito, meu amor, mas a bola tá no seu campo. Você precisa chutar primeiro.

Sewanee baixou a cabeça, como se fosse fisicamente incapaz de ficar ereta sob o peso das palavras da mãe. Sabia que era sua vez de dizer alguma coisa. Mas foi salva porque Marilyn se inclinou em direção à cabeça da filha, recolocando os óculos no nariz.

– Você tá com um fio de cabelo branco!

A cabeça de Sewanee se ergueu na mesma hora.

– O quê? Onde?!

– Bem na divisão.

– Então arranca!

Marilyn gargalhou e se afastou.

– Ahhhh, não! Não. – Ela se levantou. – Vai ter que deixar. Você é um tigre e conquistou essa mecha. – A mãe se inclinou outra vez e beijou o topo da cabeça de Sewanee bem no local onde a mecha tinha surgido. – Acho que você precisa descansar. Relaxa algumas horas, e a gente volta às sete pra te levar pra jantar. – Os olhos de Marilyn foram em direção ao saguão, e Sewanee viu que Stu estava sentado em uma poltrona ali, lendo um livro.

– Uma deliciosa *trattoria*. E amanhã à noite, tem um lugar que o Stu tá tentando reservar, mas é um daqueles que levam seis meses pra ter mesa. – Ela deu de ombros. – Se ele não conseguir, seremos obrigados a andar pelos canais tomando sorvete.

– *Quelle horreur* – murmurou Sewanee.

A mãe fechou a mão, imitando uma perfeita italiana, com os dedos para cima e juntos, como uma cabeça de alho.

– *Che orrore* – disse ela. Marilyn piscou e ajeitou a pashmina nos ombros. – *Ciao, bella!*

Às sete horas, depois de uma soneca profunda, como se ela tivesse sido anestesiada para uma cirurgia, Sewanee encontrou a mãe e Stu no saguão. Eles saíram da *pensione*, no ar noturno um pouco quente para março. Andaram até um restaurante perfeito para fotos, e se sentaram a uma apertada mesa de canto. O aroma de alho e rolha de vinho a pegaram de jeito, a sensação da toalha de mesa branca sob a ponta dos dedos a confortou e o sabor do Barolo a acalmou. Ela apoiou o ombro na parede de tábuas de madeira e observou a luz da vela brincar nos olhos da mãe e sobre a mão competente de Stu, enquanto ele servia os pratos com o risoto especial de peixe da casa. O prazer dos outros clientes flutuava de leve pelo restaurante e combinava com o zumbido da conversa ambiente. Depois de esvaziar os pratos e compartilhar um *afogatto*, os três se espremeram para passar pelos outros clientes e voltaram para a noite, agora fria.

Marilyn e Stu insistiram em acompanhá-la de volta até a *pensione*. Perder-se em Veneza não era difícil. Swan não fazia ideia de onde estavam, podia até ser num labirinto. Viraram à esquerda, depois fizeram uma curva fechada à direita, andaram por uma rua que era mais estreita do que um corredor, desceram um lance de degraus minúsculos, passaram sob uns feixes de madeira aleatórios e lindos, e lá estavam eles: de volta ao portão do jardim da *pensione*.

Sewanee ficou ainda mais surpresa com a figura que estava parada nas sombras, uns três metros à frente deles.

Ela parou de andar e ficou olhando.

– O que você tá fazendo aqui?

Nick deixou as mãos caírem ao lado do corpo.

– Essa é a parte em que eu rastejo.

Ele parecia arrasado. Carregava uma única mochila, o cabelo estava espetado em várias direções e era evidente que não fazia a barba havia dias. Usava uma calça preta de moletom, um agasalho cinza do Trinity College de Dublin e óculos. Ela não sabia que ele usava óculos. Nick nunca tivera uma aparência pior, e Swan não conseguia acreditar no quanto se sentia atraída por ele. Era assim que ele estaria numa manhã de domingo, quando já tivesse desistido de tentar impressionar uma mulher. Nick ficava sedutor num terno e destruidor num smoking, mas era perigoso desse jeito.

– Como foi que você me encontrou?

– Mark. Depois que você mandou um e-mail pro Jason, ele me ligou e perguntou: "O que foi que você fez?" Você não estava respondendo às mensagens de texto, então o Jason me falou pra tentar o Mark. Fui até o estúdio e, depois que expliquei quem eu era, Mark também perguntou: "O que foi que você fez?" Ele me interrogou por uma hora antes de me dizer onde você estava.

Ela puxou o suéter para proteger melhor o corpo.

– Podemos conversar? – insistiu ele.

Sewanee se virou um pouquinho, e os olhos dele dispararam para as duas pessoas paradas atrás dela. Estava prestes a apresentá-los, mas a mãe dela se antecipou.

– Oi, eu sou a Marilyn, mãe da Swan. – Ela parecia entusiasmada demais para o gosto de Sewanee. – E esse é o meu companheiro, Stu Hart.

Nick se endireitou e rapidamente apertou a mão estendida de Stu.

– É um prazer. – Depois, ele pegou a mão de Marilyn e disse: – Meu nome é Nicholas Sullivan. Eu tive um pequeno desentendimento com a sua filha e estou aqui pra consertar isso.

Marilyn segurou a mão dele.

– Que bom! Seja bem-vindo a Veneza, Nick. Ou devo dizer Brock?

– Mãe.

– Ela me contou tudo. Eu nunca ri tanto...

– Mãe!

– Onde é que você está hospedado? – Marilyn não olhou para a filha quando sugeriu: – Swanzinha, por que você não pergunta se tem um quarto disponível aqui?

– Na verdade, eu consegui um quarto ali. – Nick acenou com a mão para a direita, mas pensou melhor e acenou de novo para a esquerda. – Ou talvez ali. Mas agradeço.

– Nós estamos no navio, mas eu queria que a Swan pudesse conhecer bem a cidade, por isso a colocamos aqui. Afinal, é a primeira vez dela em Veneza.

Os olhos de Nick se voltaram para Sewanee.

– Primeira vez em Veneza?

Ela encontrou os olhos dele.

– A verdadeira.

– Você já esteve aqui, Nick? – perguntou Stu.

– Só quando era garoto. Às vezes a gente passava as férias na Lombardia, e a minha tia adorava Vivaldi.

– Ah – sussurrou Marilyn, e Sewanee viu acontecer, observou o feitiço de Nick se fixar na mãe. Droga. – Nick, você devia jantar com a gente amanhã à noite. Stu, será que podemos fazer uma reserva pra quatro pessoas?

– Mãe! – A voz de Sewanee pareceu muito alta no jardim silencioso. Ela corrigiu o tom. – Isso é muito gentil, mas Nick acabou de chegar e tenho certeza que Stu…

– Deixa comigo, Swanzinha. – Stu se virou para Nick. – Relaxa, garoto, não é um jantar, é uma experiência. Nós fomos lá na última vez que o navio passou por Veneza, e…

– Faz suspense, Stu – interrompeu Marilyn –, assim como foi pra gente na primeira vez.

– Tem razão, tem razão. – Stu assentiu, mas teve que acrescentar: – Só vou dizer uma coisa: chef jovem e muito bem-sucedido, de 28 anos. Estrela Michelin. Numa ilha. E o lugar fica… num Marriott. Num Marriott! Dá pra acreditar? – Ele se virou para Marilyn. – Tá, parei.

Nick olhou encabulado para Sewanee.

– Isso é muito gentil, de verdade, muito obrigado, mas não tenho certeza…

Marilyn deu um tapinha na mão dele.

– O barco sai às sete da doca de São Marcos. A gente se encontra lá. – Ela não o deixou argumentar. Virou-se para a filha e lhe deu um beijo no rosto. – Vai ser divertido! *Ciao!*

Então Marilyn e Stu se apressaram e foram embora.

Nick e Sewanee ficaram parados, em silêncio, por um instante. Quando ela finalmente abriu a boca, Nick lhe entregou o celular.

– Aperta o botão de gravar.

– O quê?

– Me filma. – Ele se afastou, virou de novo para trás e a encarou. – Tá gravando?

Sem ter a menor ideia do que estava acontecendo, Sewanee apertou o grande botão vermelho na tela do celular dele.

– Hum, tá? – anunciou ela.

Nick caiu de joelhos e, depois de um instante, se curvou. Ele se deitou completamente, com os braços para a frente, numa pose de criança.

– Que diabos…

– Eu não sou digno! – gritou ele para a calçada. – Tenha piedade!

– Ai, meu Deus, Nick!

Ele começou a rastejar.

– Agora vou beijar seus pés!

Sewanee deu um salto para trás.

– Claro que não. Qual que é o seu problema?

– Me desculpa! – disse ele, ainda gritando. – Você aceita o meu pedido de desculpas?!

– Levanta. Agora.

– Não posso me levantar até você aceitar minhas desculpas – explicou ele num volume normal.

– O quê?

– Eu prometi ao Mark – murmurou Nick para o chão. – Ele quer um vídeo como prova.

Pega de surpresa, Sewanee riu. Ela virou o celular para si.

– Eu o perdoo, tá bom? Seu sádico. Meu Deus – disse Swan para a câmera, depois a desligou. – Ele é muito babaca. Por favor, levanta.

Nick voltou a ficar de joelhos, mas não se levantou. Ele olhou para Sewanee de baixo para cima.

– Sinto muito. Eu devia ter percebido como você estava chateada. Devia ter visto a história por esse ângulo. Mas, naquele momento, eu achei engraçado pra cacete e agora vejo que não é nem um pouco engraçado, você estava certa...

– Não, você estava certo. – Sewanee deu de ombros. – É engraçado pra cacete.

Nick baixou a cabeça, fechou os olhos e grunhiu.

– Ai, obrigado. Caraca, ainda não consegui parar de rir. – Ele encontrou o olhar dela de novo. – Mesmo assim. Por favor, entenda que eu nunca quis...

Swan levantou a mão.

– A gente pode só... esse é um jeito desnecessariamente elaborado de me convencer a terminar a série.

– Foda-se a série. Não estou aqui por causa dela. Você pode terminar ou não. Não tô nem aí. – A voz de Nick era firme, tensa, sem brincadeiras.

Sewanee ia terminar a série. Ela era profissional. Isso nunca esteve em questão, mesmo que tivesse dado essa impressão a Jason. Ela só precisava de tempo. Mas o fato de ele não ter ido até ali por causa do trabalho a deixou um pouco mais tranquila.

– É claro que vou terminar a gravação.

– Ótimo. Então acho que eu vou embora.

Mas ele não se mexeu.

Ela abafou uma risadinha.

– O que você tá fazendo aqui? E quer fazer o favor de levantar?

Nick se levantou e espanou os joelhos.

– Nós nunca tivemos o nosso encontro.

– Você veio até a Itália por causa de um encontro?

Ele sorriu.

– Bom, eu sou o cara que faz a curva.

– É mesmo?

O sorriso dele estremeceu.

– Não. Na verdade, não. Eu costumava ser. E quero voltar a ser. – Ele engoliu em seco. – Não quero mais ter medo de ostras, por isso entrei num avião.

Diante da sinceridade dele, Sewanee olhou para os pés.

– Sinto muito também. Sinto muito por ter ido embora. Não só naquela noite, mas do país. Eu estava... você sabe.

Ela fez um gesto com a mão, levando-a até o maxilar. No limite.

– É, bom, foi muita coisa. Pra nós quatro. – A tentativa dele de dar leveza à situação a fez sorrir, e ele fez o mesmo. – Quer dizer que você não tá com raiva?

Nick parecia esperançoso.

Swan precisava pensar. Será que estava? Sentia muitas coisas, mas será que estava com raiva?

– Não. Não de você. Não mais.

A lua cheia italiana refletia nos olhos dele.

– Você é tão linda – disse ele, em um tom diferente.

– Nick...

Ele se encolheu.

– Desculpa. Certo, a gente precisa conversar primeiro. Vou me jogar aos seus pés mais tarde.

Ela levantou a mão de novo.

– Não. Não se joga aos meus pés. Por favor. – Ela abraçou o próprio corpo. – Vamos sentar no saguão, tá frio.

– Tem certeza? Não quero te pressionar...

– Ah, agora você tá preocupado com limites? Anda.

Era tão bom provocá-lo, lembrar que, tirando toda a confusão e agitação, eles gostavam um do outro de verdade. Sempre gostaram, em ambas as situações, em todas as interações.

Os dois pediram uma mesa no saguão vazio, e o entediado gerente da recepção ficou mais do que feliz em levar um bule de chá de hortelã e uns biscoitos de amêndoa para eles. Nick pediu licença para ir ao banheiro e voltou no mesmo instante em que o chá chegou, parecendo que tinha jogado uma água no rosto e passado as mãos no cabelo.

Ela serviu uma xícara para cada um, e eles bebericaram em silêncio enquanto Sewanee mergulhava no momento. O brilho amarelado das luminárias de chão, as faixas de luar contornando as ondulações do canal do lado de fora da janela, atrás da cadeira de Nick, o estalo ocasional de um piso de madeira de um corredor acima deles. Em certo momento, Sewanee se sentiu aquecida o suficiente, por dentro e por fora.

– E aí, do que você gostaria de falar? – perguntou ela por fim.

Nick tomou um gole de chá.

– Da minha tia.

Não era o que Swan esperava. Ela achava que iam começar imediatamente a exumar o relacionamento, separando o que era verdade do que era ficção. Voltar ao início e cavoucar tudo. Mas, sério, o que era mais significativo do que família?

A mãe de Nick tinha engravidado aos 21 anos e morrido de overdose aos 25. Ele não possuía nenhuma lembrança dela. E sabia que isso parecia mais triste do que realmente era. Ele não sabia quem era seu pai até fazer um teste de DNA, cinco anos antes, o que o levou a um cara de finanças de meia-idade, que morava em Nova Jersey com dois filhos já na faculdade. O homem também não tinha nenhuma lembrança da mãe de Nick. Mas ele foi simpático, pareceu arrependido e quis ouvir a história de Nick, que resolveu contar para ele.

A tia, Deborah June Sullivan, era mais ou menos uma década mais velha que a mãe dele. Era uma feminista radical (pelo menos segundo os padrões de Prescott, Arizona, por volta de 1994) e estava estudando na Irlanda. June não desejava um bebê, afinal, não queria marido nem filhos. Mas Nick era a única família que lhe restava, e June era sentimental quando não estava contestando alguma coisa. Eles moraram em Dublin durante doze anos, mas, quando June terminou com Tom, o mais próximo que Nick teve de um pai, os dois se mudaram para o lugar ao qual ela havia jurado que nunca retornaria: Prescott. Por quê? Nick não sabia. Mas June gostava de uma boa briga.

Depois de falar do ensino médio no Arizona, dos verões em Dublin acompanhado de músicos no pub de Tom, de virar melhor amigo de Jason no segundo ano e da provocação que ele aguentava por causa do sotaque engraçado e porque a tia escrevia "obscenidades", ele resumiu tudo numa simples frase.

– Você sabe, uma típica família problemática, no fundo.

Nick contou a Sewanee que a tia tinha problemas com homens em geral, incluindo ele mesmo. Ele nunca achava que poderia corresponder às expectativas dela. A tia escrevia sobre homens fictícios e avaliava os de verdade comparando-os com eles. Nick não tinha motivação acadêmica, não se importava com a própria aparência, dava respostas monossilábicas às perguntas dela, preferia tocar guitarra a passar tempo com ela... em resumo: um típico adolescente. Mas, para June, ele estava se tornando mais um homem fracassado.

Ele retornou a Dublin para cursar a universidade, mas só durou um ano. Então voltou para casa, sendo apenas um cara que abandonou a faculdade para tocar música. Um nada procurando alguma coisa. De um fato ele tinha certeza: jamais se tornaria um daqueles homens que June endeusava.

O gerente noturno, sozinho no hotel e sem ter o que fazer, levou dois copinhos de *grappa* para eles, do nada, e Sewanee e Nick agradeceram.

– Você acha que às vezes as pessoas sabem quando vão morrer, como os elefantes? Porque a June tinha começado a trabalhar nesse projeto com base no que desejava que tivesse acontecido entre ela e o cara que ela tinha amado, antes de ir pra Irlanda e conhecer o Tom. Claro que, na versão fictícia dela, Tom teve uma morte horrível e o cara que ela perdeu era um amante lendário – contou Nick, enquanto ambos bebericavam.

Sewanee sorriu.

– É claro.

Nick retribuiu o sorriso. Mas ele desapareceu bem rápido.

– June me ligou em outubro e disse que a gente precisava conversar. Pessoalmente. Eu fui. A premonição, intuição, sentido de elefante ou sei lá o quê dela foi certeira. Ela tentou acertar tudo entre nós. As brigas, o passado, os conflitos... você sabe, como as pessoas costumam fazer quando estão cara a cara com a morte. Depois, me mostrou o projeto *Casanova* que ela estava escrevendo e me fez prometer que eu ia narrá-lo. Também me fez prometer que eu ia conseguir que você participasse. Ela foi bem clara. A ponto de que o projeto não deveria ser gravado se não fosse a gente narrando junto. June tinha que fazer as coisas do jeito dela até o fim. Eu admirava isso nela. – Nick olhou para o nada. – Três semanas depois, ela terminou de escrever e morreu.

Sewanee estremeceu.

– Quando foi isso?

– Pouco antes do Dia de Ação de Graças.

– Então, em Las Vegas...

Ele assentiu.

– Eu só pensava nisso. – Nick olhou para os sapatos. – Ainda penso. – Ele afundou no assento, esticou as pernas, cruzou os tornozelos, apoiou a xícara de chá no peito e suspirou. – Quando me sentei ao seu lado no bar, eu tinha acabado de passar seis horas numa mesa de autógrafos. E pra ser totalmente sincero? Estava furioso com ela naquele momento. Furioso porque June esperou tempo demais pra ir ao médico. Porque ela precisou estar à beira da morte pra me contar o que sentia. Ela me deixou com tudo o que a gente poderia ter tido se ao menos... era muita coisa.

Nick se calou.

Em seguida, ele terminou a *grappa* e se levantou.

– Você parece tão exausta quanto eu. Vou embora.

Sewanee também se levantou, olhando para o relógio na mesa da recepção, e se assustou ao ver que eram 2h15.

– Estou meio ofendida por você não ter tentado jogar a conversa do Só Tem um Quarto. Você podia ter enrolado muito aqui e depois falado: "Ah, uau, olha só a hora, onde será que poderei descansar minha cabeça cansada essa noite?"

– Cheguei a pensar nisso. Mas achei que era meio repetitivo, então optei pelo Cavalheiro Perfeito Que Sabe Que Deve Dar Espaço a Uma Mulher.

– Ah, esse velho jogo.

Nick a analisou. O modo como ele olhava para ela: será que um dia Swan se cansaria disso?

– Você tem planos pra amanhã?

Ela balançou a cabeça.

– Minha mãe e Stu só vêm pra cidade na hora do jantar, então estou sozinha. Só andando por aí, sozinha. Explorando Veneza. Sozinha.

Sewanee não conseguiu evitar sorrir depois da última palavra.

Nick retribuiu o sorriso.

– Bem, já que você vai estar sozinha e tal, o que você acha de eu te encontrar sozinha na estação de trem? Às dez?

Sewanee pareceu surpresa.

– Na estação de trem? A gente vai a algum lugar?

– Depende se tiver algum trem na estação de trem.

Os dois estavam tão cansados que isso os fez rir.

– Para onde? – perguntou ela.

Ele ergueu uma sobrancelha.

– Confia em mim?

Swan confiava. Meu Deus, como ela confiava. Não sabia exatamente o porquê, mas, se Nick fosse pelo menos uma fração do homem com quem ela havia se correspondido e um fragmento do homem com quem havia passado uma noite gloriosa em Las Vegas, a soma dessas partes era suficiente. Ela assentiu. Ele deu um sorriso rápido, pegou a mochila e a deixou no saguão.

"Conhecendo você"

Com uma mesa e dois copos de café para viagem entre eles, Sewanee ouviu as portas se fecharem e sentiu a cabine sacudir delicadamente sob ela, que se deu conta de que estava num trem, prestes a passear pelo interior da Itália com Nick. Como é que isso havia acontecido? Ela sempre quisera viajar pela Itália e agora estava realizando esse desejo. Swan começava a ter um vislumbre de como conseguia dificultar as coisas. Como tendia a ver obstáculos em vez de respostas. Por que ela complicava tudo?

Era cedo demais – tanto no horário quanto na própria introspecção – para se perguntar isso, então olhou para os arredores da Veneza industrial.

– Quarenta e oito horas atrás, eu estava em Los Angeles – comentou.

– E, 72 horas atrás, nós estávamos brigando no jardim de uma casa de repouso em Burbank.

Sewanee se virou para Nick.

– E três meses atrás estávamos em Las Vegas.

– Eu ainda sonho com aquele bife.

– Com o bife?

– Era *Wagyu*. – Ele sorriu. – E aquele vinho.

– O vinho.

– O vinho.

Com o calor nos olhos dele, ela perdeu a coragem e voltou a olhar pela janela.

– Pra onde a gente vai?

– É surpresa. Você não gosta de surpresas?

– Claro. Contanto que eu saiba o que é.

– Mas aí perde a graça, não?

Sewanee o analisou, o fato de ele estar ali, sentado na frente dela, num trem na Itália. Sentia que sabia tanta coisa sobre Nick, mas parecia tudo do avesso, como se tivesse visto um filme ao contrário.

– Bem, se a gente vai demorar, me distrai. Me conta a história do Brock McNight.

Nick baixou o queixo até o peito.

– Caraca. Tá bem. – Ele respirou fundo. – Depois que a banda se separou e Jason saiu do tratamento, nós voltamos pra Prescott pra nos recuperarmos. Começamos vendo velhos amigos, e uma delas falou de um garoto que todos nós conhecíamos do ensino médio, um atacante chamado Brad. Ela disse "você não vai acreditar no que Brad tá fazendo agora". Então a menina pegou o celular e abriu um... – ele baixou a voz a ponto de quase sussurrar – site pornô. Brad tinha um canal. O nome dele era duroegozando69. É, eu sei, e ele... – Nick se ajeitou no assento e Sewanee olhou para ele, já sentindo que estava começando a ficar vermelha. – Ele se masturba pra câmera e... *Buongiorno!* – gritou Nick para um homem que tinha se materializado ao lado deles, para verificar os bilhetes que estavam nos nichos perto do apoio de cabeça.

O homem apenas rosnou uma resposta e seguiu em frente.

Sewanee abafou uma risada. Nick se aproximou e baixou a voz mais uma vez.

– Brad falava umas baixarias. Com uma voz de homem das cavernas. E olha: não sou especialista, e Brad fazendo um cinco contra um definitivamente não é minha, hum, tara. Mas até eu percebi que aquilo era um tesão.

Sewanee não sabia se o sorriso dela podia ficar maior, se as leis da física permitiriam isso.

– Então, sendo eu, entrei na brincadeira. Comecei a zoar o Jason, imitando a voz pela casa. Tipo, quando ele estava no celular com a mãe, eu chegava perto e dizia: "Você gosta de ver o papai durão, né? Dá essa bundinha apertada pro papai."

Sewanee cobriu a boca, mas já era tarde demais para abafar a risada que explodiu pelo trem.

Nick girou uma das mãos, e Sewanee percebeu um leve tom avermelhado aparecendo no rosto dele.

– Você entendeu. Então, um dia, perdi uma aposta contra o Jason, e a punição foi falar na voz do Brad o dia todo. E aí, sempre que eu perdia uma aposta, e a gente apostava muito, porque somos crianças que cresceram demais, ele me fazia imitar a voz. Vai falar com aquela garota. Pede instruções. Pede a comida pra viagem. E logo começou a... funcionar. As pessoas reagiam à voz. E aí, depois que você parou de gravar romances, a June estava procurando o elenco pra um dos livros dela, e eu pensei "bom, posso fazer isso". Não um dos livros da minha tia, obviamente, isso seria...

– Certo.

– Mas eu mandei uma amostra da voz do Brad pra um amigo dela...

– E o resto é história.

– Isso. E agora *realmente* precisa ser história.

– Você quer mesmo parar? O que você disse nos e-mails não era mentira?

Nick soltou um suspiro.

– Sewanee, vou repetir. E vou falar quantas vezes você quiser, mas nada nos e-mails nem nas mensagens de texto era mentira. Aquele sou eu. Aquilo foi real. Tudo, cada pedacinho.

Sewanee acreditava nele. Ou certamente queria acreditar.

– Mas você é bom nisso. Pode, sei lá, recuar um pouco pra se concentrar na banda, mas por que você quer parar de vez?

– Porque já foram quatrocentos livros e cinco anos exaustivos, e porque... – Ele mordeu o lábio. – Porque não sei mais quem eu sou quando não estou fingindo ser o idiota do Brad.

Antes que percebessem, o trem estava parando numa estação em Pádua, e Nick se levantou num salto e tirou Sewanee do trem.

– Pádua? Por que Pádua? – indagou ela, e Nick a conduziu até um ônibus.

Sewanee ergueu uma sobrancelha e ele deu um sorriso presunçoso em resposta. Os dois embarcaram.

Depois de se acomodarem em dois assentos pequenos, com os joelhos de Nick apertados contra o encosto do assento da frente, ele se virou para ela.

– Então. Los Angeles. Sério?

Swan apontou um dedo para ele.

– Olha só o esnobismo de Nova York! Sabia que era só dar tempo ao tempo.

– É tão…

Ele fez um aceno débil com a cabeça que era mais descritivo do que qualquer palavra.

– Ei, é a minha cidade natal e você *não* vai falar dela.

– Sério? – Nick pareceu surpreso. – Achei que você estava lá por causa da atuação.

Sewanee balançou a cabeça.

– Nascida e criada em Los Angeles. Mas fiz faculdade em Nova York.

– Onde?

– Julliard.

Nick assoviou. Em seguida, olhou para o próprio colo.

– Você já pensou em voltar? Pra Nova York?

Não muito tempo atrás, ela teria respondido: "de jeito nenhum". O clima, para começar. As despesas. A família e os amigos em Los Angeles. Mas agora?

– Tudo é possível, eu acho. Levando em conta todas as mudanças nos últimos anos, eu não *tenho* que ficar lá. Só pela minha avó.

Swan fez uma pausa. Engoliu em seco. Esperou. Percebeu que não conseguia usar a própria voz naquele momento.

O celular dela não tocara nenhuma vez desde que havia chegado à Itália. Sewanee tinha se perguntado: naquela última ligação entre as duas, em que Blah falou como era perder o controle sobre a realidade… será que a avó tinha se fortalecido só por tempo suficiente pra se despedir?

Vendo a evidente vulnerabilidade dela, Nick ficou calado. Ele apenas estendeu a mão para o colo de Swan e segurou a dela.

– É por isso que estou fazendo a série, sabe? – confessou ela. – Pra pagar pelos cuidados com Blah.

– E eu achando que você só queria me conhecer. – Sewanee deu uma risadinha agradecida, e Nick perguntou: – Mas estou curioso: o que você faria com o dinheiro se não tivesse que cuidar da sua avó?

Sewanee não tinha uma resposta rápida. Não podia dizer com sinceridade que nunca pensara nisso. Claro que pensara. Mas nunca dera voz a esse pensamento.

– Acho que eu pagaria as dívidas. Da faculdade e médicas. Vou ter que começar a pensar em me mudar, então quem sabe dar entrada num lugar mais humilde do que Hollywood? – Ela fez um gesto lento em direção ao tapa-olho. – Talvez fazer outra cirurgia.

– Você precisa de outra cirurgia?

– Não.

– Então, por que você faria isso?

Swan se mexeu, desconfortável.

– Não estou dizendo que eu faria, só… quer dizer, o olho nunca vai ter uma aparência normal. Mas agora eles conseguem fazer muita coisa, então…

Fez o possível para deixar a última parte meio casual.

– Isso dificulta o seu trabalho? Com o tanto que você tem que ler?

Sewanee balançou a cabeça.

– Agora não. No início, foi exaustivo me acostumar a ler com um olho só. Ou fazer qualquer coisa com um olho só. Se deixasse, eu dormia durante catorze, dezesseis horas com facilidade.

– Eu posso fazer isso tranquilamente e tenho os dois olhos.

Sewanee bateu no ombro dele de um jeito simpático. A cabeça dela encontrou o caminho até ali, e o braço dele a envolveu, se apoiando sem o menor esforço na lateral de Swan.

– Sinto muito mesmo pelo que aconteceu com você – disse Nick baixinho, apertando-a de leve. Houve um silêncio. Ele respirou fundo. – E andei pensando no que eu falei pra você na outra noite, sobre por que me aproximei de você no bar, sobre a sua amiga e todo aquele papo furado, e não saiu do jeito que… Eu não consegui dizer tudo o que queria.

Sewanee levantou a cabeça e ficou cara a cara com Nick.

– Se Adaku não estivesse sentada comigo, se ela não existisse. Se tudo que visse naquele bar fosse essa mulher – Sewanee apontou para o tapa-olho –, você teria se aproximado…

– Teria. E esse era o cenário hipotético exato que eu ia te explicar. A resposta é sim, eu teria me aproximado.

– De verdade?

– Totalmente. Mas…

– *Mas.*

– Mas! No fim das contas, acho que não importa o que eu vou dizer, né? – continuou Nick. – Vai acreditar de verdade, lá no fundo, que outra coisa além da pena me levou até você? Nada do que eu disser vai fazer essa cicatriz desaparecer *pra você*. Eu posso te dizer que não a vejo, mas você sempre vai vê-la. Posso dizer que você é o que me mantém acordado à noite e com quem eu sonho durante o dia, mas como isso te faz sentir pode durar um dia, uma semana ou uma hora. Os sentimentos são temporários. Ficam ali enquanto você acredita neles e depois somem, esperando você voltar a acreditar. Se fossem permanentes, nós só precisaríamos dizer "eu te amo" uma vez, e estaria tudo resolvido pelo resto da vida.

Sewanee o encarou.

– Você ensaiou esse discurso?

Nick sorriu.

– O voo foi longo.

Ele apertou a mão dela.

O ônibus começou a diminuir a velocidade. Nick se debruçou sobre ela para olhar pela janela e se levantou, afastando a mão. Swan olhou para fora e viu uma estrada de duas pistas, com pinheiros litorâneos enfileirados. Mas, até onde sabia, eles não estavam perto da água. Nick a levantou com um puxão. Os dois desembarcaram.

O ar estava revigorante, fresco, com um leve toque de flores cítricas, apesar de não haver nenhuma árvore de frutas cítricas ao redor. Havia um campo aberto. Um armazém na ponta mais distante dele. Uma casa pintada com um laranja da Toscana. Um prédio baixo de apartamentos de tijolos vermelhos.

Nick começou a andar. Ela o seguiu. Swan sentiu que ele a observava.

– O que foi?

– Acho que estou meio em choque por poder simplesmente... olhar pra você. Por poder pensar em você e depois simplesmente... te olhar.

Sewanee sorriu.

– Se preferir trocar mensagens, eu vou entender.

Nick soltou uma risada.

– Não quando a realidade é muito melhor do que o que eu inventei na minha cabeça.

– Tá, tá.

Ele deu de ombros.

– É verdade.

Ela parou de andar. Precisava fazer isso.

– Nick, eu ouvi o que você falou no ônibus e entendo, de verdade. – Ele também parou de andar, e de repente aquilo ficou parecendo demais uma *discussão*, então Sewanee voltou a caminhar. – Mas é difícil pra mim. Você conheceu *essa* versão minha, mas já existiu outra. E, só pra constar, eu achava tão difícil acreditar nos homens e no que eles viam quando olhavam pra mim naquela época quanto acho difícil acreditar em você e no que você vê quando olha pra mim agora.

– Isso era pra nos ajudar?

– Não sei. – Swan suspirou. – O que estou dizendo é que eu quero seguir em frente. Não acho que a gente consiga esquecer na prática como isso tudo começou.

– Mas do jeito que começou não é como terminou.

– Mas terminou.

Nick riu.

– Então, pelas barbas do profeta, o que a gente tá fazendo aqui?

Swan parou de novo. Ele tinha um bom argumento. Mas ainda não parecia resolvido. Então ela jogou os braços para cima.

– Onde é *aqui*, afinal? Onde diabos a gente tá?

Nick simplesmente sorriu e estendeu a mão para a dela, que o deixou pegá-la. E eles andaram assim, por uma calçada em algum lugar da Itália.

Quando o silêncio a atingiu, ela olhou para ele e viu que Nick a observava de novo.

– O quê?!

Ele baixou o olhar.

– Só estou pensando dessa vez.

Sewanee sorriu.

– No quê?

– Sinceramente? – Ele levantou o olhar. Depois voltou a observá-la. O cabelo dela. Sua boca. Seu olho. Registrando tudo. – Agora? Neste momento? Em me mudar pra Los Angeles, te levar até o cartório e depois pensar no resto.

– Nick – sussurrou ela.

Ele balançou a cabeça e fechou os olhos com força.

– Desculpa. Você sabe que eu não tenho filtro. – Ele respirou fundo. – Me ignora, estou com jet lag.

Mas e se eu também quiser isso?, pensou Swan. A perspectiva era atraente. Desistir de pensar em todo o resto naquele momento. Ter alguém em quem se concentrar que não fosse ela mesma. Só ser feliz pelo tempo que fosse possível. Ignorar o futuro.

– E agora no que *você* está pensando? – perguntou Nick, nervoso, e Sewanee percebeu que estivera em silêncio por muito tempo.

Ela olhou melancólica para uma árvore.

– Que a gente precisa terminar a série. Aqui.

Um segundo de espera.

– O quê?

Swan sorriu para ele.

– Nós estamos juntos, os scripts estão prontos. Jason queria uma narração em dueto pras cenas de sexo. Por que não?

Nick soltou a mão dela e saltou em sua frente, se virando para andar de costas.

– Gravado em Veneza, na Itália!

Sewanee deu uma risadinha.

– O marketing já veio pronto!

– *Plim!* – Cheio de energia, Nick tirou o celular do bolso. – Vou mandar uma mensagem pro Jason e ver se ele consegue encontrar um estúdio pra mais tarde.

Ele digitou rapidamente enquanto Sewanee olhava ao redor. De repente, Nick parou de andar, e ela imaginou que ele precisava se concentrar no celular. Mas, quando olhou de novo, ele a encarava, a mão ao redor de uma estaca num grande portão aberto de ferro. Uma placa dizia: LUXARDO-MARASCHINO.

Sewanee olhou surpresa para a placa. Depois, para Nick.

– Das... cerejas? Do licor?

Ele sorriu.

– Quer tomar um Last Word?

"A consumação"

Quando os dois voltaram para Veneza, Jason tinha reservado um estúdio e mandado os scripts por e-mail para lá. Fariam um capítulo naquela tarde e o outro na manhã seguinte, depois a série estaria completa.

Encontraram o estúdio numa ruela tranquila no Gueto dos Judeus, tocaram a campainha e subiram para o último andar, onde foram recebidos por um homenzinho com cara de roqueiro e cabelo na altura do queixo. Ele se apresentou como Cosmo e fez um sinal para os dois entrarem no espaço.

O local era confortável, construído mais para música do que para narração, com uma grande sala de controle que possuía uma mesa de som completa e sofás e uma sala para apresentações acústicas com tapetes orientais, amplificadores, uma bateria e meia dúzia de microfones espalhados. Num inglês capenga, Cosmo explicou que tinha arrumado os dois microfones para que ficassem cara a cara, de acordo com as especificações de Jason, e colocado painéis atrás deles para deixar o som mais nítido.

Sewanee tirou o casaco e fez um aquecimento vocal. Sons tremulados, sibilos, escalas e estalos. Ela percebeu que Nick a observava.

– O que foi?

– Você sempre faz isso?

– Nem sempre, mas eu coloquei um pouco de leite no meu café hoje de manhã, e depois a gente tomou a amostra de licor. Também tinha muito queijo naquele macarrão do trem... – Os dois haviam se entupido de carboidratos como se estivessem se preparando para uma maratona, e não tentando evitar ruídos estomacais enquanto gravavam. Ao ver a perplexidade no rosto dele, ela perguntou: – Você não faz, pelo que entendi?

– Não. Mas agora estou achando que devia.

– É, talvez você trabalhasse mais – disse ela sem emoção, e Nick deu uma risadinha.

Swan tirou o cabelo do rosto e o prendeu num rabo de cavalo alto.

Nick enrolou as mangas.

– Ok, acho que eu sou o primeiro. Só pra gente se lembrar: é depois do passeio de gôndola...

– Ah, sim, as carícias intensas...

– E Alessandro se abriu um pouco, contou do tio dele, da linha Casanova, da responsabilidade...

– E aí Claire disse que estava pronta. Finalmente. E eles estavam voltando para o *palazzo* de Alessandro.

Nick assentiu e pôs as mãos nos quadris.

– Certo.

Sewanee o imitou.

– Certo.

Os dois se encararam, a realidade do que estavam prestes a gravar se instalando entre eles. Agora que leriam na presença um do outro, pensando bem, era constrangedor, e claramente não só para ela.

– Então – disse Nick –, o ponto de vista de Alessandro.

– O ponto de vista de Alessandro. – Swan inclinou a cabeça para Cosmo, que aguardava na porta aberta do estúdio. – Pode entrar.

Nick olhou para ela por mais um instante e depois entrou na sala.

Cosmo posicionou Nick atrás de um dos microfones e começou a ajustar a altura do objeto, o ângulo, a distância entre o microfone e o apoio de partitura e a distância entre Nick e o apoio.

Sewanee se instalou numa ponta atrás do painel de controle, deixando a maior parte da área livre para Cosmo, que, segundo ele mesmo, seria o engenheiro da sessão. Havia um tablet esperando por ela, e o texto do episódio já estava preparado. Ela rolou a tela.

Cosmo voltou, fechando as portas duplas para o estúdio atrás dele. Sewanee gostava do som de isolamento quando as portas de um estúdio se fechavam. Dava a sensação de segurança. Como se ela estivesse se afastando, protegida das punições do mundo exterior. Cosmo deu um sorriso doce para Swan, e ela respondeu com um sorriso sereno, pensando: *Você não tem a menor ideia do que vai ouvir, né?* Ele se sentou apressado em frente à mesa de som, mexeu no mouse, acordou os monitores e passou de um italiano baixinho para o Capitão Kirk, dirigindo a *Enterprise*. Cosmo captou o olhar dela e apontou para um grande botão vermelho na mesa. O Microfone de Deus. Ele apertou e falou:

– *Signore*, está me ouvindo?

– Estou – respondeu Nick, a voz ecoando por todo o estúdio, atingindo as costelas de Sewanee com um choque.

Cosmo lançou um olhar de desculpas para ela e fez ajustes. Em um instante, ele apontou com a cabeça para os fones de ouvido perto dela, e Swan os colocou.

– *Scusate* – disse Cosmo –, mais uma vez.

– Testando, testando. Isso é só um teste pra testar a minha voz. Esse sou eu, testando o meu teste…

O falatório sem sentido fora com a voz de Brock, e Cosmo levantou a cabeça de repente, como se esperasse ver outra pessoa metida na frente do microfone. Sewanee abafou uma risada, voltando para o tablet, rolando o texto, maquinando, planejando, decidindo rapidamente a interpretação dela, igual a um arquiteto vasculhando uma planta baixa.

– *Bene*, tudo certo – disse Cosmo, por fim.

Sewanee apertou o botão para falar com Nick.

– Vamos terminar a sua seção de flashback, e depois eu entro pro diálogo dos dois.

Ela viu Nick assentir do outro lado do vidro, sem tirar os olhos do texto.

– Sim, senhora.

Cosmo apertou uma tecla.

– Gravando – disse ele, tremulando o R de maneira belíssima.

Nick começou.

Sewanee acompanhou a leitura enquanto o ouvia montar a cena: Claire e Alessandro voltam a pé para o *palazzo*, a tensão fervendo entre os dois; ele serve uma taça de vinho para ela, que recusa no início, depois bebe de uma vez só; ele percebe que está nervoso, coisa que nunca acontece, porque esse é o trabalho dele, então para onde foi seu profissionalismo, por que aquela mulher o estava afetando como nenhuma outra? Então Alessandro começa o flashback: o que, exatamente, tinha acontecido que afastara os dois cinco anos antes.

Ela levantou a cabeça e observou Nick através do vidro.

Ele estava empertigado, com os ombros tensos e uma das mãos na lateral dos fones de ouvido, como se estivesse se preparando para cantar em vez de falar. O que fazia sentido, imaginou Swan. Ele interpretava bem no microfone, direto, sem mexer a cabeça para que nenhum movimento alterasse o som. A voz de Brock era hipnótica. Aquele sussurro abafado, a névoa se arrastando sobre o leito rochoso de um rio, o uísque sendo despejado no gelo, o aço drapeado como veludo... ou seja lá como os fãs descreviam a voz dele.

Mas não era isso que prendia a atenção de Sewanee. Ela observava os olhos dele se movendo pelo tablet.

Nada.

Inexpressivos.

Era o simples ato de absorver a informação e reproduzi-la.

Ele conseguia disfarçar por causa Daquela Voz, mas Swan não conseguia evitar pensar em como seria muito melhor se houvesse mais... Nick nela. Como o superficial se tornaria substancial.

Vinte minutos depois, ele se afastou do microfone.

– Você quer começar agora?

Sewanee segurou o botão.

– Claro.

Cosmo se levantou com um salto para abrir as portas à prova de som. Ela pegou o tablet e entrou na sala, parando no apoio de partitura em frente ao de Nick. Enquanto Cosmo andava ao redor dela, Swan se concentrou no texto. Então ele os deixou, fechando as portas duplas de novo.

Ela leu um parágrafo enquanto Cosmo fazia os ajustes na mesa de som.

– Tá bom – disse ele nos fones de ouvido dela.

– Ótimo, obrigada – murmurou Sewanee.

– *Si.* Gravando.

Ele tremulou o R de novo, e ela sorriu.

Swan levantou o olhar, na esperança de captar o de Nick antes de ele começar, na esperança de um momento de conexão. Mas ele começou a ler.

– *"Você não vai dizer nada?"*

Sewanee leu a fala dela.

– *"Acho que já falamos demais."*

– *A tensão na voz de Claire me interrompeu* – continuou Nick. – *Caí de joelhos diante dela. Puxei seus dedos, que estavam brincando, nervosos, com a colcha, e os segurei. "Isso é seguro. Somos nós." Travei o maxilar. "Esse é o meu trabalho", falei, embora não tivesse certeza se estava lembrando a ela ou a mim. "Quando você preencheu a ficha de preferências, teve que pensar no que queria. Agora eu quero que você verbalize as suas vontades." Ela engoliu em seco, e vi a coluna de marfim da garganta dela se mexer. Tive um desejo irracional de mordê-la. Passei o dedo com leveza pela mão dela.*

– *"Eu quero que você me toque", disse ela por fim* – narrou Sewanee.

– Espera, eu preciso narrar as marcações de diálogo – disse Nick, usando a própria voz.

– Ah, sim, desculpa – respondeu Sewanee. – Tenho que me acostumar com isso. Cosmo, podemos voltar pra parte antes da minha fala *"Eu quero que você me toque"*?

– *Si*, gravando.

Eles ouviram *"Passei o dedo com leveza sobre a mão dela"* nos fones de ouvido.

– *Eu quero que você me toque...* – repetiu Sewanee.

– *Disse ela por fim. "Onde?", perguntei* – continuou Nick.

E ambos recuperaram o ritmo.

– *"Onde você quiser."*

– *"Soltei um muxoxo pra ela."* – Nick fez outra pausa. – Será que eu devia soltar um muxoxo de verdade?

Sewanee pensou na pergunta, feliz por ele a estar envolvendo.

– Você já fez isso alguma vez e ficou bom?

– Não! Nunca! Ele estala no microfone.

– É! Ou fica parecendo estática.

– Né? Tão estranho. Vou deixar como está.

Quando o momento dos nerds de áudio terminou, Nick sinalizou para Cosmo e pediu para ele entrar depois de *"soltei um muxoxo pra ela"*.

– *Si*, gravando.

Nick pegou a deixa.

– *"Por onde você quer que eu comece?", perguntei. "Aqui?"* Bati no joelho dela com a mão que não estava ocupada com seus dedos. Ela balançou a cabeça.

– *"Talvez mais alto."*

– *Tirei a mão do joelho dela e a coloquei em seu rosto. Deslizei os dedos sob seu queixo e levantei delicadamente a cabeça dela para nos olharmos bem nos olhos. "Alto o suficiente?", perguntei com um leve sorriso.*

– *"Talvez mais baixo."* – murmurou Sewanee em resposta, com uma risadinha meio sensual.

– *Murmurou ela com uma risadinha sensual. Soltei seu queixo e passei as costas dos dedos pelo seu pescoço, deixando os nós dos dedos descerem pela clavícula. Mais baixo. A respiração de Claire ficou presa. Virei a mão e apalpei delicadamente o peido dela. Tão perfeito, tão...*

– Uau, bem sexy.

– Hein?

– Apalpou o peido dela.

– O quê?

– Quem diria que June French gostava desse tipo de perversão erótica?

– O que diabos você tá...

Sewanee finalmente soltou a gargalhada.

– Peido! Você disse peido!

– Eu disse peito, Sewanee, peito.

– Você disse peido, Nick, peido.

– Não disse! Eu falei...

Cosmo se intrometeu.

– *Scusa*, mas você disse peido. Não peito. Na Itália, nós sabemos a diferença.

A risada dele foi cortada quando o italiano soltou o botão.

Nick jogou as mãos para o alto.

– Ah, então talvez a gente devesse mudar! Além do mais, não gosto da palavra peito. Eu nem gosto de falar peito. Me faz pensar em frango.

Sewanee gargalhou, e Nick deu uma risadinha. Ele tentou tomar um gole de água, mas os dois ainda não tinham acabado de rir, e ele quase cuspiu tudo, fazendo Sewanee rir ainda mais. Ela sentiu que estavam de volta ao cassino Venetian, empurrando um ao outro nas cadeiras em frente às máquinas caça-níqueis.

Cosmo foi até o Microfone de Deus.

– Acho que eu devia grava isso, *eehh*?

– Não, não, desculpa, Cosmo – disse ela. – Nós vamos nos recompor.

Swan viu os olhos molhados de Nick, e os dois sorriram um para o outro. Ele pigarreou. Fungou. Pigarreou de novo.

– Ok, Cosmo. Estou pronto.

– Grrrrrravando.

– *Virei a mão e apalpei delicadamente o peito dela.* – Sewanee viu o maxilar dele estremecer, a única pista de que Nick quase perdeu o controle. Mas ele continuou, decidido: – *Tão perfeito. A perfeição acompanhada apenas pelo gemido suave que lhe escapou. "Aqui?", perguntei.*

– *"Eu quero..."*

– *Ela ofegou.*

– *"Eu quero... que você tire a minha roupa. Só a minha blusa. E o sutiã. Quero estar de saia quando você me possuir pela primeira vez."*

– *Minha ereção foi imediata.*

A risada de Sewanee foi tão alta e tão direta no microfone que Nick deu um salto para trás, como se fosse uma coisa física da qual ele pudesse desviar, que nem uma abelha, um sapato ou um punho. Ele ainda estava tirando os fones de ouvido da cabeça quando ela conseguiu falar.

– Desculpa! – pediu, e cobriu a boca.

Nick olhou para ela de um jeito brincalhão.

– Quantos anos você tem, 12? É só uma palavra! Ereção!

Swan caiu no chão, histérica.

– Ah, por favor – rosnou Nick.

– *Signore* – interrompeu Cosmo.

– Desculpa, Cosmo, vou precisar de um minutinho. Estou lidando com uma criança aqui. Ela...

– *Si*, mas a última coisa que você disse, ereção? *Eh, scusate*, mas acho que li algo diferente.

Antes que Nick pudesse responder, Sewanee estendeu, sem forças, a mão para cima e mostrou o tablet no apoio de partitura dela.

Nick olhou para o dele.

– Ah. "Reação".

Sewanee desabou numa pilha de gargalhadas.

Com toda a dignidade madura de um homem distinto de smoking, ajeitando a gravata-borboleta antes de uma noite na ópera, Nick pôs os fones de ouvido de novo. Ele encarou a pilha de gargalhadas fingindo repreendê-la, parecendo um duque arrogante de mil livros de romance.

– Quer fazer um intervalo, Srta. Chester?

– Não.

Sewanee ofegava.

– Tem certeza?

– Tenho.

– Você não parece muito segura disso.

– Me dá só um…

Ela se levantou, trôpega como um bichinho recém-nascido numa pilha irregular de feno. Swan estendeu a mão para a mesa entre os dois e abriu uma garrafa de água. Bebeu. Respirou fundo. Assoou o nariz. Bebeu mais um pouco. Tirou um protetor labial do bolso e aplicou. Pigarreou. Inspirou. Expirou.

Sewanee não ousou olhar para Nick enquanto se recuperava. Só quando teve certeza de que estava pronta foi que olhou para ele. Nick a encarava com uma expressão de prazer e perplexidade no rosto. Ela simplesmente assentiu.

– Estou bem – afirmou, com toda a calma.

– Ótimo. – Sorrindo, Nick se posicionou de novo no microfone. Ele apontou para Cosmo, e eles ouviram o "grrrrrravando", depois a pré-gravação, e por fim Nick continuou: – *Minha reação foi imediata.* – Sewanee fechou os lábios com tanta força que eles viraram uma linha fina. – *Eu conseguia ver a cena e queria tudo. Ansiava por aquilo. E Claire havia falado: "quando você me possuir pela primeira vez". Dando a entender que… bem. Meus dedos foram até os botões da blusa dela enquanto eu dizia: "Não há nada mais atraente do que uma mulher que sabe o que quer."*

Esse era o tipo de seção em que Brock McNight brilhava, sozinho, montando a cena. A parte de tirar a roupa, a idolatria, a internalização do desejo de um herói. Sewanee mantinha seu diálogo entremeado do jeito mais discreto possível (*"isso"*, *"aí"*, *"assim mesmo"*), dentro das ruminações dele sobre a perfeição do corpo dela, da reação dela, de como ela o estava deixando louco.

Nick tinha um bom desempenho. Assim como Alessandro, imaginava ela. Tudo funcionava para ele ali, naquelas seções. Mas, quando o personagem exigia conexão, esforço, relacionamento, era aí que Swan via as limitações dele. Quando ela ultrapassava aquela voz de cortina de fumaça, não havia nada atrás. Era como os prédios num set de filmagem: uma bela fachada, mas, na verdade, sem nada além de toras de madeira apoiando o cenário. Será que ele estava escondendo alguma coisa de propósito?

Quando a seção dele terminou, bem no momento em que Alessandro penetrou Claire, e Sewanee estava prestes a assumir a narração, Nick bebeu um pouco de água e apontou para o tablet.

– Por que ela mudou o ponto de vista aqui? Estava começando a ficar bom.

Sewanee viu uma oportunidade e decidiu aproveitá-la, na esperança de conseguir uma conexão melhor dele com o texto.

– Porque June sabia usar a fórmula e melhorá-la.

– Em que sentido?

– Ela sabia que o ponto de vista tem que pertencer à pessoa, ao personagem que tem mais a perder. As preliminares acontecem pela perspectiva dele, porque ele quer muito isso, e Claire pode não se entregar. E pior, ela pode não se dissolver nas mãos dele, pode provar que Alessandro é uma fraude. Mas, depois que ele a penetra, depois que está dentro dela, ele venceu. O resto é pela perspectiva dela porque esse é o momento de transformação de Claire. Desse ponto em diante, ela nunca mais vai ser a mesma.

Nick a encarou.

– Ah.

Sewanee voltou para o tablet. Respirou. E começou.

– *Eu estava tão preenchida. Tinha estado tão vazia, por tanto tempo, até mesmo antes do meu marido morrer, mas agora?*

Ela leu, como fazia com frequência, sem nenhum erro, entrando num estado parcial de transe, que acontecia quando estava completamente compenetrada. Essa cena – essas cenas – eram livros inteiros em miniatura: aumento da ação, clímax, desfecho. Dessa forma, ela deixava a voz aumentar, num crescendo, e cair.

Devagar, ela delineou a importância da cena, o resultado.

– *Ele se apoiou nos cotovelos acima de mim, pra não me esmagar. Beijou a lateral do meu pescoço, me deu uma estocada final e demorada, e saiu. Alessandro se levantou e foi andando, como uma estátua de Davi que ganhou vida, até o banheiro. Fechou a porta. Fiquei viajando de um jeito agradável por alguns minutos, esperando ele voltar. Quando voltou, quando ouvi a porta do banheiro se abrir, esperei que voltasse para a cama comigo. Ele não fez isso. Os passos dele pararam, e eu abri os olhos. Alessandro estava totalmente vestido. Recolhendo as nossas taças de vinho. Indo até o bar. Abrindo a torneira. Eu me apoiei num cotovelo.*

– "Está mais tarde do que eu pensava. Tenho uma reunião." – murmurou Nick.

– Olhei para o relógio rococó sobre o console da lareira. "São dez horas", falei.

– "Eu me distraí."

– "Você tem uma reunião às dez da noite?"

– "Era a única hora que ela podia."

– Ela? E falei em voz alta: "Ela?" Agora ele estava secando as taças.

– "Uma possível cliente."

– "Tem uma cliente bem aqui."

– "Clientes pagam."

– Minha raiva explodiu. "Tudo bem. Quanto custa pra não ser um babaca?" Alessandro deixou as taças de lado e foi até a cama. Ele se assomou sobre a cama e sobre meu corpo.

– "Confia em mim. Você só precisa de uma coisa agora: distância. Volto à meia-noite. Você pode ficar até lá."

– Dito isso, Alessandro se virou, pegou o casaco e foi até a porta. E saiu. Ele saiu. Saiu. Eu não podia ficar nem mais um segundo. Tremendo, desci da cama, me vesti e tentei recuperar a minha sanidade mental para não deixar nada para trás. Meu Deus, não permita que eu deixe nada aqui. Passei os dedos rapidamente pelo cabelo, me atrapalhei com as tiras dos sapatos e saí cambaleando até a porta. Eu me virei mais uma vez, olhando para a cama. O local da minha humilhação. Sabia o que tinha que fazer. Abri a bolsa e peguei a carteira. 750 euros. Uma fração do valor dele, uma quantia ofensiva. Mas era tudo que eu tinha. Andei de volta até a cama e deixei lá, bem no meio, no buraco ainda quente que meus ombros haviam criado. Ele nunca poderia dizer que me fez um favor. Era uma transação. Serviço pago, serviço prestado. Produto de qualidade, entrega pontual. Cinco estrelas. Engolindo o choro, saí do palazzo, deixando a porta destrancada.

Sewanee encarou o tablet na frente dela, a ausência de mais texto, de mais história. O espaço em branco. Ela ainda estava reverberando, voltando a si. Fora tão dominada pelo local aonde tinha ido que precisava de tempo para voltar ao local onde estava. Não era como sexo, mas também não era diferente.

Nick abafou uma risada.

– Ele é muito babaca. Ah, desculpa, corta, Cosmo.

– *Si,* nós cortar. – Ela ouviu o som de Cosmo dando um tapa na mesa. – *Belissima.* Essa última parte, você me fez chorar. Nós continuar, sim?

– Não, o próximo episódio é o último, então a gente vai fazer amanhã.

– Mas como é que eu durmo, *eh*?

Nick deu uma risadinha e tirou os fones de ouvido.

– Se nós conseguimos conquistar o Cosmo, vamos conquistar qualquer pessoa. Estou muito feliz por você ter sugerido isso. Foi incrível, né?

Sewanee não tinha a menor vontade de estourar a bolha de Nick.

– Incrível mesmo! – respondeu, numa voz exagerada de duende.

Ele foi na direção da porta.

– Vamos tomar um café. Respirar um pouco de ar fresco.

Os dois estavam em pé numa cafeteria, esperando o café, enquanto Nick tagarelava sobre como a leitura tinha sido boa.

– Vou dizer de novo: você sugerir que a gente gravasse juntos, aqui? Genial.

Sewanee deu um sorriso tenso.

– Obrigada. – Ela pegou o copinho com a mulher atrás do balcão e soprou. Algo lhe ocorrera na caminhada até ali, uma possível explicação para a desconexão entre ele e o material. – Então, considerando que você nunca quis narrar um dos livros da sua tia, foi constrangedor ler a cena de sexo?

– Pra minha surpresa, não. – Nick terminou o café e jogou o copo de papel no lixo. – Talvez eu só esteja acostumado com os livros de romance, a essa altura. Tipo, se você mata pessoas pra ganhar a vida, é importante quem dá as ordens?

Sewanee deu uma risadinha, acrescentou uma colherada de açúcar demerara ao copinho e mexeu devagar. Ela queria ir além, mas também queria ir com cuidado. Por outro lado, eles não *precisavam* falar disso. Era só um trabalho. Um trabalho que ele não queria mais fazer, na verdade. Quem era Swan para dizer a Nick como fazer uma coisa que ele alcançara um enorme sucesso fazendo?

Ela percebeu que os dois estavam sendo expulsos da lojinha, então engoliu o expresso. Eles saíram para a *piazza* e se sentaram em uns degraus de granito aos pés de um grifo de bronze.

Como Sewanee não falava nada, ele bateu o joelho no dela.

– Um euro pelos seus pensamentos.

– Ah, não é nada.

Nick a analisou.

– Você não tá se sentindo insegura com o seu trabalho, né? Porque, se eu não falei o suficiente, desculpa. Você é extraordinária, de verdade.

Ela mal conseguiu conter a surpresa.

– Ah! Não, meu Deus, não. Isso é tão… gentil da sua parte. Não, só estou tentando descobrir uma coisa.

Ele estendeu a mão e pôs uma mecha de cabelo soprada pelo vento atrás da orelha dela.

– O quê?

– Eu só estava pensando… – Abortar missão, abortar missão, abortar missão. – Quer saber? Deixa pra lá.

– Ah, Sewanee, por favor. Nós podemos ser sinceros um com o outro. Não importa o que seja, a gente vai lidar com isso. Fala comigo.

Swan olhou para o tapete vermelho nos olhos dele, estendido só para ela.

– Tá bem. Eu não… não achei que você estava compenetrado no que fizemos hoje.

– Eu? – O sorriso de Nick congelou. – Compenetrado como?

Sewanee deu de ombros.

– Na sua interpretação.

O sorriso dele piscou como um neon prestes a se apagar.

– Tipo, é assim que eu faço.

– Certo, e é ótimo – garantiu ela, tocando na coxa dele. – Só estou dizendo que… quando você é Brock? Você parece distante.

Nick puxou o joelho de baixo da mão dela. Ele se ocupou tirando o casaco.

– Distante?

– É. Tipo, você se sentiu conectado a mim? Enquanto líamos juntos? – Nick pareceu confuso com a pergunta, então ela tentou de outro jeito. – Por que você quis fazer a narração em dueto?

Ele pegou um maço de cigarros no casaco, agora largado nos degraus.

– Jason sugeriu que fizéssemos os dois últimos episódios no formato de narração em dueto, porque os ouvintes gostam. Acham que dá mais tesão.

– Mas só dá mais tesão quando as duas pessoas se encaixam bem. Qual era o objetivo de lermos juntos se parece que não fizemos isso?

Nick bufou.

– O quê? Você agora é diretora? Achei que seria legal lermos juntos, só isso. Por que você tá fazendo um drama?

– Por que você tá sendo babaca?

– Por que nós estamos brigando? Nós estamos brigando?

O sorriso tinha voltado, mas era forçado, e Nick parecia desnorteado. Ele acendeu o cigarro.

– Nós não estamos brigando, tá bom? – Ela tocou a coxa dele de novo. – Você não precisa ficar na defensiva.

– Não estou na defensiva – disse ele, mais uma vez se esquivando da mão dela, agora se levantando. – Não sei o que você acha que eu devia ter feito diferente.

Ele parecia irritado ao soprar a primeira baforada do cigarro.

– Oferecer mais de si mesmo.

– Não quero oferecer mais de mim mesmo. Quero pular fora – comentou Nick devagar, como se estivesse explicando alguma coisa para uma criança pela milésima vez.

Sewanee ficou furiosa com o tom dele.

– E eu acho que, se você oferecesse mais de si mesmo, talvez não quisesse pular fora. Acho…

– Mais de qual eu exatamente?

– Nick!

Ele jogou a cabeça para trás, respondendo ao chamado.

– O quê?!

– Não. – Sewanee abafou uma risada frustrada. – Nick! Você. Seu eu verdadeiro. – Ela fez uma pausa. – Você ergueu um muro entre Nick e Brock. Por quê? Juntos, eles são uma coisa especial.

Ele balançou a cabeça.

– O negócio é um ou outro. Não dá pra ter os dois ao mesmo tempo. Eles são incompatíveis.

Swan balançou a cabeça.

– Você tá errado.

Ele jogou a mão que estava segurando o cigarro para o alto.

– Você tá discordando só por discordar? Tenho certeza que sei mais de mim do que você.

– Quando você leu *Goodnight Moon*. Era a voz do Brock, mas o coração do Nick.

Isso fez ele parar e encará-la. Depois olhou para baixo e deu uma longa tragada.

– Swan. – Ele expirou. – Isso não é *Goodnight Moon*.

– Não é mesmo. Mas você é.

Nick continuou olhando para baixo. Será que ela havia conseguido alcançá-lo?

– É. Você queria que eu fosse uma coisa que não sou. E acho que não só na minha leitura, mas na vida – murmurou ele por fim.

Sewanee jogou a cabeça para trás.

– Você tá… em que planeta você tá nesse momento?

– No seu, querida.

– Não põe palavras na minha boca, não foi isso que eu…

– Confia em mim, é exatamente isso. – Nick assentiu rapidamente, depois de convencer a si mesmo, se não a ela. – *Você* quer os dois. Quer que eu seja, que eu seja… hum… Brock McNick! É isso que você quer!

Vitorioso, ele chutou uma guimba de cigarro de outra pessoa.

– Isso é quem você *já é*, seu, seu… seu cabeça de peido!

Nick teve que rir.

– Cabeça de peido?

Sewanee teve que se juntar a ele.

– Foi o melhor que eu consegui inventar, *Brock McNick*!

– Bem, esse foi o melhor que *eu* consegui inventar!

Os dois respiraram com calma. Nick bateu a cinza do cigarro, e Sewanee tentou um tom mais delicado.

– Tudo que estou tentando dizer é que, quando você tá trabalhando, você é Brock. E, quando não tá, você é Nick. E eu não entendo por que um tem que ser sacrificado pelo outro. Os dois são você, Nick.

Ele deu outro trago. Era a imagem da compostura. Quase interpretando a própria serenidade.

– Ahhhh. – Ele expirou. – Agora eu entendi.

– Ótimo.

– Estamos falando de você, não de mim.

As sobrancelhas dela se franziram.

– O quê? O que você… isso não tem nada a ver comigo.

– Tem tudo a ver com você. Você tá projetando.

– Projetando?!

Nick tentou dar de ombros de um jeito casual.

– Você mesma disse. Você tá tentando reconciliar quem você era e quem é agora.

A boca de Sewanee se abriu.

– Você tá fora da casinha. Essa conversa começou porque eu estava falando do *trabalho*!

– E eu acho que é mentira. Acho que não se trata de trabalho. Acho que nós estamos falando sobre uma coisa muito maior do que isso, e, surpresa, eu não dou a *menor* bola pra porra do trabalho. – Ele se aproximou, apontando o cigarro para ela. – Essa é você! Você é a atriz! Não eu.

Swan abanou a fumaça, e a voz dela ficou mais aguda.

– Você pode não soprar isso na minha cara? *Eu* me importo com a porra do trabalho, então não gosto de ser fumante passiva, tá?

Nick deu um passo para trás na mesma hora.

– Desculpa. – Ele resmungou um xingamento, jogou o cigarro no chão e o apagou com o pé. Então murmurou, quase para si mesmo: – Vou parar de novo, em breve.

Sewanee apontou para a guimba.

– Você não deixou cair alguma coisa?

– Hein?

Ela revirou o olho, se levantou e pegou a guimba.

– Nunca vou entender por que as pessoas acham que isso não é lixo.

Ele estendeu a mão.

– Me dá aqui.

– Não.

Mas Swan estava andando de um lado para o outro, tentando descobrir o que fazer com o lixo.

Ele fez um movimento, tentando agarrar a guimba.

– Sério.

– Eu cuido disso.

Sewanee procurou uma lata de lixo.

Nick pegou o maço de cigarros e o abriu. Sacudiu-o.

– *Eu* cuido disso.

– Só preciso encontrar uma...

– Não tem nenhuma à vista. Põe aqui.

Ela olhou ao redor. Ele estava certo.

Swan se aproximou e pôs a guimba no maço, como se depositasse um saco de cocô de cachorro na porta dele.

Os dois se afastaram para lados opostos da escada. Ele se apoiou de novo no corrimão de pedra, e ela fez o mesmo, apoiando-se no outro.

Um instante de trégua.

Sewanee observou Nick pelo canto do olho, esperando para ver se ele tinha mais alguma coisa a dizer. Porque ela ainda queria conversar. Tinha outra coisa que desejava desesperadamente dizer, mas, da última vez que decidiu falar o que estava na cabeça – cinco minutos antes –, havia terminado assim. Ela não queria magoá-lo ainda mais. Não queria magoar *os dois*. Mas havia percebido algo nessa discussão que parecia mais relevante do que como tinha começado. Mais relevante até do que eles.

– Você já pensou no motivo pelo qual June insistiu pra você fazer esse projeto? – perguntou Swan, com a voz mais gentil e tranquila que conseguiu.

Ele suspirou, cansado da batalha.

– Do que você tá falando agora?

– Acho que ela não estava só te oferecendo um jeito de ganhar algum dinheiro. Seria possível que ela estivesse te dando um mapa da sua própria estrada?

Nick olhou para ela.

– Você disse que essa série era um olhar revisionista pra história dela. E talvez isso seja verdade, eu não a conhecia tão bem. Mas ela escreveu *pra você*. Já se perguntou por quê? Por que June escreveria sobre um *deus do sexo* que se sacrifica pela profissão e acaba achando um caminho pra integrar o profissional com a pessoa?

Ele pegou o maço de cigarros de novo. Abriu. Olhou para o relógio. Fechou de novo e guardou.

– Certo. – Nick se afastou do corrimão de pedra, e o impulso de Sewanee foi de também se mover, de estender a mão para ele. Ela se endireitou, em expectativa, mas ele não foi até ela. Em vez disso, Nick foi até o casaco que estava nos degraus entre os dois e continuou enquanto o vestia: – Eu poderia dizer a mesma coisa pra você. Afinal, ela insistiu pra que você interpretasse a heroína. A mulher que precisa superar o passado e seguir com a própria vida.

Ele se virou e começou a descer os degraus.

– Não vai embora assim, Nick.

Swan ficou arrasada ao ouvir a carência na própria voz.

Nick revirou os olhos e voltou até ela.

– Eu não estou indo embora, cabeça de peido. – Depois, com mais delicadeza, acrescentou: – *Nós* estamos indo embora.

Ele olhou para ela, e Sewanee viu que, embora ele estivesse de saco cheio, havia ternura ali. Uma mágoa residual e uma frustração persistente, mas principalmente ternura. Nick era uma ferida ainda sensível ao toque, mas em processo de cura. E isso a deixou aliviada.

E, nesse alívio, Swan ouviu de novo o que ele tinha acabado de falar sobre ela. Sobre June.

A briga tinha começado porque ela mostrara uma divisão nele, e Nick revidou expondo uma divisão semelhante nela. Mas o ardor defensivo fugiu da discussão quando eles – como Henry poderia ter dito – deram evidências textuais para apoiar suas alegações. Ao destacar o que June fez, naquele momento os dois olhavam para si mesmos, e não um para o outro.

Sewanee ainda estava remoendo isso quando Nick perguntou.

– Nós temos o jantar com a sua mãe e o Stu, lembra?

Ela havia esquecido. Foi na direção dele na escada, pegou o celular e olhou a hora.

– Ainda temos 45 minutos.

Ele balançou a cabeça.

– É melhor a gente ir logo. – Então eles caminharam lado a lado pela *piazza* enquanto Nick murmurava: – A gente precisa de um banho. E trocar de roupa.

"O pedido"

Eles atracaram na ilha quinze minutos depois de sair de São Marcos, desembarcaram e foram em direção a um anexo à direita do extenso hotel. Stu conduziu o grupo como um cachorrinho que foi treinado para ficar junto, mas era incapaz de obedecer quando estava empolgado.

– Prometi pra Marilyn que não ia contar nada, pra não estragar a surpresa. Mas, vejam só, vocês acreditam que isso aqui é um Marriott? Tá, vou calar a boca, lá vem a recepcionista.

Como se tivesse sido invocada por Stu, uma mulher elegante apareceu no brilho acolhedor das luzes do caminho. Ela os chamou, e Sewanee deixou Marilyn e Stu assumirem o comando, ficando para trás com Nick.

Eles tinham ido, em silêncio, cada um para o seu hotel para se aprontar e, quando chegaram ao píer, Stu e Marilyn estavam esperando. Depois embarcaram no barco, e Stu sequestrara Nick para a proa para falar de golfinhos, então Swan não tivera tempo para conversar com ele.

– Você tá bem? – sussurrou ela.

Ele assentiu.

– Eu queria ter tido uns minutos na doca antes... – disse ele.

– Eu também. Mas será que podemos deixar tudo de lado hoje à noite e...

– Claro. – Ele deu um sorrisinho. – A gente pode brigar mais tarde.

Sewanee retribuiu o sorriso e sentiu os ombros relaxarem.

– Vocês dois vêm ou precisam de um quarto? – gritou Stu para provocá-los.

– Eu só fico no Hilton – gritou Nick em resposta.

Eles apertaram o passo, se juntando a Stu, que estava rindo na porta aberta de uma estrutura de tijolos de terracota, que pode já ter sido um celeiro. Tinha janelas do chão ao teto, com faixas de ferro preto a cada trinta centímetros mais ou menos. Depois de entrarem, uma iluminação suave de luzes de vela e candelabros à direita os chamava para entrar no salão de jantar.

Mas a recepcionista os conduziu para a esquerda, levando-os a um bar luxuosamente discreto.

– Ah, um coquetel, sim, por favor – murmurou Sewanee.

– Ah, Swanzinha – Stu se animou –, você está prestes a...

– Stuuuu – alertou Marilyn.

Ele fez um sinal de fechar os lábios com um zíper, mas se virou para Nick.

– Espera só – comentou Stu pelo canto da boca.

A recepcionista ofereceu a eles uma bandeja com quatro esferas marrom-avermelhadas do tamanho de bolas de golfe, cada uma sobre uma delicada taça. Ela os instruiu a pôr a bola inteira na boca e se preparar para uma surpresa. Os quatro bateram as taças e fizeram como instruído. Sewanee sentiu a casca dura se dissolver no mesmo instante, e um jorro de licor agridoce perfeitamente equilibrado explodiu, cobrindo sua língua. Ela ficou perplexa. O fluxo de sabor tinha esvaziado a mente dela e despertado todos os seus sentidos ao mesmo tempo, como se houvesse pulado num lago gelado.

– O que foi que eu disse, hein? Bem, eu não disse, mas quando foi que *isso* aconteceu na sua boca? – Stu levantou a mão. – Não responde.

Nick e Sewanee riram quando Marilyn bateu no braço dele.

A recepcionista os conduziu pelo bar, passando por uma porta e chegando a um jardim atrás do restaurante. Enquanto andavam pelo caminho sinuoso, ela apontava para os legumes e verduras que eles iam consumir naquela noite. De vez em quando havia um toco de árvore e, sobre ele, uma amostra de alguma coisa. Uma massa folhada com cogumelos. Um nabo caramelizado numa folha de rúcula. Um copo de aperitivo contendo um licor de anis com uma cereja no fundo.

Quando a recepcionista os levou para dentro do restaurante e pegou seus casacos, os sentidos de Sewanee estavam mais tensos do que uma corda de arco. Havia o leve aroma de fumaça de lenha e alho, mas também um toque de algo floral. Tudo era calculado.

Eles foram entregues a outra pessoa e levados a uma mesa perto das janelas. O tampo da mesa era de vidro. O teto, a nove metros de altura, era espelhado. As janelas davam vista para o jardim por onde tinham acabado de passar. Além das luzes esparsas na paisagem, a noite veneziana era um vazio preto.

Stu orientou Sewanee e Nick a se sentarem no lado que dava vista para todo o restaurante, o show completo. Marilyn e Stu se sentaram em frente aos dois, e Stu não conseguia parar de sorrir, embora variasse de delicado para diabólico e para um palhaço completo.

Mais três pessoas apareceram: uma carregando uma garrafa de vidro com água, um garçom confirmando que eles iam comer o menu degustação e um sommelier afirmando que iam harmonizar as bebidas com esse menu.

– Absolute-mente! – disse Stu, sem deixar ninguém responder.

– *Fantastico.*

O sommelier deu um sorriso educado. Ele pegou uma garrafa atrás de si e disse que não fazia parte do menu, mas que estava aberta e queria que eles experimentassem. Ele serviu um pouquinho em cada taça e se afastou. Os quatro ergueram as taças, brindaram e tomaram um gole.

– O que vocês acham? – indagou Stu, antes que baixassem as taças.

– Delícia – comentou Marilyn.

– Uau – disseram Sewanee e Nick.

– Está meio fechado, precisa abrir – sussurrou Nick depois, resmungando.

O rosto de Sewanee nunca tinha ficado vermelho e quente com tanta rapidez.

– O que foi? – indagou Stu.

– Está ótimo, não precisa abrir – respondeu Nick.

– Ah! Você gosta de vinho, Nick?

– Sou conhecido por transar. Desculpa, provar. Transar é em irlandês.

Sewanee mordeu o lábio.

Stu estalou os dedos.

– Sabia que esse sotaque era irlandês!

E isso fez Sewanee explicar, se divertindo, que o sotaque ficava muito mais pronunciado quando ele dava em cima de mulheres em bares e que nenhum habitante de Dublin tinha aquele sotaque todo. O que fez Nick, de maneira muito inocente, perguntar de novo a Sewanee de qual parte do Texas ela era e, meio que chutando um ao outro por baixo da mesa, os dois seguiram em frente.

Nick ergueu rapidamente a taça.

– Não tenho palavras para agradecer por vocês me deixarem fazer parte deste jantar.

– Estou feliz por você estar aqui, Nick! E muito feliz por você estar aqui, Swanzinha! Que noite. Uma noite especial.

O discurso generoso de Stu fez Sewanee relaxar mais, e ela sentiu que a mesma coisa estava acontecendo com Nick. Uma figura paterna descomplicada e divertida parecia um conceito desconhecido, mas providencial, para os dois. A briga deles desapareceu nos nichos das melhores versões de cada um, e Sewanee sentiu vontade de pegar a mão dele sob a mesa. Mas não fez isso.

Um alvoroço de garçons apresentou o primeiro prato como uma obra de arte, e o sommelier serviu um vinho branco. Nick estava prestes a cair de boca, mas Stu soltou um muxoxo.

– Calma aí, caubói, tudo vem com uma explicação.

O chefe dos garçons começou uma descrição detalhada do que estava diante deles. O que foi imediatamente seguido pela explicação do sommelier de por que ele tinha escolhido aquele vinho específico, "não só para complementar o prato, mas para criar uma conexão com ele". Sewanee pensou que, se estivessem em Los Angeles, aquilo seria pretensioso, artificial e exagerado. Mas ali, em Veneza, numa ilha, caía bem.

Todos deram uma garfada suntuosa e complementaram com um bom gole de vinho. Os quatro ficaram sentados num momento de silêncio. O tipo de reverência reservada para uma oração, como se nunca tivessem comido nada na vida.

– Isso é... isso é... – murmurou Nick, o primeiro a tentar articular palavras. – *Que diabos* é isso?

Stu bateu na mesa.

– E é uma porcaria de um Marriott!

De algum jeito, cada prato subsequente superava o anterior. O número sete chegou e foi servido com um belo vinho na cor laranja, que, até aquela noite, Sewanee não sabia que existia no mundo dos vinhos. A conversa combinava com a comida e a bebida, como se tivesse chamado a refeição para dançar.

Naquele momento, eles discutiam o projeto June French e o relacionamento de Nick com a tia, e como era ser criado por uma escritora.

– Você já quis escrever? – perguntou Marilyn.

– Não. Se bem que, se compor músicas contar, com certeza sim.

– Para tudo. – Stu passou o guardanapo rapidamente na boca. – Você é compositor?

– Mais ou menos.

– E isso significa que você é músico?

Stu deu um largo sorriso.

– Já estive numa banda, em outra vida.

Stu bateu no peito.

– Eu tinha uma banda – disse ele. Marilyn gargalhou. – O que é? E daí que foi no ensino médio, depois um ano ou dois na faculdade? Continua sendo uma banda!

Nick deu um sorrisinho.

– O que você toca?

Stu mexeu todos os dez dedos.

– Teclado. E você?

– Um pouco de guitarra. E canto mais ou menos.

– E vocês escrevem as próprias músicas? Isso é incrível. A gente nunca chegou tão longe.

Nick assentiu.

– Algumas músicas. Meu melhor amigo era o vocalista e fazia boa parte das composições. Ele é o verdadeiro talento, eu... faço o que posso.

– Vocês fizeram sucesso? – perguntou Stu, pondo o último pedaço da perfeição em seu prato na boca.

– A gente tinha um contrato com uma gravadora. Um hit. Estávamos em turnê.

– Ah, eu daria tudo por isso. Viver esse sonho! O que aconteceu?

– Bem. Meu melhor amigo conduziu esse sonho numa velocidade maior do que ele aguentava. Foi um fracasso total. – Nick olhou para o próprio prato, e Sewanee sentiu que ele estava se empolgando com o assunto, que ele queria contar a história. – Claro que algumas "pessoas" disseram continuem, é isso que faz a banda ser ótima. Mas eu vi meu amigo quase morrer certa noite, e esse foi o fim pra mim. Levei o cara pro hospital a tempo, por pura sorte, e, assim que ele teve alta, levei ele direto pra reabilitação. Queimei muitas oportunidades, rompi muitos contratos.

– Ele ficou bem?

– Ficou.

– Vocês ainda são amigos? Ainda tocam juntos? – indagou Stu, totalmente interessado.

– Obrigado por perguntar. Sim. Na verdade, ele me seguiu pro mercado dos audiolivros. Se tornou meu revisor, depois a June roubou ele pra ser produtor dela. O cara tem ouvidos mágicos, sabe? Tem ouvido absoluto e tal. Muito entusiasmado com tecnologia também. Um perfeito mago do som.

– Esse seu amigo é impressionante. Você salvou mais do que uma vida, cara. Vocês voltaram a tocar em algum momento?

– Só depois de cinco anos. A gente se encontrava quando estava na mesma cidade e fazia umas improvisações, coisas aleatórias, mas não estávamos no clima. E aí, no fim do ano passado, depois que a June… morreu, ele começou a falar que queria tentar de novo. Eu estava pensando que talvez valesse a pena. Aí a gente encontrou um baterista. Um novo tecladista. – Nick inclinou a cabeça para o outro lado da mesa. – Queria ter te conhecido antes, Stu.

– Acho bom você tomar cuidado, Nickster, senão pode aparecer um velho esquisito a qualquer momento.

– Quando quiser.

Eles compartilharam um aceno de cabeça representando a camaradagem entre músicos, apesar de só um deles ser músico profissional.

O prato seguinte chegou. Stu levantou as mãos.

– Pergunta: por acaso alguém notou o *pão*?

Marilyn tentou puxar as rédeas mais uma vez.

– Stuuuu.

– O que é? Estamos no prato número oito e ninguém disse nada. Eu fui paciente. – Stu se virou de novo para os jovens. – Então, os pães. Alguma coisa?

Sewanee arriscou.

– Bem, eu notei que eles trocaram o pão algumas vezes ao longo do jantar.

– Algumas vezes? *Todas* as vezes! Cada prato tem o próprio pão. Entende o que eu digo? É que nem o vinho. Eles harmonizam! E mais uma vez eu tenho que dizer...

– É um Marriott! – comentaram todos juntos.

– Ok, voltando pra banda. Vocês têm um nome? – perguntou Stu, quando eles pararam de rir.

Nick pegou uma garfada.

– Temos um nome temporário. É basicamente uma piada, uma coisa interna, uma referência aos últimos cinco anos fazendo livros de romance.

Sewanee ergueu uma sobrancelha.

– Qual é o nome?

Nick fez uma pausa.

– Os Rasgadores de Corpete.

Sewanee riu no guardanapo.

– Aah! – exclamou Marilyn. – Que tal...? Que tal Os Libertinos Notórios?

– Ou só Os Libertinos – sugeriu Sewanee.

Nick olhou para ela.

– Os Libertinos. Olha, isso pode funcionar.

– Que tipo de música vocês tocam? – perguntou Marilyn.

– Norte-americana, raiz. Mas um pouco de indie. Música popular, que a gente compõe e escreve. Mais ou menos. – Ele olhou para Sewanee. – Caraca, eu sou péssimo nisso.

– Vocês têm algo que a gente possa ouvir? – perguntou Stu.

– Ah, não. Estamos só recomeçando, não tem nada pronto...

– Vocês têm que começar a jogar umas coisas por aí.

– Ah, é, não. Ainda nem sei se sou bom o suficiente pra fazer esse tipo de música. Mas, se sair alguma coisa daí, com certeza vou espalhar.

– O que você quer dizer com não ser bom o suficiente? – Stu voltou a atenção para o prato.

– Só que... é tudo novo pra nós. Pra mim. É um som que exige muito mais de mim do que estou acostumado e é, hum... tem um alto risco, sabe?

– E daí? – perguntou Stu, totalmente concentrado em conseguir a combinação correta de sabores no garfo.

– E daí... que não costumo me arriscar.

Sewanee sentiu que Nick tinha decidido não olhar para ela.

– Por quê?

– Porque não fico muito animado com a possibilidade de perder tudo de novo.

– Como é que você vai lidar com isso, cara?

Nick deu uma risadinha. Ele respirou fundo, de maneira autodepreciativa.

– Eu não posso fracassar se não tentar.

Agora Stu olhava de novo para ele e sorria.

– Esse é um ótimo truque.

– É, acho que sim. – Ele pegou o vinho, sorrindo. – Você tá doido pra me destrinchar, né?

– Quem, eu? De jeito nenhum. Já tenho o suficiente pra me preocupar bem aqui. – Stu levou o nó de um dedo até a cabeça e deu um soquinho. – Mas você disse uma coisa que me tocou, de músico pra músico! – Ele caiu na gargalhada. – Nem eu percebi essa piadinha!

Nick se juntou a ele.

– Acho que você percebe tudo, Stu. Qual é o acorde?

O clima parecia o de uma partida amigável de pingue-pongue, como se cada um tivesse pegado uma raquete depois de alguns drinques e dito: vamos ver do que você é capaz. Sewanee e Marilyn observavam avidamente, como espectadoras nas arquibancadas, curtindo cada voleio.

– Você é um burro ao contrário.

Nick jogou a cabeça para trás numa risada.

– Sou?

Stu deu uma risadinha.

– Sinto muito por ser o portador de más notícias, meu camarada.

Nick estendeu a mão, aceitando a resposta de Stu.

– Manda ver.

Stu fez um barulho assoviado e pensou por um instante.

– Você está absolutamente certo. Você ia se arrepender de tentar e fracassar. Mas vou te dar uma opção melhor. Se você não tentar, não der tudo que tem, vai se arrepender de nunca saber se ia ter sucesso.

Nick sorriu.

– Que belo acorde, meu amigo. Olha, você tá certo, eu tenho que concordar. Mas mesmo assim é assustador.

– E daí? É assustador, mas por que isso é tão importante? – Nick ficou calado. – Não estou tentando te botar na berlinda, Nickster, eu…

– Não, cara, eu sei. Só não consigo pensar num bom…

– Porque o arrependimento te assombra pelo resto da vida – interrompeu Sewanee, que estava nos assentos mais baratos da partida. Não pretendia dizer nada, mas, assim que sentiu a resposta, ela saiu sozinha. Captou o olhar de Marilyn. A mãe sorriu para Swan com tristeza. – É como um fantasma que se recusa a sair da sua casa.

Stu arregalou os olhos.

– E por que ele tem que ir embora? Você acha que consegue passar pela vida evitando os arrependimentos? Evitando os fracassos? – Ele riu. – Spoiler: a vida é feita de arrependimentos, a vida é feita de fracassos. Mas, assim como esse fantasma, você aprende a viver com isso. Porque o fracasso faz o sucesso ser importante.

Stu jogou as mãos para o alto e para a frente, abrangendo o restaurante inteiro.

– Esse garoto, esse chef de 28 anos com uma estrela Michelin. Você acha que alguém simplesmente colou essa estrela na testa dele, como os professores faziam na escola? – Stu apontou para o prato, agora vazio. – Você acha que ele fez essa coisa de espuma-nuvem-sei-lá-o-quê com perfeição na primeira vez? Na décima vez? Esse é um prato de fracassos. Bom, não estou dizendo que todos nós vamos conseguir uma estrela Michelin se perseverarmos, hahaha. É muito comum as coisas não darem certo. Falando por mim, eu fracassei muito mais do que tive sucesso.

– Mas você teve sucesso.

– Às vezes.

– No geral – argumentou Nick.

Stu balançou a cabeça.

– Mas a vida não é uma linha reta, senador. Você sobe, leva uma porrada e cai, aí você se levanta, e vai a nocaute. Dediquei 47 anos à Nike, fui de sapateiro a vice-presidente sênior e blá-blá-blá. E, sinceramente, eu quase fui demitido tantas vezes quanto fui promovido. – Stu parou por um instante para pensar e beber, antes de se aproximar de Nick. – Vou ser o velho da conversa e te dar um conselho sincero que você não pediu: assuma o risco. Fracasse. – Stu se virou para Sewanee. – E deixa o arrependimento aparecer no percurso. – Ele levantou um dedo. – Como passageiro, não como motorista. – Ele se recostou. – Eu já vi muitas pessoas entrarem no território da crise da meia-idade, pensando pra onde foi o tempo e por que elas não fizeram nada com ele. Vocês dois ainda são jovens o suficiente pra evitar toda essa porcaria. O mundo é a sua ostra!

– Ah, o Nick odeia ostras – disse Sewanee, olhando de lado para ele e rindo.

Nick engoliu uma risada.

– Quer dizer que você tem arrependimentos? – perguntou ele para Stu.

– Tá brincando? O meu banco traseiro tá cheio. E o porta-malas também! Olha, eu adorava o meu emprego, mas adorava tanto que a minha vida de verdade passou direto por mim. Por muito tempo, eu nunca tive uma mulher ao meu lado. – Ele acenou a mão. – Nunca tive uma Sewanee sentada do outro lado da mesa. Nunca tive essa criatura magnífica, essa bela peça pra educar e ver crescer e que agora me liga só pra saber como eu estou. Quer dizer – ele estendeu a mão e apertou o queixo dela –, como é que um emprego idiota de fazer sapatos se compara com uma coisa dessas? – Ele e Sewanee trocaram sorrisos, e Stu refletiu: – Não se compara. Nunca vou me ver em outra coisa além de um espelho. E tudo que vejo agora é isso.

Stu apontou para a cabeça, que estava ficando careca, e Nick deu uma risadinha.

Ele analisou Stu e depois olhou para a mesa, contemplativo.

– Não seria o máximo se pudéssemos ter várias vidas? Fazer as coisas de jeitos diferentes e depois escolher a melhor?

– Ah, Nick. – Stu deu um sorriso paternal para ele. – Tudo que eu sei é… – Ele se interrompeu e olhou além de Nick, para os fundos do restaurante. Stu se sentou um pouco mais reto. – Ah – murmurou ele. – Lá vamos nós.

O garçom pôs um lindo bolo de chocolate espelhado no centro da mesa.

Tinha alguma coisa em cima escrita em branco. Sewanee inclinou o pescoço, olhando para o texto de cabeça para baixo.

– O que tá escrito?

Ela olhou para o garçom, que estava mexendo os dedos inquietos, e, pela primeira vez naquela noite, não explicou nada.

– A sua mãe ficou muito boa no italiano – disse Stu, e o olho de Sewanee foi até Marilyn, cuja mão agora cobria a boca.

– Stu.

Ela expirou.

– O que tá escrito? – Silêncio. – Mãe?

– *Sposami.*

Marilyn mal conseguiu dizer a palavra.

Sewanee estava prestes a perguntar "o quê" mais uma vez, mas Stu levantou da cadeira, se apoiou em um joelho e se virou em direção a Marilyn, tirando uma caixinha de veludo do bolso do paletó.

– Puta merda! – gritou Sewanee, e o restaurante inteiro a mandou calar a boca.

Ela cobriu a boca com a mão, espelhando a imagem da mãe. Uma das mãos de Marilyn se estendeu para pegar a da filha. Sewanee apertou a mão trêmula da mãe e viu a vida dela mudar.

– Marilyn – disse Stu, depois sua voz ficou mais suave: – Meu amor. – E Sewanee ouviu o soluço que escapou da própria boca antes mesmo que ela sentisse. – Você é a surpresa da minha vida. Nunca imaginei que esse velho sapateiro que fazia tênis… Meu Deus. – Ele deu uma risadinha e olhou para Sewanee e Nick. – Estou sendo redundante. – Todos riram apesar das lágrimas iminentes, e Stu se virou de novo para Marilyn. – Nunca pensei que eu acabaria tendo tudo aquilo de que abri mão. Alguém que me deixa mais feliz a cada dia, mais do que eu era no dia anterior. E quero que esse alguém seja a minha esposa.

Stu abriu a caixinha.

Marilyn o encarou. Eles esperaram. Ela tirou a mão da boca e pôs as mãos nos quadris.

– Olha, além de uma fatia desse bolo, isso é tudo que eu quero. – Os dois deram um sorriso cheio de lágrimas. – Sim. Eu adoraria ser a sua esposa.

Ela se levantou, deu a mão para ajudar Stu a se levantar, e ele colocou delicadamente o anel no dedo dela. Depois os dois se beijaram e se abraçaram e se beijaram e se abraçaram de novo, enquanto Nick assoviava e Sewanee secava as lágrimas de alegria que escorriam pelo rosto. O restaurante todo aplaudiu, e a mão de Stu foi até a bunda de Marilyn, que lhe deu um tapa, e todo mundo riu.

Uma bandeja prateada com quatro taças de champanhe apareceu ao lado da mesa. Eles as pegaram. Stu fez uma pausa, acalmando a voz.

– Levei a vida inteira para encontrar o meu lugar neste mundo, mas valeu a pena, porque é com você.

Todos beberam, e o restaurante todo comemorou de novo, dando os parabéns em muitos idiomas.

Presa na vibração coletiva do salão, Sewanee olhou ao redor e viu os funcionários aglomerados na porta da cozinha, observando, com a mão no peito e o sorriso tão largo quanto o Grande Canal.

Na viagem de volta pela lagoa, Sewanee e a mãe escolheram o calor da pequena cabine, e Nick e Stu enfrentaram o frio do fim de noite, mais uma vez se plantando perto do capitão na proa. Enquanto Marilyn contava a ela qual era o próximo porto de parada, Bari, Sewanee observava Nick e Stu conversarem. Quando atracaram, Sewanee viu os dois homens se abraçarem, uma visão que parecia um pedaço extra de sobremesa.

Os dois ficaram parados na doca de São Marcos, acenando, enquanto o barco levava Stu e Marilyn de volta para o cruzeiro.

Nick se virou para Sewanee conforme ela se virava para ele, com uma expressão de expectativa no olho. Ela não sabia o que dizer primeiro. Queria pedir desculpas por tudo que tinha dito mais cedo. Queria reviver cada sabor da noite. Queria chorar pela felicidade tão grande da mãe. Queria agradecer a ele por ser uma companhia perfeita essa noite. E queria beijá-lo, meu Deus, como queria beijá-lo. Mas, antes que Swan pudesse falar qualquer coisa, Nick falou primeiro, com um rosto inexpressivo.

– Ai, graças a Deus acabou.

Ela caiu na gargalhada.

– Insuportável. Você já conheceu alguém mais chato?

– Eu estava quase empurrando ele pra fora do barco.

– Argh, e aquela comida? Não parava nunca de chegar.

– E ser obrigado a assistir a um pedido de casamento tão fraco? Era como se a gente nem estivesse lá.

– A gente devia fazer alguma coisa pra comemorar o fim disso tudo.

– Amém. – Nick deu um sorriso para ela, e o estômago dela revirou. – O que a gente vai fazer?

– O que você quer fazer?

– Podemos brigar de novo?

Swan gargalhou.

– Eu dispenso.

– O que então?

Ela ergueu um ombro insinuante.

– Estou aberta a possibilidades.

Ele ergueu o maxilar.

– E eu não vou tocar nisso.

– Por enquanto.

Nick deu uma risadinha baixa, estendeu a mão e pegou os dedos dela, olhando para eles. Ela sentiu que era puxada para perto dele, mas não tinha certeza se a sensação era totalmente física.

– Sewanee – sussurrou ele, olhando para cima. – Quero muito... – Os olhos dele ficaram escuros. – Você sabe exatamente o que eu quero.

Ela ficou animada.

– Sei? – Swan tinha esperança de que o tom sugestivo disfarçasse qualquer insegurança que pudesse residir na pergunta. – Você não tentou agir em nenhum momento.

Nick entrelaçou os dedos com os dela.

– A gente estava meio ocupado, né? – O rosto dele se contraiu. – Além disso, do que você tá falando? Eu te pedi em casamento hoje de manhã!

Sewanee ergueu uma sobrancelha provocante.

– *Talvez* eu te leve no cartório, *talvez*, quem sabe, ah, esquece, me ignora, eu estou com *jet lag*? Nossa, estou muito empolgada. Totalmente apaixonada.

– Tá bom, eu podia ter melhorado um pouco. Mas, em minha defesa, eu não sabia que o Stu ia roubar a minha cena! – Eles riram e se aproximaram.

– Eu te garanto – murmurou ele – que quero uma reprise de tudo que a gente fez em Las Vegas. Quero te empurrar contra uma parede como a do Venetian, mas agora em Veneza.

– Isso é uma ameaça ou uma promessa?

Nick respirou fundo.

– Mas.

– Ah, não, outro mas – rosnou Sewanee.

Ele apertou a mão dela.

– Mas! Não essa noite. Essa noite, eu vou te levar em segurança até a sua *pensione*. Posso até te deixar pronta pra cama…

– Eu já estou pronta pra cama – disse ela.

– Meu Deus, isso já ia ser duro e você está determinada a deixar tudo mais duro ainda.

– Você quer dizer a sua *reação?*

– Que fofo. – Sewanee se forçou contra ele, provocando um rubor nos dois. Nick inclinou o corpo para longe dela, como uma criança tentando se livrar de uma cadeirinha de carro. – Maaas – soltou ele com uma risada. – Vou te deixar sozinha, essa noite. Tenho uma coisa pra fazer.

Ela lançou um olhar para ele.

– Não vai, não, e tem, sim.

– Vou, sim, e não, não é você.

Os dois se encararam, os olhos reluzindo de desafio, provocação e desejo. Ocorreu a Swan que, pela primeira vez, ela se sentia de fato à vontade com ele, embora o corpo dela fosse um furacão de desejo. Como é que Nick conseguia ter esse efeito sobre ela? Como conseguia deixá-la tão tensa e, ao mesmo tempo, totalmente relaxada? *Uma combinação perigosa*, pensou ela.

– Bom – disse Swan, de maneira arrogante –, vamos ver o que acontece quando a gente chegar no hotel.

– Vamos ver.

Sewanee pegou a mão de Nick e eles começaram a andar, o som de seus passos no píer de madeira ecoando na névoa da meia-noite.

"A decisão"

Sewanee ficou em pé na frente da entrada do estúdio de Cosmo, se preparando para tocar a campainha.

Havia muita coisa na cabeça dela.

O jantar e a conversa. O noivado de Marilyn e Stu. O diálogo com a mãe. As coisas que ela precisava mudar em si mesma se quisesse que algo mudasse. Mas tudo isso foi ofuscado pela maneira como a noite com Nick tinha terminado.

Como? Como é que ele tinha andado com ela até a *pensione*, subido até o quarto dela, visto Swan se despir – ainda mais pelo *modo* como ela havia se despido –, a colocado na cama e… *ido embora*? A cada passo da caminhada para a *pensione*, ela estivera pensando que era fofo até onde ele estava levando essa coisa de será-que-vai-ou-não-vai. Mas aí Nick fez isso. Ele… *foi embora!* E, mesmo assim, ela estava certa de que ia ouvir uma batida na porta a qualquer momento. A qualquer minuto. A qualquer cinco, dez, vinte minutos depois.

Mas não ouviu.

Sewanee sabia que ele a desejava. Nick tinha deixado isso claro na doca. E, mesmo assim, lá estava aquela sensação torturante se esgueirando dentro dela. Aquela insegurança que espreitava.

Respirou fundo o ar frio da manhã e apertou a campainha.

Ela foi admitida imediatamente, subiu a escada e encontrou o rosto de Nick com a barba por fazer esperando por ela no patamar.

– Bom dia – disse ele, pouco mais do que um sussurro.

Ele estava sorrindo, então Sewanee seguiu a deixa e sorriu em resposta.

– Bom dia. Você também chegou cedo.

O sorriso dele ficou maior.

– Entra – sussurrou.

Nick pôs um dedo nos lábios enquanto se afastava para o lado para deixá-la passar.

Swan entrou na sala de controle do estúdio e encontrou Cosmo dormindo no sofá. Isso explicava os sussurros. Nick fez um sinal para ela entrar no pequeno refeitório, foi até uma mesinha de fórmica e pegou um café e um saquinho branco de papel para viagem.

– Primeiro: cafeína e carboidratos.

Ele estendeu os itens para ela, que deu um sorriso agradecido, tomou um gole necessário do café e deu uma mordida no pão.

– E aí? Como foi a sua noite? – perguntou Swan com uma falsa inocência.

– Ótima.

– Conseguiu fazer o que precisava?

– Absolute-mente – respondeu ele, imitando Stu com perfeição.

– Parece que você não dormiu muito. Quem era ela?

Swan deu outra mordida.

Nick deu uma risadinha.

– Nem começa.

Cosmo se arrastou até o refeitório usando chinelos com estampa de leopardo, o cabelo desgrenhado, os olhos parecendo duas fendas úmidas, a boca num sorriso torto, resmungando *"Buongiorno"* e *"Scusami"*, e alguma coisa que se perdeu totalmente para Sewanee, além da palavra *"Caffe"*.

– Pode fazer tudo com calma, a gente vai indo pro estúdio – disse Nick, saindo do caminho.

– *Grazie mille.* – A voz de Cosmo parecia a de um sapo com laringite, mas ele se virou, se lembrando de alguma coisa, e acrescentou: – Ah, Nick. Vou te falar, a noite passada… você me surpreender. Você é muito bom.

– Tim-tim, meu amigo.

Cosmo se virou de novo para a cafeteira. Nick e Sewanee saíram do refeitório.

– Quer dizer que era um homem? – murmurou Swan.

– O quê?

– Nick-o – sussurrou ela perto da orelha dele –, você é muito bom-o.

Nick rosnou e foi até a mesa de som, pegando os fones de ouvido.

– Senta.

Ela levantou a mão.

– Não estou julgando. Ele *é* adorável.

Ele a pegou pelos ombros e a sentou na cadeira.

– Fones de ouvido. Na cabeça.

Swan sorriu.

– O que é que eu vou ouvir?

– Escuta o quanto você aguentar, depois pode gritar comigo, me bater, fazer o que quiser.

– Promessas, promessas.

Sewanee pôs os fones de ouvido e cruzou os braços.

Nick se afastou, apertando um botão no painel de controle.

O som da voz de Brock McNight invadiu os ouvidos dela.

Era a cena que os dois tinham gravado na véspera.

Ela abriu a boca para dizer que ele colocara o áudio errado, mas depois percebeu.

A diferença.

Não era a gravação da véspera. As palavras eram iguais, mas a vocalização era nova. Possuía conexão. Era a voz que ela havia escutado quando ele leu *Goodnight Moon*. Era Brock McNick.

Swan foi arrastada para a história como um aroma arrasta alguém para uma refeição. Ela descruzou os braços, apoiou a cabeça na mesa e simplesmente *escutou*. Quando chegou à parte quente, ela não conseguiu evitar olhar para Nick. Ele estava recostado na cadeira de Cosmo, com as botas apoiadas na borda da baixa mesa de centro. Ele segurava uma guitarra.

Ela nunca o tinha visto no ambiente natural dele. Nick fazia tanto sentido daquele jeito. Enquanto ouvia Brock descrever o que estava fazendo com as mãos, ela observava as mãos de Nick deslizarem para cima e para baixo no braço da guitarra, puxando as cordas com habilidade. O som não invadia os fones de ouvido. Ele estava tocando baixinho, com a cabeça inclinada para trás, os lábios se movendo só um tiquinho. Swan não achou que ele estivesse cantando. Será que estava compondo alguma coisa na cabeça?

No ouvido dela, a voz dele estava áspera de desejo. De emoção. A vulnerabilidade era enervante. Excitante.

Quando a seção dele acabou e a dela começou, Swan tirou lentamente os fones de ouvido.

Com o movimento dela, Nick parou de tocar e virou um pouco a cadeira para encará-la. Ela não sabia o que dizer, mas o conhecia bem o suficiente para saber que ele não costumava deixar o silêncio se estender. A menos que houvesse uma pegação envolvida.

– Ok – murmurou ele. – Vai em frente, seja o mais sincera possível.

Nick apoiou os cotovelos nos joelhos e estendeu o queixo para a frente, como se estivesse colocando a cabeça numa guilhotina. Ele fechou os olhos.

Sewanee deu um beijo na bochecha dele, deixando os lábios se demorarem ali.

Nick abriu os olhos.

Ela se afastou apenas o suficiente para os dois poderem se encarar. Ele sorriu. Ela sorriu. Em seguida, Swan levou os lábios até os dele com um toque muito suave. Eles ficaram suspensos ali, sem romper o contato visual. Não era uma questão de tomar, como em Las Vegas. Era uma questão de doar. Uma troca. De respeito, de admiração. O dom de ser visto por meio de um beijo.

Ambos acabaram se afastando e se recostaram na cadeira.

– Nick. – Apesar do sorriso, a garganta dela se fechou um pouco. – Isso foi incrível.

Ele assentiu.

– E eu adorei narrar. Vai entender. – Nick pegou a mão dela. – E peço desculpas pelo que eu disse ontem. Você *é* uma diretora. Uma puta diretora. Então, entre você sendo você e Stu sendo Stu, tudo que posso dizer é: obrigado. Eu precisava daquilo.

– Quanto tempo levou? Quantas tomadas?

– Uma.

– Sério?

Ele deu de ombros.

– Eu te imaginei ali na minha frente e falei com você.

Sewanee sorriu.

– Você interpretou.

Nick balançou a cabeça.

– Eu estava sendo sincero.

O sorriso dela ficou ainda maior.

– Exatamente.

Cosmo entrou com o café dele.

– Nick te mostrou o que ele fez ontem à noite?

– Mostrou.

– Muito bom, não?

– Muito bom, sim.

Cosmo ficou radiante.

– Vou preparar a sala. – Ele balançou o dedo para os dois. – Vou sentir saudade de vocês. Dos dois.

Ele seguiu para a sala de transmissão e começou a ajeitar os microfones.

Sewanee se virou de novo para Nick. Ela pôs a mão no peito.

– A gente pode ficar com ele?

Nick deu uma risadinha.

– Bem que eu queria.

Ela apontou para a mesa de som.

– Ele é um engenheiro incrível.

– E você devia escutar ele tocando baixo. – Com o olhar confuso de Sewanee, Nick acrescentou: – A gente tocou um pouco.

– Ontem à noite? Era meia-noite quando você me deixou.

Nick bufou.

– É um estúdio de música, eu sabia que Cosmo estaria aqui. Por acaso ele estava ensaiando com Enzo, Mario e… um outro O. Então eu fiquei por perto e, quando eles fizeram um intervalo, perto das duas da manhã, perguntei se ele me deixaria fazer outra tomada.

– E depois você voltou pro seu hotel? – perguntou ela retoricamente.

– Bom. – Nick passou a mão no maxilar com a barba por fazer. – O outro O tinha que ir pra casa, e eles precisavam de um guitarrista, então…

– Então deixa eu adivinhar.

Sewanee sorriu.

Nick também.

– Então, perto das quatro da manhã, os outros caras foram embora e Cosmo abriu um *vino* e aí começou a me contar de uma atriz americana que foi a paixão dele durante anos.

Sewanee riu.

– E ele ficou tipo *você* é dos Estados Unidos, será que conhece ela?

Nick também riu.

– Né? Mas ele não sabia o nome dela, só sabia em qual programa ela trabalhou. Muito popular por aqui, aparentemente.

– Qual era o programa? Talvez eu conheça.

– Chamava-se *Get Chelsea* e, quando nós pesquisamos…

– Nick! – Sewanee arregalou os olhos. – Eu fiz uma temporada desse programa.

– E, quando a gente pesquisou o elenco, adivinha quem era a atriz?

Swan olhou surpresa para ele. A última a saber.

– Eu.

– Ele ficou louco com isso ontem. – Nick deu uma risadinha. – Jurava que tinha te reconhecido. Mas estava com vergonha demais pra perguntar.

Sewanee espiou pelo vidro e captou o olhar de Cosmo. Ele deu um sorriso tímido e acenou.

– Isso é estranhamente humilhante – disse ela por entre os dentes trincados, enquanto acenava em resposta.

– Por quê? Você era ótima.

Ela virou a cabeça de repente para Nick.

– O quê?

– Você era. A gente viu…

– Você assistia ao programa?

– Não.

Sewanee expirou de alívio.

– A gente encontrou a sua fita demo antiga na internet e assistiu.

O rosto dela ficou quente. A garganta fechou.

– Me fala que vocês não fizeram isso.

Nick deu de ombros.

– Tudo bem, a gente não fez.

– Não?

Nick riu.

– Claro que a gente viu! Por que a gente não ia assistir? – O sorriso dele ficou mais doce. Ele parou. – Por que você não queria que a gente visse?

A resposta se instalou silenciosamente entre eles. A insegurança sempre presente de Sewanee era incapaz de ser revelada em voz alta. Perdida, ela baixou o olhar.

– Você era genial – murmurou Nick. – Assim como é genial em *Casanova*. Você é de outro mundo, Swan.

– Não – murmurou ela –, eu sou outra pessoa.

Os lábios de Nick se entreabriram. Ele estendeu a mão e levantou um pouco o queixo dela.

– Em algum momento, não sei quando, mas em algum momento? Você vai ter que parar de pensar que não passa da versão danificada de si mesma.

Antes que Sewanee pudesse responder, Cosmo voltou para a sala de controle e disse que os microfones estavam ajustados e que eles podiam começar quando estivessem prontos.

Nick se levantou e estendeu a mão para ela.

– Posso ter perdido a minha oportunidade ontem à noite, mas que tal a gente levar isso pros finalmentes?

Os dois saíram eufóricos do estúdio para a forte luz do dia. Houvera a parte de rastejar, uma admissão de amor, um magnífico sexo de reconciliação, depois, é claro, um pedido de casamento e o felizes para sempre em seguida. E, durante tudo isso, eles estavam conectados. De verdade.

Pararam na calçada, e Nick bateu palmas.

– Certo! Vamos pro seu ou pro meu?

Sewanee fingiu pensar na pergunta e bateu os cílios.

– Ora, Nick. Eu não tenho certeza, caramba.

Ele sorriu e pegou a mão dela, depois o pulso, depois o antebraço, puxando-a para si como uma corda.

– Posso fazer isso aqui mesmo.

Sewanee se soltou, deu um passo para trás e pôs as mãos nos quadris.

– Ai, ai. Macacos me mordam, eu simplesmente não conseguiria.

Depois Swan se afastou. Nick não teve opção senão entrar na brincadeira. Ele ergueu uma sobrancelha, desconfiado.

– Por que eu me sinto como se estivesse numa cena de *Grease*?

Sewanee deu uma risadinha tímida.

– Antes, vamos tomar uma bebida pra comemorar, mocinho, e ver aonde isso nos leva.

– Me diz que você tá falando de álcool, e não de milk-shake.

– Ora, é claro, seu tolinho!

Nick se aproximou, enfiando os dedos no bolso traseiro da calça jeans dela.

– É esquisito que essa coisa retrô esteja me deixando excitado?

Ela bateu na mão dele para afastá-la.

– Comporte-se, senhor Nicholas Sullivan.

Nick rosnou.

– Isso é o troco por ontem à noite, Sandra Dee?

Sewanee parou, se virou, parecendo uma boneca de olho arregalado, e levou a mão ao peito.

– Ora, ora, do que você está falando? – Sem interromper o contato visual, ela deslizou lentamente a mão para baixo, depois ao redor dos dois seios e então as estendeu para ele pegá-la. De maneira elegante. Como uma dama. – Pode me dar a honra?

Assim que ele estava prestes a pegar a mão dela, Swan se virou e continuou andando.

– Ah, você vai "me dar a honra", sim – prometeu Nick, trotando atrás dela.

Os dois atravessaram uma *piazza* até a porta aberta de uma taverna do outro lado, que chamou a atenção deles. Havia algumas mesas do lado de fora, com cadeiras de madeira dobradas e apoiadas nelas. Eles se sentaram e esperaram o garçom aparecer para anotar o pedido. Normalmente, Sewanee teria entrado para chamar a atenção de alguém, mas não naquele dia e não agora. Cada minuto extra em que ela enrolava Nick, era uma hora a mais no tempo dele. Além disso, ela estava mais do que feliz de estar sentada numa cadeira meio bamba, numa mesa meio bamba, com um Nick muito firme. Um Nick firme, apesar de um pouco frustrado, um pouco fora de rumo e um pouco irritado.

Antes de o garçom chegar à mesa, Nick levantou dois dedos.

– Prosecco, *grazie* – gritou para o cara.

O garçom deu meia-volta e voltou lá para dentro.

Nick estava calado, olhando para a *piazza*. Ele batucou os dedos na mesa entre eles.

– No que você tá pensando? – perguntou ela com a voz normal.

– No que eu quero fazer com você primeiro – respondeu ele sem hesitar.

Será que a objetividade sincera dele nunca a pegaria de surpresa? Era tão irresistivelmente sexy.

Sewanee olhou para a mão dele. Para o anel no dedo do meio. Ela estendeu a mão e o tocou.

– Isso tem uma história?

Ele entrelaçou os dedos com os dela.

– Era do Tom. O ex-companheiro da June? Ela se recusou a casar com ele. E não acreditava em anéis de noivado. Mas ele acreditava, por isso usava um.

– Que fofo.

– Não é, não. Foi uma briga. Tudo com eles era uma briga. Você não quer casar comigo? Tudo bem! Vou usar um anel de noivado mesmo assim, *que tal?* – Nick teve que rir. – Malucos. – O foco dele voltou ao assunto. – Encontrei isso nas coisas dela, depois que ela morreu. Eu nunca soube que June havia levado o anel quando nós voltamos pros Estados Unidos.

– Ele ainda está vivo?

– Tá, sim. Vou dar uma passada em Dublin no caminho pra casa. Dar uma olhada nele. – Nick olhou no olho dela. – Ele sofreu muito. Mesmo depois de, sei lá, vinte anos da separação dos dois. Acho que Tom sempre acreditou que ela ia voltar pra ele.

O garçom deixou duas taças de espumante, e Nick lhe deu dinheiro e falou para guardar o troco. Quando ele saiu, os dois ergueram as taças.

– A... – começou Nick, um eco do brinde deles em Las Vegas.

Esperou Sewanee se juntar a ele, mas ela parou por um instante.

– À June – concluiu Swan.

– Claro – murmurou ele. – À Junie. – Depois: – Por me levar até você.

– E por *me* levar até você.

Os dois beberam.

– Ontem à noite eu decidi oficialmente que chega – disse Nick, colocando a taça na mesa. – *Casanova* vai ser o último projeto do Brock.

– Sério?

Nick acenou a mão.

– Estou pronto. E não poderia sair com um sucesso maior. – Ele sorriu. – Além disso, trabalhar com Sarah Westholme me fez perder a vontade de trabalhar com qualquer outra parceira de voz, e ela vai se enfiar nas brumas da reclusão.

Sewanee observou as bolhas subindo na taça.

– Ainda não tenho certeza. – Nick inclinou a cabeça para ela, e Swan encontrou o olhar dele. – Eu gostei. Gostei de narrar livros de romance.

Nick pôs a mão em cima da taça dela.

– Não bebe mais, acho que colocaram alguma coisa aí dentro.

Sewanee riu e deu de ombros.

– Estou falando sério.

– Mas você odeia a mentira do felizes para sempre.

Diante do olhar cético dele, ela pegou a taça de novo.

– É, isso é verdade. Eu odiava a premissa de que tudo que temos que fazer é aturar as viradas e as alegorias da vida e, *puf*, somos recompensados. Ridículo.

– É mesmo.

– Mas venho pensando… – Swan olhou para a *piazza*. – Eu não cheguei a uma conclusão, mas acho que o meu problema é a promessa de uma coisa totalmente inatingível. Agora podemos ter certeza que essas pessoas vão seguir em frente e viver felizes para sempre. Mas, na verdade, o felizes para sempre vem dos contos de fadas, e os contos de fadas terminam com: e *viveram* felizes para sempre. Viveram. Não vivem. Passado, não presente. E eu gosto disso.

Nick franziu a sobrancelha. Ele se inclinou para a frente.

– Espera, a mudança no *tempo verbal* fez você gostar do termo?

– A verdade é que eu sou uma nerd das palavras, mas é isso. – Ele ainda parecia confuso, então ela também se inclinou para a frente. – *Vivem* felizes para sempre significa que, de hoje em diante, a vida vai ser feliz. E, tipo, como é que você sabe disso? Merdas acontecem. Muitas vezes. Era o que o Stu estava dizendo no jantar, e foi o que me fez pensar. Que a vida não é linear. Sobre aquele prato incrível ser um prato de fracassos. – Sewanee tomou um gole. – Acho que você não tem como saber se viveu feliz pra sempre até a sua vida acabar. – Ela pôs a taça na mesa. – Talvez seja por isso que a vida inteira passe diante dos seus olhos quando você morre. Pra você poder ver o filme do início ao fim e descobrir.

Nick apoiou o queixo na mão e olhou para ela. Ele deu uma batidinha na própria têmpora.

– É sempre assim aí dentro? O seu pescoço dói por segurar esse cérebro enorme o dia todo?

Swan bufou.

– Enfim. Não é ridículo. Não é mentira. É possível. Não é fantasia *nem* realidade. Um felizes para sempre é construído pelos dois, juntos, ao longo da vida.

Nick parou por um instante.

– É, tenho pensado a mesma coisa. – Sewanee riu, mas ele continuou: – Não, é sério, é quase exatamente o que eu estava conversando com o Stu no barco, na volta pra St. Mark.

– Não.

– Sim.

– O que vocês estavam conversando?

– Sobre Emerson e golfinhos.

Sewanee deu uma risadinha.

– Depois de uma dissertação eletrizante sobre os padrões migratórios dos golfinhos e as irregularidades no acasalamento deles, Stu fez uma citação de Emerson: não é o destino, é a jornada. E ele disse que Emerson era um burro ao contrário, igual a mim. Que *é* o destino que importa, e não a jornada. Porque só depois que você chega é que pode julgar o mérito da trajetória. Mas aí ele acrescentou – e, nesse momento, Nick fez sua imitação precisa de Stu – que provavelmente não era uma citação de Emerson, no fim das contas, talvez fosse só de um escritor de adesivo de para-choque, e ninguém devia aceitar conselhos de um adesivo de para-choque *nem* de um ex-sapateiro, na verdade, e por acaso eu tinha percebido que cada vinho chegou numa taça de formato diferente no jantar?

Sewanee riu.

– Stuuuu – repreendeu ela, imitando a mãe.

Nick também riu.

– Acho que aqueles dois têm uma chance de serem felizes para sempre. – Ele se recostou, tomou outro gole e a analisou. – E aí, mais livros de romance, é?

Sewanee também tomou um gole.

– Talvez. Não necessariamente narrando. Talvez dirigindo uns duetos. Quem sabe encontrar o próximo Brock McNight.

Nick tinha uma expressão peculiar no rosto.

Ela estendeu a mão e deu um tapinha no antebraço dele.

– Ahh, não se preocupe. Você sempre vai ser o primeiro.

Ele pegou a mão dela quando ela tentou puxá-la de volta. Levou-a até a boca. Passou os lábios, subindo do pulso dela pela lateral do dedo mindinho. Beijou a ponta do dedo. Depois o centro da palma. Inspirou.

– Já acabou com os joguinhos?

O rosto dela se abriu como uma flor.

– Sim.

Com a outra mão, ela ergueu a taça. Ele a soltou e ergueu a taça dele.

– *You're the one that I want, you are the one I want* – cantou Sewanee baixinho.

Nick sorriu e continuou a música:

– *Uhh, uhh, uhh.*

Os dois terminaram o prosecco, se levantaram e saíram da mesa de mãos dadas.

Conforme passavam pelo Gueto e voltavam para o centro da cidade, o som distante de um violoncelo os atraiu para outra *piazza*. No meio, uma violoncelista solitária estava sentada num banquinho tocando uma sonata, com o chapéu no chão repleto de moedas. Depois de ficar olhando por um instante, Nick puxou Sewanee para os seus braços e começou a dançar.

Por mais que ela quisesse voltar para o hotel, o balanço ritmado parecia o ápice da intimidade, e Swan se derreteu nos braços dele.

– A gente pode ficar assim pra sempre?

Ela sentiu a risadinha dele no peito.

– Pode. Pelo menos até a gente voltar pro mundo real. Ou ficar com fome.

Eles continuaram dançando. Sewanee sabia que, apesar do humor de Nick, havia uma verdade preocupante. Sabia o que podia esperar dele num quarto de hotel, mas não sabia o que vinha em seguida.

– O que acontece depois? – questionou ela, sentindo-se segura o suficiente nos braços dele para perguntar.

– Você tá perguntando quais são as minhas intenções?

Swan percebeu o sorriso na voz dele.

– Mais ou menos. Estou.

– Simples. Quero estar com você. – Como ela ficou calada, ele a afastou, fazendo-a girar devagar. – O que *você* quer?

Sewanee sorriu em resposta, mas expirou. De maneira demorada e lenta.

Nick a puxou de novo para si.

– Mas lembre-se: não há nada mais atraente do que uma mulher que sabe o que quer.

O tom dele era leve, de um jeito casual e despretensioso. Mas ela também sentiu um leve desconforto.

– Eu quero saber se isso é real – respondeu Sewanee. – Mas como... isso sequer é possível?

– Você quer a versão do romance ou a da ficção feminina?

Ela olhou para ele.

– Nenhuma das duas. Quero a versão da vida real.

Nick a girou de novo para longe, pensando.

– A gente fica à distância por um tempo. Até conseguirmos organizar a vida de um jeito que possamos ficar juntos.

Ele a puxou de volta.

– Como?

– A gente vai descobrir um jeito.

– Mas como?

– Simplesmente vamos.

– Como você consegue ser tão confiante?

– Porque acredito na gente. – Nick lançou um olhar para ela. – Você não?

– Claro que sim. – Ela usou a oportunidade de passar por debaixo do braço dele para romper o contato visual. – Mas tem tanta coisa acontecendo. Tanta coisa no ar. Pra nós dois. Algo pode acontecer, e aí?

– Alguma coisa vai acontecer. Provavelmente muitas. Vamos ficar frustrados. Com raiva. Vamos decepcionar um ao outro. Vamos dizer o que não queríamos, mas que, lá no fundo, queríamos um pouco.

– Ou pior.

Os pés dele diminuíram o ritmo.

– O que tá acontecendo?

Swan puxou o ombro dele em sua direção, querendo que Nick voltasse a se concentrar na dança, apesar de evitar o olhar dele.

– Acho que estou com medo.

– Do quê?

– De você. Você é... você é como...

– Sim?

– Uma arma sexual supersecreta, que pode se tornar perigosa a qualquer momento – disparou ela.

Nick deu uma risada aguda.

– O quê?

– Você é tipo o Jason Bourne do romance. Você sabe coisas que nenhum homem devia saber. É uma arma militar andando por aí em plena luz do dia. – Ela arregalou o olho, pensando em como os próprios medos eram absurdos, ainda mais naquele momento, quando falava deles em voz alta. – Como é que eu vou saber se você não vai usar os seus poderes pro mal?

Nick respondeu com sinceridade.

– Você não tem como saber.

Ela pensou que, agora que tinha começado, ia até o fim.

– Como é que eu vou saber se você sempre vai me querer?

– Você não tem como saber. – Mais uma vez, com um tom de sinceridade. A recusa dele de fazer falsas promessas ou elogios vazios fez ela dar uma risadinha desconcertada. – Estou falando sério. Como você sabe que sempre vai *me* querer? E se eu ganhar cinquenta quilos? Ficar careca? Perder a cabeça. E se, e se, e se?

– Eu ia continuar te querendo – respondeu ela com seriedade.

Os dois pararam de dançar, mas continuaram perto um do outro. Ele balançou a cabeça.

– Você não tem como saber disso.

– Mas eu sei.

– Os sentimentos não são constantes, são transitórios. Às vezes de um jeito positivo, às vezes não. Você pode acreditar neles, mas não pode ter certeza deles. Como você pode saber o que determinada coisa é, antes dessa coisa acontecer? É tipo… – A voz dele sumiu. – Tipo uma lagarta e uma borboleta.

– O quê?

Nick balançou a cabeça.

– Nada. Só estou divagando. – Ele levou a mão até o rosto dela e afastou o cabelo. – Você acabou de me falar que não tem como reconhecer um felizes para sempre até ele ser vivido, mas agora quer uma garantia de que vai chegar lá?

– Não uma garantia, mas uma promessa de…

– Posso te prometer que não vou te trair, porque isso está sob o meu controle. Eu só posso controlar as minhas ações, não posso controlar… a vida. – Nick começou a dançar de novo. – Por que você automaticamente espera o pior?

O tom dele não tinha nenhum julgamento, estava claro. Ele estava curioso. Swan suspirou. O acidente dela? O pai? A insegurança? Pode escolher um.

– Porque… porque… – A-há. – Porque nós não parecemos reais pra mim. Parece que nós caímos de uma árvore do romance e batemos em todos os clichês durante a queda.

Ele riu.

– Presos pela neve.

– Só uma noite.

– Epistolar.

– Identidade falsa.

– Triângulo amoroso.

Swan deu uma risadinha.

– Por um minuto.

– Acho que isso significa que estamos a caminho da Segunda Chance, né? – Ela não respondeu. A mão dele se abriu, os dedos tocando numa parte maior da cintura e das costas dela. A mão que segurava a de Swan entrelaçou os dedos nos dela, e ele a trouxe até o peito. – Isso aqui não é real o suficiente pra você? Do que você precisa? Um *deus ex machina*? Uma briga forçada por causa de um mal-entendido sem sentido pra te fazer perceber o que você tinha e quase perdeu?

Sewanee balançou a cabeça. Isso não era um livro de June French. Os dois não precisavam se separar dramaticamente para depois voltar. Eles eram só duas pessoas fazendo o melhor possível para não pisar no pé do outro enquanto descobriam como dançar.

A violoncelista tinha terminado a música. Eles se afastaram por um instante e bateram palmas. Ela começou a tocar de novo.

– Quero ter certeza que não estamos confundindo isso aqui com um livro de romance – confessou Sewanee, antes de voltar a dançar.

– Não estamos. Nós podemos escrever nosso próprio livro. Dia a dia, página a página.

Ela viu um breve lampejo de dúvida nos olhos dele. Não uma dúvida em relação ao que Nick acreditava ser verdade, mas se ela também podia acreditar naquilo. Na capacidade dela de crer em alguma coisa que não podia ser prevista. Claro que Sewanee podia aceitar o conceito de felizes para sempre no abstrato filosófico, mas ali, na praticidade de um momento íntimo, tendo que fazer uma escolha e viver com as consequências... ele não tinha certeza de que ela conseguiria fazer isso.

Swan o viu por completo naquele instante. Os pedaços que Nick tinha compartilhado de maneira desigual com ela, e que Swan havia coletado com perfeição, mas não conseguia montar: uma criança que cresceu sem nunca ter a segurança de acreditar que era desejada; um homem que tinha perdido seu sonho e estava aprendendo a acreditar nele de novo. Ela viu fracasso e sucesso, fraqueza e força e, acima de tudo, o desejo de ter alguém para amar tudo isso. Para amá-lo.

– Me pergunta de novo o que eu quero – murmurou ela.

– O que você quer, meu amor?

– Não quero mais estar em nenhum livro com você. Quero estar com você na vida real.

– Não importa como termine?

– Isso.

– Com ou sem final feliz?

Ela ficou surpresa por achar tão fácil dizer a resposta.

– Isso. – Depois: – Absolute-mente.

Dessa vez, o beijo não foi recatado.

Swan ouviu palmas, alguns assovios, e foi transportada de volta no tempo para uma nevasca em Las Vegas, Nick empurrando-a contra uma parede, um grupo solitário de garotos que passava assoviando. A diferença, dessa vez, é que ela não tinha nada para mantê-la de pé, eles estavam soltos no meio de uma *piazza* de paralelepípedos, e Sewanee sentiu a cabeça girar e os joelhos ficarem bambos. Agarrou-se a Nick com mais força.

– Precisamos ir – murmurou ele.

– Por favor.

Swan ofegava.

– Estou apavorado que alguma coisa estrague esse momento.

Ela gargalhou.

– Nós estamos desafiando o destino.

Nick segurou a cintura dela.

– Você sentiu isso?! – Ele encontrou o olho dela. – Foi um terremoto, né?

Aí ele fez cócegas nela.

– Ah, não! – gritou Swan, se esquivando.

Ele a pegou por trás.

– Eu vou te salvar! – Nick a pegou no colo e saiu andando, do jeito que uma criança um pouco maior carrega uma criança menor. Eles estavam rindo, felizes, e tropeçando nos próprios pés, uma vergonha absoluta. – Qualquer coisa pode acontecer! A qualquer momento...

O celular dela tocou.

Os dois congelaram.

– Não – sussurrou Nick, como se o celular pudesse ouvi-lo. Ele a soltou. Ela se virou. Ele levou o dedo aos lábios dela. – Não atende.

– Nick, eu... eu tenho que atender. Ele não tocou nem uma vez em três dias, e se...

– Não, claro, tá certo.

Nick deu um passo para trás, passou a mão no rosto e solto uma respiração trêmula, tudo enquanto ela tirava o celular do bolso do casaco.

Um número desconhecido, mas com código de área de Los Angeles. O coração dela vacilou. Swan atendeu.

– Alô?

– Oi, é Sewanee Chester?

– Sim?

– Então, aqui é o empresário da Adaku Obi, Manse Rollins, tudo bem?

– Hum. Tudo.

– Que bom, que bom. Escuta, a gente tá com um problema.

Um problema? Um problema que fez um empresário de talentos ligar para *ela?* Será que o estúdio a queria para o papel no fim das contas? A ideia fez o estômago de Sewanee virar do avesso. Mas o mais interessante é que não foi de alegria nem de empolgação. E sim de alguma coisa incômoda, que parecia medo.

E, naquela reviravolta instantânea, o relacionamento dela com a atuação ficou claro: Swan não queria mais interpretar.

– O que tá acontecendo? – perguntou ela.

– Adaku tá no hospital.

"A reconciliação"

Sewanee pousou em Los Angeles e fez uma parada antes de ir para o hospital, onde mostrou a identidade em três balcões diferentes e foi levada até o quarto de Adaku. Quando entrou, hesitante, ela perdeu o fôlego ao ver a amiga sentada na cama, sozinha, olhando pela janela. Era como se tivesse sido contratada para um papel trágico num drama médico. Mas o quarto, o cheiro, os monitores, a gaze na sobrancelha direita e a agulha enfiada na mão faziam tudo ser real demais.

Sewanee não sabia como agir. Se aproximar em silêncio? Falar alguma coisa? Ela engoliu em seco.

– Adaku? – chamou, com uma voz que parecia uma mão pousando delicadamente nas costas da amiga.

Adaku virou a cabeça devagar para a porta. Ela parecia surpresa.

– Swan. O que você tá fazendo aqui?

Sewanee mostrou a caixinha de papelão branco.

– Achei que você podia querer um lanche do In-N-Out.

O sorriso não possuía o costumeiro brilho ofuscante de Adaku. Era mais um resto de sol num dia com muitas nuvens.

– Você sempre soube fazer uma entrada triunfante. – Sewanee foi até ela e entregou a caixa. – Como foi que você…

Ela queria tanto falar que respondeu antes do fim da pergunta.

– O Manse me ligou. Sou o seu contato de emergência, lembra? Eu teria chegado antes, mas estava em Veneza.

– O trânsito é horrível na parte oeste – disse Adaku automaticamente.

Sewanee deu uma risadinha.

– Não na Praia de Veneza. Na Itália. Eu estava em Veneza, na Itália.

– O quê? O que você… há quanto tempo eu tô aqui?

Sewanee percebeu os olhos marejados e injetados de sangue de Adaku e entendeu que a situação era pior do que tinham dito a ela. Na primeira ligação, Manse dissera que eles não sabiam o que havia de errado, só que ela tinha sido internada. Isso foi suficiente. Sewanee juntou suas coisas e correu para o aeroporto com Nick a tiracolo, fazendo o possível para acalmá-la. Ele se ofereceu para vir junto, mas ela achou melhor ele manter o plano de ver Tom em Dublin, e ele concordou. Quando ela pousou na conexão, Manse deixara uma mensagem de voz: na verdade, Adaku estava só um pouco desidratada, e tudo que Swan pudesse fazer para levá-la de volta para a Georgia o mais rápido possível seria muito bem-vindo.

Ela se sentou na beira da cama.

– Foram mais ou menos dezoito horas. A enfermeira disse que você passou a maior parte do tempo dormindo. – Ela abriu a caixa. – Duplo-Duplo, com fritas extracrocantes.

Adaku passou a mão por baixo do hambúrguer embalado em papel e o tirou da caixa como se fosse um Oscar. Ela deu uma mordida, fechou os olhos e gemeu. Depois pegou algumas batatas e enfiou na boca cheia de hambúrguer. Sewanee curtiu ver isso tanto quanto Adaku curtiu fazê-lo. Ela apoiou a mão perto do quadril de Adaku, propositadamente sem tocar nela, embora quisesse fazer isso mais do que tudo.

– Ai, meu Deus, queijo. Gordura. Pão. Tão bom. – Ou pelo menos foi isso que Sewanee achou que ela disse. – E o modo como o hambúrguer se mistura com as batatas na boca? – Ela engoliu e abriu os olhos. – Obrigada. – O prazer que tinha iluminado o rosto dela um minuto antes desapareceu. – Swan, eu não sei o que dizer…

Sewanee interrompeu de novo.

– Eu falo e você come.

Adaku deu um sorriso fraco, mas sarcástico.

– Você sabe bem como calar a minha boca.

A amiga pegou o hambúrguer de novo e deu outra mordida ávida.

Sewanee respirou fundo.

– Primeiro, a parte fácil. Me desculpa, Ada. E essas palavras não chegam nem perto de descrever como me sinto mal por tudo que eu disse. Eu estava num momento horrível. Por muito mais tempo do que eu imaginava. E, quando aquele papel apareceu, eu... foi como jogar um colete salva-vidas pra uma pessoa que está se afogando. Ele ia me salvar. Nos salvar. Nós poderíamos ser nós de novo.

– Eu quero tanto isso. – Adaku engoliu. – Quando vi aquela hélice... eu não pude fazer nada pra pará-la. E essa era a oportunidade de eu finalmente fazer alguma coisa. Voltar no tempo e fazer aquilo sumir – sussurrou Adaku, e o coração de Sewanee se partiu.

Ela tirou a mão da posição cuidadosa na cama e a colocou na coxa de Adaku com delicadeza.

– Mas isso não é possível. E eu fiz você se sentir péssima por ter falhado em fazer o impossível. – Sewanee deu um sorriso triste. – Por mais que o seu otimismo incansável me deixe louca, eu queria um pouco dele. E você com certeza tem o suficiente pra distribuir. Então eu fingi que também o tinha. Mas não era o que eu precisava.

Adaku empurrou a caixa na direção de Sewanee.

– Você precisa é de umas batatas.

Sewanee pôs algumas na boca e mastigou.

– Quando me encontrei com a minha mãe, ela disse...

– Quando foi que você encontrou com a sua mãe?

– Em Veneza. Foi por isso que fui até lá. Nós conversamos, e teve uma coisa que ela disse que eu queria muito que você estivesse lá pra ouvir. Ela disse que todos vocês estavam esperando que eu ficasse bem com o que aconteceu, que eu me aceitasse como sou agora, de modo que *vocês* ficassem bem com isso. Mas eu estive esperando todos vocês me dizerem que está tudo bem, que... – A garganta dela se fechou. – Que eu estou bem. E foi muito injusto jogar isso pra cima de todo mundo. Eu queria que vocês me jogassem um colete salva-vidas, porque eu não queria salvar a mim mesma. Eu não queria aprender a nadar.

Adaku mastigou pensativa, em silêncio.

– E aí o Nick disse...

Os olhos dela se arregalaram.

– Você tá falando com o Nick?

– É, ele também estava lá.

– O quê? – Ela engoliu a comida. – Quando foi que você convocou essa reunião de cúpula, e por que eu não fui convidada?

– Nick disse que preciso parar de pensar que eu não passo da versão danificada de mim mesma. Que quem eu era *é* quem eu sou. – Ela olhou para o lençol. – E isso me fez pensar: a gente se machuca de diversas maneiras. Mas não significa que estamos despedaçados. Você entende o que eu quero dizer?

Adaku fez um gesto com a mão fraca, abrangendo o quarto de hospital, a camisola, a pancada na cabeça.

– Nem um pouco. – Ela jogou a caixa vazia para o lado e ergueu os braços, implorando para dar um abraço em Sewanee. – Você pode colocar tudo isso no soro e enfiar direto na minha veia?

As amigas se abraçaram e ficaram assim, como se estivessem flutuando. Nenhuma das duas precisava da outra para salvá-la, porque ambas sabiam nadar, mas se apoiaram uma na outra por um instante, prendendo a respiração.

Quando se separaram, Sewanee apontou para o tapa-olho e, depois, para o curativo da amiga.

– Gêmeas!

Adaku soltou uma gargalhada.

Sewanee parou por um instante.

– E aí, o que aconteceu?

Adaku suspirou, olhou para baixo e tirou o sal de baixo das unhas.

– É tão vergonhoso. Quando saí da sua casa, eu não estava cem por cento por causa da viagem voltando de Londres. Estava cansada, enjoada, com dores musculares, vivendo da adrenalina. Cheguei à Georgia e eles nos levaram imediatamente pra um bosque. Acampamento, caça... fazer amizade. – Ela revirou os olhos. – Mas, dois dias depois, veio uma tempestade, e voltamos pra civilização. Aí, eu recebi um e-mail. O pessoal da Angela Davis queria uma reunião...

– Não.

– Sim. Então peguei um voo noturno pra Los Angeles. – Adaku continuou, sarcástica: – Porque estava escrito! E eu aguento. Eu aguento tudo. Sem dormir, sem problemas. Treinar seis horas por dia, sete dias por semana, mas é claro. Anos sem um único dia pra mim mesma, manda ver. Todo esse tempo ralando, e eu ainda me sinto como se a gente estivesse em Washington Heights, eu com uma única audição a cada dez suas. É duas vezes mais difícil ir até a metade do caminho, né? Essa merda não acaba nunca. Então é claro que eu vou me matar pra fazer essa reunião acontecer. Me matar pra ser a imagem impecável da mulher negra e forte, manifestando seu sucesso, e… – Ela soluçou de repente. As lágrimas escorreram de seus olhos, e Adaku se virou para a janela, como se pudesse obter oxigênio dali. Sewanee pegou a mão dela e acariciou a perna da amiga por cima do lençol, engolindo as próprias lágrimas. Adaku conseguiu se controlar e continuou, com a voz tensa: – Eu não fui pra reunião.

– O que aconteceu?

– Acho que um ataque de pânico? Mas eu fui em frente. E aí saltei do avião, pisei no meio-fio do desembarque e… *ploft*. Na calçada. – Ela apontou para a gaze. – Quebrou.

Sewanee estremeceu.

– Meu Deus, Ada.

– Exaustão – murmurou Adaku. – Que clichê.

Sewanee pegou um copo de água na bandeja perto da cama e deu para Adaku.

– Bebe.

Ela tomou um gole e devolveu o copo à Sewanee. Em seguida, parou por um instante.

– Esse mercado é fodido, Swan. Ninguém se importa. Não passa de dinheiro, poder, tratamento especial. A gente não entendia na época, mas lembra do nosso grande objetivo? Ganhar um milhão antes dos 35 anos? Não se tratava de arte, nem de talento, nem de ser alguém no mundo. O negócio era ser alguma coisa. Uma mercadoria. Algo que um dia valeria um milhão de dólares. – Ela fechou os olhos e inclinou a cabeça para trás. – Você não sabe a sorte que tem. Isso nunca deixa de ser difícil. Toda vez que eu ganho, não tenho coragem de pensar em quanto essa vitória me custou. Eu simplesmente passo pra próxima. – Adaku abriu os olhos e apontou agressivamente para a cama. – Tipo, do que a gente precisa pra acordar, porra?

Sewanee apertou a mão dela.

– Não sei.

– Acho bom ter acabado. – Ela soltou um suspiro pesado. – Nem sei mais por que estou fazendo isso. Servindo a um sistema que não me serve? Renunciando à felicidade pra talvez um dia ser feliz?

Adaku balançou a cabeça, desnorteada.

Sewanee não estava preparada para ajudá-la a passar por isso como gostaria. Tudo que podia fazer naquele momento era dar água para a amiga, segurar a mão dela e estar ali, finalmente estar ali, para *ela*.

– Você acha que a gente consegue um terapeuta que aceite atender duas pelo preço de uma? – perguntou Sewanee quando ela se acalmou um pouco.

Adaku deu uma risadinha.

– Você e eu detonaríamos um terapeuta do Groupon. A gente precisa do pacote premium.

– Se você topar, eu topo.

Adaku levantou o dedo mindinho.

– Combinado.

Sewanee enganchou o dedo no de Adaku e, em seguida, a amiga respirou fundo e fechou os olhos.

– Que tal contar uns detalhes sobre o Nick pra sua amiga aqui?

– Mais tarde. Você precisa dormir.

– Não, eu estou bem.

Mas ela dava a impressão de que já estava meio dormindo.

Sewanee se levantou.

– Eu vou cuidar de algumas coisas. Volto daqui a pouco.

– Você pode…

Adaku realmente estava quase apagando.

Sewanee sorriu.

– O quê?

– Me trazer um preto e branco… você sabe. O milk-shake… com…?

E caiu no sono.

Sewanee saiu do hospital, foi até uma área com bancos, pegou o celular e ligou para BlahBlah. Pediram para ela dar um tempo, e Swan dera. Com certeza tinha sido tempo suficiente.

Em vez da voz da avó, ela ouviu uma gravação. O número fora desconectado.

O pânico dela foi instantâneo. Ela ligou para o número geral do Seasons e, com calma, tentou fazer as perguntas certas, na ordem certa. Swan chegou até "Barbara Chester", e a recepcionista estressada pediu para ela esperar.

A próxima coisa que ouviu foi:

– Olááá?

Sewanee soltou um suspiro irregular e se sentou num banco.

– BlahBlah! Aqui é a Sewanee.

– Quem?

Ela estava esperando por isso.

– Boneca?

A avó só precisou de três segundos.

– Boneca! Como está minha garota preferida?

Nunca foi tão bom ouvir esse bordão. O melhor bordão na história dos bordões.

– Estou bem – respondeu ela, trêmula –, mas como você tá? Tá tudo bem?

– Ah, meu Deus, sim. Todo mundo é tão simpático aqui. Tem um jovem adorável lendo pra mim. – Blah baixou a voz. – Acho que ele é um bom partido se quer saber. Você devia dar um oi pra ele.

– Não, BlahBlah, tudo bem. Eu só queria...

– Oi, Swan.

A inconfundível voz do pai.

– Pai. – Ela ficou tensa no mesmo instante. – O que você tá fazendo aí? O que tá acontecendo? Ela tá bem?

– Relaxa, Sewanee. O mundo ainda está nos eixos.

– Pai, por favor, me fala o que tá acontecendo.

– Eu estou acomodando ela no novo quarto.

– O quê?

Ele adotou um tom mais sério.

– A Amanda ligou. Chegou a hora, surgiu uma vaga. E eu mudei sua avó pra ala da memória.

Sewanee abriu a boca.

– Ah. Uau. Ok. Como é o quarto?

– É bom. Muito bom. Ela tá muito feliz aqui. – Houve uma pequena pausa antes de ele acrescentar: – Estou feliz por você ter me escutado.

Sewanee abriu mais ainda a boca. Mas aí ele deu uma risadinha. Arrependida. Conciliatória. Ela decidiu entrar na brincadeira.

– Ah, você realmente sabe de tudo.

– Às vezes.

Isso era o mais próximo que Henry ia chegar de um pedido de desculpa. Swan aceitou.

Ela fez uma pausa.

– Você tá mesmo lendo pra Blah?

– Sou um péssimo substituto pra profissional da família, mas ela não parece se importar.

– O que você tá lendo?

– Hemingway.

– Tá tentando fazer ela dormir?

– Engraçadinha.

– Obrigada.

Eles pararam com a provocação. Swan não conseguia se lembrar da última vez em que se sentiu à vontade durante um silêncio com o pai. Ela não estava pensando em uma coisa esperta ou sarcástica para dizer. Não estava pensando três passos adiante. Em vez disso, ela repetiu a palavra, dessa vez com um tom diferente.

– Obrigada.

Nesse momento, foi Henry quem fez uma pausa.

– Você não devia me agradecer.

– Eu discordo. – Sewanee escolheu as palavras seguintes com cuidado. – Você é muito difícil de escutar porque você não escuta. Mas dessa vez você escutou. E mudou de ideia. Sendo assim, obrigada. Estou feliz por essa decisão, pai. Feliz por você ter feito isso.

– Isso não é necessário, você não precisa… – Mas Henry ficou em silêncio e sua respiração ficou entrecortada. Depois de um instante, ele conseguiu continuar. – Obrigado. Vou passar pra sua avó.

Sewanee ouviu ele dizer à Blah que a neta dela estava no telefone. Depois ouviu Blah dizer que não tinha uma neta.

– Swan, mãe, Sewanee – insistiu Henry.

– Quem? – perguntou Blah.

Então Henry tentou mais uma vez.

– Boneca?

Swan estava prestes a dizer para o pai desistir. Ela ligaria para Blah em outro momento. Mas, antes que pudesse falar, uma voz docemente lírica veio do outro lado da linha.

– Boneca! Como está minha garota preferida?

No fim da ligação, Sewanee se sentiu, para a própria surpresa, feliz. Ela inclinou a cabeça para trás, fechou o olho e respirou de um jeito revigorante. Enquanto se deleitava com o novo estado das coisas, o celular dela tocou.

– Fala sério! – gritou ela para o mundo, mas ele não estava ouvindo. Olhou para o número. Claro. Atendeu, contrariada. – Alô?

– Aqui é o Manse. Como ela tá?

– Descansando.

– Excelente! Escuta, tenho tentado conseguir um relatório com o médico, mas não tá rolando. E o celular dela cai direto na caixa postal.

– É, acho que ela não tá atendendo ligações, Manse.

– Claro, claro. Mas a produção tá ficando impaciente. Tem uma estimativa de quando Adaku vai poder voltar pra Georgia, docinho?

Sewanee parou um instante antes de responder. Ela pensou em si mesma. Na paixão por atuar. Em como isso sempre tinha sido desafiado pelas realidades do mercado. Nas excentricidades, rejeições e frustrações. Em como a maior parte do seu extraordinário talento não era usado no trabalho em si, mas em fingir que ela gostava de pessoas como Manse. Pensou no que Adaku dissera: que Sewanee tinha muita sorte.

– Querida, você tá aí?

Ela estivera tentando manter a raiva longe da voz, mas decidiu naquele momento que, na verdade, não queria fazer isso. Afinal, a voz dela era o seu superpoder.

– Primeiro, é Sewanee, não docinho. Segundo, você sabe por que isso aconteceu?

Houve um pequeno intervalo.

– Porque ela é uma gladiadora! Ela é...

– Por sua causa. Por causa de você e do carro de palhaços babacas ao redor dela, que fingem se importar. Ela vai te ligar quando...

– Ei, calma aí, tá? Só porque Adaku...

– Não me interrompe senão vou desligar. Ela vai te ligar quando estiver preparada. Enquanto isso, se a produção tá impaciente, dane-se. É um filme. Não importa. Adaku importa. E, se *você* estiver impaciente, sugiro que pare um pouco pra refletir sobre como as suas ações contribuíram pra essa situação. Por exemplo: você pronuncia o nome dela como Á-da-ku. E é A-dá-ku. Você é empresário dela, todas as pessoas repetem o que você fala e, se nem você consegue...

– Ei, não faz parecer que eu não me importo, você não me conhece...

– Manse, você me interrompeu. Tchau.

Swan desligou. E sentiu que valia um milhão de dólares *antes* dos impostos e das comissões. Ela se levantou, se espreguiçou e decidiu que também ia tomar um milk-shake.

Sewanee passou pela porta de casa perto da meia-noite, depois de ter sido expulsa no fim do horário de visita, ido até o Seasons para recuperar o carro e tentado invadir a casa de Mark para se apropriar de uns salgadinhos para a manhã seguinte, mas fora barrada por ele na saída até que contasse absolutamente tudo.

Ela acendeu a luz e foi recebida pelo conjunto de chá da Tea-For-One, ainda estilhaçado na bancada e no chão da cozinha.

Ah, sim.

Swan varreu todos os pedaços, tomou uma ducha e estava indo para a cama quando o celular tocou. A exaustão deu lugar à felicidade quando viu o nome que apareceu na tela.

– Olha só pra mim, atendendo quando Brock McNight me liga.

Ela ouviu a risadinha rouca dele.

– A que ponto chegamos.

– Bom... dia?

Swan não tinha condição de fazer a matemática do fuso horário.

– É, sim. Pra você é boa noite?

Nick parecia igualmente inseguro.

– Tá escuro, então talvez? Estou existindo fora do tempo, agora. Eu transcendi… essa… coisa.

Ele riu.

– Como está tudo por aí?

Ela conversou um pouco com ele, prometeu contar mais no dia seguinte e disse, suspirando:

– Estou bem triste porque não conseguimos… você sabe o quê.

– Isso serviu pra te ensinar a não fazer joguinhos, Sandy.

– Lição aprendida. Não era assim que eu queria que a nossa viagem acabasse.

– Bem, se você quiser *você sabe o quê*, e eu aqui achando que você não gostava de eufemismos, estou neste momento procurando voos pra Los Angeles daqui a algumas semanas.

Eles combinaram uma data, e isso deixou Sewanee tão feliz, tão cheia de expectativas, que ela não sabia como ia passar por todos os outros dias até lá.

– Como está Dublin? Como está o Tom? – perguntou ela.

– Bem. Melhor. E o pub dele é um sucesso. Os caras e eu demos uma canja ontem à noite.

– Que ótimo.

– Olha, escuta. Eu encontrei uma coisa aqui.

– Sim? – O tom dela fez uma curva em direção à hesitação.

Nick deu uma risadinha.

– Por que você sempre espera o pior?

Ela bufou.

– Você me conhece?

Ele deu outra risadinha.

– Então… bem, você vai decidir o que é. É seu.

– De novo: sim?

– Tom tinha uma caixa com os livros antigos da June. Bem antigos, sem reimpressão atualmente. Não sei se algum deles se sustenta, mas eu estava pensando… você disse outro dia que talvez fizesse mais livros de romance e, bom, nenhum desses livros tem versão em áudio.

– Ai, meu Deus.

– Então, a caixa é sua.

– Ah, Nick, não…

– O Tom tem um advogado aqui, então vou fazer um rascunho pra passar os direitos autorais pra você. – O silêncio foi longo demais. – Você ainda tá aí?

– Nick. Isso é… você não pode fazer isso.

– Posso. E vou.

– Mas é… é demais. Uma caixa inteira de propriedade intelectual da June French, isso é uma mina de ouro pra você. Eu não posso…

– Você pode e vai. Eu quero que você aceite. Por favor. Ela ia adorar.

Sewanee caiu de costas na cama. As coisas que poderia fazer com esses livros. Os projetos que poderia realizar, as pessoas que poderia empregar, as possibilidades…

– Pode ser que eles só sirvam pra tacar fogo. De acordo com o resumo na capa, um deles é sobre uma funcionária de locadora de vídeo e um vendedor de pager. Mas você vai ler e decidir. Pode fazer o que quiser com eles.

Ela engoliu em seco.

– Nick?

– Sim?

– Eu estou feliz. Agora. Neste momento. Nesta nossa vida muito real.

Ele suspirou. Ela ouviu o sorriso dele.

– Eu também.

Swan estava tão feliz que, mesmo depois de desligar, não conseguia parar de sorrir. Estava exausta trinta minutos antes e agora estava cheia de energia. Queria fazer alguma coisa. Pôr uma música e dançar? Ver um filme antigo? E aí caiu a ficha.

Sabia exatamente o que queria fazer. Vinha pensando em fazer isso desde que Nick mencionara.

Ela entrou na internet e encontrou sua antiga fita demo.

Só de ver a *thumbnail* de seu antigo rosto… será que ela ia conseguir assistir mesmo?

Sewanee respirou fundo e apertou play. Depois que começou a ver, não conseguiu parar. Era esquisito. Era triste. Doía. Era ótimo.

Colada na tela, ela não conseguia se lembrar de um tempo em que tantas emoções a coloriam, como se tivesse 120 lápis de cor à disposição.

Pensou que assistir à demo ia fazê-la se sentir muito inferior, mas aconteceu o contrário.

Swan era boa. Ela pertencia àquele lugar. Era cativante. Sewanee achou que seria como ver outra pessoa. Mas não foi. Era ela, sem a menor dúvida. Uma parte dela que tinha voltado para casa. Que foi bem recebida em casa. Uma parte dela que ia viver com Swan agora. Uma parte dela da qual se orgulhar.

O filme terminou, e a sensação que ficou depois que todas as outras cores desbotaram foi de satisfação. Semelhante a como ela se sentiu varrendo o conjunto de chá da Tea-For-One: arrependida, mas aceitando os fatos.

Era um passado que Sewanee não queria de volta. Era só uma parte do presente dela, e ela estava livre para buscar o futuro. Com o coração quentinho, Sewanee apertou play e assistiu de novo.

Ela adorou.

Três dias depois, ela buscou Adaku no hospital, numa garagem sob o beco dos fundos que a maioria das pessoas nem sabia que existia. A "Saída dos Famosos", brincou Adaku. Elas esperaram até uma da manhã, mas não fez a menor diferença. Adaku se sentou no banco do passageiro, olhando para o celular.

– Minha vizinha disse que tem cinco ou seis deles acampados na frente da minha casa.

– Bem. – Sewanee suspirou. – Você acha que tá forte o suficiente pra encarar 64 degraus?

– Achei que você nunca fosse me convidar.

E assim as duas foram para a casa de Sewanee. E passaram os dias seguintes lendo, vendo filmes e sentadas ao ar livre conversando, conversando e conversando. Adaku acabou ligando para Manse – ele não tinha mais ligado para Sewanee – e falou que não ia voltar para a Georgia. Depois disse que desistira de pular obstáculos para o projeto da Angela Davis, mas que ele poderia ficar à vontade para fazer o trabalho dele e conseguir uma oferta e, ah, ela também queria o crédito de produtora no filme. Quando Adaku desligou, as duas se cumprimentaram com um saquinho no ar.

Na noite anterior ao dia em que Adaku decidiu ir para casa, Sewanee foi até o mercado e comprou sour cream e tempero para tacos. Foi comicamente delicioso.

Elas se sentaram na sacada, mergulhando cenouras, aipos, batatas chips e tudo que encontraram nos armários de Sewanee no patê e comendo. Planejaram os próximos passos enquanto o sol ia se pondo. Adaku perguntou o que ela ia fazer com os livros de June French, e Sewanee contou a ela algumas ideias iniciais.

– Você sabe o que Nick me disse depois que gravamos juntos em Veneza? "Você é uma diretora."

– Sério. Quem poderia pensar nisso? Eu só estou dizendo a mesma coisa há uma *década*.

– Você não falou nada disso – disse Sewanee como se estivesse no terceiro ano do fundamental.

Adaku retribuiu.

– Falei, sim! Falei, sim! – Ela mergulhou uma cenoura na tigela com a Delícia da Birdie e enfiou na boca. – Falei isso algumas semanas atrás! Quando a gente fez a *self-tape*.

– Nã-nã-ni-nã-não!

– Sim, senhora! – Ela mostrou um pedaço de aipo para Sewanee. – Sério: a gente pode vender essa merda? O Clooney vende tequila, eu podia vender pastinha.

– Você ainda tem a receita?

Elas riram, e o celular de Sewanee tocou. O modo como a boca de Sewanee ficou toda sorridente quando viu quem era fez Adaku retrucar.

– Deixa eu adivinhar.

– Ele mandou um trecho do último capítulo.

– Ahh! – Adaku bateu palmas. – Coloca!

– Você não manda em mim.

A *cara* de Adaku fez Sewanee levantar as mãos e se render, rindo. Ela entrou, pegou a caixa de som Bluetooth e conectou o celular. Depois se sentou de novo ao lado da amiga, no mesmo lugar onde, três meses antes, ela havia ouvido a voz de Brock pela primeira vez.

– Você acabou de ouvir *Casanova, LTDA.*, capítulo oito. Escrito por June French. Interpretado por Sarah Westholme e Brock McNight. Obrigado por escutar.

Adaku se levantou com um salto e aplaudiu.

O rosto de Sewanee se iluminou.

– Gostou?

– Ai, meu *Deus*! Minha filha, isso foi... o que foi que você *fez* com ele?! Me manda esse áudio agra mesmo, eu preciso escutar de novo. – Sewanee riu. – Em casa, sozinha, no...

– E agora – disse a voz de Brock na caixa de som –, uma música original, escrita e tocada por Nick Sullivan. – Os olhos sorridentes de Adaku e Sewanee se encontraram. – Ela se chama "Swan Song".

Sewanee pegou o celular e apertou pause. Surpresa e sem brincadeiras, ela olhou de novo para Adaku.

– Você também ouviu isso, né?

– Ah, eu ouvi. – Adaku cruzou os braços. – Você vai apertar o play ou eu vou ter que fazer isso?

Sewanee congelou. Ela sabia que Nick estava compondo, mas não esperava nada tão cedo. E, principalmente, não esperava *ser* a música.

Vendo a expressão no rosto da amiga, Adaku descruzou os braços e se aproximou dela com delicadeza.

– Na verdade, eu vou acender a chaleira e fazer mais chá pra nós. – Ela pôs a mão no ombro de Sewanee. Apertou. – Vai em frente.

Adaku entrou e fechou a porta deslizante depois de passar.

Sewanee se recostou, respirou fundo e observou além do peitoril, os últimos raios de sol que estavam sendo varridos do céu. Ela apertou play.

Uma guitarra solitária. Lenta. Ritmada. Tranquila. Como o flutuar sedoso de uma gôndola. Uma progressão tranquila dos acordes, tocada com maestria.

Em seguida, uma voz. Grave. Caramelizada. O ritmo e a cadência de uma sensual música de ninar. A letra era poética, mas simples. Um golpe furtivo no coração.

Apesar de toda a simplicidade, era ilusoriamente profunda, como se ela tivesse pisado com ousadia na parte rasa e afundado até a cabeça.

Enquanto a música seguia, Swan se perdeu no ponto em que estivera. A música estava longe de acabar, mas ela precisou de cada grama de força de vontade para não parar a canção e recomeçá-la.

Parecia irlandesa de alma e americana na nostalgia. Era a cara de Nick.

E a voz dele. O que ele quis dizer quando falou que só cantava "um pouco"? Meu Deus.

Depois a música mudou. Começou a crescer. Um propósito vigoroso e poderoso acelerando em direção a um clímax etéreo.

O formigamento começou no couro cabeludo de Sewanee. Desceu até o maxilar. Até a garganta. Outro formigamento começou em seus pés e subiu até os quadris e o estômago. Os dois se encontraram no vazio do peito dela. Eles se misturaram e vibraram juntos enquanto Nick cantava a última nota da música, e a voz dele, para Sewanee, parecia um apelo a Deus. Uma oração. Uma oferta. Uma promessa.

Parecia uma coisa na qual acreditar.

Desfecho

Determinação não significa um final feliz – do qual eu fui acusado. Acho que não escrevo finais felizes. [...] Eu tento nunca terminar uma peça com duas pessoas nos braços uma da outra – a menos que seja um musical.

– Neil Simon para a *The Paris Review*

É claro que tem que ter um felizes para sempre. Estou cansada dessa pergunta. É um romance! Esse é o acordo que a gente faz com os leitores. É a misoginia pura e simples. Você não vê ninguém falando pros leitores de mistério que eles são bobos e superficiais por quererem saber quem era o assassino no fim do livro. Vai se ferrar.

– June French para a *Cosmopolitan*

Epílogo:
"Um desconhecido chega à cidade"

Blahblah teria aprovado a cerimônia. Tinha sido elegante, atrevida e um pouco teatral. Exatamente como ela.

As cinzas de Barbara foram enterradas no cemitério Hollywood Forever, seis semanas depois que ela morreu, e agora eles ofereciam uma recepção no jardim do Seasons. Sewanee sabia que Blah ia querer esperar esse tempo para ser sepultada se isso significasse que mais pessoas poderiam comparecer, já que ela era muito sociável.

Tinha funcionado.

Marilyn e Stu chegaram do Canal do Panamá e conversavam com Dan, que ajudava Sewanee a fazer os drinques do evento e tinha acabado de levar dois martínis para eles; Mark estava perto da comida, falando com Alice sobre o condomínio que havia encontrado na Costa Rica; Adaku conseguira o projeto da Angela Davis na semana anterior e conversava com Mitzi – bem, ouvia Mitzi –, que ainda estava forte e falante; Henry estava no banco em que Sewanee se sentara com Nick, tantos meses antes, conversando com Amanda.

Adaku deixou Mitzi (não que ela parecesse perceber), pegou um Mallomar na enorme bandeja e se aproximou de Sewanee. Ela seguiu o olhar da amiga até Amanda e Henry.

– Ele tá dando em cima dela? – sussurrou Adaku.

Sewanee deu um tapinha nela.

– O quê? Pelo menos ela é da idade dele! É um progresso!

Sewanee riu, relutante, enquanto Dan voltava, deixava a bandeja e saía de novo para pegar mais gelo. As duas mulheres analisaram, em silêncio, a multidão. Adaku enganchou o braço no de Sewanee.

– Ela ia gostar disso – murmurou.

Sewanee assentiu suavemente.

Adaku deu um aperto de compaixão nela. Tinham sido seis meses difíceis mesmo antes dos últimos dois, que foram horríveis. Mas também havia sido o momento mais produtivo da vida de Sewanee: em termos profissionais, pessoais e emocionais. Ela sentia que tudo, até o luto, estava se transformando num novo e consistente normal.

– Sinto muito pelo Nick – murmurou Adaku.

Sewanee soltou um suspiro desamparado.

– Por favor, nem me lembra.

– É, eu não tocaria no assunto, é algo muito doloroso – disse uma voz sexy, e as duas se dirigiram para ela. Ele estava usando o mesmo terno que usara em Las Vegas e fazia a voz que o deixara famoso. – Talvez o voo dele não tivesse atrasado se ele tivesse vindo por Burbank – continuou Nick, enquanto dava a volta para ficar na frente do bar –, um detalhe que alguém definitivamente tentou falar pra ele fazer. – Ele olhou radiante para ela. – Que cabeça de peido.

Swan estendeu a mão por cima do bar e agarrou o rosto dele, trazendo-o para si. Ela o beijou com metade do fervor que queria e jogou os braços desajeitados ao redor do pescoço dele. Nick colou os lábios à orelha dela.

– Sinto muito. Como você tá? – perguntou com a voz normal.

Ela engoliu em seco e se afastou, sorrindo para ele.

– Melhor agora.

Com tudo que estava acontecendo na vida dos dois, eles não tinham se encontrado nos últimos meses, embora se falassem quase todo dia. De certa maneira, a distância tinha aproximado ainda mais os dois. Mas, agora que ele estava ali, na frente dela, Sewanee queria afastar tudo e todos e se perder nele.

– Vi que você trouxe uma pessoa – comentou, antes de mais nada. Ela voltou a atenção para o homem de cabelo escuro parado ao lado de Nick. – Quer nos contar alguma coisa?

– Você é muito engraçadinha.

A voz de Brock tinha voltado.

A risada dela explodiu.

– Jason, imagino? – perguntou Swan.

As duas covinhas que apareceram nas bochechas marrons provocaram um suspiro quase imperceptível em Adaku. *Humm.*

– Sewanee. – Ele estendeu as mãos sobre o bar. – É tão bom finalmente te conhecer.

Ela pegou as mãos dele e apertou.

– Finalmente mesmo! – Na única vez em que ela fora a Nova York, eles não tinham saído do apartamento de Nick. Todos os outros encontros haviam sido em Los Angeles, porque ela não queria deixar Blah, que estava se deteriorando. Àquela altura, os protestos originais de Blah foram esquecidos, e Sewanee conseguira ter o final que *ela* queria com a avó. – Que gentileza você ter vindo. – Swan soltou as mãos dele e girou na direção de Adaku, que já estava com a mão estendida e um sorriso vencedor no rosto. – Essa é minha melhor amiga, Adaku.

– Melhores amigos sempre devem se conhecer – disse Jason, pegando a mão dela. – É um prazer.

– Sempre – repetiu Adaku. Ela se virou para Nick e ergueu uma sobrancelha. – E olá, Sr. McNight. É bom te ver de novo.

– Por favor. – Ele levou a mão ao peito. – Sr. McNight é o meu pai. Me chama de Duro. – Ele se virou para Jason, dizendo, na própria voz: – Ok, chega. Nunca mais.

Jason sorriu de orelha a orelha.

– Eu te avisei pra não apostar.

Nick se virou de novo para as mulheres.

– Nós tiramos par ou ímpar no avião. Eu perdi.

– Nós também ouvimos o último projeto da June que a Sewanee produziu, aquele que você participou – comentou Jason com Adaku. Ele balançou a cabeça, parecendo meio admirado. – Foi maravilhoso. Você foi incrível.

– Ahhh – murmurou Adaku. – Obrigada. – Ela bateu o quadril em Sewanee. – Foi tudo por causa da direção brilhante dela.

Sewanee ainda não tivera a chance de contar a Nick sobre o produtor da Broadway que tinha entrado em contato com o pessoal de Adaku para chamá-la para uma leitura no palco e um workshop do projeto. Ela daria a notícia mais tarde. Havia muitas coisas para Swan dar a ele mais tarde.

Adaku entrelaçou as mãos.

– O que vocês querem beber? – Ela olhou para o bar. – Temos ponche de rum e todos os ingredientes de martíni disponíveis na cidade toda.

Nick disse que queria ponche, e Sewanee serviu um copo para ele.

Jason se debruçou para avaliar as opções. Adaku o observou empolgada.

– O ponche parece ótimo, mas eu não bebo, então…

Ela bateu palmas de novo.

– Ahh, tenho uma coisa pra você! – Ela se debruçou sobre uma caixa atrás do bar. – Você gosta de toranja? Comecei a fazer esse drinque sem álcool quando estava em treinamento pra um trabalho que acabei não fazendo, mas o drinque pegou! É…

Sewanee tinha certeza de que a história de Adaku era absolutamente instigante, ainda mais pelo modo como Jason parecia estar preso a cada palavra dela. Mas ela estava envolvida em outra coisa. Ela encarava Nick. E ele a encarava.

Sewanee saiu de trás do bar, mas, assim que estava quase abraçando Nick, Stu e Marilyn se aproximaram dos dois, dando um tapinha nas costas de Nick e abraçando-o. Sewanee, com uma impaciência paciente, esperou pelo que pareceu uma eternidade, enquanto eles atualizavam, ao que parecia, todos os portos que tinham visitado nos últimos oito meses.

– A Swanzinha mandou a sua música nova pra gente! – disse Stu. – "June's Bloom", né? Ótima. E, olha, eu ainda estou esperando aquela ligação pra substituir alguém nos teclados.

– Em breve. – No meio da risada, Nick captou o olhar de Stu e disse, com sinceridade: – Saúde, meu amigo.

Stu respondeu na mesma moeda.

– Em breve, Nickster. Em breve.

– Acho que é a minha preferida, Nick. Simplesmente linda – disse Marilyn, entusiasmada, com as mãos no coração. – Ela vai pro álbum?

Mais uma eternidade se passou. Essa era uma punição cruel e inusitada. Depois que Mark passou por eles, que ela apresentou Nick a Henry e que

Mitzi mancou até os dois para perguntar, mais uma vez, se ele era solteiro, Sewanee conseguiu libertá-lo. Ela o arrastou para a lateral do prédio, pegou o copo vazio dele, deixou no chão e o atacou como um lince.

Depois de um minuto de beijos ternos e mãos bobas delicadas, ele a virou até as costas dela estarem contra a parede, e as coisas entre os dois, como sempre, mudaram.

– Eu quero ir – sussurrou ela.

– Mas pra onde?

Era uma boa pergunta. Durante os últimos três meses, desde que Doug Carrey comprara a casa de Mark, ela estava morando no bangalô de dois quartos com paredes finas de Adaku. Mas agora a amiga estava de volta das filmagens. Sewanee já estava arrependida da decisão de convidar Jason e Nick para ficarem com elas no fim de semana. Eles deviam ter ido para um hotel.

– Austin? – sugeriu ela, brincando, mas desesperada.

Nick deu uma risadinha.

– Dá no mesmo.

Ele e Jason estavam morando na minúscula casa do caseiro do produtor enquanto tentavam terminar o álbum.

– Eu quero espaço – reclamou ela com os lábios encostados nos dele. – Ei. Acabei de herdar uma terra de pastoreio no Tennessee.

– Ah, talvez a gente deva se mudar pra láááááááá.

Swan riu nos lábios dele.

– Mas isso não ajuda a gente neste momento.

– Verdade. Voltamos ao problema em mãos.

Ela sorriu.

– O problema em mãos. Você sabe o que eu acho de eufemismos.

Nick pôs a mão entre os dois. Aquela que tinha o anel no dedo do meio.

– Quem disse que era um eufemismo?

Em seguida, sem tirar os olhos dela, ele deu uma lambida familiar na parte de cima do anel.

Sewanee arregalou os olhos.

– Nick! Não!

Ela olhou desesperada ao redor. Os dois estavam literalmente ao lado de uma caçamba. No beco de um lar para idosos.

Ele não disse nem uma única palavra. Manteve o olhar nela enquanto tirava o anel do dedo e se abaixava.

– Você tá louco?

Em seguida, Nick levantou delicadamente a mão esquerda dela, que ficou ali, suspensa entre os dois. Ele pôs o anel no dedo anelar de Swan.

A boca de Sewanee abriu, mas nada saiu.

– Eu te amo – disse ele. – *Sposami*.

Ela continuou de boca aberta.

– Essa é a sua deixa – comentou ele.

Sewanee fechou a boca e engoliu em seco.

– Eu te amo. Eu adoraria casar com você.

Nick conhecia muito bem a palavra seguinte.

– Mas?

– Mas. Você tá mesmo me pedindo em casamento?

– Todos os bons livros de romance terminam com um pedido de casamento.

– Mas no enterro da Blah?

– Você consegue pensar num jeito melhor de homenagear a sua avó?

– Eu... você... – Sewanee soltou uma risada, baixou a cabeça até o peito dele e respirou fundo. Ela levantou o olhar, as lágrimas de risada virando algo muito maior. – Sim.

O alívio chegou aos olhos dele.

– Sim?

Como é que ele podia duvidar da resposta dela?

Sewanee segurou o rosto dele e ficou radiante.

– Sim.

Eles se beijaram e, um tempo depois, Nick recuou, parecendo sério.

– Como é que vou dar essa notícia pra Mitzi?

– Acho que tá tudo bem, eu vi que ela estava dando em cima do Jason.

Os dois se beijaram mais, e Nick recuou de novo.

– Ei. Sabe pra onde a gente pode ir?

– Pra onde?

Ela viu a resposta no brilho dos olhos dele. Como neon e neve.

Las Vegas.

Sewanee entrelaçou os dedos com os dele.

– Eu conheço um bar maravilhoso.

– Ou a gente pode encontrar a capela mais próxima, já que você obviamente tá louca por mim.

O coração dela estava quase na boca.

– Capela?

Nick deu um sorrisinho.

– Pode ser que a gente precise de testemunhas.

Naquele momento, a risada característica de Adaku ricocheteou pelo prédio e ecoou na caçamba, fazendo os dois rirem.

– Acho que a gente sabe onde encontrá-las.

Nick a puxou para mais perto. Eufórico, ele afastou o cabelo dela do rosto e olhou para Swan, buscando alguma coisa que não fosse real. Ele não conseguiu encontrar.

– A gente vai mesmo fazer isso?

Ela fizera a mesma pergunta para ele por mensagem certa vez, e parecia ter sido um século antes.

Sewanee respondeu do mesmo jeito que Nick havia respondido naquela época.

– A gente vai mesmo fazer isso.

Os dois se beijaram mais uma vez e voltaram para a multidão, para as pessoas de que gostavam, para compartilhar a novidade. Para ver quem queria continuar a festa em outro estado.

E, a propósito, caso você esteja se perguntando: no fim de tudo, eles viveram felizes para sempre.

Sete semanas tinham se passado desde que Nick tinha voltado para Prescott.

Parecia estranho, ainda mais agora que os dois estavam de volta na casa, Jason recém-saído da reabilitação, parecendo um gato de rua que tinha sido maltratado. A volta dos dois a fizera sentir mais saudade do que quando estavam longe. Porque ela não conhecia essas novas versões deles. Esses homens.

Ela se sentou à escrivaninha para escrever o e-mail e se lembrou do quanto tinha brigado com os dois adolescentes bagunceiros, impetuosos e teimosos. Como ela havia aguentado – sem qualquer elegância – ouvir a mesma progressão de acordes vindo da garagem, repetidas vezes. Como tinha feito o possível para tolerar as horas de basquete na entrada da garagem enquanto tentava escrever. Ela nunca percebera o quanto isso significava até tudo ter desaparecido. Até só ter sobrado o silêncio.

Ela queria o barulho deles de novo. Queria que os dois adolescentes retomassem aquele espírito que se esforçavam para silenciar sempre que ela entrava na cozinha. Um espírito que agora parecia permanentemente danificado. Como o irmão dela quando voltara do Vietnã, se arrastando de maneira letárgica e com um estoicismo ferido. Até ele partir de novo. Para sempre dessa vez.

Às vezes, ela se pegava olhando para Nick, procurando o adolescente de cabelo emplastrado secando copos, feliz, atrás do bar no pub de Tom. Procurando o garotinho cujo sorriso era tão parecido com o da irmãzinha dela, que às vezes ela precisava desviar o olhar. Mas todos esses Nicks tinham desaparecido.

Nunca tinha sido boa em termos de preocupação maternal. Seu maior fracasso pessoal – como o próprio Nick tinha, de maneira astuta e irritada, apontado – era que ela havia guardado todo o investimento emocional para os próprios personagens. Na verdade, ela queria outra chance. Começar totalmente do zero. Fazer a assistente social sentá-lo de novo na soleira da porta, ele e seu Ió desgrenhado.

Um pensamento tolo, mas que a levava de volta para as lembranças do menininho que, alguns anos depois de ter chegado, começou a perguntar "por que" o tempo todo e para as tentativas frustradas dela de responder. Fazê-lo entender o que diabos era a vida. Por que ela agora era a mãe dele. Por que a irmã dela tinha morrido e por que havia feito as escolhas que levaram ao pior resultado possível para ele. Por que a vida acontecia e por que as pessoas simplesmente tinham que viver com ela. Por que não havia recomeços. Por que nós adoraríamos voltar e mudar as coisas se pudéssemos, mas não podíamos.

Nós não podíamos ter várias vidas para viver, para depois escolher qual delas queríamos no fim. Desculpa.

– Então é melhor eu fazer tudo certo na primeira vez – respondera ele para tudo isso, muito sério, encarando-a, aos 7 anos.

Ela o tinha mandado para uma missão impossível.

E olha só para ele agora.

Ela sabia que não havia como voltar no tempo para ter uma segunda chance, mas o pior de tudo é que também não havia como ir em frente. Nick tinha parado de perguntar "por que" havia muito tempo. Na verdade, ele tinha parado totalmente de escutá-la.

Então ela escreveu.

Era a única coisa que sabia fazer.

Para: Sarah Westholme
De: Admin JF
Data: 23 de abril, 23h51
Assunto: Por falta de um assunto mais atraente: SOCORRO

Olá, minha querida,

Espero que esteja bem. Droga, espero que este e-mail pelo menos *chegue* até você. Faz quase um ano desde que nos falamos pela última vez, desde que você aposentou a Sarah Westholme, e eu – por mais que me esforce – não consigo me lembrar do seu nome verdadeiro. Talvez eu nem saiba qual é. Este é o único jeito de entrar em contato com você, então espero que você o receba.

Vou direto ao ponto (você já deve saber que esse é o meu jeito): tenho um pedido. Mais precisamente, um pedido meio vergonhoso.

Vou te deixar tranquila: não é um pedido de trabalho. (Embora você saiba que é só dizer uma palavra, e eu te dou todo o trabalho que quiser.) Não, infelizmente é um assunto pessoal.

Eu tenho um sobrinho. Recebi a tarefa de criá-lo. Uso a palavra "tarefa" porque nunca fui boa pra cuidar de ninguém além de mim mesma. Um triste fato com o qual convivo.

Ele é um homem bom (e eu não tenho nenhum crédito nisso). Os fatos da vida o derrubaram várias vezes, e agora também nos últimos tempos. Conheci alguns homens que mereciam isso. Ele não é um deles.

Um tempo atrás, você compartilhou comigo o seu terrível incidente. A volta do meu sobrinho pra casa me fez lembrar disso. Você conseguiu se recuperar? Está tranquila com a situação? Você aceitou? Se sente inteira de novo? Espero que sim e, se isso tiver acontecido, eu preciso saber como. Ele precisa saber como.

Agora vem o pedido vergonhoso: posso te colocar em contato com ele? Acho que ajudaria. Ele. Você? Por favor, entenda que não estou fazendo papel de cupido. Chame de intuição de escritora. Ah, que inferno, pode chamar do que você quiser, revirar os olhos por eu me intrometer, vocês dois podem fazer isso, não me importo, desde que você entre em contato com ele.

Mudando totalmente de assunto: ele pode ser um bom narrador. Ele tem uma voz divertida que faz de palhaçada e que pode ser muito boa se ele levar um pouco a sério. Mas esse não é o meu objetivo, e você não precisa achar isso relevante. Talvez só para vocês quebrarem o gelo.

Eu guardo a humilhação para os meus livros, mas, tirando isso: por favor, converse com ele. Escute-o. Eu fracassei nas duas coisas, e nós acabamos assim.

Estou pensando aqui que você talvez nunca veja este e-mail. Se eu não receber a sua resposta, vou dar outro jeito.

Ciao,
June

Agradecimentos

Para começar, agradeço aos meus colegas de profissão nos audiolivros. Os contadores de histórias. Os guardiões das histórias. Os loucos e as bombeiras. Eu mal falei deste livro enquanto o escrevia, mas alguns de vocês foram fundamentais para essa jornada por vários motivos: Will Damron, Abby West, Andi Arndt, Erin Mallon, Amy Landon, Edoardo Ballerini, Sebastian York e Sarah Mollo-Christensen.

Nos meus últimos agradecimentos, eu pulei meus professores para reduzir o tamanho do texto. Nestes, eu quero citá-los para fazer justiça. Desde os meus fabulosos professores do ensino fundamental até a Sra. Dewey, que acendeu a chama do meu amor pela leitura. A Caryl Pine-Crasnick e Barbara "Buzzy" Gogny, minhas professoras de estúdio. Buzzela, você me fez acreditar que eu poderia escrever e, vindo de uma mulher que já era escritora, caramba, isso foi muito importante.

Na faculdade, Mary Ellen Bertolini me informou que eu ia estudar Língua Inglesa, o que me ajudou muito, e depois ela me deixou ser monitora das suas aulas sobre Jane Austen. A Paul Monod, por sugerir que eu me candidatasse à Oxford e por tornar a História Britânica tão divertida a ponto de eu não reclamar da aula às oito da manhã de uma segunda-feira. Aos meus outros professores, incluindo, mas não me limitando a: John Bertolini, Larry Yarborough, Teo Ruiz, Eric Jager (tecnicamente nunca foi meu professor, mas *sinto* como se tivesse sido), Stephen Gill e Peter McCullough. A Jeff Dunham por não me reprovar em Física para Poetas quando deveria. Eu adorava as nossas conversas sobre Jane Austen.

Aos meus professores de escrita criativa ao longo dos anos, em vários cenários, mas especialmente: Rob Cohen, Summer Block, Chris Noxon, Laura van den Berg, Antonio Ruiz-Camacho, Mona Simpson, Don Mitchell, e a meus colegas nas oficinas deles, porque é assim que as oficinas funcionam. E, dessas oficinas, eu gostaria de destacar Bri Cavallaro, que – uma década e meia depois – não só escreve livros fantásticos para eu narrar, mas me deu uma consultoria logo no início em relação à parte prática da deficiência de Sewanee. Por fim, acima de tudo, a Barbara Ganley, que deu aulas incansavelmente numa faculdade que não a merecia (pronto, falei) e em cujas sabedorias, estímulos, conselhos e sensibilidades eu penso – sem exagero – todo dia. Você me ensinou a ler como escritora, e isso, mais do que todo o resto, me deu não uma, mas duas carreiras.

O ensino não acaba na formatura. Eu continuo aprendendo com outros autores, tanto com os que eu narro quanto com os amigos que fiz pelo caminho. São muitos para citar aqui, mas em especial: Catherine McKenzie, Therese Walsh, Allison Winn Scotch, Emily Henry, Benjamin Percy, Philip Dean Walker, Amy Spalding, Kosoko Jackson, Thea Harrison e, é claro, Linda Holmes, que – de todas as coincidências – também tinha personagens chamados Nick e June no seu segundo livro. E um agradecimento especial para aqueles autores que, neste livro em específico, doaram seu tempo para fazer uma leitura beta: Allie Larkin, Malcolm Brooks, Andrea Dunlop, Robinne Lee e Taylor Jenkins Reid, Rainha de Realmente Tudo.

Agradeço muito a Sarah MacLean e Jen Prokop pelo podcast fabuloso, *Fated Mates,* que me ajudou a me atualizar no que eu tinha perdido nos livros de romance desde que parei de narrá-los.

À minha agente, Abby Koons: começamos a trabalhar juntas quando eu não tinha nada para mostrar e, quando eu finalmente tinha, foi no início de uma pandemia. Mas, apesar disso... deu tudo certo. Às vezes a gente simplesmente sabe, eu acho. A Alex Greene, cujo olhar editorial é tão afiado quando o jurídico. Ao restante da equipe da Park & Fine, mas em especial: Emily Sweet, Andrea Mai, Anna Petkovich e Kat Toolan. E aos nossos coagentes, em especial Anoukh Foerg. E, a propósito, às pessoas incríveis da Penguin Verlag, pela sua fé e seu apoio.

À equipe HarperCollins/William Morrow/Avon: Lisa Nicholas, Brittani DiMare, Robin Barletta, Julie Paulauski, Francie Crawford, Elsie Lyons e Nathan Burton. Especialmente a Liate Stehlik no início e a Erika Tsang no fim... *mãos rezando*. E, principalmente, a Elle Keck: eu não queria fazer este livro sem você. Seu DNA está na essência dele, e fico muito feliz por termos feito isso juntas.

Na parte pessoal:

Dez anos atrás, Tim, Dana, Jeff, Pam e Laura estavam todos lá me apoiando para que eu pudesse apoiar meu avô. E Marvin, Jolie e Chris apoiaram meu avô quando eu não podia estar ao lado dele. A todos da casa de repouso dele e ao Asilo Serenity, especialmente Melinda, reverenda e uma dádiva de Deus em todos os aspectos.

A Karen Gang, por responder às minhas perguntas sobre cuidados com idosos, não só quando isso beneficiou meus avós de verdade, mas também para esta avó fictícia. E a Elena Hecht, por ter uma mãe tão maravilhosa antes de mais nada.

A Laura Grafton, que deu início à minha jornada nos audiolivros. Eu nunca teria previsto aonde isso ia me levar. E a Ellen Steans, por também ter uma mãe tão maravilhosa antes de mais nada.

A Andrea Kaufman, por me dar a ÓTIMA notícia de que o Merriam--Webster acrescentara uma segunda pronúncia para aréola.

À minha família Audm, por entender que eu tinha que escrever este livro. Ao espírito de Christian Brink: eu te falei que esta história se baseava no Cyrano porque, na época, era verdade. Fico arrasada e irritada de novo por você não estar aqui para me contar, bebendo gim e cantando no karaokê, como a versão do Cyrano teria sido melhor.

À minha família de verdade. Em especial, minha mãe e Ken pelo rosto zen deles diante do meu... oposto de zen. Mãe, senti tanta saudade dos seus abraços nesses dezoito meses que a pandemia nos manteve afastadas. Ao meu vovô: foi uma honra te acompanhar até o outro lado. Ao meu pai: dez anos depois, ainda estou revoltada por você não estar aqui para ver tudo isso e acho que, a essa altura, vou continuar assim para sempre.

Aos meus amigos, por aguentarem o meu sumiço. Em especial, a Sarah, por me deixar não só roubar seu nome para este livro (e, acabei de perceber, o nome da sua cachorra!), mas também pelo seu hábito de colocar jogos de golfe como ruído de fundo. Eu só queria poder fazer Nick ser real para você.

E ao meu Nick: meu Geof. O motivo pelo qual tudo isso funciona. Por cuidar de tudo para que eu possa alcançar qualquer coisa. Por tornar a nossa vida tão linda, tão completa. Como você diz, o suficiente é *sempre* suficiente. Por me alimentar de todas as maneiras: com o seu amor e a sua defesa, com o seu talento absurdo e o seu insight conquistado, com a sua genialidade cômica (que vai e vem) e, literalmente, com a comida que você faz. Você sabe o quanto me faz bem?

Sobre autobiografia

Eu aprendi o seguinte: não importa quantas vezes você explique que o seu livro não é autobiográfico, ninguém de fato acredita em você.

No caso de *My Oxford Year,* o pronome possessivo em primeira pessoa do título não ajudou. Nem o fato de que eu tinha passado um ano em Oxford. A suposição-padrão, segundo descobri, é que o livro é uma memória pessoal. Já tive até *amigos* que ainda não o leram e me perguntaram, anos depois do lançamento do livro: "Espera, é *ficção?*"

Com *A voz do coração,* eu já aceitei que explicar a história para as pessoas também vai exigir que eu explique que não é a *minha* história e, devo admitir que, à primeira vista, não parece haver muita diferença entre mim e minha personagem principal: eu já fui atriz de cinema; atualmente sou narradora de audiolivros; e já narrei muitos livros de romance sob pseudônimo, em parte para ajudar a pagar a casa de repouso de um dos meus avós.

Também tenho um palpite de que muitos fãs obstinados de audiolivros vão tentar atribuir narradores reais aos meus personagens fictícios (especialmente Brock). Vou cortar esse mal pela raiz: eu, de maneira específica, intencional e cuidadosa, não escrevi sobre os meus colegas. Cada personagem, desde Alice até Mark e os engenheiros de som, são, no máximo, cópias dos "tipos" do nosso mercado ou, no caso de Ron

Studman e outros, totalmente inventados. Aprendi essa lição com *My Oxford Year*. Quando meus amigos britânicos souberam que eu estava escrevendo a história e me perguntaram – meio empolgados, meio assustados – se eles estavam no livro, eu pude responder com sinceridade que não, e foi um alívio.

Eu também faria um alerta: assim como *My Oxford Year* não abordou *meu* ano em Oxford, nem o de nenhuma outra pessoa, esse vislumbre do mundo dos audiolivros não é o cenário completo. Não é nem uma visão pela "perspectiva dos narradores". É a perspectiva de *uma* narradora, filtrada através das lentes autoseletivas e egoístas da ficção.

Na verdade, a parte mais autobiográfica do livro também é a mais universal. Assim como muitas outras pessoas, um dos meus avós tinha demência. De longe, o momento mais realista do livro todo é quando BlahBlah conta a Sewanee como é a sensação de perder o contato com a realidade. Tive essa conversa com meu avô, depois que ele me ligou às quatro da manhã do seu quarto, numa casa de repouso, para dizer que estava numa conferência na praia, esperando o meu pai (que tinha morrido três anos antes) ir buscá-lo. Seis horas depois, ele estava lúcido o suficiente para me contar o que contei aqui para vocês (embora eu tenha trocado os exemplos específicos para se encaixarem melhor no passado de Blah).

Mas eu não sou a Sewanee. E ela não sou eu. Porque, embora as biografias possam parecer semelhantes, tem uma grande alteração (além de um olho a menos), que, citando Frost, "faz toda a diferença".

Quando falamos de autobiografia – ou, na verdade, autoficção –, me parece que existem mais nuances nesse conceito do que percebemos. Afinal, o que define uma pessoa? É o que acontece com ela? Ou é quem ela é? Os autores são incentivados a "escrever sobre o que você sabe", mas "o que você sabe" pode significar qualquer coisa. Uma profissão, claro. Um caráter, com certeza. Um ambiente, é óbvio. Mas também pode significar apenas... uma emoção. Um sentimento. Uma convicção.

A ideia de escrever uma comédia romântica ambientada no mundo dos audiolivros de romance surgiu dez anos atrás, quando eu estava mergulhada até a alma nesse universo. Surgiu quando eu estava fazendo uma narração em dueto com um narrador que é como um irmão mais novo para mim, e os e-mails que trocávamos, as ligações telefônicas – *Você está gemendo nas cenas de sexo? A voz dele está muito gutural? –*, eram, objetivamente, hilários.

É um trabalho esquisito. Não tem como explicar de outra maneira. E parecia o estímulo perfeito para alguma coisa.

Mas o quê?

Ao longo dos anos, essa história existiu como um roteiro. Ela viveu, na minha cabeça, por um tempo, como um monólogo de teatro. Quando comecei a concebê-la como um *livro*, pensei que Nick podia ser um autor, escrevendo sob o pseudônimo June French, que se apaixona pela narradora de seus audiolivros que, é claro, não sabe a verdadeira identidade dele. Isso teria funcionado. Mas, conforme os audiolivros e, por extensão, os narradores ficaram mais populares, testemunhei o *fandom* que se criou ao redor das maiores estrelas masculinas dos audiolivros de romance, e eu soube que queria escrever sobre isso.

No verão de 2017, quando entreguei o rascunho final de *My Oxford Year* e as pessoas me perguntaram no que eu estava trabalhando, essa ideia estava em primeiro lugar, mas eu tinha dois problemas. Eu não sabia se as pessoas ligavam o suficiente para audiolivros para dar a mínima para este livro e também não sabia quem era a minha personagem principal.

E aí os audiolivros explodiram em popularidade, e eu me senti confiante com o fato de que a maioria das pessoas pelo menos tinha *ouvido falar* de audiolivros, mesmo que nunca tivessem pensado nos narradores por trás deles.

Mas a minha personagem principal ainda era uma incógnita.

Sinceramente, eu me sentia intimidada por essa incógnita. Porque sabia que, não importava quem eu descrevesse, as pessoas iam supor que ela era eu.

Então, como eu ia me diferenciar dela?

Para começar, me perguntei por que a personagem era narradora. Se ela estava feliz narrando, como eu estava, e se ela amava a própria vida, como eu amava, de onde viria o conflito? Muitos narradores (talvez a maioria) são atores, então será que talvez ela só estivesse matando tempo, esperando o próximo trabalho no cinema ou no teatro? Mas isso era insatisfatório. Eu queria fazer jus à narradora profissional da classe trabalhadora. É um trabalho, uma habilidade, uma arte em si, e que não recebe atenção suficiente.

E aí, aconteceu o MeToo.

Eu não queria escrever um livro sobre o MeToo. Este *não é* um livro sobre o MeToo, não se preocupe, você não perdeu nada. Mas, no fim de 2017, a indústria do entretenimento na qual eu tinha crescido estava mergulhada em escândalos. Tudo que sempre tínhamos sussurrado estava finalmente sendo gritado, e parecia – de maneira chocante – que as pessoas poderiam mesmo ser responsabilizadas. Um resultado que, para ser sincera, eu nunca tinha considerado como uma possibilidade. Foi uma época de reflexão para mim, e a percepção que me fez andar em círculos durante a maior parte do inverno de 2017–2018, como uma grande bola de fúria, foi a de que o mercado do cinema tem pouquíssimo controle, e isso abre a porta para os predadores. Como ator ou atriz, você não consegue controlar quando trabalha, nem com quem, nem em qual papel. Você não consegue controlar quando a oportunidade surge nem como ela é conduzida em sua execução. Existe uma frase muito famosa: às vezes, o único poder que um ator tem é dizer não.

Mas quem consegue dizer não? Para a possibilidade de ganhar dinheiro? Fama? Relevância? Para a alegria e a satisfação de fazer o que você ama?

Bem. Eu fiz isso. Eu decidi, mais ou menos naquela época, que não queria mais atuar de acordo com os termos da indústria. Que toda a diversão e satisfação que ela podia me dar não valiam as frustrações e a desumanização que certamente provocava. Acho que é como chegar, por fim, ao ponto de ruptura com aquele namorado que nunca vai embora. Toda vez que ele se afasta e você acha que superou o cara, ele volta com novas desculpas, novas promessas, e você diz: *ok, pelo menos ele voltou a falar com a mãe*, ou *ele agora tem um emprego*, ou *talvez ele finalmente vá me dar valor*. Quantas vezes você aceita o cara de volta? No início de 2017, eu tinha chegado ao meu limite. Minha vida era muito melhor sem Hollywood.

Mas foi uma escolha *minha* me afastar.

E se não tivesse sido?

E se eu recebesse um "não"?

E se a personagem principal que eu estava buscando tivesse sido expulsa, sem cerimônia, da busca pelo próprio sonho, contra a própria vontade, e por *isso* ela estava narrando?

Eu já tinha escrito um livro sobre decidir se afastar de um sonho antigo e ir em direção a um novo.

Desta vez, eu queria escrever um livro sobre aceitar a ausência dessa escolha. Nada para superar, nada para corrigir… só algo para aceitar.

E aí me ocorreu que eu já tinha explorado esse território, embora apenas superficialmente.

Antes de *My Oxford Year,* eu vinha trabalhando num livro YA sobre uma garota de 17 anos criada em Los Angeles, filha de um relações-públicas de celebridades. Uma garota bonita, não muito ambiciosa, para quem as portas se abriam só porque ela era bonita e beirava a fama. Certo dia, essa garota matou aula, foi pular de paraquedas com a amiga e quase morreu. Mas isso não aconteceu. Ela sobreviveu com metade do rosto.

A jornada dela era aceitar que, embora ela pudesse, no início, se sentir um patinho feio, na verdade ela era um cisne (em inglês, Swan).

Então eu finalmente tinha a minha personagem principal e, pedindo emprestada uma fala dela, tinha o seu porquê.

Enfim eu estava pronta para escrever.

Mas, antes…

Eu tinha que divulgar *My Oxford Year.*

E trabalhar no meu emprego de narrar os livros de outras pessoas.

E em seguida recebi uma oferta de trabalho numa startup de tecnologia baseada em áudio que não dava para recusar.

E aí, depois de levar a empresa até um ponto em que eu poderia recuar, eu finalmente, finalmente, me sentei para escrever três capítulos e uma sinopse.

Então viajei para Nova York e me reuni com a minha agente para discutir essas páginas.

Essa reunião foi em 2 de março de 2020.

O fato de esse livro, que trata de aceitar todas as coisas que não podemos mudar, ter sido escrito durante o caos e a reviravolta de 2020–2021 parece adequado.

Foram dez anos de gestação.

Ele era o meu bebê da pandemia.

Foi o meu refúgio da loucura.

Quando eu começava a pensar que não havia empatia, risos ou romance no mundo, eu abria o computador e lá estavam Swan e Nick, esperando que eu mergulhasse no livro. Empatia. Risos. Romance.

E ele se tornou autobiográfico num sentido muito mais profundo do que profissão, história ou família. Ele se tornou a personificação de toda a esperança que eu queria ter no futuro, mas muitas vezes descobria que não conseguia encontrar. Do mesmo jeito que os meus personagens principais. Neles, eu escrevi os meus medos e os antídotos para esses medos: o impulso de assumir o risco. De confiar no resultado. Um resultado que, qualquer que fosse, seria pelo menos uma consequência da ação, e não da inércia. Parecia valer a pena escrever sobre isso nesses tempos. Parecia, como Sewanee observa no fim ao falar da voz de Nick, *alguma coisa na qual acreditar.*

E suponho que essa seja a essência dos livros de romance.

Para saber mais sobre os títulos e autores da Editora Arqueiro,
visite o nosso site e siga as nossas redes sociais.
Além de informações sobre os próximos lançamentos,
você terá acesso a conteúdos exclusivos
e poderá participar de promoções e sorteios.

editoraarqueiro.com.br